HEYNE

THOMAS KRÜGER

ENTEN BLUES

Ein Kriminalroman
mit Erwin Düsedieker

WILHELM HEYNE VERLAG
MÜNCHEN

MIX
Papier aus verantwortungsvollen Quellen
FSC® C014496

Verlagsgruppe Random House FSC® N001967
Das für dieses Buch verwendete FSC®-zertifizierte
Papier *Holmen Book Cream* liefert
Holmen Paper, Hallstavik, Schweden.

2. Auflage
Originalausgabe 12/2014

Dieses Werk wurde vermittelt durch die Literarische Agentur
Thomas Schlück GmbH, 30827 Garbsen
Printed in Germany 2014
Redaktion: Edgar Weiß
Umschlaggestaltung: Der Anton
Umschlagillustration: © shutterstock/Makym Bondarchuck
und © Robert Dowling/CORBIS
Karte: Ina Hattenhauer
Satz: KompetenzCenter, Mönchengladbach
Druck und Bindung: GGP Media GmbH, Pößneck
ISBN 978-3-453-41769-4

www.heyne.de

Für Markus und Dietmar,
die wunderbaren Entenversteher.
Und für Watson & Otto,
die sich manchmal benehmen wie Enten.

Prolog

Liebe ist …

… wenn man das weiche Ding, das eine Schleimspur hinterlässt, einfach ignoriert, bis es … ZACK!

Jetzt ist es verschwunden.

Wohin?

Was geschah in diesem Moment in diesem Garten?

Ein Mord?

Die Sonne schien – endlich, nach vielen Tagen Regen. Eine schneeweiße Laufente, die noch nie in ihrem Leben eine Schnecke kampflos aufgegeben hatte, tat genau dies. Der Kopf der Ente, der sich neugierig, um nicht zu sagen gierig, nach dem klebrigen Teil nah dem Salatbeet gereckt hatte, hielt inne. Ein Leuchten verklärte die schwarzen Knopfaugen. Dann, als handelte es sich bei dem Tier um einen verträumten Jungvogel, schlossen sich die Augen, und ein zweiter Kopf, so weiß und leuchtend wie der erste, ruckte vor.

ZACK!

Die Schnecke war futsch.

Verschluckt.

Die verträumte Ente – ein Erpel von besonderem Verstand – öffnete die Augen wieder und wirkte ganz und gar nicht unglücklich.

Obwohl ihm die Schnecke weggeschnappt worden war.

Mit schnellen Schritten, in einem Gemisch aus Hopsen, Watscheln und Sprint, sauste der Erpel um jene zweite Ente herum, die noch immer nicht satt war. Der schneeweiße Erpel duckte sich, die Flügel eng an den Leib gepresst, als gelte es, eine Art Schallmauer – nun ja, die Größenverhältnisse des Gartens berücksichtigend, ein Schallmäuerchen – zu durchbrechen. Die verdauende Ente nahm das ungestüme Verhalten scheinbar nur im Augenwinkel wahr. Mehrmals flitzte der Erpel an einer Reihe roter Blumen vorbei, brachte die zierlichen, hübschen Blütenköpfe mit dem Luftstrom seiner Bewegung zur Wallung.

Sollte das eine Geste sein?

Ließ er Blumen sprechen?

Ebenso ungestüm, wie er davongeflitzt war, kehrte er zurück zur verdauenden Ente, umkreiste sie einige Male, und dann …

… öffnete er die Flügel, spannte sie engelweit auf, sprang wie betrunken in die Höhe, um anschließend fast auf die Nase – das heißt den Schnabel – zu fallen.

Übermut. Aber der Ente schien diese Show durchaus zu gefallen. Sie stieß ein fast zärtliches Quaken aus.

Die übermütige Ente – der Erpel – antwortete.

Nun, die Stimme einer männlichen Laufente ist alles andere als schön. Was man gemeinhin Quaken nennt oder auch Schnattern, gleicht doch eher einem reibenden, knarzenden, knarrenden Geräusch. Liebe allerdings ist …

… wenn die Ohren der angesprochenen Ente in diesen merkwürdigen Lauten nichts anderes hören als die wichtigsten Worte des Universums:

Ich liebe dich.

Ich liebe dich.

Ich liebe dich.

Seit Wochen verschickte der Garten mit dem kleinen Teich keine anderen Botschaften.

So steht es geschrieben

Erwin Düsedieker beschloss am späten Nachmittag, die Badewanne aufzusuchen. Er hatte lange in der Küche gesessen und Zeitung gelesen, wie schon in den Tagen zuvor. Das war insofern bemerkenswert, als Zeitunglesen nicht zu den Tätigkeiten gehörte, denen Erwin häufiger oder gar täglich nachging. Neuigkeiten wurden ihm von Arno Wimmelböcker oder von Lina Fiekens überbracht.

Arno, mit Feldmütze, speckiger Filzjacke und dem jovialkariösen Lächeln eines 62-jährigen Wacholdertrinkers, war eine Konstante in Erwins Leben. Doch Lina war etwas ganz und gar Neues. Sie hatte ihn nun schon drei Mal innerhalb von zwei Monaten besucht. Lina war die einzige Frau, die das düstere Haus am Grenzweg 2, die alte Polizeiwache von Versloh, seit dem Tod von Erwins Mutter Gertrude betreten hatte – wenn man von den wöchentlichen Visiten der Gemeindeschwester Diekmann absah. Was man aber getrost tun konnte, denn Schwester Diekmann trat nicht als Frau in Erscheinung. Linas Besuche hatten also etwas geradezu Ungeheuerliches, zumal in den Augen der Bewohner von Versloh, jener aus den Dörfern Bramschebeck und Pogge sowie einigen verstreut liegenden Bauernhöfen bestehenden Landgemeinde zwischen dem Golfplatz von Fechtelfeld und der Landesklinik von Pökenhagen.

Die Badewanne stand mitten in der Bibliothek, die sich

Erwin im Wintergarten der alten Wache eingerichtet hatte. Das vergoldete Prachtstück mitsamt umgebender Buchwelt war so was wie ein Geheimnis. Erwin liebte diesen Raum, von dem kaum jemand in Versloh etwas wusste.

Er setzte sich jedoch nicht wegen Lina in die Wanne, sondern wegen des *Dettbarner Kreisblatts* vom 28. Juli.

Der doppelseitige Zeitungsartikel, der Erwin so sehr beschäftigte, dass er ihn immer wieder hatte lesen müssen, lag auf dem Küchentisch. Mittlerweile zierten ihn Kaffeeringe in einem vage olympischen Muster. Und mitten in dem großen Foto des Artikels prangte ein Loch.

Heute war der 1. August, ein heißer Tag nach einem eher regnerischen Monat. Erwin hatte also umso mehr Mühe, das Aufwallen innerer Hitze zu bändigen.

Vielleicht half ja die Wanne.

Als er Wasser einließ und einen Schuss Sandelholz-Schaumbad für den gestressten Herrn, dachte er wieder an den Entenkopf. Erwin litt bisweilen unter Bildern oder besser: Erwin wurde dann und wann von Gedanken überrascht, die Bilder erzeugten. Gedanken, die wie eigenständige Wesen in seinem Kopf umhersprangen und die Netzhaut seines inneren Auges als Leinwand nutzten. Viele dieser Bilder stammten aus Büchern, aus in Büchern Gelesenem – aus Worten, die in Erwin zu Bildern wurden. Erwin liebte Bücher, deren Worte sich verwandelten. Mit anderen Büchern hatte er Schwierigkeiten, und mit den Zeitungen des Kreises – dem *Pökenhagener Landboten* oder dem größeren *Dettbarner Kreisblatt* – konnte er wenig anfangen. Die Berichte in diesen Blättern ließen Bilder entweder verhungern oder ersaufen. Beides war schlecht.

Das Bild des Entenkopfs war allerdings nicht die Folge eines Leseversuchs gewesen.

Oder doch?

Erwin drehte die Wasserhähne zu. Trotz der Erschütterungen, die der Zeitungsartikel in ihm ausgelöst hatte, musste er lächeln. Das hatte einerseits mit der plötzlichen Erkenntnis zu tun, dass ein Wannenbad in dieser Stunde wohl auch als Versuch gelten konnte, Bilder zu ersäufen – die des Artikels nämlich. Andererseits war es die Erinnerung an den Entenkopf, die Erwin erheiterte. Erwin hatte sich ausgezogen. Er hatte die Kleider am Fuß des Lesepultes vor den Buchregalen abgelegt und glitt schwer ins Badewasser. Mit der Wärme trat ihm dieser Blick noch deutlicher vor Augen, begleitete die wohlige Entspannung: die Laufente Lothar, die ihn ansah, als wollte sie ihn trösten, ihm Mut zusprechen.

Am Abend des 28. Juli war das gewesen. Im Garten hinter dem Haus. Erwin hatte auf der neuen Gartenbank neben dem Teich gesessen. Lina Fiekens hatte sich an diesem Samstag grade verabschiedet, und er hatte die Zeitung wieder aus dem Haus geholt. Die Zeitung, die er Lina nicht hatte zeigen wollen. Erwin hatte das riesige Blatt mit ausgebreiteten Armen gehalten und angestarrt wie einen Schaden. Zum Lesen war ihm im Kopf zu heiß, aber gelesen hatte er den Artikel ja schon. Mehrfach hatte er sich durch die Spalten des Gedruckten gequält. Das Lesen fiel Erwin nicht leicht, auch wenn er es liebte. Gelesene Worte durchliefen in seinem Hirn einen komplizierten Prozess. Sie mussten aufbrechen und ihre Inhalte freisetzen. Das dauerte. Doch wenn er einen Text einmal bewältigt hatte, kannte Erwin die Worte besser als mancher Profileser.

So war es auch mit dem Artikel. Erwin hatte also dagesessen und das monströse Blatt gehalten. Die Spalten des Artikels hatten sich in eine Art Gefängnisgitter verwandelt. Ein Gitter, das die Überschrift *GEISTIG BEHINDERTER FÜHRT POLIZEI VOR* trug. Es sperrte ihn ein. In seiner Vergangenheit:

Erwin Düsedieker, 57, der geistig behinderte Sohn des ehemaligen Bramschebecker Dorfpolizisten Friedhelm Düsedieker ... blablabla ... Mit einer Ente im Gefolge stapft er Tag für Tag über die Äcker und Wiesen nah dem Dorf. Er trägt Gummistiefel, Trainingshosen, Bundeswehrparka – und manchmal setzt er sich die alte Polizeimütze seines verstorbenen Vaters auf. Trauen Sie einem solchen Menschen die Lösung eines komplexen Kriminalfalles zu? ... blablabla ... Alt- und Neonazis blieben in Versloh jahrelang unbehelligt. Sie konnten ein Waffenlager anlegen und Verbindungen in die Szene der gesamten Republik knüpfen. Die Polizei war ahnungslos. Über Jahre hinweg. Dann kam der – verzeihen Sie die saloppe Formulierung – Dorfdepp mit seiner Ente daher, und ...

Bei *Dorfdepp mit seiner Ente* war es Erwin schwarz vor Augen geworden. Und dann – ZACK! – war Lothar erschienen. Im Rahmen des Lochs, das sein vorschnellender Kopf genau an die Stelle geschossen hatte, wo das Foto platziert gewesen war. Lothars Schnabel war eine gute Waffe – insbesondere Schnecken wussten das. Lothar hatte mit einer Wut, die man ihm nicht ansah, das Foto zerstört. Das Foto, auf dem Erwin leutselig lächelnd neben der Ente gestanden hatte. Zwischen Entenhaus und Teich. Im Abendsonnenschein. »Ja, genau. Super! Genau so kucken! Sie sehen ja fast wie ein Kommissar aus! Schade, dass Sie die Dienstmütze nicht aufsetzen wollen. Könnten wir nicht vielleicht doch ein Foto mit Mütze machen? Nur ein einziges? Nur für mich persönlich. Ich werd's auch nicht verwenden. Fest versprochen! Es war so ein nettes Gespräch mit Ihnen …!«

So'n Arschloch, dachte Erwin. *Arschloch* war ein Wort, das er selten dachte, geschweige denn benutzte. Jens Buschfranz, der Lokalreporter des *Dettbarner Kreisblattes*, hatte ihn allerdings reingelegt auf eine Weise, die das Wort rechtfertigte. Natürlich hatte Buschfranz das Foto mit Mütze genommen, und Erwin sah saublöd aus in dieser Pose, mit diesem Lächeln. Nie wieder hatte er die Mütze tragen wollen: die Mütze seines Vaters, der ebenfalls verstrickt gewesen war in die Machenschaften der Nazis von Bramschebeck. Friedhelm Düsedieker, seit 12 Jahren tot. Ein Polizist, der die Vergangenheit nicht hatte abstreifen können. Ein Polizist, der – vielleicht nicht selbst als Täter, aber doch im Geiste – an Morden beteiligt gewesen war. Ein Polizist, der seinen Sohn täglich verprügelt hatte, weil er ihn für zurückgeblieben hielt. Der die Dummheit aus Erwin herausprügeln wollte, um ihn …

Ja, was?

Je häufiger Erwin über Friedhelms Erziehungsmethoden nachdachte, desto weniger verstand er sie. Da war nichts, was ihm die Züchtigungen erklärte. Überhaupt fiel es Erwin schwer, Bilder aus seinem früheren Leben, seiner Kindheit, wachzurufen. Aber was die vergangenen Wochen betraf, wusste er, dass er sich über die Rolle, die er darin gespielt hatte, klar werden musste. Er hatte einen Nazi-Ring auffliegen lassen. Er und Lothar und niemand sonst. Lothars Kopfstoß, sein Schnabelhieb, war mehr als nur ein Zeichen gewesen. Lothar hatte Erwin davor bewahrt, wieder zurückzufallen in die Gefangenschaft der Vergangenheit. Lothar, diese kluge Ente, hatte recht: Erwin musste seine Fesseln abstreifen, zerreißen, sprengen. Er selbst musste das erkennen, nicht andere. Worte wie *geistig behindert* taten weh, rissen alte Wunden auf. Aber er, Erwin, würde diese Worte nicht verhindern können. Sie würden ihn hier im Dorf nie für etwas anderes halten als den zurückgebliebenen Sohn Friedhelm Düsediekers. Bramschebeck würde niemals begreifen, dass Friedhelm als Polizist über all die Jahre die Machenschaften eines Geheimbundes namens *Des Teufels Sieben* gedeckt hatte: jenes Trupps von 1930 Geborenen, die das Dritte Reich niemals hatten vergessen können. Männer, die nach dem Krieg ein Netzwerk aufgebaut hatten, um einem nationalsozialistischen Führer die Rückkehr zu ermöglichen. Ewiggestrige, die in einem gigantischen Lager unter dem Bramschewald Waffen gesammelt hatten und die zugleich beste Beziehungen bis hinauf ins Polizeipräsidium von Dettbarn pflegten.

Alles dies war so surreal, dass sich Erwin, von tiefen Gefühlen bewegt, in der Wanne erhob. Das vom Sandelholz-Schaumbad grünlich verfärbte Wasser schwappte gefährlich nah an das verlängerte Kopfende heran. Da die Wanne, wie erwähnt, nicht in Erwins Badezimmer stand, sondern auf dem Holzfußboden in seiner Bibliothek, war die Gefahr für etwas, das Lina eine *ziemliche Sauerei* nennen würde, recht groß. Doch Erwin achtete jetzt nicht auf wogende Badewellen. Er wurde aktiv. Er traf Entscheidungen. Er stellte fest:

Die Vergangenheit war vergangen. Er würde sich *jetzt* von ihr abwenden. Er hatte einen Kriminalfall von unvorstellbaren Ausmaßen gelöst. Mochten diverse Polizeibehörden noch lange damit beschäftigt sein, das Nazi-Netzwerk zu entwirren: Für Erwin war die Sache erledigt. Die Vergangenheit von Versloh gehörte zu den Akten. Auch wenn sich arrogante Journalisten darüber wunderten, dass ein Mensch mit gewissen geistigen Beschränkungen eine bessere Spürnase als alle Kommissare des Landes gehabt hatte: So war es eben. Erwin guckte von nun an ausschließlich nach vorn (obwohl er in diesem Moment verkehrt herum in der Wanne stand). Er würde nie wieder Friedhelms Polizeimütze tragen. Selbstverständlich wollte er seine geliebten Streifzüge über die Äcker und Wiesen des Landstrichs nicht aufgeben. Wanderungen mit Ente im Gefolge und Gummistiefeln an den Füßen würde er sich nicht vermiesen lassen. Schon gar nicht von Menschen, die ihn weder verstanden noch achteten. Menschen wie Jens Buschfranz. Freispruch also für die Gummistiefel, die Trainingshose, den Parka – und lebenslänglich für die Mütze. Nein, Erwin würde nie wieder Polizist spielen.

Schluss. Aus. Ende.

Die Vergangenheit war Hass gewesen, rätselhaft, eine Welt von Tod und Töten. Die Zukunft würde womöglich genauso rätselhaft sein. Dann aber unter anderen Vorzeichen. Das Wort *Liebe* dämmerte diffus in der Ferne. Erwin spähte mit gewisser Nervosität durch die Glasfront des Wintergartens, wo sein aufgewühlter Blick erwidert wurde. Draußen vor dem Wintergarten stand Lothar, die treue Ente. Lothars Blick hatte noch immer etwas von der aufmunternden Kraft, die er beim Durchstoßen der Zeitungsseite gezeigt hatte. Heute jedoch kam noch etwas anderes hinzu: etwas Entrücktes, Mildes, Verklärtes, das die kleinen schwarzen Pupillen zu einem Weltraum erweiterten: einem Universum, das Platz fand in Lothars Kopf. Lothar war verliebt. Seit Wochen schon lebte er nicht mehr allein in seinem Entenhaus im Garten. Seine Liebe hieß Lisbeth. Sie erschien nun an seiner Seite und sah ihm sehr ähnlich: eine weiße, wie aus sich selbst heraus leuchtende Laufente. Ganz besonders ähnelte sie Lothar, was die Augen betraf – obwohl Lisbeths Blick eine Spur weniger verträumt schien. Aber diese Vertrautheit … Hätte Erwin das Wort *Synchronschwimmer* parat gehabt, es wäre eine schöne Formulierung gewesen für den Eindruck, den die Augenpaare der Enten in ihren wie aufeinander abgestimmten, miteinander tanzenden Bewegungen bei ihm hinterließen. Wobei Erwin allerdings die Möglichkeit übersah, dass Lothar und insbesondere Lisbeth vielleicht einfach nur verwundert waren über den Mann in der Wanne, diesen in Schaum gekleideten Endfünfziger, der dort halb eingerahmt von hohen Buchwänden in den Folgen einer kleinen Sturmsee stand, aufrecht wie ein Kapitän, und die Enten anstarrte – während der Schaum an den peinlichsten Stellen zerriss.

Die Liebe. Erwin verließ die Wanne so gegen 18 Uhr, wischte auf, zog sich einen Bademantel über und machte sich ans Bücherstudium. Die Unruhe hatte ihn nicht wieder losgelassen. Erwin verstand von Liebe ausgesprochen wenig, was der Liebe allerdings egal war. Sie hatte sich am Grenzweg niedergelassen. Vor etwa zwei Monaten hatte es begonnen, als Lisbeth ins Haus kam und Lothar sich verwandelte. Urplötzlich. Und natürlich hatte die Liebe auch Erwin verwandelt.

Sie hatte ihn total verwirrt.

Erwins Leben in der ehemaligen Polizeiwache folgte gewissen Regeln. Seine Eltern hatten zwar dafür gesorgt, dass er im Dorf als zurückgeblieben, um nicht zu sagen als doof galt, aber er verdankte ihnen auch eine kleine Rente und gewisse Unabhängigkeiten. Nach dem Tod seiner Mutter war es Erwin gelungen, das Leben im Haus allein zu meistern. Die Besuche der Gemeindeschwester ertrug er, damit man ihn seitens der Behörden nicht weiter behelligte. Im Grunde genoss er die wöchentlichen Visiten sogar, denn Schwester Diekmann war eine sehr nette Person, mit der er gut Kekse essen konnte.

Erwins und Lothars unfreiwilliger Einsatz als Polizist plus Ermittlungsente hatte im Dorf zu Turbulenzen geführt. Die anschließenden Berichte in der Presse hatten dabei natürlich eine Rolle gespielt. Dennoch blieben Erwins Geheimnisse wie auf wunderliche Weise gewahrt: die Buchliebhaberei, die Bibliothek, der Wintergarten mit Luxus-Badewanne zwischen Regalen und Gartenfenster. Von diesem anderen Erwin wusste Versloh weiterhin nichts, weil es nichts davon wissen wollte. Erwins Leben im Dorf war – noch immer – offiziell eines, das aus Nichtstun, Kaffeetrinken, Gartenarbeit, Gemeindeschwesterbesuchen, Gesprächen mit Arno Wimmelböcker, Spaziergängen mit Ente und kleinen Einkäufen im Dorfladen von Lina Fiekens bestand. Es war das Leben eines harmlosen Bekloppten.

Und nun war es die Liebe, die Besitz von diesem Leben ergriff. Anfang Juni war Erwin zusammen mit Arno zu Enno Gösemeier gegangen, um eine zweite Laufente ins Haus zu holen. Gösemeier hatte eine Zucht, und Arno hatte Erwin davon überzeugt, dass eine kluge Ente wie Lothar nicht allein bleiben sollte. Nun ja, Erwin verstand. Er hatte eine ziemlich gute Beziehung zu Lothar, aber vielleicht gab es da gewisse Dinge, die Lothar lieber von Ente zu Ente …?

Nicht wahr?

Jedenfalls hatte Erwin zugestimmt, und sie waren losgezogen. In einem Meer von Geschnatter und Gekrähe auf Gösemeiers Hof hatte sich Erwin dann bei der Frage ertappt, ob er Lothar nicht besser mitgenommen hätte, damit der die Wahl selber hätte treffen können. Genau in diesem Moment, in dieser verwirrenden Menge von Geflügel, war Erwins Blick auf Lisbeth gefallen. Sie ragte – im wörtlichen Sinn – aus der Masse heraus. Alles Nachdenken und Zweifeln war plötzlich verpufft. Erwin, der Lothar auf zahlreichen Wanderungen über Wiesen und Felder als eine Art Persönlichkeit kennengelernt hatte – gerade weil ihm manches im Verhalten der Ente rätselhaft blieb –, hätte später schwören können, dass er in jenem Moment auf höhere Weisung, womöglich gar auf Weisung Lothars, handelte. Die Ähnlichkeit zwischen schneeweißen Laufenten und Engeln drängte sich Erwin wieder auf, als er den Arm ausstreckte und auf die watschelnde Figur im Format einer Doppelmagnum-Flasche wies. Lisbeth war es. Sie oder keine. Erwin wusste in jener Sekunde, wie Lothar fühlte – und dachte.

Es gab keinen Zweifel: Lisbeth.

Weil Erwin nicht allzu gut darin war, seelische Ergriffenheit zu überspielen, vermutete Enno Gösemeier, Erwin Düsedieker sei noch viel bekloppter, als es Gerüchte seit Jahrzehnten behaupteten. Kopfschüttelnd verfolgte Enno, wie sich Erwin der Ente vorstellte. Fassungslos stellte er fest, dass auch Arno Wimmelböcker wie ein Kind auf das Tier reagierte. Und dann, nach getätigtem Kauf, sah er sie davonschreiten: Arno und Erwin. Erwin, der die Ente, vorsichtig an seine Brust gedrückt, in den Armen hielt. Die Ente, die den Hals stolz nach oben reckte, hoch über Erwins linke Schulter hinaus, und Enno einen letzten Blick zuwarf. Einen ganz besonderen Blick. Enno behandelte seine Tiere gut, keine Frage. Aber er verstand sie nicht. Und so verstand er auch nicht, dass Enten wie Lisbeth auch ohne Hände durchaus in der Lage waren, Menschen den ausgestreckten Mittelfinger zu zeigen.

Es war Liebe auf den ersten Blick, als Lisbeth in die alte Polizeiwache einzog. Lothar und Lisbeth waren vom ersten Moment an unzertrennlich. In den Tagen nach Lisbeths Ankunft wurde Erwin sogar von dem Gedanken gequält, dass die Vertrautheit zwischen ihm und Lothar nun vielleicht dahin sei. Lisbeth war immerhin eine Frau, und Frauen und Gespräche unter Männern, das war ... nun ja ...

Die Liebe näherte sich Erwin also sogleich mit jenem Gefühl, das der Liebe folgt wie ...

Ja, wie der Geier dem verendenden Esel:

Eifersucht.

Erwin ertappte sich dabei, dass er den Enten ganz besondere Mahlzeiten servierte. Er begann, auf nahen Feldwegen Schnecken zu sammeln. Er kaufte Bachflohkrebse, Mehlwürmer und Garnelen in Linas Dorfladen. Er verwandelte einen Teil des Hausgartens in Salatbeete, und er hatte immer was Leckeres in den Taschen.

Lothar und Lisbeth nahmen diese Köstlichkeiten wie selbstverständlich an. Doch wenn Erwin sich aufmachte, um in Gummistiefeln, Trainingshose und Parka über die Felder zu stapfen, dann blieben die Enten zu Hause.

Wochenlang ging das so.

Erwins Unsicherheit wuchs. Er versuchte, sich die Lage schönzureden. Hatte die Verweigerungshaltung der Enten vielleicht damit zu tun, dass Lisbeth es nicht gewohnt war, weite Strecken über freies Feld zurückzulegen? Dann wäre Lothars Verhalten das Verhalten eines Kavaliers gewesen und höchst lobenswert. Lisbeth war ja, wie Erwin sich wiederholt bewusst machte, eine Frau, und Frauen waren, was ausgedehnte Fußmärsche betraf, vielleicht …

Stopp! Erwin musste sich sofort korrigieren. Nicht nur, dass er von Frauen zu wenig verstand, um solche generellen Aussagen zu treffen: Lothars und Lisbeths Zweisamkeit hatte von Anfang an ein ganz spezielles, rätselhaftes Muster gezeigt. Wohin und wie schnell auch immer sich die Enten bewegten: In den allermeisten Fällen zog Lisbeth voran, und Lothar folgte. Lisbeth war resolut. Lothar eher vorsichtig.

Was hatte das zu bedeuten?

Dieses Rätsel namens Liebe …

Erwin wälzte die Bücher seiner Bibliothek. Es gab dort kein einziges Buch mit dem hilfreichen Titel *Erscheinungsformen der Liebe – Wie geht man mit ihnen um?* oder *Liebe: So tritt sie auf – So weichst du ihr aus.* Nein, die Liebe versteckte sich gradezu in den Büchern. Das einzige sachliche Buch – eines, das Verbindungen zog zwischen Vögeln und etwas Liebesähnlichem – kam mit der unsäglichen Theorie daher, dass man Graugänse zum Beispiel dazu bringen konnte, Gummistiefel zu lieben.

Als Erwin, am Lesepult stehend, diesen Quatsch las, stieß

er ein seinem Naturell ganz und gar nicht entsprechendes Lachen aus. Solch ein Unsinn. Als Experte für Gummistiefel musste er in aller Schärfe widersprechen. Außerdem war er der Meinung, dass es zwischen Graugänsen und leuchtend weißen Laufenten einen himmelweiten Unterschied gab.

Erwin schloss Sachbücher von der weiteren Forschung aus. Bis auf eines über *Die Minne*. Es handelte sich um einen prächtigen Band voller Bilder und schöner, fremder Worte: ein Buch mit erstaunlichen, auch verstörenden Einsichten, über die Erwin länger würde nachdenken müssen. All die anderen Bücher, die Erwin studierte, gehörten zum weiten Feld der Literatur.

Romeo und Julia zum Beispiel oder *Lolita*.

Gerade diese beiden Werke stellten ihn vor große Aufgaben.

Weshalb die Enten Erwins Spaziergänge verschmähten, beantworteten die Bücher allerdings nicht. Doch da Erwin auf dem Land aufgewachsen war, konnte er sich irgendwann einem gewissen Verdacht nicht mehr entziehen.

Vielleicht nutzten die Enten Erwins Spaziergänge, um …

Um …

Um allein zu sein …?

Arno hatte das noch Mitte Juli auf den Punkt gebracht.

»Mönsch, Äwinn, was is denn mit die Eier?«, hatte er während eines Besuchs gefragt. Er hatte sich im Garten und im Entenhaus umgesehen und dann das sich umtänzelnde Entenpaar betrachtet.

»Eier?«, hatte Erwin geantwortet.

»Na ja, die Eier. Gips keine Eier?«

Erwin hatte nachgedacht. Eier. Das war jetzt doch überraschend gekommen.

»Na, die Deesy. Also, die Lissbett, die leecht doch Eier, nä?«

Arno, der für Lisbeth den Namen Daisy vorgezogen hätte, hatte nicht lockergelassen:

»Da wirsse hier doch bald, ich mein. N' paa Enten wirsse bald mehr ham, wenne die Eier nich … Is dochn Mädchen, die Lissbett, nä? Un Lothar. Der is dochn Junge!«

Das fällt dann wohl auch unter den Begriff Liebe, hatte Erwin gedacht.

Aber es gab keine Eier.

»Nee«, hatte Erwin geantwortet. »Eier gibts nich. Also …«

»Hmm. Vielleicht is se noch zu jung?«

»Lissbett?«

»Jou. Wie alt is se denn?«

Lolita. Ein Blitzen in Erwins Kopf. Dann war es wieder dunkel geworden dort drinnen.

»Weiß nich. Die is … Also … Weiß nich.«

»M-hm. Sieht ja nich krank aus.«

»Nee, krank is die nich.«

»Hmmm.«

Arno hatte sich bald verabschiedet, war heimwärts zu Hilde Gerkensmeier gestiefelt. Er hatte Erwin ratlos zurückgelassen.

Die Liebe.

Zum Glück hatte sich Lothars Verhalten, was Erwin betraf, schließlich normalisiert. Lothar begann, sich wieder für Erwin und seinen Tagesablauf zu interessieren. Der Schnabelstoß am 28. Juli, ausgelöst durch den unsäglichen Zeitungsartikel von Jens Buschfranz, war der erste Hinweis. Zwei Tage später unternahmen sie zu dritt einen Abstecher zur Bramsche, westlich der alten Wache. Der Bachlauf war nach dem eher verregneten Juli angeschwollen zu einer Perlenkette von Wasserschlingen – kleinen Teichen sozusagen. Lothar und Lisbeth hatten Erwin aufgeregt begleitet und eine schöne Stelle zum Schwimmen gefunden. Bis zum Abend, dessen Licht das Gefieder der Enten in bizarrem Flamingorot erstrahlen ließ, hatten sie diverse Bäder und die Weite der Felder genossen. Wie in den alten Zeiten.

Es war ein wunderbarer Tag gewesen, voller Liebe nach den Vorstellungen Erwins. Jetzt, um 20.30 Uhr am 1. August, verblassten die Bilder der Erinnerung. Erwin ...

Tock – Tock – Tock.

Das Geräusch riss ihn aus seinen Überlegungen. Lisbeth, die Resolute, klopfte mit dem Schnabel ans Glas des Wintergartens. Neben ihr stand Lothar. Die Enten blickten Erwin an, der da im Bademantel am Lesepult stand und sich umsah. Sie hatten Hunger.

Erwin schlug das Buch, in dem er gedankenversunken geblättert hatte, zu und kümmerte sich um drei Mahlzeiten. Alles war wieder im Lot. Der Zeitungsartikel war fast vergessen. Eine Zeit des Friedens stand bevor.

Das konnte Erwin jedoch nur denken, weil ihm die Gabe der Vorsehung fehlte und weil der 2. August des Jahres noch nicht begonnen hatte.

Ein Männlein, still und stumm

Die Nacht verlief dramatisch. Die Hitze der vergangenen Tage und die vom Juli hinterlassene Feuchtigkeit vertrugen sich nicht. Gewittersturmgüsse zerzausten die Felder, die Wiesen und Wälder um Bramschebeck. In der Früh um drei, als es besonders heftig blitzte und krachte, holte der besorgte Erwin die Enten ins Haus. Er drückte sie an sich, unter einem weiten Regenmantel, als er durch den Garten zurückeilte. Der Himmel brüllte, dröhnte, sandte mit irrwitzigem, rhythmischem Trommeln Flüche auf ihn herab. Lichter flammten. Der Regen platschte, als ließe er Wasser säckeweise fallen. Dann saßen sie in der dunklen Küche, wo sie – RABABAMM!!! – alle paar Sekunden von greller Helligkeit erfasst und abgetastet wurden. Das Weiß der Enten war eine andere Farbe als das klinische Weiß dieses stroboskopischen Lichts. Es tarnte die Tiere, wenn es im Raum aufblitzte. Doch die Enten glimmten irgendwie nach in den Momenten der Dunkelheit zwischen den Zornesausbrüchen des Himmels.

Erwin fürchtete sich vor Gewittern dieser Art. Er saß an die Wand gedrückt, in der Ecke, auf der Holzbank. Dort, wo das durchs Fenster hereinzuckende Licht ihn nur schlecht erreichen konnte. Wo ein Blitz hoffentlich nicht hinlangen würde. Erwin erinnerte sich an Nächte, in denen er mit seiner Mutter hier gekauert hatte. Gertrude betend im Geschützdonner des Himmels. Worte murmelnd, in denen von

Schuld und Reue die Rede gewesen war und auf unverständliche Art auch von ihm, Erwin, mit dem der Herrgott doch nachsichtig sein möge, weil er, Erwin, ja nichts dafür könne.

Wofür konnte er nichts?

Sein Vater Friedhelm war in den furchtbaren Nächten selten daheim gewesen. Oft brannte es irgendwo. Ein Hof, eine Scheune ging in Flammen auf. Die Gebäude der Hölle mögen feuerversichert sein, aber sie brennen. Die Gewitternächte in Erwins Erinnerung waren Nächte, in denen Recht und Ordnung, wie Friedhelm sie vertrat, auf die Mächte des Himmels zurückgriffen. So hatte Erwin auch Gewitter als Strafen kennengelernt – für Vergehen, deren er sich nicht bewusst war.

Das machte die Sache extrem schwierig.

Lothar und Lisbeth blieben bei allem Geschepper von Licht und Luft sehr ruhig. Erwins Verstand mochte die Enten aus einer besonderen Tierliebe heraus ins Haus geholt haben. Sein Unterbewusstsein hatte es aus Angst getan, und weil die Enten ihn beruhigten. Als Blitz und Donner sich nach einer Stunde verzogen, fiel Erwin noch in der Küche auf der Holzbank in einen unruhigen Schlaf, aus dem er gegen kurz vor fünf wieder erwachte. Draußen dämmerte es grau. Es regnete. Die Enten waren verschwunden. Schlaftrunken machte sich Erwin auf die Suche, fand die Kellertür offen, stieg hinunter und stellte fest, dass er auch die schmale Hintertür, die vom Vorratskeller aus über eine Treppe zum Garten hinaus führte, offen gelassen hatte. Wasser stand am Fuß des Treppenaufgangs. Wasser war in den Keller gedrungen. Wasserzungen ragten über die Schwelle ins Haus, bewegten sich amöbisch langsam voran, auf die Vorratsregale zu. Zwischen den Nassflächen auf dem graubraunen Steinboden unmittelbar vor der Tür sah Erwin die Abdrücke von Entenfüßen. Er meinte in seiner Schlaftrunkenheit und im Halbdunkel auch Abdrücke von Stiefeln zu erkennen. Aber darüber dachte er nicht nach. Die Enten waren wohl zurück in ihr Gartenhaus gegangen. Zweisamkeit. Die Liebe. Und sie kannten sich in den Räumen der alten Wache aus. Lisbeth hatte das Haus schneller und gründlicher erkundet als damals Lothar, fiel ihm ein.

Erwin schloss die Tür und machte, dass er noch einmal ins Bett kam. Er fror, obwohl es warm und schwül werden würde an diesem Tag. Wenn die Wasserpfützen im Keller mittags noch nicht getrocknet waren, würde er aufwischen. Jetzt war er müde. Bis um halb acht verbrachte er die Zeit in traumlosem Schlaf. Dann meldete sich Arno Wimmelböcker.

Das Klingeln an der Haustür war drängend. Erwin hob den Kopf, sah auf das gelbliche Zifferblatt des mechanischen Weckers. Arno wusste, dass Erwin mitunter nicht ganz so früh unterwegs war wie er selbst, und nahm morgens meist Rücksicht. Weshalb also läutete er Sturm? Vor knapp zwei Wochen war Arnos Mutter gestorben, und Erwin hatte tagelang nichts von Arno gehört. Erwin hatte Theresia Wimmelböcker nie kennengelernt, und Arno selbst hatte schon seit Jahren keinen Kontakt mehr zu ihr gehabt. Erwin wusste, dass Arno in einem früheren Leben ein ziemlicher Säufer gewesen war, der irgendwann enterbt und von seiner schon seit Jahren verwitweten Mutter aus dem Haus und vom Hof gejagt worden war. Diesen früheren Arno hatte Erwin nie kennengelernt. Seit dem Rauswurf lebte Arno bei Hilde

Gerkensmeier in einer Funktion, die ein vergangenes Zeitalter wohl Stallknecht genannt hätte.

Was das aktuelle Zeitalter zu Arno sagen würde, darüber konnte man nur spekulieren. Jedenfalls soff er nur noch einmal in der Woche, in Gerda Kluckhuhns Dorfkrug, und war ansonsten ein bescheidener und herzensguter Mensch.

»Äwinn!? Bisse schonn wach!?«

Jetzt brüllte Arno auch noch vor der Tür herum. Erwin wälzte sich aus dem Bett, warf den alten Morgenmantel über, schob seine Füße in das Paar Pantoffeln vor der Bettkante und stolperte zur Zimmertür. Die Nacht hatte ihn irgendwie ausgelaugt. Oder lag das an der kommenden Hitze? In Erwins Kopf schmerzte was.

»Äwinn?!«

»Jaddoch! Komm ja schonn!«

Erwins Schlafzimmer befand sich in der zweiten Etage des Hauses: ein kleiner, angeschrägter, fast lichtloser Raum neben dem ehemaligen Elternschlafzimmer von Gertrude und Friedhelm Düsedieker. Dort drüben stand das alte Ehebett. Dort lagerten seit Friedhelms Tod und der Auflösung der Polizeidienststelle Versloh auch Teile des Mobiliars der damaligen Wachstube: der große Schreibtisch, einige Aktenschränke, Büroutensilien und dergleichen. An dem Schreibtisch saß Erwin, wenn er ermittelte.

Aber das war ja Vergangenheit, brachte ihm der Kopfschmerz wieder ins Gedächtnis. Und die Polizeimütze, die dort irgendwo lag, würde Erwin nie wieder aufsetzen.

Vorsichtig stieg Erwin die Holztreppe hinab. Schritt für Schritt wurde sein Gang sicherer. »Komme!«, rief er Richtung Haustür. Arno konnte, wenn er klingelte und Erwin im

Haus vermutete, schnell ungeduldig werden. Dann war er vor allem laut. Lautstärke war nicht gerade das, was Erwin jetzt brauchte. Nicht nach dieser Nacht.

Erwin öffnete die Tür, und Arno fuchtelte mit der linken Hand, in der er eine zusammengefaltete Zeitung hielt. Waren das nicht sogar zwei Zeitungen?

»Mönsch, Äwinn. Jetz bisse richtich berühmt. Möönsch!«

»Morgn, Arno.«

Arno ließ sich nicht ausbremsen. Das Fuchteln seiner Linken gründete in Wiegebewegungen, die Arno mit ganzem Körper ausführte. Er war aufgeregt.

»Werner sacht, da hasse bestimmt was mitgehn lassn. Hätter auch gemacht, sachta!«

»Werner? Was hätt er mitgehn lassn?«

»Na, so Geld, nä? Wassn mit Steuern? Musste aufpassn, sacht Werner!«

»Steuern? Sach mal, wass'n los, Arno?«

»Steht inne Zeitung. Hier. Hat Werner alles schonn gelesn. Unn Hilde!«

Die Zeitung. Erwins Kopfschmerz wurde stärker.

»Werner sacht, du biss jetz wohl was Bessers. Hass die Mütze auch gaa nich mehr auf. Habbich schonn gemerkt. Biste nich mehr nurn Pollezist, nä? Is sogar was inn Kreisblatt!«

»Was? Äh ... Werner?« – jetzt war Erwin vollkommen verwirrt. Hörte er da nicht auch einen leisen Vorwurf in Arnos Stimme? »Die Mütze? Pöhlings Werner?«

»Nee!« – Arno schüttelte den Kopf: »Nich Pöhling. Blitzwerner!«

»Blitzwerner?«

»Weiße doch! Der kam grad mitte Zeitung. Nachn Gewitter n'büschn spät. Sogar in beide bisse drin. Ich habse hier. Werner wollt das Kreisblatt noch zu Siggemann rüber in Pogge. Der liest das ja. Aber Hilde hatts behalten. Kenns ja Hilde …«

»Nee, so nich«, meinte Erwin abwesend und starrte auf die beiden gefalteten Zeitungen, die Arno in der Hand hielt. Zwei Zeitungen, tatsächlich: den *Pökenhagener Landboten* und das *Dettbarner Kreisblatt*. Hatte Jens Buschfranz wieder zugeschlagen? Erwin befürchtete Schlimmes. Blitzwerner – oder Werner Ottensmeier – war der Postbote von Versloh. Der Mann mit dem höchsten Dienstfahrradverschleiß im gesamten Kreis. Werner trug morgens, oft schon um fünf Uhr früh, die Zeitungen aus und wiederholte seine Radrunden mittags mit der Normalpost. Werner Ottensmeier also, Blitzwerner, hatte …

»Komm ma rein, dass's mir zu kompliziert für anne Tür«, sagte Erwin, und Arno griente, weil er ein Pinnchen Wacholderschnaps witterte – oder zwei.

Sie setzten sich in die Küche, wo nichts an die bange Stunde in der Nacht erinnerte. Und auch nichts an die Enten, denn Lisbeth und Lothar waren ausnehmend saubere Tiere. Allerdings wären Arno Spuren von Einstreu oder Ähnlichem wohl nicht aufgefallen. In seinem Bett auf dem Hof von Hilde Gerkensmeier hatten auch schon mal Ferkel übernachtet, als in einer fürchterlichen Winternacht vor vier oder fünf Jahren eine geschwächte Sau gestorben war, nach Ausfall der Heizungsanlage. Da hatte Arno seine ganze menschliche Größe gezeigt und den Wurf mit seiner Körperwärme gerettet.

Solch ein Mensch war Arno.

Nachdem Erwin Kaffee gekocht und ein erstes Schnäpschen als Aperitif zum Filtertütengebräu gereicht hatte, berichtete Arno mit lockerer Zunge von den Gerüchten in Bramschebeck und Umland. Was Arno ausließ, nicht wusste oder missdeutete, erklärten die Zeitungsberichte. Einer stammte von Jens Buschfranz. Beim anderen hatten mehrere Reporter, die Erwin nicht kannte, zusammengearbeitet.

Die Untersuchungen der Kreispolizei zu jenem unglaublichen Kriminalfall, den Erwin Düsedieker zusammen mit Lothar gelöst hatte, hatten ergeben, dass im geheimen Depot unter dem Bramschewald nicht allein Waffen gelagert worden waren. Waffen, die eine furchtbare Bande von Alt- und Neonazis gesammelt und vermutlich bei zahlreichen noch nicht aufgeklärten Anschlägen in der gesamten Republik eingesetzt hatte. Nein, man hatte dort versteckt neben Gewehren, Granaten, Panzerfäusten und Munition vor allem wohl auch …

Erwins Kopf wummerte. Jetzt kehrte die Vergangenheit zurück – nur wenige Stunden nachdem er ihr die Tür gewiesen hatte. Verdammt!

»Siehste. Da hammse auch Geld unn so gefundn …«

Geld? Erwin las von Banküberfällen, Erpressungen, Einbrüchen. Es waren Aktionen, die dazu dienten, den nationalsozialistischen Untergrund zu finanzieren. Von dem Raubgeld fehlte ein beträchtlicher Teil. Erwin wurde zunächst nicht klar, wie man das herausgefunden hatte. Waren das Mutmaßungen der Reporter? Nein, wohl nicht, die Berichte gingen detailliert auf die erbeuteten Summen, und was davon noch gefunden worden war, ein.

Mutmaßungen allerdings äußerten sowohl der Kreisblatt-Mann Buschfranz als auch seine Kollegen Pinkas Keller, Hendrik Stürmer und Tilman Bracksiek vom *Landboten*. Mutmaßungen, die Erwin betrafen.

Erwin, den Jens Buschfranz in seinem ersten Artikel als *Dorfdepp* bezeichnet hatte.

Dieses Wort fiel weder im *Kreisblatt* noch im *Landboten*. Es wirkte dort – angedeutet – aber durchaus fort. Buschfranz, Keller, Stürmer & Bracksiek beschworen darüber hinaus einen ganz anderen, einen perfiden Verdacht: Tat Erwin Düsedieker vielleicht nur so, als sei er geistig ein wenig … nun ja, einfacher gestrickt? Um die Ermittlungsbehörden an der Nase herumzuführen? Hatte er Geldwerte in beträchtlichem Umfang an sich genommen und sich dann den Untersuchungen der Polizei entzogen, quasi indirekt, indem er den Harmlosen spielte? *Einen uns nachdenklich machen sollenden Fall scheinbarer mentaler Inhibition* – wie Stürmer es formulierte? Der war im *Landboten* für politische Analysen zuständig und bekam die wenigsten Leserbriefe.

Das Wort *Schweijkiade* fiel – bei Bracksiek, einem Mann mit abgeschlossenem Studium. Es quietschte in Erwins Gehirn, als er sich durch die Buchstabenfolge mühte.

Erwins Kopf glühte. Er wusste ja, dass ihn die Polizei in Ruhe gelassen hatte, weil sie ihn für doof hielt. Insofern hatten die Schreiber recht. Aber was sie hier in ihren Artikeln daraus machten …

Er las atemlos weiter, doch sein natürliches Unvermögen, Worte zu überfliegen, machte ihm die Lektüre doppelt schwer. Er hätte gern beschleunigt, aber er konnte es nicht. Außerdem waren ihm die Künste und Tricks manipulativen

Schreibens fremd. Erwin hatte keinen blassen Schimmer von den Möglichkeiten, Dinge anders aussehen zu lassen, indem man sie zuspitzte oder verfälschte. Vor allem fehlte ihm das Verständnis dafür, wie man etwas Falsches einfach so behaupten konnte, ohne sich dafür verantworten zu müssen. Die Schreiber konnten das – und taten es. Sie vertraten einen grenzenlosen Begriff von Pressefreiheit. Sie behaupteten, aus Polizeikreisen erfahren zu haben, dass man Erwin in der Frage der *Unterschlagung* in Verdacht habe. Davon stimmte nichts. Aber man würde es nicht nachweisen können, denn von wem dieser Verdacht stammte, blieb unerwähnt. Quellenschutz nannten sie das. Davon verstand Erwin ebenfalls nichts. Den Begriff *Quellenschutz* hätte er in Büchern über Heimatpflege und Natur gesucht. Erwin las nun also von einem konkreten Verdacht gegen ihn, und Arno begann mit dem dritten Schnaps immer direkter nach dem Geld oder dem Gold zu fragen. Außerdem sprach er davon, dass sie sich im Dorf die Mäuler über Erwin zerrissen, weil er die Polizeimütze seines Vaters schon so lange nicht mehr getragen hatte.

Diese verdammte Mütze. Erwins Magen rebellierte.

»Kannze dir jetz ja velleicht n' Auto kaufn …«

»N' Auto? Spinns du?«

»Oder nee, gipses Geld lieber für Bücher aus, nä?«

Irgendwie verspürte Arno den Drang, Erwin zu triezen. Vielleicht hatte es damit zu tun, dass Arno die Veränderungen der vergangenen Wochen unbewusst verabscheute. Er hatte den Erwin mit Polizeimütze gemocht. Er vermisste ihn. Erwins Verhalten verstörte ihn. Und nun die Sache mit der Zeitung: Wer in der Zeitung stand, der war Arno nicht geheuer. Das musste er irgendwie loswerden. Und die Tatsache, dass Erwin nun sogar ein bisschen rot geworden war, verführte ihn dazu, weiter und weiter zu sticheln. Die Schnäpse hatten Regionen in Arnos Gehirn aktiviert, deren Existenz die Wissenschaft geleugnet hätte.

»Kosten ja zimmlich viel, sone Bücher, nä?«

»Hör ma auf jetz, Arno. Da is nix mit Geld!«

Erwin wiegelte ab, sehr unsouverän. Arno setzte noch einen drauf, schielte dabei auf die Wacholderflasche:

»Hass ja auch ne schicke Wanne da hintn bei die Bücher. So ne goldene. Mit goldene Hähne unn so, nä? Äwinn, Äwinn …«

»Was? Aber du kennz doch meine … den Wintergartn mitte Wanne? Da bisse doch schonn …! Das … Nee, Arno, das meinste nich ernst. Nee, hörma … hörma auf jetz!«

Das Herz schlug längst den Takt des Kopfschmerzes. Plötzlich sah Erwin, wohin Arnos Verdacht steuerte. Dieser unerhörte Verdacht. Diese absurde Verdrehung der Wirklichkeit. Ja, Arno kannte den Raum und die große Wanne, die zwischen den Buchregalen im Wintergarten stand. Erwins Luxus-Badewanne für Schaumbad-Nachmittage. Arno war neben Lina der einzige Mensch in Bramschebeck, der von der Existenz dieses Raums und seines Mobiliars wusste. Arno hatte die Wanne zum ersten und bisher einzigen Mal gesehen, als er ihm, Erwin, das Leben gerettet hatte. Anfang Juni. Der korrupte damalige Kommissar Lars-Leberecht Heine hatte mit Messer in der Hand neben der Wanne gestanden. In der hatte Erwin gesessen. Der Kommissar war dummerweise ins Haus eingedrungen, als Erwin mal wieder in einem Asia-Orchidee-Schaumbad schwelgte. Einige Wochen nachdem Erwin der Nazibande und ihrem Nutznießer, eben diesem Kommissar Heine, das Handwerk gelegt hatte. Einige Wochen nachdem Erwin also möglicherweise Geld aus den Raubzügen der Verbrecher beiseitegeschafft und sich dann … eine goldene Wanne gekauft hatte …? Der Gedanke war von solcher Hinterlist, dass Erwin sich einen Moment lang selbst verdächtigte.

Wer böse is, kommt ins Gefängnis, Äwinn. Du willz doch nich ins Gefängnis, oder!?

Stopp! So ging das nicht. Die Wanne war ein sehr ausgefallenes, außen vergoldetes Modell. Vergoldet. Nicht mal besonders kratzfest war diese Vergoldung. Vielleicht hatte Gold gar keine Rolle gespielt bei der Beschichtung. Aber eine Wanne aus *echtem* Gold …? Was hatte sich Arno da nur zusammengesponnen in seiner von Schnaps und Dorfkrug-Mythologie verdorbenen Phantasie? Erwins Herz schlug immer schneller, raste, und so verfiel er auf die Idee, Arno zu zeigen, dass das Wannengold in der Bibliothek wertlos und der Buchbestand dort drinnen *nicht* auf kriminelle Weise finanziert worden war.

»Na, denn kuck doch selbs!!«, brüllte er, sprang vom Stuhl, kippte den Kaffeepott um, riss die Küchentür auf und stürmte den Flur entlang. Er rumste im Halbdunkel gegen die hölzerne Eingangstür zum Wintergarten, drückte die Klinke, stürmte weiter und wies mit anklagender Hand auf das im Gegenlicht schimmernde Corpus Delicti:

»Das is doch keine Goldwanne, Arno! Das is doch …!«

Erwins Augen hatten das Licht gesucht, ganz automatisch. Sein halber Blick war beim Erstürmen der Bibliothek durch die große Frontscheibe hinaus in den Garten, zum

Gartenteich gefallen, wo man noch sehen konnte, dass der Nachtsturm die Teichrandpflanzen geschüttelt, misshandelt, teils niedergedrückt hatte. Der Garten sah mitgenommen aus. Sogar der Rasen hatte gelitten, als sei dort schweres Ackergerät getestet worden. Ein durchpflügtes Feld hätte kaum schlimmer aussehen können.

Die Verwüstungen von Grün, das Schnecken tragen konnte, schienen auch den Enten aufgefallen zu sein. Lothar und Lisbeth verharrten am Teichrand und starrten auf das Wasser, die Pflanzen. Obwohl sie ihre Köpfe nicht dem Wintergarten zugewandt hatten, sah Erwin, dass der Ausdruck, der ihnen anhaftete, deutlich ein klagender war.

Und so wurde aus Erwins halbem Blick in den Garten im Bruchteil einer Sekunde ein ganzer. Die Wanne, die Bücher, sie verloren jede Bedeutung. Arno, der Erwin gefolgt war, empfand genauso. Die Wanne war eine Wanne, mehr nicht. In diesem Moment war nur eine einzige Frage wichtig. Arno formulierte sie zuerst, obwohl Lothar und Lisbeth vermutlich Ähnliches fragten, auf ihre Weise, ohne Worte:

»Sach ma, Äwinn. Da kuckn ja Füße aussem Teich. Liecht da einer drinn?«

Füße. Genauer: Schuhe. Wohl mit Füßen gefüllt. Womit auch sonst?

Erwin betrachtete die viel zu sauberen Halbschuhe, die da wie die Köpfe böser schwarzer Pilze schräg aus dem Wasser wuchsen. Bewusstseinsverwirrende Pilze. Pilze mit stattlicher Schuhgröße. Er sah die dunklen, kaum von Lehm beschmutzten Socken. Er sah die Hosenbeine einer recht teuren Hose. Eine ordentliche Hose, wie Gertrude gesagt hätte. Vermutlich eine Anzughose. Eine für Beerdigungen, dachte Erwin.

Solch eine feine hatte er nie besessen. Eine solche Hose musste man sich verdienen.

Mehr sah Erwin nicht, denn das Arrangement von Schuhen, Socken, Hose verschwand mit den dicklichen Beinen, deren weißes Fleisch zwischen Sockenrand und abgerutschen Hosenaufschlägen sichtbar war, im Teich – in einem sehr steilen Winkel. Wie ein Wettschwimmer schien da jemand in schwarzem Anzug den Sprung ins grünliche, vom Gewitterregen schmutzgetrübte Wasser gewagt zu haben. Um dann festzustellen, dass die Wassertiefe von einskomma-x Metern am linken Teichrand allenfalls garantierte, dass der Kopf im morastigen Grund stecken blieb.

Dumm gelaufen.

Ein Toter.

Als Erwin seinen Blick nach Sekunden erstarrter Betrachtung Hilfe suchend zu Arno wandte, konnte dieser nicht umhin, eine Frage zu stellen, die er sofort bereute:

»Was hasse da bloß gemacht, Äwinn?«

Spurensicherung

Einige Minuten nach der schrecklichen Erkenntnis, dass im Teich tatsächlich eine Leiche lag, verlor Erwin die Kontrolle. Arno argwöhnte nur einen Moment lang, Erwin sei ein Mörder. Schnell wurde ihm wieder bewusst, dass Erwin – sein Freund Erwin – nie und nimmer einen Menschen töten könnte. Auch wenn es womöglich um Geld, viel Geld ging. Und es kam noch etwas hinzu: Für Arno war Erwin immer noch irgendwie Polizist. Ein Polizist mit Mütze. Weder mordeten solche Polizisten noch stahlen sie. Von dieser Überzeugung ließ sich Arno nicht so leicht abbringen. Und als Mensch, dessen Feingefühl unter gegerbter Haut schlummerte, berührten ihn Erwins Panik, seine Verzweiflung, sein hektisches Gestammel. Keuchend rannte Erwin in den Garten, stoppte am Teichrand, fuchtelte mit den Armen:

»Arno! Arno! Komm, vielleicht … vielleicht …!«

Er stolperte vor und zurück, griff mit zupfenden Gesten in die Luft. Wollte er den Toten anfassen? Wollte er versuchen, ihn aus dem Teich zu ziehen?

»Vielleicht isser … Wenn er noch …?«

»Nee, der's tot!«

Die Scheu, Tote zu berühren … Arno mochte kein Ermittler sein, doch er arbeitete bei Hilde Gerkensmeier im Schweinestall und wurde, wenn es anderswo viel zu tun gab, auch mal an Jungbauern der Gegend ausgeliehen. Zu dem

Universum *Leben auf dem Bauernhof* gab es ein ziemlich düsteres Paralleluniversum namens *Tod auf dem Bauernhof*. Das kannte Arno besser als Erwin. Arno hatte schon Schlachtermesser in der Hand gehalten und sogar benutzt. Erwin hatte noch nicht mal eines im Haus.

Wobei sich die Frage, wie der kopfüber in den Teich Gepflanzte gestorben war, noch gar nicht stellte. Der Verdacht lag nahe, dass er ertrunken war. War es ein Unfall gewesen? Ein Unglücksfall? Oder doch ein Mord? Und was hatte dieser Mann hier zu suchen gehabt? War er allein gekommen? Ein Mann? Ja, es handelte sich wohl um einen Mann: Hosen, Schuhe und Schuhgröße sprachen deutlich dafür. Die Schuhgröße von mindestens 47, linker Schuh, rechter Schuh, parallel nebeneinander, leicht schräggestellt. Dieses Arrangement löste in Erwins Kopf ein Bild aus, auf das er mal in einem Buch über alte Autos gestoßen war: die Anordnung von Kupplungs- und Bremspedal. Es war ein befremdliches Bild, das Erwin weiter über das Thema Unfall nachsinnen ließ – wenn auch kaum bewusst. Noch immer hopste er aufgeregt im Garten herum, als habe man ihn mit nackten Füßen auf eine viel zu heiße Herdplatte gestellt. Arno bewegte sich langsamer, umrundete bedächtig den Teich. Beide kehrten mit ihren Blicken wieder und wieder zu diesem Paar Beine mit den großen Halbschuhen an den Füßen zurück. Beide suchten das Gelände um den Teich ab. Hatte der Mann den Rasen dermaßen matschig getreten und Schilf, Flatterbinse, Wollgras, Hahnenfuß, oder wie auch immer die Teichrandpflanzen hießen, verwüstet? Hatte er vielleicht etwas verloren, bevor er …? Eine Brieftasche, mit Papieren drin? *Ermittlungen*, dachte Erwin, und wie auf Befehl stellte er das aufgeregte Herumgetänzel ein. Man würde in seinem Garten Ermittlungen durchführen. Er musste …

»Nix anfassen, hörste, Arno?! Nix anfassen! Wegen Fingerabdrücke, weißte?! Die Pollizei … die muss das ja alles … Weißte?!«

Arnos Augen weiteten sich. Fingerabdrücke, na klar. Er blieb stehen. Nein, Fingerabdrücke hatte er nirgends hinterlassen. Arno hatte ja aufgrund seiner Freundschaft zu Erwin immer schon ein wenig Einblick in die Kunst der Polizeiarbeit gehabt. Außerdem war erst vor Monaten ein komplizierter Kriminalfall in Bramschebeck abgewickelt worden. Da hatte er viel gelernt über Fingerabdrücke und Fußspuren und … Ach, du Scheiße! Arno gefror auf der Stelle. Er hatte den Teich mindestens zweimal umrundet. Er blickte erschüttert hinüber zu Erwin. Der war ebenfalls hier herumgelaufen, war sogar näher an der Leiche gewesen. Die goldene Wanne kam Arno wieder in den Sinn. Ohne auch nur im Entferntesten einen bösen Gedanken zu denken, wäre es Arno jetzt doch lieber gewesen, ein Verdacht würde zunächst auf Erwin fallen, nicht auf ihn. Er würde Erwin selbstverständlich auch im Gefängnis besuchen.

Nun war es also Arno, der die Kontrolle verlor.

Erwin wusste nur zu gut, dass ihm Arno keine Hilfe war. Nicht in dieser Situation. Erwin hatte sich wieder beruhigt. Die Leiche war eine Tatsache. An Tatsachen gab es nichts zu rütteln. Schon gar nicht durch Panik und kopfloses Handeln. Zunächst, dachte Erwin, musste er Arno loswerden. Dann musste er die Polizei benachrichtigen. Aber das ließ sich ja kombinieren. Erwin hatte kein Telefon, schon gar kein Mobiltelefon oder gar Smartphone. Arno ebensowenig … Ein erster, kühler Gedanke in diesem Chaos. Erwin hob den Kopf.

»Arno, geh mal zu Hilde. Hilde soll Pollizei rufn.«

»Pollezei? Abba …!«

»Da issn Toter, Arno. Da muss Pollizei kommn.«

Arno bewegte sich noch immer nicht.

»Willste … Willste nich abhaun, Äwinn?«

Erwin zog die Augenbrauen hoch, schüttelte den Kopf.

»Nich in Gummistiefeln, Arno. Das geht nich.«

Arno verstand nicht, dass Erwin dies durchaus doppeldeutig meinte. Er bot Erwin an, ihn in Hildes Scheune zu verstecken. Da wäre der Weg nicht so weit, um ihn mit Kaffee und Wurstbroten zu versorgen. Und wenn sie ihn suchen kämen, wüsste Arno schon ein paar Winkel, da würden sie Erwin niemals finden. Erwin lehnte aber ab und erklärte umständlich, dass eine Flucht einem Schuldeingeständnis gleichkäme.

»Ich war das nich, Arno.«

»Nee, abba … Klar, nee … Och, Mönsch, Äwinn …!«

Arno wirkte gequält, wie er so dastand, auf den stattlichen Inseln seiner Fußspuren. Er schien zu überlegen, ob er durch akkurate Rückwärtsbewegungen die Wege, die er um den Teich gegangen war, auslöschen konnte.

»Geh mal zu Hilde«, wiederholte Erwin und fügte, einer Eingebung folgend, hinzu: »Ich sach denen, dass du das auch nich warss.«

Arno sah ihn an.

»Unn wenn se dir … Ich mein … Wenn se dir nich glaubm?«

»Ich setz die Mütze auf, Arno.«

Arnos Gesicht hellte sich auf – zumindest ein wenig. Ihm

war durchaus bewusst, dass die Mütze bei der offiziellen Polizei aus Dettbarn nicht zog und dass Erwin ihn nur beruhigen wollte. Doch die alte Polizeimütze war etwas, das Arno mit Erwin verband. Sie war das Pfand einer besonderen Art von Verschworenheit.

Erwin griente.

Arno nickte.

»Na, dann geh ich ma«, sagte er. »Abba sach denen, dass ich nur ummen Teich bin wegen Kuckn. Hätt ja sein könnn, der is nich tot, unn dann müsst ich ja rettn, nä?«

»Na klar«, sagte Erwin. »Jetz mach ma. Sonss … Sonss sagen die noch …«

»Ou jau, hass recht!«, rief Arno, der begriff, dass auch Verzögerung Verdacht erregen konnte. Ohne Rücksicht auf weitere Fußabdrücke schwenkte er vom Teich ab, nahm Fahrt auf, stürmte durch einen vor Wochen von ihm selbst geschaffenen Spalt in der Buchsbaumhecke am Gartenrand und jachterte über die Gerkensmeierschen Äcker gen Hilde – auf Kurs gehalten vom schmalen Grenzstreifen zwischen einem Maisfeld und einem frisch gedüngten Stück Brachfläche.

Erwin vermutete, dass es höchstens eine Stunde dauern würde, bis die Polizei erschien. Er versuchte sich zu konzentrieren. Was konnte er in dieser Zeit tun? Er spürte das dringende Bedürfnis, die Leiche zu beseitigen. Aber genau das durfte er nicht. Natürlich durfte er das nicht. Obwohl dieser Tote ein Angriff war. Ein Angriff auf ihn. Ein Angriff, der ihn wehrlos machte. Jede Berührung der Leiche war womöglich ein weiteres Verbrechen. Eines, das man ihm zur Last legen würde. Wenn er doch wenigstens herausfinden könnte, wer dieser Tote …

Erwin erschrak:

»Lothar! Lisbeth! Nee! Nich! Ksch! Ksch!«

Erwin hatte die Enten in den vergangenen Minuten gar nicht wahrgenommen. Sie hatten sich vom Teich ferngehalten, als er und Arno den Tatort umlagerten. Jetzt leuchteten die Tiere auf, traten wieder hervor, als lösten sie sich aus einem blinden Fleck. Die Enten taten genau das, was Erwin nicht tun durfte. Sie näherten sich dem Wasser und …

»Na, lasst ihr das mal? Nich! Wech da! Ksch!!«

Lisbeth voran zuppelten die Enten an den Hosenbeinen der Leiche. Erwin war hilflos, wie immer, wenn die Enten eigenwillig wurden. Lothar und Lisbeth spürten deutlich, dass der Körper mit Schuhen dran in ihrem Teich nichts zu suchen hatte. Der musste da weg. Es war ja nicht so, dass den Enten als Naturwesen alles Organische gefiel, was sich im Teich abspielte. Ein verwesender Leichnam war etwas ganz anderes als dicke, grüne Gründelsuppe. Lothars schnarrendes Schnattern, mit dem er Lisbeths Zuppelei begleitete, war deshalb ein deutliches Signal an Erwin, doch bitte schön beim Beseitigen der Sauerei zu helfen.

So jedenfalls verstand es Erwin. Und er schüttelte panisch den Kopf.

Lothar begriff wohl, dass Erwin ihm und Lisbeth keine Hilfe war, und stürzte sich zu Lisbeth ins Wasser. Die Wellen, die sein Eintauchen warf, setzten sich wie Schatten unter der Wasseroberfläche fort. Erwin sah genauer hin. Nein, das waren keine Schatten. Mit klopfendem Herzen erkannte Erwin, dass es sich wohl um so was wie Rockschöße handelte oder um einen weiten Mantel. Es war dunkler Stoff, ausgebreitet wie ein großer, wogender Flügel unter Wasser. Ein schwarzer Engel, schoss es Erwin durch den Kopf. Doch das Bild verblasste schnell. Und dann stieß Lothar zu. Ja, sein Kopf tauchte und stieß zu. Mit dem Schnabel, unter Wasser. Lisbeth zuppelte noch immer. Die Schuhe der Leiche, die dunklen Pilze, ruckten hin und her. Erwin fühlte Übelkeit.

»Lothar!«, keuchte er, »Lothar, dass ... die Pollizei. Die holn den da doch raus! Nich jetz, Lothar! Lissbett! Was macht ihr denn!? O nee!!«

Seine Stimme überschlug sich fast. Er suchte nach Hilfe. An der Gartenbank lehnte ein Rechen, ein Fächerrechen, ein Laubbesen, der irgendwann im September oder Oktober zum Einsatz kommen würde. Den griff er sich mit beiden Händen, hielt ihn halb hoch, wie eine Lanze, die mit aufgespreizten Zinken zum Teich wies. Er überlegte ernsthaft, ob er einen Vorstoß wagen sollte. Doch der Gedanke behagte ihm nicht, ganz und gar nicht, denn in Erwins Psyche gab es keinen Platz für Gewalt gegen Enten. Noch weniger gefiel ihm allerdings, dass Lothar und Lisbeth offenbar zu Fleischfressern mutiert waren. Wegen dieses Toten? O Himmel, wie viel Unheil wollte die Leiche denn *noch* anrichten? Erwin hob den Rechen ein Stück höher. Das Gerät wurde ihm dabei so schwer, dass seine Kraft versagte. Da zog Lothar den Kopf aus dem Wasser und schlug mit den Flügeln. Lisbeth schnatterte, rannte plötzlich angriffslustig auf Erwin zu. Der erschrak, stand starr, die Lanze gesenkt. Lisbeth machte kehrt und nahm nun Kurs auf Lothar. Mit kräftigen Flügelschlägen verwirbelte Lothar das Teichwasser. Gischt spritzte auf den Rasen. Und dann erhob sich der schmächtige Entenleib fast zwei Meter in die Höhe. Lothar flog! Aber konnte er das? Den Bruchteil einer Sekunde lang sah Erwin einen kleinen, weißen Engel, der sich wie die Verkörperung der reinen Seele aus der dunklen Teichbrühe erhob, als entstiege er dem dort zu drei Vierteln untergetaucht liegenden schwarzen Eindringling …

Ein weißer Engel, über das Böse triumphierend, über den Höllendrachen, der …

> *… Herab vom Himmel stürzte sammt der ganzen / rebellischen Engelschaar, mit deren Hülfe / er glorreich seines Gleichen zu beherrschen / und Gott sich gleich zu stellen trachtete, / […] Des Allerhöchsten Macht / stieß häuptlings ihn aus den äther'schen Höh'n / furchtbaren Sturzes glutumflammt hinab / zum bodenlosen Abgrund, dort zu wohnen / in Demantketten und in Feuerpein … // Du siehst, in welchen Pfuhl, aus welcher Höhe / gestürzt wir sind, so mächtig war sein Donner. / Wer hat vorher auch dieser grausen Waffe /Gewalt gekannt?*

Da war es wieder, dieses Bild. Nun klarer, eindeutiger. Ein Bild aus Bildern eines faszinierenden Buchs. Der Titel fiel Erwin in den Überraschungen des Moments nicht ein: *Das verlorene Paradies*. Luzifer. Satan. Der gestürzte Schwarze Engel. Eines jener Bücher, die Erwins Fantasie entzündet hatten. Ein bilderspuckendes Epos voller farbberauschender Kupferstiche. Geschaffen von einem Mann namens William Blake. Erwins Kopf, seine Erinnerung, wählte aus den Bildern aus: ein Engel wie ein großer, dunkler Drache mit gigantischen Schwingen. So was hatte er gesehen. Ein düsteres, Gänsehaut erzeugendes Bild. Die Farben dieser Kupferstiche, hatte Erwin oft gedacht, waren wie mit Gift angemischt worden. Und dann landete Lothar vor Erwins Füßen. Die Wirklichkeit kehrte zurück, wasserspritzend, und Lothar erbrach sich.

Nein: Erwin hatte sich getäuscht. Lothar ließ etwas fallen, das er im Schnabel gehalten hatte. Ein rechteckiges Stück Papier oder Plastik. Grünlich. Eine Karte? Ein … ein Personalausweis? Woher hatte Lothar den? Hatte er unter Wasser etwa in den Manteltaschen des Toten …? Erwin starrte auf das Bild. Die Situation war bizarr. Keine zwei Meter von ihm entfernt ragten Füße aus dem Teich, und das Wichtigste dessen, was dort unsichtbar, weil in den Morast gebohrt, unter Wasser ruhte, blickte ihn nun im Format eines Passbildes an: ein Gesicht, dem ein Ausdruck von Freude wohl nur nach mehrstündiger Operation aufgezwungen werden konnte.

Erwin bückte sich:

Kaspar Pollpeter, geboren 16. 09. 1955.

Der Mann war etwa so alt wie Erwin. Und jetzt war er tot. Den Namen Kaspar Pollpeter hatte Erwin noch nie gehört. Der Mann lebte nicht in Bramschebeck und in Pogge wohl auch nicht. Seine Kleidung – das, was von ihr zu sehen war – deutete auf Fechtelfeld hin, wenn nicht sogar auf Dettbarn. Eine größere Stadt. Eine andere Welt. Als Geburtsort war neben dem blassfarbenen Porträt *Lütkenhagen* genannt. Lütkenhagen lag irgendwo westlich, noch hinter Pökenhagen. Ziemlich weit weg, mehr wusste Erwin nicht.

Aber die Ermittlungen befeuerten ihn. Er wagte es, den Personalausweis mit dem Fuß zu bewegen, ihn auf den Rücken zu drehen. Seine Fußspitze würde wohl keine Spuren am Ausweis hinterlassen. Erwin bückte sich wieder. Tatsächlich: Der Wohnort des Mannes lag in Dettbarn – hatte in Dettbarn gelegen. *Wiesenwinkel 17, Dettbarn.* Und da stand noch mehr: *Größe: 165 cm.* Eher klein also. Klein, mit großen Füßen. *Augenfarbe: grün.* Na, das passte ja zum Teich. Erwin fand seine Gedankenspiele nicht witzig. Aber sein Gehirn machte, was es wollte. Wie immer.

In diesem Moment rasten Lisbeth und Lothar durchs Bild. Unschuldig spielten sie Fangen, torkelten umeinander, tanzten. Der in den Teich gestürzte Eindringling schien vergessen. Vielleicht waren die Enten einfach nur Realisten. Sie würden den mehrere Zementsäcke schweren Körper niemals allein aus dem Teich bekommen, und Erwin war ihnen keine Hilfe, das hatten sie begriffen. Vermutlich waren die Enten sich sicher, dass Polizei und Forensik den Fremdkörper bald entfernten. Dann würde der Teich wieder ihnen gehören. Und was Verwesungsrückstände und mögliche Blutspuren betraf: Das Teichwasser besaß starke Selbstreinigungskräfte …

Das Wasser.

Erwin stutzte. Das nächtliche Gewitter. Als er in den frühen Morgenstunden in der Küchenecke aufgewacht war, mit schmerzendem Nacken … Die Enten waren verschwunden gewesen, und im Keller …

Hatte er im Keller nicht Wasserzeichen von Entenfüßen und von Schuh- oder Stiefelabdrücken entdeckt? Unscharfe Erinnerungsbilder meldeten sich, neckten ihn. Verdammt: Erwin war schlaftrunken gewesen, hatte die Nässe, die Pfützen im Kellereingang zwar als Ärgernis empfunden, nicht jedoch als Ansammlung wichtiger Spuren. Spuren, die vielleicht mit einem Mordfall zu tun hatten.

War der Mann in seinem Keller gewesen?

Und wenn ja, wie war er danach in den Teich gekommen?

Erwin umrundete den Personalausweis und ging dann erneut auf die Füße der Leiche zu. Er betrachtete das Profil der Halbschuhe. Die Sohlen waren ziemlich abgelaufen. Da war mal ein Profil gewesen, konzentrische Rillen im Verlauf der Schuhform. Von den Rillen gab es deutliche Reste nur noch im Mittelteil der Schuhe. Der Mann war vielleicht ein Wanderer gewesen – so wie Erwin. Oder er war ein Geizhals und gönnte sich nur alle zehn Jahre neue Schuhe. Jedenfalls würde er auf dem Rasen und den freigetrampelten Matschflächen kaum Spuren hinterlassen haben.

Und im Keller? Die Fußabdrücke im Keller?

Erwin eilte zur Kellertreppe. Doch er stoppte auf Höhe des Personalausweises. Ein kühner Gedanke ergriff ihn. Er zog ein sauberes Taschentuch aus der Tasche seiner Trainingshose und bückte sich. Seine Finger zitterten. Sein Herz schlug schnell. Es schoss auf ihn. Es zielte und schoss:

BAMM! BAMM! BAMM! BAMM! BAMM!

Wer böse is, kommt ins Gefängnis, Äwinn!

Du darfs nich lügen, Äwinn. Die Polizei darfste nich belügen!

Er fasste mit dem Taschentuch nach dem Ausweis, hob ihn auf und lief, als hielte er ein glühendes Kohlestück zwischen den Fingern, zum Teich, wo er die Plastikkarte neben der Leiche ins Wasser warf.

Ein taumelnder, grüner Falter, der …

Platsch!

Scheiße! Scheiße! Scheiße!

Der verdammte Ausweis sank nicht. Er tauchte nur kurz weg und hob sich wieder, dockte friedlich wie ein kleines Boot am Pfahl des rechten Unterschenkels an. Erwin verfiel wieder in Panik. Der Personalausweis neben der Leiche, das ging nicht. Ganz und gar nicht. So präsentierten sich Leichen nicht! Erwin lief hinüber zu der Stelle, wo er den Laubrechen abgestellt hatte, schnappte sich das Teil und kehrte zum Teich zurück. Vorsichtig und doch sehr zittrig langte er nach dem störrischen Stück Plastik. Zunächst wollte er es herausfischen, an sich nehmen und vernichten, vergraben, was auch immer. Aber etwas in ihm sträubte sich dagegen. Kurz entschlossen drückte Erwin den Ausweis mit Hilfe der Blechzinken ins Randgrün des Teichs, tief zwischen die schmoddrigen Stengel eines Büschels Schilfgras. Dann zog er den Rechen zurück und lief hinüber zur Treppe an der Rückseite des Hauses. Den Rechen stellte er an der Hauswand ab.

Was nun?

Er sah die Steinstufen hinab. Die Feuchtigkeit dort war verschwunden. Es hatte ja schon vor Stunden aufgehört zu regnen, und im hitzigen Augustwetter verdunstete das Niederschlagswasser schnell. Erwin ärgerte sich darüber, dass er am Morgen so verschlafen gewesen war. Ohne Hoffnung stieg er die Treppe hinab, öffnete die Tür, die er – wie so oft – aus Nachlässigkeit unverschlossen gelassen hatte, und betrachtete den Boden im Bereich des Kellereingangs. Auch hier erinnerte kaum noch etwas an den Regen der Nacht. Wo Spuren gewesen sein mochten, Spuren von Enten- und Menschenfüßen, Wasserabdrücke, blickte er auf grau-braunen Steinboden.

Verdammt!

Erwin betrat den Keller. Licht fiel durch ein schmales, halb versenktes Fenster und durch die offene Tür. Die Wände rechts und links waren vollgestellt mit Regalen. Alte Vorratsregale, zum Teil noch gefüllt mit Reihen von Einweckgläsern, in denen dunkelrote Kirschen dämmerten. Kirschen, die Gertrude in ihrem letzten Spätsommer eingekocht hatte. Diese Gläser hatten was Medizinisches. Gläser mit Leichenkirschen, eingeweckt in ihrem eigenen Blut. Sie würden hier wohl noch in hundert Jahren stehen. Das Holz der Regale war an vielen Stellen geschwärzt von Schimmel. Alles in diesem Raum war dunkel, dämmrig. Erwin bunkerte die meisten seiner Einkäufe oben in der Küche oder im Kühlschrank. Er brauchte nicht viel. Und er lagerte kaum etwas, denn er ging gern zu Lina Fiekens in den Laden. Hier unten war er selten. Hier bewahrte sich Vergangenheit auf, beschäftigte sich mit sich selbst, hielt Erwin auf Distanz.

Keine Spuren. Auf dem Boden zeichnete sich nur noch der feuchte Schatten des eingedrungenen Wassers ab, mehr nicht. Die Fußabdrücke waren verschwunden, getrocknet.

Hatte es sie gegeben? Hatte er vielleicht geträumt?

Erwin ärgerte sich, schüttelte den Kopf und wollte sich wieder auf den Weg in den Garten machen, als sein Blick im Halbdunkel auf den oberen Teil und die schlaffen Henkel einer zusammengedrehten Einkaufstüte fiel, die sich hinter einer der Reihen von mit Kirschen gefüllten Gläsern verbarg. Eine Plastiktüte, oben weiß, unten blau mit weiteren eingestreuten Farben. Die Gläser standen hier nicht sehr dicht nebeneinander. Einer inneren Stimme folgend, schloss Erwin die Außentür, machte Licht an. Dann ging er zurück zu dem Regal, hockte sich hin, schob den Kopf zwischen die Einweckgläser und stellte fest, dass es sich bei der Tüte um die eines Ladens in Fechtelfeld handelte: ein Supermarkt, dessen Adresse er auf dem Polyethylen fand. Unter der Werbezeile: *Eröffnung 1. Juni 2012 – 20 % Rabatt auf alles.*

Wie kam die Tüte in den Keller? Sie war gefüllt, ruhte bauchig wie eine kleine, satte Buddha-Figur auf dem Holz. Erwin fragte sich, wer mit einer solchen Tüte vom Einkauf zurückgekommen sein mochte. Friedhelm und Gertrude wohl kaum. Schon wegen des Datums nicht. Sie waren beide schon zu lange tot. Und von sich selbst wusste Erwin, dass er den jüngst eröffneten Laden in Fechtelfeld nie betreten hatte. Er kannte ihn nicht einmal. Fechtelfeld lag außerhalb seiner Welt.

Erwin schob die Gläser zur Seite, um die Tüte besser fassen zu können. Als er sie vom Brett zog, sackte sie mit dumpfem Laut zu Boden, rutschte ihm aus den Händen, lappte auf. Mehrere Bündel Geldscheine fielen heraus. Die Tüte war voller Geld. Zwanzig-, Fünfzig- und Einhundert-Euro-Scheine, neue und gebrauchte. Keuchend fiel Erwin aus der Hocke auf den Hosenboden, griff dabei nach der Tüte wie nach einem Halt, riss sie mit sich, sodass sie sich quasi übergab und weitere Banknoten-Bündel freigab. Die ergossen sich über Erwins Bauch:

Das Geld fiel über ihn her. So musste er das deuten. Die Leiche war ein Angriff – auf das idyllische Leben in der alten Wache, auf Erwins Entscheidung, nie wieder Polizist zu sein. Das Geld bewies, dass die Truppen, die den Angriff führten, bereits ins Haus eingedrungen waren, es infiziert hatten. Es stand schlecht um seine Verteidigung. Erwin stöhnte, sah verstört um sich, als suche er jemanden, den er um Hilfe anflehen konnte – jemand, der ihm dies alles erklären konnte. Zugleich war er froh, dass weder Arno noch Lina in der Nähe waren. Was hätte er ihnen sagen sollen?

Und dann hörte Erwin im Garten Geräusche. Eine Stimme. Man rief nach ihm. Es klang gedämpft.

»Erwin? … Erwin?«

Lina?

Das war doch die Stimme von Lina!? War etwa die Polizei schon da? Mit Lina? Hatte Arno auch Lina informiert? Während ein unsichtbares Wesen, ausgestattet mit der Macht eines satanischen Engels, um seine Kehle griff, warf Erwin die Geldbündel zurück in die Tüte, riss sich los, eilte wie kopflos in den Kellerflur und bog dann nach rechts in den verspinnwebten, fensterlosen Tankkeller. Er schwang die Tüte über die Mauer der alten Ölfangwanne, legte sie auf den Boden, bückte sich über die knapp hüfthohe Mauer und gab der Tüte am Boden einen Stoß, sodass sie ein Stück unter den alten, stählernen 10 000-Liter-Tank rutschte. Dann hörte er, wie es an der Tür schellte. Sehr lang. Sehr bestimmt. Mit rotem Kopf, schwitzend, machte sich Erwin auf den Weg nach oben, um nach der Leiche und dem Geld nun auch noch die Polizei zu empfangen. Er hatte sie ja rufen lassen. Jetzt war er verloren.

Halten Sie sich für weitere Fragen bereit

Die Erschütterungen, die der Ort Versloh dank Erwin Düsedieker in der Kriminalstatistik des Landes ausgelöst hatte, waren immens gewesen. Daher vermutete man auf der Polizeiwache in Fechtelfeld, dass es nicht genügen würde, nur einen Streifenwagen zu schicken. Nachdem Hilde Gerkensmeier am Telefon den Namen Düsedieker erwähnt hatte, befürchtete man sofort Schlimmstes und informierte das Polizeipräsidium in Dettbarn. Es war Kommissar Kuno Bökenbrink persönlich, der neue Leiter des KK 11 der Kreispolizeibehörde, der sich des Falles annahm. Bökenbrink, etwa 45 Jahre alt, von schmächtiger Statur und ruhigem Wesen, war in vielem das Gegenteil seines Vorgängers Lars-Leberecht Heine. Bökenbrinks Vorgesetzte hofften, dass sich dies insbesondere in den Fragen von Amtsführung und Integrität auswirken würde. Heine hatte die Behörde in kaum vorstellbarem Maße korrumpiert. Mehr als die Hälfte der Leute dort war nach Heines Festnahme verhaftet oder versetzt worden. Bökenbrink hatte es also mit sehr jungen Kollegen zu tun, die sich untereinander noch kaum kannten.

Und sie kannten auch Erwin Düsedieker noch nicht, den Dorftrottel, der einer Verschwörung auf die Spur gekommen war. Erwin, über den es Mutmaßungen gab. Den Mann in

Gummistiefeln, der von der Presse beobachtet wurde. Dieser Erwin hatte nun also eine Leiche in seinem Garten gefunden.

Interessant, interessant …

Als Erwin, verschwitzt und mit der Mimik eines Verstörten, die Haustür öffnete, verfestigten sich einige der ihn umkreisenden Gedanken. Man warf sich Blicke zu. Kuno Bökenbrink allerdings verzog keine Miene. Erwin erfasste mit hektischem Kopfrucken sechs Beamte inklusive des Kommissars. Und er sah einen Rettungswagen, der neben zwei Streifenwagen am Rand des Grenzwegs, halb im Straßengraben, parkte.

Bökenbrink stellte sich und seine Leute vor – mit wenigen Worten. Dann sagte er, in kühlem Ton:

»Sie haben die Polizei rufen lassen, weil Sie eine Leiche gefunden haben?«

Erwin nickte.

»Im Gartn is die!«, krächzte er aufgeregt und wies mit der Rechten, den Finger ausgestreckt wie den Lauf einer Pistole, zur linken Hausseite. Die andere Hand hatte er zur Faust geballt. Verdammt, er musste seine Nervosität in den Griff bekommen.

Kuno Bökenbrink musterte ihn. Erwin schwitzte wieder stärker. Solchen Musterungen folgten oft unangenehme Dinge.

»Mitm Kopf inn Teich«, sagte er. »Da rum. Da gehts inn Gartn!«

Erwin ruckte vor, wollte dem Pistolenlauf-Zeigefinger seiner Rechten folgen. Dies vor allem, damit ihm die Polizisten und die Rettungsleute oder wer auch immer sich hier eingefunden hatte, um das Haus herum folgten. Auf keinen Fall sollten sie den Weg in den Garten durch die Räume der alten Wache nehmen. Dieser Weg hätte ihnen entweder die Bibliothek mit Badewanne gezeigt oder den Keller mit Erwins Plastiktütengeheimnis. Beides musste er verhindern.

»Meine Kollegen finden sich schon zurecht. Bleiben Sie einen Moment. Ich würde Ihnen gern ein paar Fragen stellen.«

Mist. Kommissar Bökenbrink hob die Hand, und sein ausdrucksloser Blick beunruhigte Erwin einmal mehr. Fragen stellen? Erwin hatte einen Kloß im Hals. Wenn sich Lina jetzt tatsächlich im Garten befand, machte sie sich vielleicht verdächtig. Wollte der Kommissar ihn hier festhalten, damit er sicher sein konnte, dass Erwin am Tatort nicht heimlich weitere Spuren vernichtete?

Weshalb nur dachte Erwin, den Mann, der dort im Teich lag, persönlich umgebracht zu haben? Weshalb gab ihm die Anwesenheit des Kommissars das Gefühl, ein Verbrecher zu sein?

»Ja?«

»Sie haben die Polizei nicht selbst angerufen. Warum nicht?«

»Nich … Nich angerufen?«

Erwins Erwiderung blieb wirkungslos. Der stoische Blick des Kommissars widerstand den dahingestammelten Worten. Der schmächtige Mann stellte ein anderes Kaliber dar als Lars-Leberecht Heine. Heine war sich sicher gewesen, dass es sich bei Erwin um einen Idioten handelte. Das hatte Erwin den Umgang mit Heine erleichtert. Dieser Kommissar hier hatte von Erwins Ermittlungen gelesen. Auch wenn die Zeitungen Erwin ständig als Dorfdeppen bezeichneten: Bökenbrink machte sich ein eigenes Bild. Erwin musste vorsichtig sein. Er saß schon viel zu tief in der Patsche.

»Hab kein Tellefon.«

Bökenbrink zog kaum merklich die Augenbrauen hoch.

»Kein Telefon? In einer ehemaligen Polizeiwache?«

»M-hm!« Erwin nickte unschuldig. Der Lehrer stellte Fragen, der Schüler antwortete. »Mutti hats abgemeldet.«

»Mutti? Aha.«

Jetzt nickte auch Bökenbrink. Zeigte seine Selbstsicherheit erste Risse?

»Wegene Anrufe«, sagte Erwin verschämt. »Die riefen immer an. Inner Nacht. Wollten Pollizei. Da war Papa aber schonn tot, unn Mutti hat gesacht, das Tellefon kommt wech.«

Bökenbrink versuchte zu verstehen. Sein Mund spitzte sich. Er wusste von Erwins Familienverhältnissen – soweit sie in den Amtsakten verzeichnet waren: alleinstehend, Tod des Vaters 2001, Tod der Mutter 2009. Ein irgendwie zurückgebliebenes Kind. Kurzer Aufenthalt in der Psychiatrischen Klinik von Pökenhagen. Behindertenrente ...

»Aber wenn die Wache nach dem Tod Ihres Vaters aufgelöst wurde«, sagte Bökenbrink, »dann hätten Sie, beziehungsweise Ihre Frau Mutter, doch einen Privatanschluss mit neuer Nummer beantragen können?«

Erwin ließ den Satz verhungern. Da genügte ein grübelnder Blick. Er konnte sich jetzt durchaus Zeit lassen. Seine Festung stand. Nach vielen Sekunden schüttelte er den Kopf.

»Nee«, druckste er. »Mutti hat gesacht, Tante Trine kann sich ne neue Nummer nich merkn. Undn Tellefon ...«

Mit einem Ausdruck kindlichen Unverständnisses stieß Erwin Luft aus und schüttelte nicht nur den Kopf. Er ließ den Oberkörper mitschwingen, als ginge es um eine besonders deutliche Geste der Verneinung. Ein Telefon: Was für eine dumme Idee. So ein Ding brauchte er nicht. Arno war deutlich vielseitiger als ein Telefon, wenn es um Kommunikation ging. Und Lina war glaubwürdiger. Kommissar Bökenbrink wusste das nicht, hatte aber begriffen, dass er Fragen stellen sollte, die weniger gut geeignet waren, die Fähigkeiten dieses … Menschen herauszufordern. Nach einem Mobiltelefon wollte er gar nicht erst forschen. Gab es hier überhaupt Empfang? Bökenbrink verzichtete darauf, es mit seinem eigenen Gerät zu testen. Und auch an einen Computer im Haus wollte er nicht denken. Ohne dass es ihm bewusst wurde, dämmerte in seinem Hinterkopf die Vermutung, dass Erwin Düsedieker deshalb ein solches Mysterium und womöglich unterschätzt war, weil er in den Datenströmen der Welt noch niemals ein Bild, einen Abdruck hinterlassen hatte. Erwin war aus der Zeit gefallen und aus den Zugriffsmöglichkeiten ebenso. Das schützte ihn vielleicht. Aber diese Gedanken formulierten sich in Bökenbrinks Gehirn nicht aus. Und dann eilte ein junger Beamter herbei, der bereits im Garten gewesen war. Er informierte den Kommissar über den Toten, einen durchaus grausigen Fund. Bökenbrink nickte, seufzte und wies neben das Haus:

»Sehen wir nach, was die Kollegen so machen.«

Im Gehen – Bökenbrink sorgte dafür, dass Erwin voranging – fügte er hinzu: »Haben Sie einen Verdacht, wer da bei Ihnen im Teich liegt?«

Erwin bog um die Hausecke, schlüpfte durch den engen Spalt zwischen Buchsbaumhecke und Hauswand. Seine Gedanken waren halb bei Lina. Die Stimme ... Hatte er vorhin tatsächlich Lina gehört, als er sich noch im Keller aufhielt? Bökenbrinks Frage nahm er nur nebenbei wahr.

»Nee«, sagte er halblaut. »Konntse nich erkenn'n, die Füße.«

»Füße?«

Kommissar Bökenbrink befürchtete, dass es nicht einfach sein würde, Erwin Düsedieker zu verhören. Aber er wollte sich nicht provozieren lassen. Er hoffte insgeheim, der Fall möge sich als unerwartet unkompliziert erweisen. Schön wäre eine einfache Auflösung – ohne Tatbeteiligung dieses seltsamen Menschen. Ein Unglücksfall vielleicht. Alkohol. Das Leben auf dem Land. Ein Sturz im Suff in tückisch morastiges Wasser. Kuno Bökenbrink lebte gern in der Stadt. Auf dem Land lebten andere Menschen.

Mehr Gedanken zum Thema erlaubte er sich jetzt nicht. Als er sich durch die Buchsbaumhecke gezwängt hatte und den Garten, die Menschen darin, die zwei Enten und die Tätigkeiten am Teich sah, klärte sich zumindest das Rätsel der Füße. Wieder zog Bökenbrink die Augenbrauen hoch und dachte: *das Land*. Er gab Erwin zu verstehen, dass er sich kurz mit einem Kollegen besprechen müsse. Dann wandte er sich einem der Beamten zu, und sie steckten die Köpfe zusammen. Der Kommissar wies immer mal wieder zum Teich, einige Male auch zum Haus.

Derweil wurden im Garten Fotos gemacht. Die Kollegen von der Forensik und zwei aus Vorsorge bestellte Rettungssanitäter zogen den nassen Leib des Mannes aus dem Wasser. Erwin konnte nicht gut erkennen, wie das vor sich ging. Sie legten den Körper ein Stück vom Teich entfernt auf eine bereitgelegte Plane, bedeckten den Kopf mit einer Art Tuch. Vielleicht macht man das so, wenn man einen Toten findet und den Fundort untersucht, dachte er. Die Köpfe der Toten sind immer das Toteste. Erwin hatte Bilder gesehen. Schlimme Bilder.

Die um den Toten herumwuselnden Männer fotografierten so ziemlich alles, was mit der Leiche und dem Fundort zu tun hatte. Auch der Teich, das Haus, der Rasen wurden fotografiert. Immer wieder, als hätte eine höhere Macht plötzlich festgestellt, dass es viel zu wenige Informationen aus diesem Winkel der Welt gab.

Bökenbrink interessierte sich zunächst weniger für den Toten. Er musterte die ältere Dame, die da neben dem Teich stand, im Gespräch mit einem der Beamten. Die Dame, die der Grund dafür war, dass Erwin sich kaum zu rühren wagte. Jetzt kehrte der Kommissar zu Erwin zurück.

»Ähem«, er räusperte sich und deutete mit der Hand zu dem miteinander sprechenden, ungleichen Paar. »Kennen Sie diese Frau? Wohnt sie bei Ihnen?«

Erwin war kreidebleich. Er schnappte nach Luft. Bökenbrink beobachtete das. Es gab ihm irgendwie ... Hoffnung?

Erwin schwitzte schon wieder. Es war also tatsächlich Lina gewesen, die vorhin gerufen hatte. Was tat sie hier? Sie brachte sich doch in Gefahr! Sie musste am Teich gestanden haben, als die Polizisten in den Garten strömten. Lina allein mit einem Toten. So was weckte Verdacht, zog Fragen nach sich. Und mehr noch: Die Strafen der Polizei waren furchtbar. Erwin wusste das. Sein schlechtes Gewissen sagte es ihm. Sein Vater war Polizist gewesen. Erwin hatte den Personalausweis des Mannes verschwiegen. Er hatte das Geld in der Plastiktüte verschwiegen und würde es weiter verschweigen. Sein Vater hatte ihm eingeprügelt, dass man die Polizei nicht belog. Der Polizei musste man immer alles sagen. Erwin hatte ein sehr gutes Schmerzgedächtnis …

»Herr Düsedieker, kennen Sie diese Dame?«

Bökenbrink hatte seiner Stimme Nachdruck verliehen. Erwin entglitt ein nervöses, noch immer überraschtes »Lina!«

»Lina?«

»Na, wirst du wohl! Hau ma ab da! Aus! Ksch!!«

Lisbeth, die dem Geschehen am Teich mehr Aufmerksamkeit schenkte als Lothar, beteiligte sich munter an der Spurensicherung – allerdings nicht im Sinne der Beamten. Die waren bemüht, von verschiedenen, tief in den feucht-matschigen Rasen gedrückten Schuhabdrücken Profile zu nehmen. Dort, wo die Grasnarbe aufgerissen war, gab es dafür gute Chancen. Was Lisbeth zu kleinen Neckereien nutzte. Sie beschäftigte etwa die Hälfte der Einsatzkräfte. Die versuchten, das Tier zu verscheuchen, ohne vom Mörder hinterlassenen Spuren Schaden zuzufügen.

»Kann die nich mal einer wegsperrn?!«

Der Kommissar schien das zu überhören – zum Glück für Lisbeth.

Erwin bemerkte wieder, wie forsch die Entendame im Vergleich zu Lothar auftrat. Der hielt sich im Hintergrund, duckte sich geradezu. Jetzt watschelte er langsam zurück zum Entenhaus in der dem Teich gegenüberliegenden Gartenecke. Als Lothars Kopf kurz in Richtung Erwin schwenkte – wohl zufällig, denn die Ente nahm keinen Blickkontakt auf –, sah Erwin etwas Farbiges, etwas Rotes im Gelb des Schnabels leuchten. Die Farbe stach hervor. Hatte Lothar eine Blüte aufgesammelt? Die rote Blüte einer Geranie vielleicht, aus einem der Kästen neben dem Wintergarten? Die Blüte einer Fuchsie oder gar einer dieser riesenblütigen Dahlien, die in einem Beet neben der Gartenbank wuchsen? Die hatte Lina dort gepflanzt. Lina hatte ganz neue Farben in den Garten gebracht. Sehr viel Rot …

»Herr Düsedieker? Hören Sie?«

Es gelang Kuno Bökenbrink nicht, zu Erwin durchzudringen. Er registrierte das eher interessiert als verärgert. Erwins Verkrampfung löste sich langsam. *Dahlien* … Er schüttelte den Kopf, konzentrierte sich wieder auf das Geschehen um die Leiche. Zumindest versuchte er das, doch Lothar verschwand mit seinem roten Fund im Entenhaus, und Erwin fragte sich auf sehr naive, unschuldige Art, ob sich Enten Blumen schenkten. Wollte er Lisbeth überraschen? Was es bedeutete, wenn sich Menschen Blumen schenkten, war Erwin halbwegs bewusst. Und er, der Bilder liebte, hatte ein natürliches Gefühl für die Wirkung starker Farben. Tiefes Rot war eine solche Farbe.

Empfanden Enten das ebenso?

Von Lisbeth kam scharfes Schnattern. Sie legte einen Zahn zu, flitzte quer über das kleine Spurenfeld am Teich und wagte sogar einen angedeuteten Angriffsstoß gegen den Beamten, der die Leiche untersuchte. Was tat sie da nur? Erwin bewunderte Lisbeths forsche Art. Ja, sie war forsch.

So forsch wie Lina?

Erwins Blick hellte sich auf. Bökenbrink, der Erwins unruhige Mimik beobachtet hatte, räusperte sich, versuchte es erneut:

»Lina also? Ist sie mit Ihnen …?« – der Kommissar bemerkte, dass er Erwin noch immer nicht erreichte.

»Herr Düsedieker?«

»Das is Lina«, sagte Erwin gedankenverloren, »Lina Fiekens. Der Laden im Dorf. Der is ihrer.«

»Und was tut sie hier?«

Anstatt dem Kommissar zu antworten, warf Erwin ein zaghaftes Winken hinüber zu Lina. Zwischen ihnen verlief ein unsichtbares Band – und eine Grenze, die Erwin sich nicht zu überschreiten getraute. Nicht in Gegenwart dieser … Männer. Lina blickte auf. Sie lächelte, redete aber weiter. Der Beamte an ihrer Seite nickte und notierte. Sein jugendlich-rötliches Gesicht verriet einen Ausdruck von Respekt. Immerhin war Lina über 70 Jahre alt und eine sehr patente Ladenbesitzerin. Der junge Mann hatte offensichtlich Manieren. Das war ja nicht schlecht.

Das Gesicht des Kommissars hingegen zeigte nun Anzeichen eines heraufziehenden Unwetters. So kam er nicht weiter. »Kommen Sie!«, raunzte er Erwin an, schritt vor und unterbrach das Gespräch zwischen Lina und dem Beamten.

»Guten Tag. Ich bin Kommissar Bökenbrink und leite die Ermittlungen.«

Bökenbrinks Körpermaße karikierten den harschen Tonfall dieses Grußes. Lina hatte Erwin erneut ein schnelles, trauriges Lächeln zugeworfen. Dann wandelte sich ihr Gesichtsausdruck, wurde irgendwie geschäftsmäßig.

»Fiekens«, sagte sie, die Frage des Kommissars vorwegnehmend, »Lina Fiekens. Ich wohne außerhalb von Bramschebeck, ein paar Kilometer von hier. Meine Adresse hat der freundliche junge Herr ...« – sie warf auch dem rotbäckigen Beamten ein Lächeln zu – »... bereits notiert. Ich hab ihm auch schon gesagt, dass ich die Nacht hier im Haus verbracht habe. Bei Herrn Düsedieker ...« – jetzt holte sie tief Luft und gab Erwin ein Signal, das ihn verstörte. Aber er deutete es richtig:

Er schwieg.

»Das ... heißt also, Sie waren ... zusammen mit Herrn Düsedieker, als dieser Mann da ...?«

»Ja«, sagte Lina. »Eigentlich geht das ja niemanden was an, aber in einer solchen Situation ...« – mit *in einer solchen Situation* meinte sie den Mann auf dem Rasen, wie sie mit einer Kopfbewegung unterstrich. Erwin stockte der Atem. Was hatte Lina vor? Weshalb erzählte sie diese ... Geschichte?

Ähnliche Gedanken schien auch der Kommissar zu hegen. Lina blieb das nicht verborgen. Also fügte sie hinzu:

»Nun, man zerreißt sich gern das Maul hier, deshalb bitte ich um Diskretion. Angesichts eines Kriminalfalles allerdings, und es ist ja sicher nur für die Akten ... Sehen Sie, wir treffen uns manchmal, spielen Karten, und ...«

»Karten spielen Sie also mit ... mit Herrn ...?« – die Frage entschlüpfte dem Kommissar ungewollt. Aber sein Blick war jetzt hellwach. Lina blieb unbeeindruckt, ließ sich nicht so leicht ausmanövrieren.

»Ja, wir haben lange zusammengesessen. Es ist später geworden, gestern. Wenn Erwin gewinnt, findet er ja kein Ende. Ich hatte ein paar Gläser Rotwein getrunken. Und was den Heimweg betrifft: Na ja, es war schon nach Mitternacht. Und dann wurd's ja auch schon ungemütlich, draußen ...«

Rotwein? War Lina verrückt geworden? Wenn das untersucht wurde! Erwin hatte im Haus keine einzige Flasche Rot...

»Was spielen Sie denn so gern, Herr Düsedieker?«, grätschte der Kommissar in Linas forsche Verteidigungsrede – und blickte Erwin herausfordernd an. Lina schnappte nach Luft. Doch sie sagte nichts. Was sollte sie auch sagen? Hoffentlich hatte Erwin Spielkarten im Haus ... Der Kommissar lächelte.

»Nun, Herr Düsedieker? Was für ein Kartenspiel haben Sie gespielt, gestern Abend?«

Es war nicht so, dass Kommissar Kuno Bökenbrink einen Verdacht gegen Erwin oder Lina oder gar beide hegte. Noch nicht. In ihrem Verhalten war aber etwas, das ihn reizte. Er hatte das Gefühl, dass sie ihm irgendetwas verheimlichten. Oder sie wollten ihn necken. Das passte ihm nicht.

»Öhm ...«, begann Erwin, der in seinem Kopf das Bild eines abgegriffenen Packs alter französischer Spielkarten fand. 32 Spielkarten. Auf den Rückseiten rot schraffiert. Die Kartenränder aufgeweicht, teils eingerissen. Er wähnte sie irgendwo bei den Sachen im alten Elternschlafzimmer. Sieben, Acht, Neun, Zehn, Bube, Dame, König, Ass. Erwin hatte die Sieben gemocht. Mit der Sieben konnte er sich wehren. Die Sieben war die niedrigste Karte. Aber sie war mächtig. Mächtiger als Könige.

»Ja?« – ein sonores, herausforderndes Brummen.

»Öhm ... also ... Mau-Mau«, sagte Erwin. »Mau-Mau spiel ich gern. Ja.«

»Mau-Mau. Mit Rotwein, was?«

Diese Worte des Kommissars waren nun wieder an Lina gerichtet. Mit *Mau-Mau* hatte sie offensichtlich nicht gerechnet. Ihr war mittlerweile aber klar, dass ihr Manöver mit den Spielkarten einem vielleicht allzu tollkühnen Gedanken geschuldet war. Zum Glück hatte Erwin nicht *Schwarzer Peter* gesagt.

Lina nickte. Und lächelte – diesmal angestrengt.

»Ich hab aber doch noch gewonnen«, sagte sie, und zum Glück entschloss sich der Kommissar, diesen Teil des Gesprächs zu beenden. Das geschah, weil einer der Beamten zu ihm trat und, wie Erwin vermutete, die Zwischenergebnisse der Leichenuntersuchung überbrachte. Kommissar Bökenbrink nickte. Sein Blick wurde sehr ernst. Erwin meinte, der gerunzelten Stirn und den buschigen Augenbrauen auch eine Spur Verwunderung entnehmen zu können. Hatten die Männer im Garten etwas noch Außergewöhnlicheres gefunden, als es eine kopfüber im Teich versenkte Leiche ohnehin schon darstellte?

»Also gut«, sagte Bökenbrink gedehnt. »Kommen wir zu dem eigentlichen Grund, weshalb wir hier anwesend sind. Schauen wir uns den Toten einmal an.«

Dieser letzte Satz enthielt einen Ton, der Erwin irritierte. War es eine Warnung? Oder eine Provokation? Sie gingen hinüber zur Plane mit dem Körper darauf. Lina folgte, zögernd. Sie hatte weggesehen, als die Beamten den Toten aus dem Wasser gezogen hatten. Nun aber folgte auch sie der seltsamen Aufforderung des Kommissars. Der Mann, der mit dem Kommissar gesprochen hatte, nickte zu seinen Kollegen am Teich. Dann zog einer der Beamten das Abdecktuch vom Kopf des Toten.

Nein, er zog das Tuch von dem, was wohl mal ein Kopf gewesen war. Da war nichts mehr, was an einen Kopf erinnerte. Erwin hörte, wie Lina erschrocken nach Luft schnappte. Erwin selbst fühlte ein Würgen im Hals, sein Herz geriet ins Stolpern. Diesem Mann war der Kopf – ja, was? – weggeschossen worden? Oder war er in eine hydraulische Presse geraten? Hatte ein Raubtier den Kopf gefressen? Erwin hatte mal Bilder von Piranhas gesehen, diesen Fischen mit Sägezähnen im Maul. Konnten die so was? Der Teich regte solche Bilder an. Sie waren grotesk. Sie passten nicht. Sie zerrten an Erwin ...

Das, was oberhalb des Halsstumpfes noch an einen Schädel mit Gesicht erinnerte, war bloß noch ein dunkles Etwas. Nun glich es nassschwarz einem knolligen Wurzelstrunk aus den Teichtiefen. Eine grässliche Wunde musste das gewesen sein, die nur deshalb etwas von ihrem Schrecken verloren hatte, weil Teichwasser und der Bodenschlamm, in dem der Kopfrest gesteckt hatte, die Wunde verändert hatten. Offensichtlich ging so was sehr schnell. Der Tote lag ja erst seit einigen Stunden hier im Garten. Wo hatte der Mann diese Verletzungen erfahren? Wo war all das Blut, das geflossen sein musste?

Erwin schauderte, und seine Gedanken rasten, so wie Erwins Gedanken eben rasen konnten: Sie überschlugen sich, kamen kaum voran, warfen mit Bildern nur so um sich. Erwin verstand das alles nicht. Die Wunde, dieses zermatschte Fleisch: Es beschwor mit magenverkrampfender Gewalt das Bild, das Erwin auf dem in der Schilfzone unter Wasser gedrückten Personalausweis gesehen hatte. Erwin war der Einzige, der den Toten jetzt sehen konnte. Der ihn als Mensch sehen konnte. Und er musste schweigen. Weshalb hatte er den verdammten Ausweis in die Hand genommen und wieder fortgeworfen? Erwin hoffte, dass die Männer die grüne Plastikkarte bald fanden und ihn von seinem Wissen, seinem Alleinwissen erlösten. Wenn die Beamten den Ausweis aus dem Schilf zogen, war zumindest dieser Teil seines Fehlverhaltens getilgt. Oder hatten sie den Ausweis längst gefunden und hielten ihr Wissen zurück, weil sie Erwin auf die Spur gekommen waren?

Äwinn, du darfss nich lügen! Hörste!?

Der Kommissar, die Beamten, Lina: Sie sahen nasses, grässliches Schwarz, eigentümlich fahle, wie angefault wirkende Hände, gedrungene Handteller mit überlangen Fingern und diesen zerstörten, ausgelöschten Kopf. Erwin sah Kaspar Pollpeter, geboren am 16. September 1955, wohnhaft Wiesenwinkel 17, Dettbarn.

»Haben Sie eine Ahnung, wer das sein könnte?«, fragte der Kommissar, nachdem er die Schockwirkung des Bildes, auf das er vorbereitet gewesen war, zur Entfaltung hatte kommen lassen.

Erwin rang nach Luft.

»Nee … Nee!«

Erwin verneinte kopfschüttelnd so sehr, dass man nicht bemerkte, wie sein Körper zitterte. »Nee … den … den kenn ich nich.«

Es fiel ihm gar nicht auf, dass er die Frage auf eine Art beantwortete, als hätte er das Gesicht des Toten gesehen. Zum Glück fiel es auch Kommissar Bökenbrink nicht auf.

Lina verneinte ebenfalls. Sie sah den Toten nicht an. Sie hatte nach wenigen Sekunden beschlossen, dieses Bild nicht anzunehmen. Sie wusste, dass der Kommissar mit der Schockwirkung des Bildes arbeiten wollte – wie mit einer Brechstange. Das durfte sie aber nicht zulassen. Bökenbrink setzte nach:

»Haben Sie Geräusche gehört? Lärm? Ist Ihnen in der Nacht was aufgefallen?«

Der Kommissar sprach zu Erwin, wartete kurz, fuhr dann fort:

»Dieser Wunde nach zu urteilen, war das kein Herztod. Da war ziemliche Gewalt im Spiel.«

Sollte das Sarkasmus sein? Linas Augen blitzten auf.

»Was gehört? Bei *dem* Unwetter?«

Lina kam Erwin zuvor. Und der Kommissar blickte einen Moment lang verwirrt. Offensichtlich hatte es in Dettbarn nicht so heftig gewittert. Kuno Bökenbrink musste sich erklären lassen, dass die Nacht voller Blitz und Donner gewesen war. Erwin und Lina hatten gar nichts bemerken können. Aber Erwin musste sich eingestehen, dass in einer Nacht mit solchem Lärm tatsächlich ein grässlicher Mord auf dem Grundstück hätte geschehen können.

Das Gewitter erlöste ihn nicht von dem Verdacht, den der Kommissar vielleicht hegte.

Dann wandte sich Bökenbrink dem Beamten zu, der die Bergung der Leiche und die Spurensicherung leitete. Die beiden sprachen miteinander. Es ging um weitere Ermittlungsergebnisse. Erwin bekam zumindest einen Teil der Unterhaltung mit. Von Totenstarre war die Rede, vom Todeszeitpunkt und den Verletzungen. Der Mann schien unschlüssig, wollte sich nicht festlegen. War er ein Forensiker? Erwin hatte einmal einen Forensiker erlebt. Damals,

als sie am Waldrand bei Jasper Thiesbrummel Knochen gefunden hatten. Die dann in den Nazifall mündeten, den er gelöst hatte. Vermutlich versuchten sie nun, die Todesumstände des Mannes zu ergründen. Ob der an der Kopfverletzung gestorben ist? Keine Ahnung, hieß es. Und: Absolut tödlich, klar. Aber die könnte auch nachträglich zugefügt worden sein ... Kann nicht sagen, wann und wo der umgekommen ist. Hier oder anderswo ... Weitere Untersuchungen abwarten ... Solche Worte fielen. Man hatte überall am Körper des Mannes Wunden gefunden. Am Torso, sogar an den Waden. Wunden, deren Herkunft man sich nicht erklären konnte. Aber die waren nicht tödlich gewesen. Mit Sicherheit nicht. Erwin reagierte dennoch alarmiert. Die Enten. Er erinnerte sich an Lisbeths und Lothars Attacke, als sie die Beine aus ihrem Schwimmteich hatten ragen sehen. Hoffentlich hatten die Enten da keinen Mist gebaut und ...! Erwins Herzschlag beschleunigte wieder einmal. Dann schnappte er auf, dass man die Identität des Mannes noch nicht geklärt hatte. Man rätselte, ob die Zerstörung des Kopfes vielleicht vorsätzlich herbeigeführt worden war, um die Identifizierung des Toten zu erschweren. Zack: Nochmals raste Erwins Puls hoch. Der Ausweis. Noch nicht gefunden also. Sie mussten den Ausweis finden. Erwin konnte nichts sagen. Er konnte einfach nicht. Welchen Verdacht hätte er auf sich gezogen, wenn er seine Schnüffelei jetzt zugab? Es war ein Dilemma. Wieder fiel in den Gesprächen des Kommissars das Wort *Todesursache*. Wieder brachte es keine Erkenntnisse. Dann rätselten die Beamten darüber, wie der Tote zum Teich geschafft worden war. Es gab keine Spuren, die das erklärten: keine Schleifspuren zum Wasser hin. Keine Fußspuren, die mit dem Körper in Verbindung standen. Nichts. Wie vom Himmel gefallen, sagte einer der Männer. Und: Mit ziemlicher Kraft in den Teichgrund gerammt. Erwin dachte wieder an William Blake. Der gefallene Engel. Ein düsteres und zugleich grelles Bild, das er verdrängen musste. Erwin blickte auf. Er sah zu Lina hinüber. Sie stand da, nur wenige Meter von ihm entfernt. Auch sie sah ihn an. Wärme, plötzliche Wärme ging von Linas Blick aus. Sie lächelte. *Das wird schon*, sagten ihr Blick und die Wärme. Lina konnte auf diese Weise sprechen – wie ein Buch mit schönen Worten. Mit Worten für Bilder. Ihr Lächeln war ein Bild, wie es sich Erwin leicht einprägte. *Das wird schon*. Der verdammte Ausweis.

Das wird schon …

In der nächsten Stunde widmeten sich die Polizisten intensiv Erwins Garten. Immer mal wieder wurden Erwin und Lina von Bökenbrink befragt. Dann wieder standen sie nur da und beobachteten. Lisbeth begann eine weitere Phase wilden Herumrennens. Sie stachelte auch den aus dem Entenhaus zurückgekehrten Lothar an. Erneut reagierten die Beamten verärgert – verärgerter noch als zuvor. Lina begriff, dass es besser für die Tiere sein würde, wenn man sie von den Ermittlungsarbeiten im Garten abzog. Mit Erwins Hilfe gelang es ihr, Lothar und Lisbeth in den Entenstall zu dirigieren. Erwin war allerdings nur halb bei der Sache. Er fürchtete sich vor dem Moment, in dem der Kommissar ihm eröffnen würde, dass er einen Blick in den Keller werfen musste. Die Plastiktüte mit dem Geld. Erwins schlechtes Gewissen. Ihm war, als würde die Tüte nicht im Keller unter dem Öltank, sondern mitten auf dem Rasen liegen, direkt vor seinen Füßen, und nur ein unglaublicher Zufall hatte es bisher verhindert, dass die Beamten darüber stolperten.

Doch dann stolperte tatsächlich jemand über etwas, nicht auf dem Rasen allerdings, sondern, nun ja, im Wasser.

»He! Kuckt mal, was ich gefunden hab! Ha-Ha-Ha-Ha!!«

Dröhnendes Lachen kam vom Teich und verstummte wieder. Neben dem Teich lag immerhin eine Leiche. Pietät hob zaghaft den Zeigefinger.

Erwin schreckte auf. Einer der am Einsatz beteiligten Beamten stand am Schilfrand, unweit der Stelle, wo die Leiche gesteckt hatte. Er trug so eine grüne Gummihose, die aussah wie eine Latzhose. Erwin wusste, dass Angler solche Hosen trugen. Gehörten die etwa zur Ausrüstung der Beamten? Aber was hielt er da in der Hand? Erwin hatte zunächst gedacht, dass sie den Personalausweis des Mannes gefunden hatten. Aber weshalb dann dieses Lachen? Nein, mit einem Personalausweis hatte das wabbelige Gebilde nun ganz und gar nichts zu tun. Es war etwas Längliches, Faltiges, Milchiges. Ein Stück Schlauch? Ein … War das ein blasser Luftballon? Das war … Erwin wurde rot. Er erkannte, um was es sich handelte. So was hatte er als Kind mal gefunden. Hinter dem Haus, im Kompost. Ein interessantes Fundstück war das gewesen. Erwin hatte es vorsichtig aus den Kohlstrünken gezogen und betrachtet, fasziniert und zugleich angeekelt. Sein Vater hatte das irgendwie bemerkt. Erwin hatte nicht aufgepasst, und dann …

Fritthelm! Du schlägs ihn ja tot. Fritthelm!!

»Was soll das, Göbel?«, rief der Kommissar. Sein Mundwinkel zuckte.

»Fundstück, Chef! Kann ich doch nix für!«

»Gehört das zur Leiche, oder sammeln Sie da Müll ein?«

Erwin bemerkte das unterdrückte Lachen der Untersuchungsbeamten. Sie alle gaben sich Mühe, nicht loszuprusten. Sogar Kommissar Bökenbrink wirkte, bei allem gespielten Ernst, erheitert.

»Lag im Wasser!«, rief der Beamte, der das Fundstück noch immer hochhielt. Alle Blicke waren nun darauf gerichtet. Auch Linas. Sie legte die Stirn in Falten.

»Lag also im Wasser. Na, und weiter? Hat das Teil auch eine Geschichte?«

»Mit Sicherheit!«, bellte der Beamte in Anglerhose. Das Lachen platzte aus ihm heraus wie aus einer viel zu engen Gummihaut. Er schüttelte sich gradezu. »Glatter Abschuss, würd ich sagen. Und dann zugeknotet. Sauber, sauber!«

»Aber von wem, Göbel? Nun holn Sie sich mal wieder ein.«

»Geht klar, Chef. Nee, keine Ahnung. Ich mein, ich weiß ja nich, was fürn Etablissmäng das hier is!«

Weiteres Lachen, Kopfschütteln. Das waren jetzt aber die umstehenden Beamten. Das Wort *Etablissmäng* kam bei denen gut an. Der junge Mann, mit dem Lina gesprochen hatte, wirkte allerdings eher verschämt als ausgelassen. Und auch der Angler hatte sich wieder im Griff. Kuno Bökenbrink bemerkte zudem, dass Erwin recht schweigsam auf den Gummifund reagierte. Jetzt sah er eine zweite Chance, den seltsamen Vogel auf den Leim zu locken. Er drehte sich zu ihm:

»Sie können mir wohl nicht erklären, wie das Teil da in den Teich kommt, was?« Bökenbrink legte den Kopf schief und hob die Augenbrauen, als er Erwin fixierte. Zunächst Erwin und dann Lina. Das Teil da, signalisierte des Kommissars ausschwingende Hand, war das milchige Kondom, dessen Inhalt vielleicht aus Teichwasser bestand.

Vielleicht aber auch nicht.

Zugeknotet? Das war gradezu bizarr.

Erwin hatte mit einem Mal Angst vor Lina. Da war dieses Schuldgefühl, das schlechte Gewissen. Die Schuld war in ihn hineingeprügelt worden, wie um sie in Erwins Körper festzustampfen. Schlag für Schlag. Schuld und Angst gehörten zu seiner Substanz. Lina war eine … eine Seele. Was würde sie von ihm denken? Der Kommissar und sein Verdacht, die Frotzeleien der Beamten im Garten, das war alles nicht wichtig. Lina hingegen war sehr wichtig …

»Das war ich nich!«, rief Erwin aufgeregt. Er versuchte, seiner Aufregung, die vor allem Entrüstung, ein Aufbegehren war, mit rudernden Handbewegungen Ausdruck zu verleihen. Leider wirkte die Geste auf das Gros der Beamten wie das Leugnen eines beim Onanieren ertappten Schuljungen. Erwins Unbeholfenheit hatte vielleicht auch mit der Tatsache zu tun, dass in seinem Kopf das Bild der Lümmeltüte und das der geldgefüllten Plastiktüte ineinander mutierten. Und diese Geldtüte lastete ja ebenfalls auf seiner Seele. Er war einfach nicht der Typ dafür, Schuldbewusstsein kalt zu überspielen. Aber mit dem Kondom hatte er nichts zu tun. Nichts.

»So so, Sie waren das also nicht«, gab Bökenbrink vieldeutig zurück. »Dann sollen wir wohl davon ausgehen, dass dieses … Fundstück dem Toten zuzuordnen ist?«

Was sollte denn diese Frage? Erwin begriff überhaupt nicht, wohin Bökenbrinks Andeutungen zielten. In seiner Aufregung verstand er nicht, dass der Kommissar hoffte, ihn zu verwertbaren Aussagen zu bewegen, indem er seine Unsicherheit anstachelte. Lina jedoch reagierte souverän.

»Herr Kommissar«, sagte sie ebenso freundlich wie bestimmt, »hier werden Enten gehalten, artgerecht und mit großer Verantwortung. Glauben Sie im Ernst, Herr Düsedieker wirft ein gebrauchtes Kondom in den Teich, wo die Tiere alles, was auch nur irgendwie an Schnecken erinnert, sofort verschlucken? Ich bitte Sie!«

Wumm. Das saß. Erwin atmete erleichtert auf. Lina hatte ihm den Rücken gestärkt. Seine Unruhe ließ nach. Schlagartig.

Lina hatte wohl den richtigen Ton getroffen. Kuno Bökenbrink hob die Hände und wirkte resigniert. »Verstehen Sie mich nicht falsch, Frau Fiekens«, sagte er, beinahe versöhnlich, »bei diesem Leichenfund passt so einiges nicht zusammen. Wir sind hier gleich fertig, aber halten Sie sich für weitere Fragen bereit. Den Teich werden wir absperren. Und ich muss Sie bitten, Herr Düsedieker, die Tiere vom Teich fernzuhalten. Sie werden Ihre ... Also, Ihre Enten müssen einige Tage im Stall bleiben.«

Erwin erschrak:

»Einsperrn soll ich ...? Lothar? Unn ... die Lissbett?«

Erwins Kehle signalisierte Unverständnis – plus Sorge. Lothar und Lisbeth hatten jedes Recht auf ein freies Entenleben in Garten und Umgebung.

»Richtig«, Bökenbrink blieb in diesem Punkt unerbittlich. »Je nachdem, was die forensischen Untersuchungen ergeben, werden wir noch einmal hier vorbeischauen und nach weiteren Spuren suchen, beziehungsweise wir werden gezielt Bodenproben entnehmen. Ich kann dazu jetzt nicht viel sagen, hängt alles von den Laborergebnissen der kommenden Woche ab. Vorerst aber gilt: Niemand darf den abgesperrten Bereich betreten. Klar?!«

Erwin nickte schwach. Was blieb ihm anderes übrig? Er war ja schon froh, dass der Kommissar nicht beschloss, das Haus zu durchsuchen. Dass die Polizei für solche Aktionen eine höchstrichterliche Durchsuchungsanordnung benötigte, die auch nur bei dringendem Tatverdacht erteilt wurde, war Erwin nicht bewusst. Er hätte an diesem Tag jede Anordnung befolgt. Einzig Lina hätte Widerstand geleistet.

Erwin war froh, dass Lina bei ihm war, als die Polizisten und Kommissar Bökenbrink gegen 17 Uhr abzogen. Die Leiche wurde abtransportiert. In einem Sarg, der die grässliche Wunde vor weiteren Blicken verbarg. Die Einsatzfahrzeuge verschwanden, und auch der Rettungswagen. Um den Teich herum flatterte Absperrband. Irgendwo hinter dem Band, an einer Stelle im Schilf, die Erwin sich nicht gemerkt hatte, weil er viel zu kopflos gehandelt hatte, lag der Personalausweis von Kaspar Pollpeter aus Dettbarn. Die Beamten hatten ihn nicht gefunden. Hatten sie so nachlässig gesucht? Das Schicksal spielte ein böses Spiel mit Erwin. Er fühlte eine Schlinge um seinen Hals, als der Kommissar aufbrach. Er wollte ihm nachrufen, dass er da plötzlich was im Schilf habe schimmern sehen. Was Grünes. Was ihm seltsam erschien. Womöglich was aus Plastik. Und das durfte ja nicht sein. Schon wegen der Enten nicht … Erwin wusste allerdings nur zu gut, wie sehr ihm ein solcher Ausruf misslingen würde. Mit Worten musste er vorsichtig sein. Sehr vorsichtig. Also blieb er stumm und verzweifelte. Sie konnten doch nicht abziehen, ohne diesen Ausweis gefunden zu haben?

Was hatte er nur getan? Nun war der Teich abgesperrt, und er würde auch später, in der Nacht, mit Taschenlampe bewaffnet, nicht nach diesem verfluchten Plastikteil auf die Suche gehen können. Die Spuren … Er würde Spuren hinterlassen, wenn er sich heimlich hinter das Absperrband wagte. Erwin wusste plötzlich, dass die Absperrung des Gartenteichs eine Folge der Tatsache war, dass die Polizei den Ausweis nicht gefunden hatte. Mit Ausweis wären Lothar und Lisbeth nun frei. Ohne den Ausweis blieben sie eingesperrt. Der Kommissar und seine Leute würden wiederkommen. Aber wann? Bis dahin blieb der Entenstall verschlossen. Erwins Herz blutete. Er hatte sich das alles selbst eingebrockt.

Aber Lina war ja da. Sie war bei ihm. Und das war gut.

Es war das Entenpaar und nicht die Lerche …

Lina blieb am Abend lange bei Erwin. Sie sprachen über den Toten, über den Verdacht, der nun auf Erwin lastete, und über diesen hässlichen Fund im Teich. Erwin fragte sich insgeheim, weshalb er ein lappiges, gebrauchtes Kondom schlimmer fand als einen Toten. War er ein schlechter Mensch? Er kannte den Toten nicht. Er zermarterte sich das Hirn darüber, wie dieser Mann in den Ententeich gekommen war. Kaspar Pollpeter. Aus Dettbarn. Wiesenwinkel 17. Ein Meter fünfundsechzig …

Der Abend war ein Abend, an dem Erwins Kopf brannte. Und Lina tat ihr Bestes, den Brand einzudämmen. Löschen war unmöglich. Bis gegen 22 Uhr saßen sie im Wintergarten, in der Ecke am großen Fenster. Dort standen ein kleiner runder Tisch und zwei zierliche Stühle. Diese Möbel hatte Erwin einige Wochen zuvor besorgt und zwischen Büchern und Fenster aufgestellt. Erwin konnte sich kaum bewegen auf seinem Stuhl, der schon bei leichten Bewegungen zu ächzen begann. Seine Finger waren unruhig. Seit er sich gesetzt hatte, wollten sie zittern. Lina hielt seine Hand. »Wird sich schon aufklärn, Erwin«, sagte sie.

Er wirkte zerknirscht:

»Meinste?«

»Ganz bestimmt.«

Das Feuer im Kopf ließ nach. Aber es flackerte noch. Die Nacht draußen blieb ruhig. Kein Gewitter. Das war in Erwins Phantasien gezogen. Dieser verdammte Fluch, dachte er. Dann sah er wieder zu Lina.

»Woher ... Woher wussteste das mittem Toten?«, fragte er. »Hat Arno dir Bescheid gesacht ...?«

»Nee, Hilde«, sagte Lina. »Hilde hat mich angerufen, im Laden. Die war in Sorge. Die haben da was vor mit Erwin, hat sie gemeint. Die gute Hilde.«

Ja, die gute Hilde. Die hatte gewusst, dass Lina ihm helfen konnte. Arno war bei Frauen noch vorsichtiger als Erwin. Arno hätte wohl eher auf die Hilfe von zwei bis vier Wacholderschnäpsen gesetzt. Aber die wirkten bei Erwin nicht so, wie sie sollten.

»Und ... warum haste, also ... warum haste gesagt, dassde hier warst, gestern ...«, fragte er. Dafür brauchte es einigen Mut. Lina lächelte.

»Wär bestimmt nett gewesen«, sagte sie. »Nett und friedlich.«

Erwin griente. Friedlich, das mochte er. Grade jetzt.

»Außerdem weiß ich, dass du nix mit dem Toten zu tun hast. Und die Polizei is immer schnell dabei mit Verdächtigungen und so ...«

»M-hm«, brummte Erwin. Die Flammen schrumpften weiter. Dann aber loderten sie plötzlich wieder auf, diese verdammten Dinger. Erwin fiel die Plastiktüte ein. Sollte er Lina davon erzählen? Und von dem Personalausweis, von dem er so viel wusste? Den sie unbedingt noch finden mussten, die Polizisten? Das Feuer toste. Wenn er Lina einweihte, hing sie womöglich mit drin in dem Kriminalfall. Das Verbrechen war ein hinterhältiger Gegner. Das konnte er Lina nicht antun. Sein Mut war dahin.

»Was ist denn?«, fragte Lina. Erwins Finger waren Verräter.

»Och ...« – er schüttelte sich. Nein, nein, er durfte nichts sagen. »Frag mich grad, ob se ... ob se noch mal wiederkommn? Die Pollizei?«

Lina zuckte mit den Schultern. »Du warst es nich, Erwin«, sagte sie.

Erwin nickte.

»Nee, aber ... die denken das hier alle ... und die Zeitung, die ...«

»Die denken hier nich«, unterbrach ihn Lina und blickte ihn herausfordernd an. Da musste er erst einmal Luft holen. Was sollte er sagen?

Sie sprachen auch über Lothar und Lisbeth. Erwin fand den Gedanken, die Tiere eingesperrt zu lassen, unerträglich. Er steigerte sich in die Hoffnung hinein, dass der Kommissar schon am nächsten Tag aufkreuzen würde, um noch ein paar Dinge abzuklären. Und dann würde er den Teich wieder freigeben. Erwin hatte mit dem Tod Kaspar Pollpeters nichts zu tun. Weshalb also sollte der Teich abgesperrt bleiben?

Alles würde sich klären.

Um kurz nach 22 Uhr brach Lina auf. Erwin ließ es sich nicht nehmen, sie nach Haus zu begleiten. Das fand sie sehr nett, obwohl sie mit ihrem alten Damenrad das Haus am Stichweg zwischen Runenweg und Hellweg womöglich schneller erreicht hätte als zusammen mit Erwin, dem Fußgänger. Doch Erwin zuliebe schob sie ihr Rad. Weil es eine sternklare Nacht war, konnte Lina unterwegs feststellen, dass es keinen Unterschied machte, ob man zwischen den Feldern zu Fuß ging, Fahrrad fuhr oder – das war nun reines Gedankenspiel – einen Düsenjäger benutzte. Die Sterne am Himmel ließen alle Geschwindigkeiten auf der Erde zu null werden.

Diese Erkenntnis gefiel ihr. Sie teilte sie mit Erwin, und dem gefiel sie auch.

Als sie sich verabschiedet hatten, gegen 23 Uhr, ging Erwin zurück nach Haus. Er fühlte sich beschwingt. Allein der Gedanke an Lina war erleichternd. Das war eine neue Erfahrung. Gedanken waren oft schwer. Sie suchten den Boden. Diese neuen Gedanken suchten den Himmel und die Weite, die Sterne. Es waren Gedanken, die nicht zu Bildern wurden. Sie waren reines Gefühl. Erwin beschloss, dass er es mögen würde, so schnell wie möglich einen weiteren Abend- oder Nachtspaziergang mit Lina zu unternehmen. Dann würden Lothar und Lisbeth sie begleiten.

Ehe er sich's versah, stand Erwin wieder am Grenzweg, vor dem von Bäumen eingefassten, nach hinten und zu den Seiten mit einer hohen Buchsbaumhecke von Blicken abgeschirmten Grundstück. In der Nachtdunkelheit wirkte das Haus gleich doppelt düster. Als er die Haustür öffnete, war ihm, als hätten die schweren, schwarzen Gedanken hinter der Tür auf ihn gewartet. Sie fielen über ihn her: der Tote. Die Plastiktüte mit dem Geld. Der Kommissar. Das Kondom im Teich. Erwin schloss die Augen. Verdammt, was sollte er tun? Bilder und Empfindungen strömten auf ihn ein. Er beschloss, vor dem Schlafengehen noch einmal bei Lothar und Lisbeth reinzuschauen. Die Enten waren nun seit Stunden im Stall eingesperrt, und in Erwins Kopf begann eine Mischung zu gären, die bald ein hochprozentiges schlechtes Gewissen ergeben würde. Er griff sich eine Taschenlampe, steckte sich zwei Handvoll Leckerlis ein und stapfte hinüber zum Gartenhaus.

Vielleicht war es die Ruhe der Nacht, vielleicht Erwins empfindliche, empfängliche Seele. Jedenfalls klopfte er an, bevor er den Stall öffnete. Er rechnete fast damit, dass Lothar und Lisbeth beim Öffnen der Tür ins Freie stürmen würden. Hinaus in den Garten, unter den Sternenhimmel, dem sie doch irgendwie verbunden waren. Aber die Enten rührten sich nicht. Sie hockten im Dunkel des Stalls nebeneinander, eingehüllt in ihre Wärme und in die Gerüche von Futter und Streu. Wie immer hatte Erwin das Gefühl, dass Lothar und Lisbeth im Dunkeln leuchteten. Die Taschenlampe war wie ein Messer aus Licht, das in feines Gewebe hineinschnitt. So löschte Erwin, als er die Enten erkannt und ihre stummen Knopfaugen wahrgenommen hatte, die Lampe und ließ das Bild der zwei Ausharrenden aus dem Fastdunkel heraus entstehen.

»Wollt ma nachkuckn, wies so geht«, druckste er, nahm die Leckerlis aus den Hosentaschen und ließ sie in Futterschalen rieseln. Die Enten blieben sitzen.

»Ja«, sagte Erwin. Sein Ausatmen machte aus dem Wort etwas Größeres. Die Enten gingen nicht darauf ein.

»Das mitter Pollizei is doof, aber geht nich anders«, fuhr er fort – und unterbrach sich. Er schwieg. Horchte. Die Enten schwiegen ebenfalls.

»Is wegen Spurn. Da dürft ihr nich hin, sonns …«

Keine Reaktion im Stall.

Erwin schob die Rechte in die Hosentasche, dann die

Linke in die andere. Leider hatte er schon alles verteilt. Lothar und Lisbeth konnten manchmal schwierig sein. Erwin ertappte sich bei der Frage, ob Lothar auch als Single so schwierig gewesen war.

Er begann erneut:

»Wenn ihr da rumlauft, da am Teich, dann ... Mensch, Lothar ...« – es kam wie ein Stoßseufzer. Noch immer fiel es Erwin leichter, Lothar allein anzusprechen als beide Enten oder Lisbeth allein. Aber die Situation war generell nicht einfach.

»Ich will ja nich, dass die Pollizei ... dass die ... Wenn ihr da Spurn unn so ... Da war dochn Toter. Wenn ihr da rumlauft, wo die da Spurn suchen, dann ... Wenn die euch dann verdächtigen?! Will ich doch nich!«

So was Dämliches, dachte Erwin in dem Moment, als er es aussprach. Weshalb funktionierte sein Kopf nie *richtig*? Wie kindisch das war! Die Enten in Verdacht? Unsinn!

Er räusperte sich:

»Höchstens nochn Tach, dann kommt das Band da wech. Dann geht's wieder raus. Versprech ich euch!«

Nun ja, wenn Erwin noch immer auf Antwort oder sogar Verständnis seitens der Enten hoffte, dann musste er jetzt einsehen, dass er sich getäuscht hatte. Leises Knurpseln signalisierte ihm immerhin, dass die Leckerlis angenommen worden waren.

»Schlaft ma schön«, murmelte er nachdenklich und verließ den Stall. Höchstens noch einen Tag ... Ob die Polizei wirklich so schnell arbeitete? Es ging um einen Toten. Tötungsdelikte mussten dringlich behandelt und schnell aufgeklärt werden. Erwin konnte die Enten unmöglich tagelang eingesperrt lassen. Lothar und Lisbeth waren Wesen, bei denen Bevormundung nicht funktionierte. Erwin war ohnehin niemand, der bevormundete.

Was sollte er tun?

Im Haus zurück fand Erwin keine Ruhe. An Schlaf ließ sich gar nicht denken. Er trank Kaffee, was vielleicht keine so gute Idee war, aber Kaffee hielt nicht nur wach, er streichelte auch die Seele. Schon im weißgrau gestreiften Schlafanzug schlich Erwin anschließend in die Bibliothek. Es war längst nach Mitternacht. Die Buchrücken schwiegen im warmen Licht der Glühbirnen, die Erwin entgegen gültiger EU-Vorschriften weiterhin verwendete.

Gehörte der Grenzweg 2 überhaupt zur EU?

Auch die Bücher blieben also stumm. Verdammt! Sie verwendeten ähnliche Gesten wie die Enten. Buchrücken und Entenblicke: Da gab es Gemeinsamkeiten. Bücher bestanden aus Antworten. Antworten, die sie nicht so einfach gaben. Antworten, die den Fragenden einer Prüfung unterzogen. Erwin hatte einen Heidenrespekt vor Büchern. Auf dem Lesepult lagen schon seit Wochen *Romeo und Julia*, *Lolita* und das Buch über Minne und Mittelalter. Erwin hatte ihnen entnommen, dass Liebe so was bedeuten konnte wie *Licht meines Lebens, Feuer meiner Lenden. Meine Sünde. Meine Seele.* Schon diese ersten Worte aus dem Roman *Lolita* hatten ihn wie eine Breitseite getroffen. Eine Breitseite von einem mit allen sprachlichen Mitteln bewaffneten Schlachtschiff, abgefeuert auf einen Schwimmer im Rettungsring.

Das Bild war schief. Aber es passte irgendwie. Erwin war – wen sollte es wundern? – über die ersten Zeilen des Romans nicht hinausgekommen. Er hatte sich retten müssen.

Die Liebe …

Mit den Bildern der *Liebe*, wie Bücher sie beschworen, war nicht zu spaßen. Immer wieder drängte es Erwin, der Liebe aus dem Weg zu gehen – der Liebe, den Bildern und den Büchern darüber. Doch zugleich war da dieser Sog, dieser Malstrom, in den der Mann im Rettungsring unweigerlich hineingezogen wurde.

Und da waren der Tote, das verknotete Kondom im Teich. Das hatte doch auch irgendwie mit Liebe zu tun. Mit Liebe und … Lust. Jetzt war es raus. Vielleicht war der Mordfall ein … wie hieß das?

Erwin griff im Regal nach dem Taschenlexikon Band 13 – ausgerechnet Band 13: La – Ma: LUSTMORD. *Vorsätzliche Tötung zur Befriedigung des Geschlechtstriebs.*

Was es nicht alles gab …

Erwin legte *Lolita* erst einmal beiseite. Die Geschichte von *Romeo und Julia* erschien ihm besser zugänglich, erwies sich jedoch schnell als ähnlich verwirrend. Morde gab es in diesem Theaterstück jedenfalls genügend. Waren das Lustmorde? Erwin las – und geriet in den nächsten Strudel:

Lieb ist ein Rauch, den Seufzerdämpf erzeugten,
geschürt, ein Feur, von dem die Augen leuchten,
gequält, ein Meer, von Tränen angeschwellt,
Was ist sie sonst?

Was ist sie sonst?

Gute Frage. Allerdings nicht zu beantworten. Erwin glühte der Kopf. Die Bilder aus *Romeo und Julia* waren stark und unberechenbar. Der Dichter William Shakespeare hatte die

Sprache für diese Bilder geschaffen. Shakespeares Verse glichen Raubtieren mit glühenden Augen: eleganten Panthern oder Tigern, denen Erwin wie ein zitterndes Kaninchen begegnete. Nicht von ungefähr fühlte er sich in der Gesellschaft von Enten am wohlsten. Bücher über Liebe oder Hass erzeugten die stärksten Bilder überhaupt. Liebe und Hass waren unkontrollierbare Kräfte.

Gehörten sie also zusammen? Waren sie ein und dasselbe?

Romeo und Julia starben beide. Sie hatten keine Chance gehabt, Schmerz und Tod zu entkommen. Also waren Liebe und Hass ansteckend. Eine Krankheit. Unheilbar. Oder schlimmer: Liebe war Krieg. Und der Krieg kämpfte – je nach Jahrhundert – mit Pfeilen, mit Kanonen, schließlich mit Raketen und Bomben.

Wann hatte dieser Shakespeare *Romeo und Julia* geschrieben?

Ich bin zu tief von seinem Pfeil durchbohrt,
auf seinen leichten Schwingen hoch zu schweben!
Gewohnte Fesseln lassen mich nicht frei:
Ich sinke unter schwerer Liebeslast.
...
Der Narben lacht, wer Wunden nie gefühlt.

Pfeil und Bogen. Das Stück war älteren Datums. Mit großem Erstaunen und einiger Sorge taumelte Erwin durch die Verse. Mochten seine Waffen harmlos sein im Vergleich zu modernem Kriegsgerät, die Phantasie des Dichters war es nicht. Shakespeare stellte Frauenaugen als Sterne an den Nachthimmel, jonglierte mit Nachtigallen und Lerchen und Giftampullen und ließ alte Männer am Grab junger Menschen hohle Reden schwingen. Ausgerechnet die Liebenden lagen am Ende tot in einer Gruft, die Erwin an den Untergrund voller Geheimgänge erinnerte, in dem er selbst beinahe umgekommen wäre. Vor nur wenigen Monaten. Unter dem Bramschewald. Im Waffenlager der Teufelsbande.

Er und Lothar.

War Lothar vielleicht in einer Romeo-Rolle gefangen?

Der Dichter William Shakespeare, so empfand es Erwin, saß da in seiner Vergangenheit wie in einer Stube voller Bücher, mit einem Federkiel in der Hand vor Bögen gelblichen Papiers, und schrieb. Und wann immer er schrieb, entstand Zukunft. Verwirrende Zukunft. Zukunft, der niemand aus der Zukunft entrinnen konnte.

Schon gar nicht Erwin.

Was hätte er darum gegeben, Lothar in diesen Tagen verstehen zu können! Und verstand er das Buch? Was sagte es, das so vieles sagte, über die Liebe? War Liebe eine Angelegenheit von Geist und Körper? Dann schmerzte der Geist wie der Körper. Der Körper konnte verwundet werden. Wenn der Körper starb, starb auch der Geist. Und wenn der Geist litt …?

Es war ein nicht zu lösendes Rätsel.

Nach einer knappen Stunde am Pult hatte Erwin erkannt, dass ihn *Romeo und Julia* ebensosehr verwirrte wie *Lolita*. Die Bilder dieses Theaterstücks waren ein Irrgarten, ein Labyrinth, ein Gewirr gefährlicher Gänge. Die Bilder, die ihm das Buch über die Minne lieferte, gefielen ihm hingegen sehr. Da war die Liebe etwas … anderes. Der Körper, dem Erwin immer ein wenig Misstrauen entgegenbrachte, spielte dort so gut wie gar keine Rolle. Minne war … Verehrung. Minne war, was sich Erwin für Lothar und Lisbeth wünschte. Tatsächlich gab es Hoffnung: Verhielten sich die beiden Enten nicht quasi ritterlich zueinander? Ritterlich ohne diese … Schwertsache …?

Und was war mit ihm und Lina?

Lina …

Der Spaziergang in der Nacht …

Die sternklare Nacht …

Erwin schlug das Buch zu. Es war Zeit, Ruhe zu finden. Vor allem war es spät. Am nächsten Morgen, hoffte er, würde die Polizei früh kommen, die letzten Spuren sichern, den Ausweis aus dem Schilf fischen. Dann konnte er die Enten wieder rauslassen in den Garten.

Schnecken, frische Luft, klare Gedanken.

Ach, die Gedanken …

Es war zwei Uhr früh.

Nichts war geklärt.

Nicht mal die Sache mit dem Kondom.

Nun, Kondome spielten bei der Minne ja wohl keine Rolle.

Doch offenbar bei dem Toten.

Ernüchterung & Loveletter & Ernüchterung

Erwins Hoffnungen auf eine schnelle Befreiung der Enten wurden enttäuscht. In den kommenden fünf Tagen geschah behördlicherseits nichts. Die Polizei ließ sich einfach nicht blicken. Lisbeth und Lothar mussten im Stall ausharren, und Erwin gab sich alle Mühe, sie zu versorgen und zu unterhalten.

Lina kam nach drei Tagen mit dem Fahrrad vorgefahren, um nach dem Rechten zu sehen. Erwin informierte sie über den Stand der Dinge. Lina brachte ihrerseits Neuigkeiten mit. Sie hatte die Nachrichten in den lokalen Zeitungen verfolgt und staunend festgestellt, dass sich die Polizei in Schweigen hüllte hinsichtlich der Identität des Toten. Wer war der Mann? Diese Frage wurde nirgends gestellt.

Lina erzählte Erwin nichts von den bösen Gerüchten, die weiterhin und verstärkt in den Zeitungen verbreitet wurden: dass er sich womöglich bereichert hatte und so weiter. Wovon sie sprach, war der Tote. Und dieser spielte in den Nachrichten, wie gesagt, kaum eine Rolle.

Das wunderte Lina.

Erwin wunderte das nicht so sehr. Er vermutete, dass es der Polizei wegen der Kopfverletzungen des Toten und des fehlenden Ausweises wohl ziemliche Schwierigkeiten bereitete, die Identität Pollpeters zu klären. Wenn der Mann ein unbescholtener Bürger war, der allein gelebt hatte, still und friedlich in seinem Haus am Winkelweg 17 in Dettbarn, dann vermisste ihn vielleicht niemand.

Das sagte er Lina aber nicht. Erwin hätte das Rätsel lösen können. Sein Magen schmerzte. Sollte Kaspar Pollpeter ein Mensch gewesen sein wie er selbst? Was wäre, wenn er, Erwin, eines Tages verschwand?

Würde Lina ihn vermissen?

Oder Arno?

Erwin verdrängte die Gedanken. Lina berichtete, sie habe noch einmal mit Kommissar Bökenbrink gesprochen und darum gebeten, dass die Behörde doch erlauben möge, die Enten wieder freizulassen. Sie war harsch zurückgewiesen worden. Die Spurensicherung sei noch nicht abgeschlossen. Wann der Trupp anrückte, stand in den Sternen. Das hatte der Kommissar allerdings amtsmäßiger ausgedrückt.

Lina und Erwin tranken Kaffee und saßen auf den zerbrechlichen Stühlen in der Bibliothek. Sie redeten und betrachteten durch das große Fenster immer wieder die Gartenbank, den Teich und das Absperrband. Am späten Nachmittag verabschiedete sich Lina und radelte heim.

Arno mied die alte Wache in diesen Tagen. Er brauchte wohl eine längere Zeit, um die Ereignisse am und im Teich zu verarbeiten.

Erwin kümmerte sich, wie gesagt, vorbildlich um die Enten, doch Gefangenschaft blieb Gefangenschaft, und am fünften Tag liefen die Dinge aus dem Ruder. Erwin hatte immer stärker gegen eine diffuse Furcht ankämpfen müssen. An diesem fünften Tag hatte er schon morgens eine immense

Unruhe gespürt. Die schrecklichen Bilder des zerstörten Kopfs kamen wieder hoch. Erwin hatte versucht, sie zu verdrängen. Er hatte gehofft, das Unwetter würde irgendwie über ihn hinwegziehen. Doch ein Kriminalfall, in den man verwickelt war, glich nur insofern einem Unwetter, als es am Ende einen garantierten Blitztreffer gab. Einen Volltreffer. Und die Spannung, die einem solchen Blitzeinschlag vorausging, konnte Erwin beinahe mit den Händen greifen.

Es war spät am Abend. Erwin fühlte den Drang, noch ein paar Dinge zu ordnen, bevor die Gedanken – hoffentlich – Ruhe gaben. Die Gedanken, die nun auch noch begannen, um die Plastiktüte zu kreisen.

Also stieg er in den Keller hinab und kramte aus einem Schrank neben der Ölheizung ein eitergelbes Paar alter Gummihandschuhe hervor. Handschuhe, die seine Mutter Gertrude bei der Gartenarbeit benutzte hatte. Er quälte seine Finger hinein und ging hinüber in den Tankkeller. Dort fluchte er bald, weil er die verdammte Plastiktüte mit seinem Stoß wohl bis mitten unter den Öltank befördert hatte.

Erwin hatte sich über die Sicherheitsmauer gezwängt. Wegen seines zu breiten Hinterns konnte er dort zwischen Wand und Tank nur mühsam in die Hocke gehen. Die Taschenlampe kam gar nicht zum Einsatz. Es war ihm unmöglich, einen Blick unter den Tank zu werfen. So weit kam er nicht runter. Er konnte den Kopf nicht auf den Boden legen und zur Seite blicken. Nicht mit 57einhalb und mehr als 100 Kilo. Also musste er aus der Hocke heraus arbeiten. Mit einem alten Besenstiel rakelte er ziellos unter dem Tank herum. Einmal, zweimal, dreimal. Hässlich kratzende, scharrende Geräusche erzeugte das. Schließlich hatte er Glück, die Tüte war gefunden. Er holte mit dem Besenstil aus und schob ihn so schwungvoll wie möglich vor:

Pock!

Noch mal und noch mal. Unter großen Mühen bugsierte er die Tüte stoßweise bis zur Sicherheitsmauer. Es dauerte einige Minuten, dann war es geschafft. Den Besenstiel ließ er am Boden unter dem Tank liegen. Erwin zwängte sich wieder hoch, stieg zurück in den vorderen Teil des Tankkellers, atmete durch, beugte sich über die Mauer und nahm die Tüte an sich. Er klopfte sich mit der freien Hand den Staub aus den Kleidern und machte sich auf ins ehemalige Elternschlafzimmer. Dort ergoss er den Inhalt der Tüte auf den alten Schreibtisch.

Mehrere Dutzend Geldbündel.

Außerdem Papiere und zwei Bücher: schmal, rot eingebunden.

Das Licht der Haubenlampe aus Friedhelms ehemaligem Büro erfasste das alles: die Geldbündel, die schmalen Bücher, die Papiere. Vergilbte, gefaltete Blätter, die Erwin jetzt noch mehr interessierten als das Geld.

Das verfluchte Geld.

Erwin zog die Papiere heran und setzte sich an den Schreibtisch. Links von ihm, in der hinteren Tischecke, lag die Polizeimütze. Schirm und Landeswappen akkurat auf ihn ausgerichtet. Ein kleiner Wachhund, irgendwie.

Mistding, dachte Erwin und zog die Schublade auf. Er holte ein Vergrößerungsglas hervor und machte sich daran, diese vergilbten Papiere zu studieren.

Ein unbedarfter Beobachter hätte sich über manches in

Erwins Verhalten gewundert. Und es wäre ihm aufgefallen, dass dieser wuchtige Wachstuben-Schreibtisch so gar nicht zu dem Menschen dahinter passte. Noch größere Verwunderung hätten vermutlich die eitergelben Gummihandschuhe ausgelöst, die Erwins Männerhände dem Verdacht aussetzten, einem Serientäter mit Hausfrauen-Seele zu gehören. Diese Gummihandschuhe waren schon einige Jahre alt. An manchen Stellen hatte Gertrude sie mit Leukoplast geflickt, und an den Innenflächen waren sie geschwärzt vom Herumwühlen in Torf und Gartenbeeten. Erwin selbst kamen diese Dinger, die das Gefühl in seinen Fingerspitzen betäubten, ziemlich dämlich vor. Doch was sollte er tun? Ein plötzlicher Gedanke hatte ihm das kläffende Wort *Fingerabdrücke* ins Gehirn gejagt, und von dort wollte es sich nicht wieder vertreiben lassen.

So nahm sich Erwin das erste der Blätter mit Muttis Gartenhandschuhen vor, öffnete es und sah alte Schrift. Handschrift.

Waren das Briefe? Stolperte er erneut in einen Kriminalfall mit alten Briefen, mit Verschwörungen und Morden? Weshalb steckten diese Papiere zusammen mit dem Geld in der Tüte? Er studierte das erste Blatt, das zweite Blatt, ein drittes: Die Handschrift konnte Erwin nicht entziffern. Das Papier war sicher schon Jahrzehnte alt. Die Zeilen waren unregelmäßg gefüllt – mit Worten und auch mit Zahlen. Die entzifferbaren Worte ergaben keinen Sinn: *Landstück … Parzelle … Drescher …* Handelte es sich vielleicht um eine Art Bestandsliste? Handschriftlich aufgesetzt? Eine Auflistung von Gegenständen und Geldwerten?

Vielleicht waren das Schuldscheine?

Erwin legte die Blätter beiseite und griff sich eines der roten Bücher.

Sein Herz schlug schneller.

Auf dem Einband, in Gold, breitete der Adler seine Schwingen aus. In seinen Klauen hing das Hakenkreuz. Mitten durch das Buch ging ein Schlitz. Vielleicht mit einem Messer hineingestoßen?

Scheiße, dachte Erwin. *Das hört nich auf. Das will einfach nich aufhörn ...*

Er öffnete das Buch. Nationalsoz. Deutsche Arbeiterpartei. Mitgliedsbuch-Nr.: eine siebenstellige Zahl, handschriftlich eingetragen. Vor- und Zuname, ebenfalls handschriftlich: Erich Achelpöhler. Erwin atmete schwer. Das zweite Buch brauchte er gar nicht aufzuschlagen. Er tat es dennoch, obwohl er ahnte, welchen Namen er darin finden würde. Wieder ein Parteibuch. Wieder eine Nummer. Bernhard Lappenbusch. Es waren die Parteibücher der zwei aus dem Nazibund der Neun ausgestoßenen Mitglieder. Der Bund, den Erwin hatte auffliegen lassen. *Des Teufels Neun*, die nach dem Mord an diesen beiden Mitgliedern zu *Des Teufels Sieben* geworden waren. Erwin fiel nicht auf, dass diese Parteibücher in den Tagen nach Kriegsende ausgestellt worden waren, als die Bande sich entschlossen hatte, dem zusammengebrochenen Dritten Reich in den eigenen Reihen treu zu bleiben. Er wusste nicht, dass Achenpöhler, Lappenbusch und die anderen 1945 noch zu jung gewesen waren, um in die Partei aufgenommen zu werden. Wichtig war jetzt nur eines: Die Bücher konnten nur von einem einzigen Ort auf der Welt stammen: aus dem unterirdischen Waffenlager des Bundes. Wenn diese Dinge in seinem Haus von der Polizei gefunden worden wären, dann wären die Mutmaßungen in den Zeitungen nicht länger Mutmaßungen gewesen. Dann hätte man Erwin angeklagt, denn das Geld, das in der Tüte gelegen hatte, stammte dann ja wohl ebenfalls aus dem Waffenlager. Man hätte den Beweis gehabt: Erwin hatte sich dort unten bereichert. Und man hätte wissen wollen, was er noch alles hatte mitgehen lassen.

Wollte ihn jemand erpressen?

Weshalb fehlte dann ein Erpresserbrief? In den vergangenen Tagen hatte sich niemand mit Drohungen oder Ähnlichem gemeldet. Wieder griff Erwin nach den beschriebenen Blättern. Nein, Briefe waren das nicht. Auflistungen, ja, Schuldscheine vielleicht, aber keine Erpresserschreiben. Das alles war alt. Über 60 Jahre alt. Vermutlich waren diese Blätter den Parteibüchern beigelegt worden, um einem Finder klarzumachen, dass die Sachen irgendwie aus der Zeit des Weltkriegs stammten und aus dem Nazilager. Vor allem waren diese Beilagen deutliche Indizien dafür, dass Erwin das Geld, das ganz und gar nicht 60 Jahre alt war, unrechtmäßig in seinen Besitz gebracht hatte.

Wie viel Geld war es denn überhaupt?

Erwin, der von Angstschüben gequält wurde, zählte hektisch nach. Am Morgen, als er einen ersten Blick in die Tüte geworfen hatte, war er von ziemlich viel Geld ausgegangen. Jetzt entpuppte sich die Summe als zwar groß, aber nicht außergewöhnlich. Nicht so groß, wie er sie aus Banküberfallbüchern kannte. Ziemlich genau 10 000 Euro lagen in der Tüte.

10 000.

War der Erpresser, den es noch nicht gab, etwa auch ein Geizhals?

Andererseits, auch 10 000 Euro würden ausreichen, um Erwin ins Gefängnis zu bringen. Hätte er das Geld nicht zufällig gefunden, dann …

Plötzlich hielt er inne und schob die Geldscheine beiseite. In seinem Kopf wummerte es, doch er musste sich konzentrieren. Es würde eine lange Nacht werden, und er würde sich gleich noch einen Pott Kaffee kochen. Vorher jedoch musste er einen wichtigen Gedanken zu Ende denken: Die Polizei …

Die Polizei war nicht im Haus gewesen. Sie hatte auch keinen Anlass gehabt, ins Haus zu gehen. Wie hätte sie die Tüte mit dem Geld finden sollen, wenn ihr niemand einen Hinweis gegeben hatte? Hatten die Beamten vielleicht geschlampt? Erwin war skeptisch. Der Kommissar hatte auf ihn einen zwar genervten, aber keinen oberflächlichen Eindruck gemacht. Und die Polizisten hatten stundenlang alles abgesucht. Hatten sie trotzdem etwas übersehen?

Der Ausweis fiel Erwin wieder ein. Beim Ausweis hatten sie geschlampt, ohne Zweifel. Die Spurensicherung war noch nicht abgeschlossen. War das Geld in dieser Plastiktüte dann nicht eine Art Zeitbombe? Er musste es verstecken oder loswerden. Es konnte ja sein, dass die Polizei in den nächsten Tagen zurückkehrte, um gezielt nach diesem Geld zu suchen. Vielleicht, weil sie in der Zwischenzeit einen Hinweis erhalten hatte? Es waren jetzt so viele Tage vergangen: Wer das Geld in den Keller gelegt hatte, verfolgte einen Plan. Dieser Plan war bedrohlich, schon allein weil Erwin den Plan und denjenigen, der ihn ersonnen hatte, nicht kannte. Das Geld musste weg. Aber wohin sollte er damit? Es zurück unter den Öltank schieben? Nein, im Haus stellte es eine Gefahr dar. Wenn Erwin das Geld im Haus behielt, dann musste nur jemand lange genug danach suchen, um es zu finden. Dann würden weitere Zeitungsartikel über ihn erscheinen. Dann wäre er geliefert.

Erwins Gehirn reagierte überreizt. Ängste kamen, wie aus dem Nichts. Er erinnerte sich plötzlich daran, dass er auf der Plastiktüte und an einigen der Geldscheine ja bereits Fingerabdrücke hinterlassen hatte. Im Keller, als er die Tüte gefunden und in die Hand genommen hatte. *Verdammt!* Wie kopflos war er gewesen!? Er konnte versuchen, die Tüte zu reinigen, aber das Geld? Wie beseitigte man Fingerabdrücke von Geldscheinen? Erwin atmete schneller. Eine Hand griff um sein Herz. Mit kalten Fingern, die keine Abdrücke hinterließen. Das Geld durfte niemals gefunden werden. Sollte er es verbrennen? Erwin war mit einer solchen Achtung gegenüber Geld groß geworden, dass er Geldscheine ebenso wenig verbrennen würde wie Bücher – allerdings hatte er sich die Achtung für Bücher selbst erarbeitet.

Was sollte er tun? Jetzt. Er musste *jetzt* etwas tun. Er musste …

Erwin schob das Geld, die Papiere und die Nazi-Ausweise zurück in die Tüte und eilte mit der Tüte in den Gummihandschuhfingern hinauf auf den Dachboden. Dort sah er sich um, verzweifelte, wendete, hetzte die Treppen hinunter bis in den Keller. Verzweiflung auch dort. Gab es denn nirgends im Haus ein sicheres Versteck? Weshalb vergrub er das Geld nicht im Garten? Nein, nicht im Garten: auf einem Acker weit außerhalb des Grundstückes, tief in der Erde.

Erwin verwarf den Gedanken. Er fühlte sich beobachtet. Jemand hatte ihn im Visier. Jemand, der vielleicht schon seit

Tagen auf der Lauer lag und darauf wartete, dass Erwin einen Fehler machte. Wenn er das Haus verließ, auch in der Nacht, dann war da jemand, der ihn sah. Der sah, wo er das Geld vergrub. Und dann …

Erwin merkte, wie sehr ihn seine sich überschlagenden Überlegungen verunsicherten. War denn alles überwacht? Lauerten überall Augen? Er durfte jetzt nicht in Panik verfallen. Das Geld und die Papiere würde er in dieser Nacht nicht loswerden. Ein Versteck, dem er wenigstens einige Tage lang vertrauen konnte, musste her. Ein Versteck im Haus.

Nachdem er sich etwas beruhigt hatte, ging er die Sache erneut an. Er brühte sich in der Küche Kaffee auf, trank, grübelte. Nach einer halben Stunde, angefeuert von zu viel Koffein, machte es plötzlich Klick! Er kramte aus der Küchenschublade einen dicken Einmach-Gummiring hervor, ging mit der Tüte hinüber zur Spüle, ließ Wasser in die Tüte hineinlaufen, bis sie prall wie ein Fußball geworden war. Dann gab er noch ein paar Spritzer Spülmittel hinzu. So präpariert, verschloss er die Tüte mit dem Gummiring auf eine Art, wie er es bei Gertrude gesehen hatte, absolut dicht, und marschierte hinunter in den Keller. Die Tüte drückte er vorsichtig an seine Brust und stützte den wabbeligen Boden mit der Hand, als hielte er ein schlafendes Kind.

Nein, ein Kind hatte er so nie gehalten. Aber eine Ente.

In einer Ecke des Vorratskellers stand die seit Gertrudes Tod ungeöffnete, noch immer mit Nahrungs-Leichen gefüllte Gefriertruhe. Als Erwin den Deckel hob, die Tüte balancierend, puffte ihm Eisnebel entgegen. Nachdem der sich verzogen hatte, blickte Erwin auf Arktis oder Antarktis: auf eisblockartige Hühner, von dickem Frost überzogene Packungen Käptn Iglu und Plastiktüten voll mit gefrorener Sonntagssuppe von vor der Jahrtausendwende. Erwin überlegte, setzte seine Tüte vorsichtig ab, räumte knirschend Eisklötze beiseite, schuf eine Mulde am Boden der Truhe. Dort hinein platzierte er die Geldtüte, sicherte sie seitlich mit Hühnern, Suppe und Fischstäbchen. Anschließend stapelte er kunstvoll Altgefrorenes darüber. Das mit dem Spülmittel kam ihn nun beinahe kindisch vor. Sollte das Spülmittel die Fingerabdrücke vielleicht lösen oder auflösen? War das seine Art von Geldwäsche?

Ja, Erwin hatte diese Hoffnung. Die viel größere Hoffnung aber war, dass niemand eine Geldtüte unter gefrorenen Hühnern und Familienpackungen abgelaufener Fischstäbchen vermutete.

Erwin drehte die Gefrierautomatik auf höchste Stufe und bat die Kräfte des Schicksals plus die des lokalen Stromanbieters um Unterstützung. Dann verließ er den Raum, schloss die Tür, stieg die Kellertreppe hinauf, löschte das Licht, ging in die Küche und goss sich eine weitere Tasse Kaffee ein.

Wieder hatte er das unbestimmte Gefühl, dass man in seine Geheimnisse eingedrungen war. Er fühlte sich überwacht. Jemand belauerte ihn. Jemand hatte ihm eine Falle stellen wollen. Jemand war im Haus gewesen, im Garten. Es mochte also Spuren im Garten geben, die die Polizei vielleicht übersehen hatte. Gleich nach dem Aufstehen wollte er nachsehen. Jetzt war es zu dunkel, und mit Taschenlampe …? Nein, es wäre zu auffällig. Für einen Beobachter gab ein Mann mit Taschenlampe in der Nacht ein prima Ziel ab. Er würde bei Tageslicht suchen. Da war es auch leichter, vorsichtig zu sein. Er durfte den abgesperrten Bereich ja nicht betreten. Erwin fragte sich, ob die Polizisten vielleicht allzu sehr um den Teich herum gesucht hatten. Womöglich gab es auch anderswo Spuren. Vielleicht hatte der Ermordete die Tüte vor seinem Tod noch selbst in den Keller gebracht. Und danach war er …

Der Tote. Herrje! Erwin hatte eine Stunde lang nur über die Tüte nachgedacht. Hielt er den Tod eines Menschen für ein geringeres Problem als eine Tüte voll Geld? Gute Menschen taten so was nicht. Er musste aufhören, an sich selbst zu denken, und endlich herausfinden, wer Kaspar Pollpeter war. Das Wissen um die Identität des Toten war eine Verpflichtung. Da Erwin über keinerlei Zugang zur Welt der Datenströme verfügte, brauchte er aber Unterstützung. Erwin wusste, dass Lina ein Telefonbuch besaß. Und ein Besuch bei Lina war ein guter Gedanke.

Lina …

Doch vorher musste er sich um Lisbeth und Lothar kümmern. Seit so vielen Tagen harrten sie aus in ihrem Verschlag. Gegenüber den Enten hatte Erwin jetzt ein besonders schlechtes Gewissen. Es reichte nun endgültig. Erwin ärgerte sich darüber, dass ihm die Idee nicht schon längst gekommen war: Als Allererstes würde er am kommenden Morgen zu Arno gehen und sich von Hilde Gerkensmeier Zaundraht und Pfähle ausleihen. Die hatte so was. Sie würden den Teich und das Spurengelände entensicher absperren, damit die Tiere spätestens mittags wieder aus dem Stall konnten. Sie noch einen weiteren Tag in Haft zu halten war geradezu unerhört. Da konnte die Polizei machen, was sie wollte.

Aus dem Elan dieses Geistesblitzes heraus, der das Schicksal von Lothar und Lisbeth zum Guten wenden würde, beschloss Erwin, die beiden im Stall zu besuchen. Obwohl es bereits nach Mitternacht war. Mit ein paar Bachflohkrebsen und Mehlwürmern als Geste der Entschuldigung. Er war so träge gewesen in den vergangenen Tagen.

Als Erwin an die Enten dachte, flammte ein längst abgespeichertes und fast erloschenes Bild wieder auf: Lothar, zum Gartenhaus watschelnd, etwas Rotes im Schnabel haltend. Erwin hatte niemals nachgesehen, wann immer er die Tiere in den vergangenen Tagen besucht, ihnen Futter gebracht, mit ihnen gesprochen hatte. Die Scham hatte ihn blind gemacht – und zurückhaltend. Er war ja quasi ihr Kerkermeister.

Etwas Rotes ... Eine Blüte vielleicht? Eine Blume?

Weil Erwin nun auch noch von Neugier erfasst wurde, beeilte er sich erst recht. Er zog aus Gewohnheit den alten Parka an und ging hinaus in den Garten. Um kurz nach ein Uhr morgens betrat er das Entenhaus. Lothar und Lisbeth hatten nicht mit ihm gerechnet und reagierten, wie Enten im Halbschlaf reagieren. Sie hockten da wie tot, die Augen allerdings offen, mit einem leichten Glanz von Vorwurf im Blick. Ein Mensch, der sich um diese Zeit mit Taschenlampe näherte, nahm im Weltbild eingepferchter Tiere womöglich eine Funktion ein, die der des Leibhaftigen im menschlichen Denken entsprach. Und obwohl den zarten Wesen dieser Welt weit stärker zugesetzt wird als den Holzköpfen, reagierten die Enten stoisch. Die Erklärung ist einfach: Natürlich erkannten sie Erwin. Er kam ja nicht zum ersten Mal nachts in den Stall, auch wenn ihm das persönlich so nicht bewusst war. Sein gutes Zureden plus die Bachflohkrebse und Mehlwürmer taten ein Übriges.

Während die Enten die Leckereien vertilgten und wacher wurden, inspizierte Erwin heimlich die für ihn sehr enge Behausung. Das Tuscheln des Gefieders, die sanften Laute der Tiere signalisierten Behaglichkeit. Gleichwohl verspürte Erwin eine Art Unwohlsein. Er spionierte. Er hinterging die Enten. Fragen konnte er Lothar ja nicht, was er da vor Tagen im Schnabel gehalten hatte. Vielleicht hatte sich Erwin getäuscht, und Lothar hatte bloß irgendwas Belangloses, Farbiges aufgenommen und schnell wieder fallen gelassen. Eine Blüte war womöglich längst verwelkt. Oder gefressen. Menschen schenkten sich Blumen. Aber Enten?

Vermutlich kannten Enten ganz andere Gesten, Zuneigung auszudrücken.

Erwins Taschenlampe bestrich den Raum systematisch. Die Enten ließen es geschehen. Und es dauerte gar nicht lange, da wurde Erwin fündig.

Zunächst stieß er jedoch nicht auf einen irgendwie roten Gegenstand. Tief in Lisbeths Nest fand Erwin etwas, das er nicht berühren wollte. Was war das? Vorsichtig drückte er das Nistkissenmaterial beiseite. Und dann sah er …

Ein … Ein Ei?

Erwins Herz machte einen Hüpfer. Nur einen kleinen allerdings: Sein Wissen um die grundsätzlichen Dinge in der Natur war so klein dann doch nicht. Nein, es handelte sich bei dem weißen Ding nicht um ein Ei. Dazu war es zu rund. Außerdem – er wagte es jetzt, das Ding zu berühren – zu hart und zu kalt. Vielleicht auch zu klein. Es war irgendeine Art von Ball. Ein harter, weißer Ball war es, den Lisbeth im

Garten oder auf den jüngsten Wanderungen aufgeschnabelt haben musste.

Erwin nahm den Ball auf und korrigierte sich: nicht auf einer Wanderung. Der Ball war ziemlich schwer für seine Größe. Den hatte Lisbeth niemals über mehrere Kilometer mit sich geschleppt. Der musste im Garten gelegen haben. Wie auch immer er dorthin gekommen war. Ein altes Spielzeug aus seiner Kindheit? Erwin konnte sich an solch einen Ball nicht erinnern. Und Kinder aus dem Dorf verirrten sich eigentlich nie in seinen Garten.

Nun denn. Dass Lisbeth diesen Ball in ihr Schlafnest gelegt hatte, stimmte ihn irgendwie traurig. Ob sie sich nach einem Ei sehnte? Nach einem Ei und nach …?

Erwin seufzte und steckte den Ball gedankenverloren in seine Parkatasche.

Und dann, als er einen zweiten Blick auf die Kuschelecke der Enten warf, stieß er tatsächlich auf den roten Gegenstand, den er für eine Blume oder eine Blüte gehalten hatte. Das Ding lag irgendwie akkurat neben dem Platz, an dem Lothar und Lisbeth gern nebeneinander die Nacht verbrachten – ein bisschen versteckt im Streu.

Es war …

Erwin unterdrückte ein Keuchen. Im Zusammenhang mit dem Ei, das kein Ei war, erschien ihm dieser Fund geradezu pervers. Erwins Moralvorstellungen gerieten mächtig ins Wanken. Das war keine Blüte. O nein: Das war ein Kondom. Blütenrot, quadratisch, in alubeschichtete Folie verpackt, an den Rändern gezähnt wie eine Briefmarke. *Loveletter* stand auch noch darauf. Welch ein Hohn! Erwins Englisch ermöglichte es ihm kaum, das Wort auszusprechen. Dennoch kannte er es, und er fragte sich, woher. Das Kondom war unbenutzt. Und es lag am Schlafplatz der Enten. Erwin wusste nicht, was er davon halten sollte. Lothar und Lisbeth taten nach vollendeter Mahlzeit vollkommen abwesend, unschuldig, desinteressiert. Das steigerte Erwins Verwirrung noch zusätzlich. Er musste sich sammeln. Er musste ruhig bleiben. Er musste ... Er verscheuchte den Gedanken, dass er zu tief in eine ihm gänzlich fremde, fremdartige Privatsphäre eingedrungen war. Vielleicht auch in ein Thema, mit dem er sich gar nicht befassen wollte. Nicht nach *Romeo und Julia* und *Lolita*. Das war doch alles Irrsinn hier. Sein wochenlanges Nachdenken über die beiden Enten und was sie verband ... Er zögerte zunächst, aber was zu weit ging, das ging zu weit. Außerdem hatte er eine Verantwortung. Hatte Lina nicht vor Tagen, im Beisein der Leiche, völlig zu Recht, betont, dass die Enten alles fraßen, was sie verschlucken konnten? Erwin ließ Lothar vermutlich viel zu viel durchgehen. Er hatte ja auch die Folgen zu bedenken! Schon allein aus diesem Grund musste er das Plastikding an sich nehmen, es entfernen. Er griff zu, steckte den *Loveletter* ein und machte, dass er aus dem Entenhaus kam, ohne einen weiteren Blick auf das – sein Kopf verweigerte das Wort, das dennoch durchklang – *Liebespaar* zu werfen. Es wurde nun wirklich Zeit für geordnete, sachliche Ermittlungsarbeit.

Und die beiden mussten raus aus diesem Stall.

Nach seinem Besuch bei den Enten war Erwins Unruhe so groß, dass er partout nicht schlafen konnte. Er wanderte unruhig durchs Haus und suchte nach Ablenkung. Schließlich verfiel er auf die Idee, die alte Schreibmaschine aus der bei Friedhelms Tod aufgelösten Polizeiwache zu reparieren. Seit zwei Wochen war das Ding kaputt, weil er damit herumgespielt hatte. Es war ein Versuch gewesen, selbst mal was zu schreiben. Für Lina … Ein Schräubchen auf der Unterseite der Maschine war rausgefallen, und der Wagen mit den Typenhebeln ließ sich nicht mehr bewegen.

Erwin fand einen kleinen Schraubenzieher und legte los. Seine Finger, eigentlich zu dick für eine Reparatur dieser Art, fummelten an der Maschine herum. Das Schräubchen wollte und wollte sich nicht wieder einsetzen lassen, aber manchmal hatte Erwin ja auch einen Dickkopf. Der Versuch, das alte Ding zu reparieren, war genau das Richtige, um Gedankenstrudel zu bändigen. Mit der Zunge zwischen den Zähnen und den Sinn von Feinmechanik bezweifelnd, kämpfte er mit dem Gerät – und siegte, nach knapp einer Stunde voller Flüche und Verwünschungen. Dann ging er ins Bett und fiel in einen unruhigen, von rotgefärbten Träumen zerrissenen Schlaf.

Ohne Mütze geht es nicht

Am frühen Morgen des 8. August trug Erwin Düsedieker nach vielen Wochen erstmals wieder die Polizeimütze. Gegen 7 Uhr verließ er das Haus und nahm Kurs auf den Hof von Hilde Gerkensmeier. Der bisher sehr feuchte Sommer hatte dafür gesorgt, dass Weizen, Gerste und sonstiges im Sommer zu erntendes Getreide noch auf den Feldern stand und wohl noch lange stehen würde – zumindest dort, wo weiterhin Getreide wuchs, denn seit Jahren wucherten überall Maisfelder. Die letzten Getreidefelder wirkten fahlgelb, an manchen Stellen wie mit dunklen Schatten belegt und niedergedrückt.

Erwin wählte einen Weg, den er häufiger nahm: entlang der Grenze zwischen zwei Feldern hinter dem Garten. Die Zeit der großen Wanderungen mit Gummistiefeln waren Herbst, Winter und Frühjahr, wenn er sich seine Wege selbst suchen konnte. Jetzt, im Sommer, verschlossen sich ihm die Felder mit ihrem Bewuchs. Als Kind war Erwin gern durch die hohen Halme des Roggens gerannt. Vom Feldrand aus ein Schritt hinein ins Korn, und er war verschwunden. Selbst ihm, der nie so schnell laufen konnte wie andere, gelang es, beim Sturm durchs Getreide möglichst wenig Schaden anzurichten. Rennen, rennen, rennen – ohne Sicht, ohne gesehen zu werden. Die Halme fielen, die Halme richteten sich wieder auf. Allenfalls aus der Luft hätte man ihn verfolgen können. Die Luft war Lärm gewesen damals: Düsenjäger, die durch Schallmauern krachten. Wurfgeschosse unbekannter Götter. Metallpfeile, die bösartig fauchten, aber niemanden beobachteten. Manchmal, so hatte Erwin gehört, stürzten sie ab, knallten runter in ein Feld. Wie im Krieg. Er fürchtete sich vor Wurfgeschossen, die ihn treffen konnten. Aber sie beobachteten ihn nicht. Die Erinnerung war jetzt sehr klar: Er rannte, und die Ähren schlugen auf ihn ein. Irgendwann, außer Puste, stand er dann da und fragte sich, wohin der Zufall ihn wohl geführt hatte und wie weit er noch entfernt war von einem Feldrand. Oft waren es nur wenige Schritte bis zu dem Punkt, wo sich der Roggen wie ein Vorhang öffnete, ins Böse, in die Welt außerhalb der Felder. Unmittelbar davor aber befand sich Erwin noch immer in seinem sicheren Versteck. Wer ihn suchte, hatte Mühe, ihn zu finden. Im Roggenfeld lag eine Welt voller Verstecke. Der Lärm der Düsenjäger war die Welt der anderen, das Donnern der Stimmen von Göttern und Menschen …

Erwin wagte es schon lange nicht mehr, quer durch ein Getreidefeld zu jagen. Seine Bewegungen waren nicht mehr die eines Kindes. Mit fast 58 glich sein Gang einem Sich-dahin-Wälzen. Auch war die Luft eine andere als vor 50 Jahren: ohne Düsenlärm, vermutlich aber besser überwacht. Erwin vermisste Düsenjäger, die durch Mauern krachten. Vorausgesetzt, sie blieben oben, wo die Mauern aus Luft bestanden. Außerdem ragte er – mit Mütze sogar wie ein weißköpfiger Pilz – über die Halme hinaus, glich einer wandelnden Vogelscheuche. Die Felder und er, das passte im Sommer nicht zusammen, und Erwin hielt sich an Wege oder Wegähnliches.

Nur Lothar und Lisbeth machten, was sie wollten. Auch im Sommer.

Heute allerdings folgten sie ihm nicht. Man hatte sie ja inhaftiert. Da der Tag heiß werden würde, marschierte Erwin so schnell er konnte und fluchte insgeheim, dass er anders war als Arno. Der wäre schon Stunden früher aufgebrochen, und der Drahtzaun um den Teich wäre spätestens mittags fertig. Erwin musste aufhören, bis spät in der Nacht zu grübeln oder in Büchern zu stöbern. Wenn sich diese Tätigkeiten gegen die Enten richteten, waren sie falsch.

Ein Brummen am Himmel lenkte ihn ab. Er hatte das Getreidesilo hinter Hildes Wohnhaus fast erreicht und blickte hoch. Der Himmel hämmerte. Hubschrauber. Gleich zwei. Waren das Polizeihubschrauber? Einer der beiden kreiste irgendwo westlich von Pogge. Vielleicht über der Bundesstraße? Der genaue Sektor war schwer auszumachen. Hatte es einen Unfall gegeben? Die Geräusche der Tag und Nacht über die B 61c dahinrasenden Fahrzeuge waren so sehr Teil der Landschaft, dass Erwin die auf- und abschwellenden Töne kaum noch wahrnahm. Sie gehörten dazu wie Musik zu dramatischen Filmen. Und zu einem Unfall gehörten Sirenen, Martinshörner.

Davon war allerdings nichts zu hören.

Und der andere Hubschrauber?

Das Sonnenlicht verhinderte ein klares Bild. Erwin blinzelte gegen die Helligkeit, nahm die Hand zu Hilfe, um nicht geblendet zu werden. Dann beobachtete er wieder die Insekten in der Höhe. Die zwei Hubschrauber hatten nichts miteinander zu tun. Der eine – jener, den er zuerst gesehen hatte – kreiste, nein, zog ab. Der andere … Erwin sah das nicht oft, und es wirkte jedesmal wie der Einbruch des Phantastischen in die wirkliche Welt: Der andere Hubschrauber landete. Weit entfernt, aber allein der Akt war schon aufregend, unwirklich. Flugzeuge und Hubschrauber gehörten an den Himmel. Sobald sie landeten, taten sie für Erwin etwas Ungeheuerliches.

Der landende war ein libellenartiges, kleineres Modell. Weiß. Es fiel im Himmel kaum auf und hatte durchaus etwas von der Unschuld einer Ente. Der über der Bundesstraße verschwindende gehörte zu den riesigen Maschinen mit zwei Rotoren, die Erwin aus der Kindheit kannte. Dunkle, kopflose Stierleiber. Dunkelgrün. Waldfarben auf eine stumpfe Art. Militärhubschrauber, wie er später in Bildbänden erfahren hatte. Truppentransporter. So einen hatte er schon lange nicht mehr gesehen. Und der landende ...? Tatsächlich, die Libelle ging auf dem Golfplatz nieder. Erwin fragte sich, ob reiche Menschen aus der Stadt vielleicht so anreisten, eine Runde Golf spielten, wieder starteten und nach Fechtelfeld oder Dettbarn flogen oder Städte ansteuerten, die noch größer waren und noch weiter entfernt lagen.

Der Unterschied zwischen der Welt des Golfplatzes und der Bramschebecks war ein natürlicher – und ein gigantischer.

Als Erwin den Gerkensmeier-Hof erreichte, fand er Hilde im Gespräch mit Wilfried Lappenbusch, dem örtlichen Tierarzt und Experten für manches Human-Gebrechen. Wilfried war gekommen, um das Vieh auf dem Hof zu untersuchen. Erwin und er begrüßten sich. Wilfried hatte viel zu tun und machte einen gestressten Eindruck. Dennoch wechselten sie ein paar Worte. Man kannte sich ja. Anschließend fragte Erwin nach Arno, und Hilde verriet, wo er den finden konnte: Arno werkelte mit der Mistkarre hinter den Ställen herum. Bevor er Arno suchen ging, holte Erwin tief Luft und erzählte Hilde von seiner Idee.

Hilde gefiel diese Idee, und sie rückte bereitwillig Zaundraht und Holzpfosten heraus. Und als Erwin Arno gefunden hatte, ließ auch der sich nicht lange bitten. Es ging ja um eine gute Sache.

Der Transport des Materials gestaltete sich jedoch recht schwierig, weil sie eine Karre nehmen mussten, die für den schmalen Streifen zwischen den Äckern selbstverständlich nicht geeignet war. Arno wollte zwar einen Querfeldein-Versuch wagen, doch Erwin hatte keine Lust auf peinliche Manöver abseits der Straße und winkte ab. Sie beluden also die Karre und verabschiedeten sich von Hilde und Wilfried. Der rief lachend, er müsse nun endlich in den Stall, damit Hildes Schweine ihre U4 bekämen.

Es war Arno anzusehen, dass er nicht wusste, was U4 bedeutete, da zogen sie aber auch schon los.

Der Breite der Karre wegen marschierten sie auf dem Wullbrinkholzweg Richtung Bundesstraße bis zur Einmündung in den Grenzweg. Dann bogen sie nach links. Es war ein Umweg von etwa zwei Kilometern. Wiederholt kamen ihnen Trecker entgegen. Als die Fahrenden Erwin mit Mütze sahen, grüßten sie und grinsten.

Es war nicht zu ändern.

Erwin war der Sohn des Dorfpolizisten.

Der Bekloppte mit der Mütze …

Auch Arno freute sich, Erwin mit Mütze zu sehen. Es gab

ihm die Gewissheit, dass Erwin wieder der Alte war. Erwin ermittelte, und zu ermitteln gab es einiges. Arno brannte mittlerweile vor Neugier, was die Geschehnisse der vergangenen Tage betraf. Die Leiche im Teich, die Verdächtigungen und so. Arno hatte, nachdem er Hilde informiert und Hilde die Polizei und Lina in Kenntnis gesetzt hatte, den Rückweg zur alten Wache gescheut. Der Polizei blieb Arno aus tiefer Überzeugung fern. Und dann war da ja auch noch Lina gewesen …

Arno hatte nichts gegen Lina, doch sobald Erwin mit ihr zusammen war, verhielt er sich merkwürdig. Vielleicht hatte Arnos Scheu gegenüber Lina damit zu tun, dass er die meisten Frauen als Wesen wahrnahm, die ihm auch nach Betankung mit 4 Promille noch rätselhaft blieben. Und wenn man aus dem Koma erwachte, hatten sie sich längst mit seinem schlechten Gewissen verbündet. Hilde zum Beispiel konnte das gut.

Solche Fähigkeiten verwirrten.

Arno blieb den meisten Frauen also ebenso fern wie der Polizei. Nur Hilde hatte es geschafft, eine gewisse Anziehungskraft auf ihn auszuüben. Das mochte, was das Fleischliche betraf, mit der Stippgrütze und den Mettwürsten aus ihrer Hausschlachtung zu tun haben. Möglicherweise lagen komplexere Gründe vor. Arnos Seele hatte noch niemand gründlich erforscht.

Hinsichtlich Erwins Polizeimütze war Arno ohne jeden Hintergedanken und kommentierte das Tragen nicht. Erwin schätzte dies sehr. Ohnehin grübelte er, als sie sich der alten Wache näherten, ob die verfluchte Mütze tatsächlich in der Lage sein mochte, die Gerüchte einzudämmen, die sich um ihn zusammenzogen. Er hatte das Ding letztlich nur aus Verzweiflung aufgesetzt.

Als sich die Ereignisse überstürzten, verlor die Mütze jedoch jegliche Bedeutung. Es begann vermutlich, als Erwin zum zweiten Mal an diesem Tag auf den kleinen, weißen Hubschrauber aufmerksam wurde. Sie waren nur noch wenige Hundert Meter vom Grundstück entfernt, als sie ein brummendes Geräusch hörten. Erwin wandte den Blick nach Osten. Das Geräusch schwoll an. Vom Golfplatz startete die Maschine, die weiße Libelle, die er dort knapp zwei Stunden zuvor hatte niedergehen sehen. Zwei Stunden lang hatte der Hubschrauber also am Boden gestanden. Oder gab es da drüben ein Kommen und Gehen solcher Maschinen? Das wäre neu.

»Kuck ma«, sagte da plötzlich Arno.

»N' Hubschrauber«, meinte Erwin, ohne sich Arno zuzuwenden. Die Maschine, die nun hoch am Himmel stand, hob das Heck, beschleunigte und verschwand gen Osten. Dort lag irgendwo Dettbarn.

»Nee!«, rief Arno. »Kuck ma! Da fährt einer! Vonne Einfahrt! Hatste Besuch, Äwinn?«

»Besuch?«

Irritiert blickte Erwin zur Wache. Ohne es selbst zu merken, duckte er sich kurz weg. Was war das? Nein: *wer* war das?

»Vonne Einfahrt vonne Wache!«, präzisierte Arno. Mit einer Mischung aus Sorge und Interesse beobachtete er Erwin. »Wollste den nich sehn?«

Erwin antwortete nicht. Das war Antwort genug. Er sah den Wagen, der offenbar an der Wache geparkt hatte und der nun davonfuhr. Aufreizend langsam. Ein dunkles Fahrzeug. Eines, das man Supermarktparkplatz-Geländewagen hätte nennen können. So eines hatte Erwin hier noch nie gesehen. Und der Fahrer war aus der Distanz nicht auszumachen. Hatte das Ding nicht sogar getönte Scheiben?

Der Wagen fuhr Richtung Bramschebeck davon.

»Kennste den?«

Arno las Gedanken, und Erwin schüttelte den Kopf.

»Nee«, sagte er, »kenn ich nich.«

»Vielleicht vonne Pollezei?«

»Nee«, sagte Erwin. Arno nickte.

»Muss auch nich immer sein, Pollezei, nä?«

»Nee«, sagte Erwin.

Der Wagen war ein Signal. Er signalisierte Erwin, dass man ihn überwachte. War es der Beobachter, den Erwin in den vergangenen Tagen, insbesondere nachts, immer wieder gespürt hatte? Er blieb außer Sichtweite, ließ Erwin nicht herankommen. Der dort drüben wegfuhr, spielte ein Spiel mit ihm. Es hieß: Ich sehe dich, aber du siehst mich nicht. Oder auch: Ich kann dir entkommen, du mir nicht.

Erwin zuckte zusammen. In dieser Sekunde begriff er, was da grade passiert war: In seiner Abwesenheit hatte jemand das Haus betreten, hatte alles durchsucht, das Geld gefunden, geheime Spuren gelegt, um anschließend die Polizei zu rufen und ihn ... Das Maschinengewehrfeuer von Gedanken war auch die Folge von Kriminalromanen, in denen Erwin in den vergangenen Wochen immer mal wieder gelesen hatte. Die Bücher hatten ihm helfen sollen, die Welt des Kriminellen klarer zu sehen. Stattdessen entzündeten sie seine Phantasie, stifteten im Kopf Verwirrung. Erwin schrie auf:

»Komm, Arno. Der is im Haus gewesen!«

»Bei dir? Unn die Entn?«

Die Enten? Auch das noch!

»Weiß nich, komm!«

»Nee, nä?!«

Erwin rannte los. Die Karre ließ er stehen. Arno, der großes Verantwortungsgefühl gegenüber Dingen zeigte, die Hilde Gerkensmeier gehörten – irgendwie zählte er ja selbst dazu –, mühte sich, mit der Karre im Schlepp zu folgen.

»Nu wart doch mal!«, rief er. Erwin war da schon an der Haustür. Die fand er verschlossen vor. Aber er traute der Sache nicht. Sah er nicht Kratzspuren neben der Klinke, am Türrahmen? Konnte man nicht mit Plastikkarten Türen öffnen? In den Kriminalromanen war das so. Erwins Haustür war keine Sicherheitstür, sondern ein Relikt aus dem vergangenen Jahrhundert beziehungsweise Jahrtausend. In Polizeiwachen brach man nicht ein, dachte er, nicht einmal in ehemalige. Wer jedoch Tote kopfüber in den Gartenteichen solcher Wachen versenkte, war wohl dazu fähig, Plastikkarten an deren Haustüren einzusetzen, um sich unerlaubt Eintritt zu verschaffen. Erwin sah zu Boden.

Waren das Fußspuren?

»Äwinn? Was issn?«

»Hier war einer, Arno!«

»Der mittn Auto?«

»Siehste das?«

Da Erwin weder Arnos Frage beantwortete noch deutlich machte, was es da zu sehen gab, war Arno überfordert. Er sah nichts, und er sagte nichts.

Erwins Augen waren – aller Wahrscheinlichkeit zum

Trotz – noch sehr gut. Auch im hohen Alter brauchte er keine Lesebrille, obwohl die Leserei der vergangenen Jahre bisweilen zu Ermüdungserscheinungen führte. Jetzt knieperte er, bückte sich, betrachtete den Boden vor der Tür: die aus alten, dunkelroten Ziegeln gemauerte Türstufe vor der Schwelle, die Trittsteine, die zur Tür führten. Es hatte nach der Gewitternacht ein-, zweimal geregnet. Einige ausgetretene Mulden im Vorgartenrasen erinnerten mit freigelegter Wurzelerde, schlammig-dunkel, an den letzten Niederschlag. War dort jemand in den Schlamm getreten? Erwin meinte, den halben Abdruck eines Schuhabsatzes zu erkennen. Und von der Mulde ausgehend, allerdings nicht zur Haustür hin verlaufend, den verschmierten Schatten weitergeschleppten Drecks. War er das selbst gewesen? Nein, das Blockprofil seiner Stiefel passte nicht.

Und Arno?

Passt auch nich, dachte Erwin. Arno war körperlich gesehen die interessante Fortsetzung sehr großer Füße. Dieser Abdruck wurde ihm nicht gerecht. Dieser Abdruck war fast schon zierlich.

Dann fand Erwin eine Erklärung: Der Schlammtreter war in den Garten gegangen, hinters Haus. *Die Polizei! Na sicher,* dachte er, fast schon wieder beruhigt. Die Beamten, die das Haus nicht betreten hatten, sondern den Weg außen herum gegangen waren. Vor knapp einer Woche. Wie leicht er in Unruhe verfiel. Aber was war mit den Kratzspuren an der Tür? Die waren doch nicht zu leugnen. Welche Erklärung gab es dafür? Und das mit der Polizei, das lag doch nun schon länger zurück? Die Spur auf dem Rasen …

Moment, dachte Erwin. Dieser Abdruck konnte von einer

Frau stammen. Frauenschuhe, die waren in der Regel zierlich. War vielleicht Lina hier entlangge …

RUMMS!

Es kam aus dem Haus. Ein Knall. Eine Tür? Ein offen stehendes Fenster? Der Wind, der …?

»Is Lina da?«, fragte Arno alarmiert. Arnos Vorstellungen waren weit weniger beeinflusst von den Versatzstücken blutiger Kriminalromane als Erwins. Arno fürchtete sich – wie bereits erwähnt – grundsätzlich vor zwei Dingen: vor zu viel Polizei und zu viel Frau. Lina bedeutete Letzteres. Arno, der Lina irgendwie für einen Fremdkörper in Erwins Leben hielt, fand schon den Gedanken an die Anwesenheit von etwas Weiblichem in der alten Wache alarmierend. Nur für Lisbeth konnte er eine Ausnahme machen.

»Nee«, sagte Erwin wieder. Obwohl es ja sein mochte, dass Lina ihn überraschte, wie in den Tagen zuvor. Doch nein: Lina würde niemals heimlich ins Haus eindringen. Es hatte alles mit dem dunklen Fahrzeug zu tun. War es davongefahren, weil man bemerkt hatte, dass sich Erwin und Arno näherten? Und das Geräusch: Befand sich vielleicht noch jemand im Haus, der mit diesem Fahrzeug gekommen war? Einer oder mehrere Personen? Man hatte beobachtet, wie Erwin Richtung Gerkensmeier-Hof davonging, und hatte vielleicht nicht damit gerechnet, dass er auf einem anderen Weg zurückkehrte. Ja, und der Wartende im Fahrzeug … Warteten nicht immer irgendwelche Fahrer in Fahrzeugen, wenn der Rest der Bande in der Bank war und die Tresore ausräumte? War das nicht so in der Welt der Kriminalromane?

Erwin kam zu einer Entscheidung – und Teil der Entscheidung war, dass er Arno nicht in Gefahr bringen durfte.

»Arno?«

»Soll ich Pollezei holn?«

»Nee, lass ma. Fang schonn mal mittem Zaun an.«

Arnos Augen hellten sich auf.

»Jau, is gut!«

»Ich komm gleich. Geh noch was nachkuckn.«

»Is gut. Wenn was is, geh ich … sach ich Hilde Bescheid, wegen Pollezei, nä?«

»Kannste machen. Pass aber auf beim Teich. Tritt nich inne Absperrung!«

»Nee, pass schonn auf.«

»Wegen Spurn, weißte?«

»Au nee, bloß nich!«

»Ich helf dann später. Muss ja noch'n Netz drüber. Die sind ja nich doof, Lothar unn Lissbett.«

»Kannsse sagen!«

Arno lachte erleichtert, meckernd, war zufrieden und legte gleich los. Das dumme Gefühl, das ihn umschlich, verlor sich in der Aufgabe, die er gestellt bekam. Er würde den Teich akkurat einzäunen und darauf hoffen, dass Erwin die andere Sache, die im Haus, im Griff hatte. Die Leiche hatte Arno mehr zugesetzt, als er es sich eingestand. Obwohl Arno den Mann ja nicht kannte und nur dessen unteres Drittel gesehen hatte. So ein toter Mensch rührte in ganz anderen Gedankensenkgruben als ein totes Schwein, das man zufällig bei der morgendlichen Fütterungsrunde fand.

Bedrückende Gedanken waren das.

Arno wusste, dass Erwin einen Spaten und Werkzeug im kleinen Verschlag neben dem Entenhaus lagerte. Er ging die Sachen holen und begann, ein erstes Loch für die angespitzten Weidepfähle auszuheben. Als das getan war, widmete er sich den Pfählen. Einen wählte er aus, die anderen lud er vom Karren und stellte sie aufrecht gegen die Regentonne unter dem Fallrohr, rechts vom Wintergarten. Arno überlegte, wie viele Pfähle er wohl benötigen würde, und entschied sich für vier. Ein einfaches Rechteck, eine Draht- und Absperr-Netz-Box über dem Teich. Das wäre praktisch und am schnellsten zu bewerkstelligen. Arno machte sich also an das Einsetzen des ersten Pfahls und erkannte, dass sie zu viele Holzpfähle mitgenommen hatten. Nun ja.

Als Arno diese Überlegungen anstellte, war Erwin schon verschwunden. Arno beschäftigte das nicht weiter. Sein Gehirn war mit den gartengeometrischen Aufgaben mehr als ausgelastet.

Erwin bewegte sich langsam um das ziegeldüstere Haus herum, um eventuelle frische Spuren zu sichten. Es war ihm jedoch unmöglich, Abdrücke im Gras nahe dem Haus oder in den Blumenbeeten einem Datum nach dem Polizeibesuch vom 2. August zuzuordnen. Er hatte von Spurensicherung schlichtweg keine Ahnung.

Als Erwin das Haus umrundete, trat Arno den ersten Holzpfahl fest und überlegte, wo er das zweite Loch graben sollte. Multitasking. Dann stieg Erwin die Kellertreppe hinter dem Haus hinab. Auch dort unten gab es nichts Auffälliges. Als er die Klinke der alten Tür drückte, stellte er jedoch fest, dass der Zugang unverschlossen war.

Zum zweiten Mal innerhalb weniger Tage.

Erwin kannte seine Nachlässigkeit in Schlüsseldingen. Aber er war sich sicher, die Tür abgeschlossen zu haben. Durch diese Tür war in der Nacht, als man die Leiche in den

Teich gelegt hatte, schon einmal jemand ins Haus eingedrungen. Das hatte ihn Vorsicht gelehrt. Das Bild, wie er, Erwin, vor seinem Aufbruch zu Hilde und Arno den Schlüssel knirschend benutzt und dann die Verriegelung geprüft hatte, hatte sich ihm fest eingeprägt.

Bilder waren immerhin seine Stärke.

Er betrat den Keller, knipste das Licht an, verschloss die Tür, drehte den Schlüssel und zog ihn ab. Weshalb er das tat, wusste er nicht. Sollte sich im Keller jemand verstecken, war diesem Jemand nun der Fluchtweg durch die Außentür hier unten versperrt. Das konnte gut oder schlecht sein – je nach Kräfteverhältnis zwischen Erwin und dem Eindringling und je nach Kampflaune dieser Person.

Wenn es sie denn gab, diese Person.

Nichts im Keller wies auf Veränderungen hin. Mit klopfendem Herzen und sich rückversichernd, dass ihn niemand beobachtete, hob Erwin den Deckel der Gefriertruhe und sah nach dem Geld. Die Truhe hatte ganze Arbeit geleistet. Der Inhalt der Tüte war hart gefroren, und die bunten Farben auf dem Kunststoff würden bald restlos unter Eisreif verschwunden sein. Dann wären Geld und Parteibücher kaum noch zu unterscheiden von Suppentüten-Klötzen und ähnlichem Gefriergut, das noch durch Gertrudes Finger gewandert war.

Erwin sah auch im Tankkeller nach, im Heizungskeller, im alten Kohlebunker unter der Treppe und im ehemaligen Waschkeller, den Friedhelm und Opa Gerkensmeier früher für Hausschlachtungen genutzt hatten.

Nichts.

Er verließ die Katakomben der Wache und stieg hinauf in

die Wohnung. Als er aus der Kellertür in den immer halbdunklen Hausflur trat, folgte er einem Impuls. Er schlug die Tür mit Wucht zu. Sie krachte ins Schloss.

RUMMS!

Das Geräusch verklang. Erwin horchte auf verräterischen Nachhall. Sekundenlang verharrte er. Und während er verharrte, nahm er einen Duft wahr. Einen Duft, der nicht in diese Räume gehörte. Es war ein … ein junger Duft? Ein Parfüm? Mit so was hatte er vor Lina nie Kontakt gehabt. Aber benutzte Lina einen solchen … jungen Duft?

Eine junge Frau?

Er durfte jetzt nicht darüber nachdenken. Es lenkte ihn zu sehr ab. Also überlegte er, in welcher Reihenfolge er die Räume des Erdgeschosses angehen musste, um einem Eindringling jede Chance zu nehmen, heimlich und an ihm vorbei das Haus zu verlassen. Da schlug etwas, einmal zurückprallend, gegen eine Wand oder fiel auf den Fußboden oder …

KLOBOBBB!

So jedenfalls hörte es sich an. Ein gedämpfter Knall, ein Schlag, gefolgt von einem nachfedernden zweiten. Dann war wieder Stille, als würde das Haus erschrocken die Luft anhalten – die Luft anhalten und schließlich die Kontrolle verlieren, denn plötzlich strömten Geräusche auf Erwin ein. Es wurde laut. Es war nicht das Haus, der Flur, die kleine Küche mit der Frühstücksecke und der Kaffeemaschine. Es kam nicht durch die Tür zur Bibliothek, aus dem Wintergarten mit der Wanne und den vielen so wichtigen Büchern, die in die Welt hinausführten, in andere Räume und Freiheiten. Es war Erwins Herzschlag, das Rauschen von Blut in den

Ohren. Sekundenlang war da allein dieser Pumpstromlärm des Blutes. Und mühsam gegen die Angst ankämpfend, gegen die Lähmung, filterte Erwin aus den Gedankenwirbeln in seinem Kopf das Bild des Elternschlafzimmers heraus, wo jemand – einer? mehrere? – Gesichtsloses die Schubladen des Schreibtischs durchwühlte, die alte Kommode, die Schränke …

Der Tote im Teich. Erwin wusste noch immer nicht, wie der Mann gestorben war. Wenn sich der oder die Mörder – war der Mann umgebracht worden? Immer wieder diese Frage – im Haus befand? Wollte da jemand Spuren beseitigen?

Oder einen Zeugen?

Erwin verschwand in der Küche, zog, ohne den Flur aus den Augen zu lassen, ein Tortenmesser aus der Geschirrschublade. Das war die gefährlichste Waffe, die er auf die Schnelle finden konnte. Er huschte zurück in den Flur und machte sich daran, hinauf ins Obergeschoss zu steigen. Er bemühte sich nicht, Geräusche zu vermeiden. Ganz und gar nicht. Er stapfte treppauf. Schritt für Schritt …

RABADOCK – KRACK!

Auf halber Treppe verharrte er. Im Garten am Teich war Arno in diesem Moment mit Pfahl Nummer vier beschäftigt. Er hatte zwischen den ersten dreien auch schon Absperrband gezogen. Als er das Geräusch hörte, das Erwin auf der Treppe zum Halt brachte – lauter noch und quasi vom Himmel kommend –, ging sein Blick hoch. Arno hielt den Holzpfahl, wie ein spätmittelalterlicher Burgwächter vermutlich eine Hellebarde gehalten hätte. Mehr noch: Arno schlüpfte im Bruchteil einer Sekunde in eine moderne Fassung dieser Burgwächterrolle, wie er sie in einem Museum hätte entdecken können – obwohl Arno nie in einem Museum gewesen war. Was ihn mit einem Museum verband, war die Tatsache, dass er ein prima Ausstellungsstück hätte sein können. Mit anderen Worten: Arno erstarrte, wurde vollkommen regungs- und geräuschlos. Er glich einer jener leeren Rüstungen, wie sie in einem Burgmuseum zum Beispiel neben Schaukästen mit eisernen Bettpfannen und dergleichen stehen. Er verschmolz mit dem Garten. Man nahm ihn nicht mehr wahr. Sein Kopf blieb erhoben, seine Augen geöffnet, seine rechte Hand klammerte sich an den ungepflanzten vierten Holzpfahl, dessen …

Erwin betrat das alte Elternschlafzimmer. Er bemerkte sofort, dass sich dort, in der Rumpelkammer seiner Seele, etwas verändert hatte. Er hätte keine Kriminalromane lesen müssen, um dies zu erkennen. Er sah und hörte es, denn das immerwährende kräftige Tock – Tock – Tock der eichenhölzernen, mannshohen Großvater-Uhr, die an der Wand stand, war verstummt. Jemand hatte die Gewichte ausgehängt. Die Schubladen des mächtigen Schreibtisches waren halb herausgezogen, die Inhalte durchwühlt, Papiere lagen am Boden. Schranktüren standen offen. Vor allem aber: Die Dachbodentreppe war heruntergelassen. Die ausziehbare Leiter endete neben dem Doppelbett von Friedhelm und Gertrude, und es war mit Füßen auf diesem Bett, auf der leichenblassgrauen Tagesdecke, herumgetrampelt worden. Ein alter Kleiderschrank hinter dem Bett stand ebenfalls offen. Wäsche, ehemals weiße, war herausgerissen worden. Und auch hier, im alten Schlafzimmer, hatte sich dieser junge Duft eingenistet.

Erwin zitterte.

Plötzlich kam vom Dachboden herab ein Geräusch, das im Kopf unter der Polizeimütze eine seltsame Assoziation auslöste. Das Bild eines Engels war es. Ein Engel, dessen weiße Flügel … quietschten? Der Engel verzog das Gesicht, bewegte die Flügel … sie quietschten. Und dann sah Erwin rot.

In der Rechten das Tortenmesser haltend, mit der linken wie die Kehle eines Gegners den Holzholm des wackligen Geländers umklammernd, wuchtete sich Erwin die Dachbodenleiter hinauf. Seine Schritte waren schweres Stampfen. Ein winziger Teil seines Hoffens galt dem Holz der Leiterstufen. Wenn es brach, war der Effekt, war alles dahin. Erwin stieß Grunzlaute aus, von denen er wusste, dass sie ihm fremd waren. Er hatte in einem seiner vielen Bücher – es war wohl ein älteres über Volkskunde – gelesen, dass Lärm, Fratzen, Imponiergebrüll, vorzugsweise kombiniert mit Dudelsackmusik, einen Gegner einschüchtern konnten. Erwin besaß keinen Dudelsack, doch er kompensierte dies auf Teufel komm raus. In gewissem Sinne hatte er Erfolg, denn als er seinen hochroten Kopf mit der weißen Staatsmütze darauf durch die Öffnung im Dachboden rammte – es muss ein groteskes Bild gewesen sein –, hörten die Flügel des Engels schlagartig auf zu quietschen. Mehr noch, und vielleicht war dies nur konsequent: Der Engel … stürzte. Der Schreck war wohl zu groß gewesen …

… Arnos rechte Hand klammerte sich weiterhin an den ungepflanzten vierten Holzpfahl, dessen Spitze nach oben wies. Arno, der verhinderte Burgwächter, hielt seine Hellebarde und schien mit dem Utensil auf gusseiserne Weise verbunden. Arnos Verwunderung, seine Vorsicht, sein Erstaunen über das, was sich hoch am Giebel des düsterroten Hauses, und zwar am dreieckigen Dachbodenfenster oberhalb des schräg links darunter sich auswölbenden Wintergartens, abspielte, muss außerordentlich lähmend gewesen sein. Selbst als neben ihm das lange Ende von leichenblassgrauem Bettbezugstoff zu Boden fiel, rührte er sich nicht. Vielleicht hatte es mit der Tatsache zu tun, dass es schon wieder Füße waren, die sich ihm weiter oben präsentierten. Füße noch dazu in roten Schuhen. Schuhe mit Streifen darauf, die einem Schuhkenner ein Hinweis gewesen wären. Arno kannte solche Schuhe nicht. Es gab sie nicht in seiner Welt. Rote Schuhe waren befremdlich, waren immer irgendwie auch Frauenschuhe. Es gab auch diese Turnübung hoch am Fenster nicht. Diese Füße, die, anders als die Füße im Teich, zappelten. Die Beine in blauen Jeans. Mehr und mehr von ihnen ragte ins Freie. Der Körper eines Mannes kam zum Vorschein. Ein Mann, der rote Schuhe trug. Als der Mann sich aus dem Fenster herausgezwängt hatte, beide Hände krampfhaft um das zusammengeknotete Seil aus Bettwäsche geklammert, stieß er plötzlich einen keuchenden Laut aus. Der Körper ruckte oder zuckte. Es war eine schnelle Bewegung, die Arno irgendwie bestärkte in seinem Entschluss, sich nicht von der Stelle zu rühren. Es machte dort oben RATSCH, und der Stoff, das mürbe Textil, riss: genau an der Mauerkante des Fensters. Zu viele Jahre Lagerung im dunklen Schrank. Motten vielleicht. Schlechte Qualität. Ein Webfehler. Die roten Turnschuhe zappelten noch stärker. Der Mann fiel mit einem nicht sehr lauten Schrei, aber durchaus elegant, nach hinten. Der Körper ging über in Rückenlage. Die Hände ließen das unnütze Bettzeug los. Die Arme flogen zur Seite, breiteten sich aus. Flügel waren es nicht. Der Fall blieb ungebremst. Erst in der allerallerletzten Hundertstelsekunde erwachte Arno aus seiner gusseisernen Erstarrung, ließ den Holzpfahl los, warf die eigenen Arme zur Seite und stürzte mit heftigem Keuchen zurück, fiel auf den Hosenboden, landete auf dem Rasen, die Augen weit aufgerissen. Da erreichte der Körper des Fallenden den Pfahl. Dieser Pfahl gehorchte, anders als Arno, allein dem physikalischen Gesetz der Massenträgheit. Er stand noch immer, als Arnos Hintern längst den Boden berührte. Der Pfahl kannte vielleicht nur eine einzige ideale Position, und er blieb ihr treu – zu lange für den fallenden Körper. Es gab ein hässliches Geräusch, als die Spitze des Pfahls dort in den Rücken des Mannes eindrang, wo der Held Siegfried ungeschützt geblieben war, weil … Arno kannte die Geschichte nicht. Erwin sehr wohl, aber er hatte das Dachbodenfenster noch nicht erreicht, um die Bilder zu sehen. Erwin hatte gelesen vom Bad in Drachenblut – das wenig zu tun hatte mit seinen eigenen Badevorlieben, obwohl ihn ein Schaumbad ebenfalls stärkte. Erwin kannte die Geschichte vom Lindenblatt, das sich zwischen die Schulterblätter Siegfrieds gelegt hatte und verhinderte, dass auch diese Stelle, vom Drachenblut benetzt, unverwundbar wurde. Der Mann, der dort unten in Erwins Garten aufgespießt wurde, war ganz und gar nicht unverwundbar. Im Gegenteil. Die Siegfried-Sage mochte die Siegfried-Sage sein: Sie war Fiktion. Zwischen den Schulterblättern lag aber auch bei diesem Mann das Herz, und die Spitze des Holzpfahls durchbohrte es.

Zerriss es.

Zerstörte es.

Ein Bad in Drachenblut mochte in diesen Sekunden keine Rolle spielen, doch der Pfahl glänzte plötzlich sehr rot. So rot wie die Turnschuhe. Und das Blut, das der durchbohrte Körper ausstieß, mochte eine kleine Wanne füllen. Als der Mann halb den Pfahl hinabgerutscht war, stürzte alles zur Seite, klatschte zu Boden. Arno hatte Glück, dass der Tote nicht in seine Richtung kippte. Er hätte ihm direkt zu Füßen gelegen, und Arnos Nerven wären nicht mehr in der Lage gewesen, die weit aufgerissenen Augen des Opfers und die fürchterliche Brustwunde zu verarbeiten.

Erwin, der nun – ebenfalls erschrocken – aus dem Dachbodenfenster schaute, war zu weit entfernt von den Grausamkeiten im Garten, um nervlich ähnlich angegriffen zu reagieren. Er hatte den Mann längst erkannt. Noch in der Sekunde, als dieser ihm das schreckverzerrte Gesicht zugewandt hatte, von außerhalb des Dachbodens, sich ans Bettlaken klammernd, hatte er gewusst, um wen es sich bei dem Eindringling handelte. Erwins erster Gedanke war deshalb ein vielleicht befremdlicher, ein grausamer. Aber er war nun einmal da. Erwin dachte: *Na, das hatter jetzt davon, dass ich die Mütze aufsetzen sollte …*

Und erst danach biss ihn das Gewissen.

Der Enterich, der Enterich …

In den nachfolgenden Stunden ging es am Grenzweg drunter und drüber. Nach dem grässlichen Tod des Lokalreporters Jens Buschfranz vom *Dettbarner Kreisblatt* war Erwin zunächst auf sich allein gestellt. Seine Sorge galt vor allem Arno und den Enten. Arno, der in seinem Leben schon viel gesehen und erlebt hatte, saß geschockt auf dem Rasen und starrte auf die durchbohrte Leiche. Immer wieder stammelte er: »Das war ich nich! Äwinn, das war ich nich!«, und Erwin beruhigte ihn mit Sätzen wie: »Warste auch nich, Arno. Kannste nix für. Warste nich!« Aber zum ersten Mal in seinem Leben fühlte sich Arno Wimmelböcker in der kleinen Welt Bramschebecks fremd.

Lothar und Lisbeth fühlten ähnlich. Nicht, dass sie etwas vom Tod des Lokalreporters mitbekommen hätten, aber vielleicht war das sogar der Grund für ihre nun sehr trübe Stimmung. Noch immer saßen sie quasi in Dunkelhaft, auch wenn es ein kleines Fenster neben ihrem Schlafplatz gab. Der Stall, den Erwin einst für Lothar gebaut hatte, war geräumig. Seit Tagen allerdings beherbergte er zwei Enten. Und beide wussten die Vorzüge einer Privatsphäre zu schätzen. Sie liebten sich, ohne Zweifel. Liebe bedeutet jedoch auch, dass man in dem anderen mehr sieht als bloß einen hübschen Körper. Körperliche Nähe ist nicht alles. Wahre Liebende gewähren sich Freiräume. Also erschien Lothar und Lisbeth die beengte Hütte nur in der Nacht romantisch. Kuscheliger Schlaf Seite an Seite – Lothar rechts, Lisbeth links, die Schnäbel unter die Flügel gesteckt –, das war in Ordnung. Am Morgen nach dem Totenfund allerdings hatten die Enten bereits Freilauf erwartet. Den hatte es nicht gegeben. Die Tage darauf hatte sich diese Erwartung verstärkt. Am Morgen des sechsten Tages hatten sie äußerst nervös auf Erwin gehorcht, und am frühen Nachmittag dieses sehr warmen 8. August begannen sie zu rebellieren. Lothar und Lisbeth schnatterten, schnarrten, quakten, krächzten, polterten, was das Zeug hielt, und setzten ihre Schnäbel auch am Holz des Stalles ein – durchaus in vandalistischer Absicht. So zumindest deutete Erwin die klackenden Geräusche, die aus dem Entenhaus kamen. Im Übrigen wusste er nicht, wo ihm der Kopf stand. Die Wut der Enten war ihm so ernst wie die Leiche und der Zustand Arnos. Um alles musste er sich kümmern, möglichst gleichzeitig. Schließlich kam er mit sich überein, dass die Polizei wohl oder übel Vorrang hatte. Er eilte hinüber zu Hilde Gerkensmeier. Die rief, wie zuvor, bei Lina an. Danach informierte sie die Kreispolizei in Dettbarn, und eine halbe Stunde später wimmelte Erwins Rasen wieder von Beamten, Forensikern, Spurensicherern, professionellen Verdächtigern und Notizenmachern.

Lina erreichte das Haus diesmal später als die Polizei. Ein zweiter Toter in Erwins Garten löste bei ihr Alarmstufe Rot aus. Sie hielt sich im Hintergrund. In ihrem Blick stand Entsetzen. Sie sprach kaum mit Erwin. Und der Kommissar vernahm sie nur kurz. Nein, sie war nicht bei Erwin gewesen, als sich dieses Unglück ereignete. Lina dachte wohl, dass es keinen Sinn hatte, noch einmal in eine Lüge hineinzustolpern. Und Erwin war froh darüber. Es wurde ja alles immer schlimmer. Die Lügen türmten sich übereinander. Der Lügenturm geriet ins Wanken, und Erwin sah das. Der Kommissar verhörte ihn und auch Arno – so gut das bei Arno eben ging. Arno brauchte gar nicht auf unschuldig zu spielen. Selbst ein Polizeianwärter mit gedrosselter Hirnleistung konnte sehen, dass Arno zu einem perfide geplanten Mord mit angespitzten Holzpfählen niemals in der Lage gewesen wäre. Die Sache mit dem Zaun um den Teich löste allgemeines Kopfschütteln aus. Bald machte sich unter den Polizisten die Meinung breit, dass Arno ein harmloser Trottel sei und der Tod des Reporters ein tragischer Unglücksfall. Allein Kommissar Bökenbrink schien misstrauisch. Da waren ja die Artikel, die Buschfranz geschrieben hatte. Erwin hätte also durchaus Gründe gehabt, den Reporter zu beseitigen. Leider fehlten Spuren beziehungsweise Indizien, die auf Mord hinwiesen.

Bökenbrink schwieg und blieb achtsam.

Stunden später, nach dem Abtransport der Leiche und nach einer längeren Hausdurchsuchung, bei der sich die Kühltruhe als Versteck bewährt hatte, waren Erwin, Lina und Arno allein. Dringender Tatverdacht lag nicht vor. Weder gegen Erwin noch gegen Arno. Bökenbrink musste davon ausgehen, dass der Reporter in die alte Wache eingedrungen war und in der oberen Etage herumgesucht hatte. Investigativer Journalismus in eigenwilliger Auslegung. Die Spuren im Haus waren deutlich. Als Buschfranz Erwin heimkehren hörte, hatte er flüchten wollen – mit tragischem Ausgang. Man würde diese erste Rekonstruktion des Tathergangs aber weiter überprüfen. Bökenbrink hielt sich mit

Details zurück. Wortkarg fügte er noch hinzu, dass sich Arno und Erwin jederzeit für Befragungen zur Verfügung halten sollten. Das Übliche also. Dann waren die Polizisten aufgebrochen.

Erwin beschloss als Allerserstes, die Enten ins Haus zu holen. Lina hielt die Luft an. Sie mochte Erwin, auch die Enten, aber das ging ihr jetzt zu weit. Arno schwieg. Von ihnen dreien kannte er vielleicht am besten jene vollkommene Menschlichkeit, die einer Kultur mit im Stall geborenem Erlöser innewohnt. Weil Arno die Ausdrucksmittel fehlten, um mit dieser Weisheit aufzufallen, unterschätzte man ihn. Außerdem war er noch immer geschockt – ein Arzt hätte wohl den Begriff *traumatisiert* verwendet.

Müde und elend sah Arno aus, als er sich verabschiedete und zurück zu Hilde stapfte. Ein paar Stunden Stallarbeit, ein Abendbrot, fünf oder sechs Schnäpse. Er würde sich wieder berappeln. So hoffte Erwin jedenfalls.

Kurz nach Arno ging auch Lina. Sie hatte mit Erwin reden wollen. Aber Erwin dachte nur noch an die Enten, wollte ihnen partout Hausrecht geben. Fragen zu dem Toten wich er aus. Lina war sich sicher, dass Erwin ihr da was verschwieg. Bei der Teichleiche war sie überzeugt gewesen, dass Erwin vom Schicksal überrascht worden war. Nun kamen ihr Zweifel. Sie wollte noch immer an Erwins Unschuld glauben. Doch sein Verhalten kränkte sie. Sie schlug das Angebot für ein gemeinsames Abendessen aus, das er ihr umständlich unterbreitete, setzte sich aufs Fahrrad und zuckelte davon.

Dann war Erwin mit den Enten und seinem schlechten Gewissen allein. Er hatte Lina vergrault. Und er hatte sich über den Tod eines Menschen gefreut. War er vielleicht sogar ein Mörder?

Zum Glück lenkten die Tiere ihn ab. Lothar und Lisbeth nutzten die neue Freiheit. Sie erkundeten den Flur, die Küche, Erwins Schlafzimmer. Und sie betrachteten in der Toilette Wasserhähne, als handelte es sich um freundliche Wesen. Interesse zeigten sie auch für die klassische Klokeramik – wegen der entfernt an Geflügel erinnernden Form und der weißen Farbe. Da Erwin den Enten so viel Platz wie möglich einräumte, durften sie die Treppe hoch bis ins ehemalige Elternschlafzimmer. Dort schauten sie kurz rein und schnatterten. Es war eine Reaktion auf das zähe Tocken der Großvateruhr, die Erwin nach dem Abzug der Polizei wieder in Gang gesetzt hatte. Die Enten registrierten die verworrene Spannung im Zimmer und watschelten zurück ins Erdgeschoss. Der Dachboden blieb ihnen ohnehin versperrt. Das Dachfenster war allzu leicht zu öffnen, und fliegend machten die Enten keine gute Figur. Wer wusste schon, welche wirren Gedanken den beiden nach dem Toten in ihrem Teich, den langen Tagen im engen Stall und dem verunglückten, durchs Dachbodenfenster gestarteten Flugversuch von Jens Buschfranz kommen würden – und mit welchen Folgen. Die Dachbodenluke hatte Erwin also geschlossen. Und was die Bibliothek betraf, den Wintergarten mit der Luxus-Badewanne, den Büchern …

Trotz seiner großen Zuneigung zu Lothar und Lisbeth wollte Erwin die Wanne mit ihnen nicht teilen. Die Wanne nicht und nicht die Bücher. Die Bibliothek blieb den Tieren also ebenfalls verschlossen.

Erwin servierte ein Abendessen. Die Enten genossen es.

Nach dem Essen saß Erwin am Küchentisch und dachte nach. Es war so vieles in Aufruhr geraten. Die Ereignisse der vergangenen Tage waren über ihn hinweggezogen wie ein Tsunami. Nun saß er inmitten von Trümmern, die er weder greifen noch begreifen konnte. Die Enten machten zarte Geräusche und gaukelten ihm Frieden vor.

Frieden, den es nicht gab.

War dieser Reporter tatsächlich nur deshalb ins Haus eingedrungen, um heimlich in Erwins Privatsachen zu schnüffeln? Weil er den Verdacht, den er in seinen Artikeln geäußert hatte, mit neuen Erkenntnissen anfüttern wollte? Hatte Buschfranz gehofft, im Haus auf Beutegut zu stoßen?

In der Kühltruhe, dachte Erwin, hätte er fündig werden können. In der Kühltruhe und in Erwins Kopf. In seinem Kopf ruhte das Wissen um den Personalausweis.

Erwin fröstelte es.

Wer hatte den dunklen Wagen gefahren? Ein Komplize von Buschfranz? Wieso war der einfach abgehauen? Hatten sich die zwei – waren es zwei gewesen? – über so ein mobiles Telefon verständigt, als Erwin und Arno anrückten? Hatte der Tod von Buschfranz mit dem ersten Toten zu tun? Diesem Kaspar Pollpeter?

Erwin war seine Abgeschiedenheit von der Welt immer als Segen erschienen. Nun zweifelte er. Die einfachsten Informationen lagen für ihn unerreichbar in einer fernen Galaxis aus Datenströmen. Computer, Smartphones und solche Dinge kannte er nicht, wollte sie auch nicht kennen. Und seine geliebten Bücher verrieten ihm nichts über Pollpeter & Co.

Was Lina und Arno betraf, so …

Lina. Eine Zeitung. So schmerzhaft der Gedanke an eine

Zeitung auch sein mochte, der Gedanke an Lina, wo er die Zeitung kaufen konnte, linderte den Schmerz. Er würde zu Lina gehen, sich entschuldigen. Er hatte ja deutlich gespürt, dass Lina mit gewissem Groll gegangen war. Und hatte sie nicht allen Grund dazu gehabt?

Dann fiel ihm ein, dass er, um Lina zu besuchen, das Haus würde verlassen müssen. Mit einer Brutalität, wie er sie kaum je erlebt hatte, durchbrach ein Gefühl von Angst alle Schranken. Sie würden nur darauf warten, dass er loszog. Sie würden wieder ins Haus eindringen. Immer, wenn sie kamen, hinterließen sie einen Toten. Vielleicht würde er der nächste Tote sein. Sie waren lautlos und brutal.

Die Angst schlug mit ihrer Peitsche zu. Sie hatte Tausende Waffen, spielte virtuos auf Folterinstrumenten. Angst war nicht zu bändigen. Sie musste sich nur einmal schütteln, dann zerriss sie all diese lächerlichen Fesseln, die Erwin ihr anzulegen versucht hatte. Immer wieder. In all den Jahren.

Äwinn, was heulste denn? Immer heulste. Bist ne Memme!

Er schloss die Augen, konzentrierte sich auf seinen Herzschlag. Langsam senkte sich der Puls. Es gelang ihm, einen Teil der Angst in Wut zu verwandeln. In Wut und in klare Gedanken:

Spuren. Sie hatten doch Spuren hinterlassen, verdammt noch mal! Draußen im Garten lag hinter Arnos halb fertigem Drahtzaun ein Feld von Spuren wie der abgesperrte Teil einer archäologischen Ausgrabung. Es konnte nicht sein, dass es keine Hinweise darauf gab, wie der Körper zum Teich geschleppt worden war. Erwin erinnerte sich an Gespräche zwischen dem Kommissar und seinen Beamten. Keine Spuren. Ein Rätsel. Nein: Es musste Spuren geben.

Spuren, die übersehen worden waren. Spuren, denen Erwin sich nicht nähern durfte. Spuren, die zu lesen ihm aber vielleicht das Leben rettete.

In diesem Moment hörte er aus der zweiten Etage wildes Entengeschnatter. Es musste ihm entgangen sein, wie sich Lothar und Lisbeth mit tuschelnden Geräuschen aus der Küche verabschiedet hatten. Zum zweiten Mal innerhalb kurzer Zeit erkundeten sie das Elternschlafzimmer. Was wollten sie denn dort oben? Erwins Enten waren mindestens so wachsam wie jene Gänse, von denen er gelesen hatte: Gänse, die Burgherren vor ins Burginnere eindringenden Belagerern warnten. Die Gänse der Göttin Juno, die das heilige Rom vor den Galliern gerettet hatten … Erwins entzündete Seele zog sich eiligst aus den Buchbildern zurück und schlug Alarm. Wer versteckte sich da? Erwin war in den vergangenen Minuten durch ein Wechselbad lähmender Gefühle gegangen. Jetzt musste er sich befreien. Er kannte das Gefühl, flüchten zu wollen. Doch hier ging es um *sein* Haus. Man sollte ihn doch *endlich* in Ruhe lassen! Ihn und Lothar und Lisbeth!

Erwin nutzte einen Trick, der ihm half, sein natürliches Zögern zu überspielen. Er stürmte einfach drauflos. Bevor er sich wieder bremsen konnte, hatte seine Masse dann oft schon Fakten geschaffen. Das war ja schon am Tag zuvor der Fall gewesen. Das heißt, es war der Fall von Buschfranz gewesen, aber solche Spitzfindigkeiten erreichten Erwin jetzt nicht. Er stampfte die Treppe hinauf, lärmend, dass die Enten vor Schreck verstummten. Als Erwin außer Atem zwischen Elternbett und Wachstubenschreibtisch Halt machte, war da keine Spur von einem Fremden. Außer den Enten hielt sich dort im Zimmer niemand auf. Lothar und Lisbeth hielten ihre Köpfe schräg. Die schwarzen Augen starrten ihn an. Erwin bemerkte das nicht. Ihm fiel jedoch die kleine Sauerei zu den Füßen der Tiere auf. Nicht, dass sie etwas hatten fallen lassen. Lothar und Lisbeth waren, anders als viele ihrer Artgenossen, sehr reinlich. Sie wussten durchaus, dass ihr Aufenthalt im Haus mit gewissen Verpflichtungen verbunden war. Erwin hatte ihnen im Keller, auf dem Boden unter der Treppe, ein Plätzchen für Notdurft und Reinigung eingerichtet. Für die Notdurft eine dicke Schicht Streu. Fürs Danach eine alte Wäschewanne, halb mit Wasser gefüllt. Es war ein Provisorium, mehr nicht. Die Enten vermissten den Garten schon sehr.

Die Sauerei, die Erwin entdeckte, betraf den Schreibtisch. Und zwar den Platz unter und zwischen den Enten. Lothar und Lisbeth hockten nämlich mitten auf der Arbeitsplatte.

»Lothar, was machste denn da?!«, entfuhr es Erwin. Wenn's ums Tadeln ging, wandte er sich immer zunächst an Lothar. Der nahm es gelassen. Um nicht zu sagen: Es kümmerte ihn nicht.

»Mensch, da könnta doch nich spielen. Geht da mal runter!«

Er wedelte mit der Hand. Die Enten reagierten nicht. Erwin seufzte. Woran zuppelten sie denn? An Papieren? Er sah angerupfte Papiere. Auch am Boden, neben dem Schreibtisch. Erwin hatte alles so gelassen wie vorgefunden, nachdem der Reporter Buschfranz die Schubladen durchwühlt hatte. Nun lagen hier zahlreiche mal mehr, mal weniger vergilbte Blätter, Notizzettel und dergleichen. Dokumente aus Friedhelms letzten Arbeitstagen. Die Sachen gehörten irgendwie zu diesem Schreibtisch. Erwin hatte sie nie entsorgt. Als die Polizei am Vortag Fingerabdrücke genommen und den Hausfriedensbruch des Reporters bestätigt hatte, hatten die Papiere keinen Verdacht erregt. Ihr Inhalt war unbedeutend. Die Spurensicherer hatten keinen Grund gesehen, das Zimmer abzusperren. Aber hatte da auch gestern schon ein verblasst roter Umschlag im Format DIN-C6 gelegen? Hatten die Enten den hervorgekramt?

Rot war nicht die Farbe der von Friedhelm benutzten und empfangenen Korrespondenz gewesen. Dennoch fügte sich der Umschlag mit seinem ältlichen Aussehen und seiner Beschriftung sehr gut in das Arrangement auf dem Schreibtisch ein. Die Enten hatten jedenfalls versucht, den Umschlag zu öffnen. So sah es aus. Eine Ecke des rechteckigen Dings war angefressen.

Seit wann interessierten sie sich für Papier?

»Was issn das, Lothar?«

Erwin wies auf den Umschlag. Lothar schwieg – auf diese totale Art, die nicht einmal Deutungen zuließ. Aber was wussten Enten vom Postwesen? Das Wort *Loveletter* kam Erwin in den Sinn. Er fragte sich, wo er das Kondom gelassen hatte, das er bei Lothar und Lisbeth im Stall gefunden hatte. Jetzt schauten ihn die beiden irgendwie vorwurfsvoll an.

Was geschah hier?

Erwin zog den Briefumschlag zwischen den Enten hervor. Ein seltsamer, unbestimmbarer Geruch ging davon aus. Er nahm ihn jedoch kaum wahr, denn wie auf stumme Absprache machten sich die Enten nun davon, hopsten auf den Fußboden und verschwanden hüftwackelnd durch die Tür ins Treppenhaus.

Es blieb der blassrote Umschlag, der einen kaum noch

leserlichen Absender, aber keinen Adressaten trug. In einem Feld oben links aufgedruckt, nein, mit einer Schreibmaschine aufgetippt und dann wie mit einem groben Radiergummi bis zur Unkenntlichkeit bearbeitet, erkannte er die Reste dreier Zeilen: *Erwin Düsedieker, Grenzweg 2, 49233 Versloh*. Das konnte Erwin nur lesen, weil es ja seine eigene Adresse war. Der Brief war verschlossen. Sogar verklebt. Also hatte auch die Polizei ihn nicht geöffnet.

Diesen Umschlag kannte Erwin nicht. Er hatte ihn niemals zum Versand fertigmachen wollen. Er besaß zwar eine Schreibmaschine, die alte Maschine aus der Wache seines Vaters, aber die war ja kaputt gewesen. Er hatte sie grade erst repariert. Und darauf geschrieben hatte er gar nichts. Der Umschlag war ihm untergeschoben worden.

Aber von wem?

Und weshalb stand seine fast ausradierte Adresse oben links?

Ob das Papier Fingerabdrücke enthielt?

Erwin verfluchte sich, denn *jetzt* enthielt es unter Garantie welche. Er hatte diesen Fehler schon einmal gemacht, bei der Plastiktüte. Die Wiederholung ärgerte ihn. Dann aber brachte sie ihn auf eine Idee.

Erwin legte den Brief zurück auf den Schreibtisch und ging hinunter in die Wohnung. Dort durchsuchte er zunächst die Küchenschränke. Wo hatte er diese Sachen nur hingetan? Er hatte sie, weil sie ihm bald peinlich erschienen, irgendwo versteckt, doch ganz sicher nicht fortgeworfen.

Im Keller?

Erwin sah auch dort nach – wo jetzt unaufhörlich Licht brannte. Die Enten befassten sich mit der Plastikwanne, hielten inne, als Erwin die Treppe herabstieg, ließen sich von seiner Unruhe aber nicht anstecken.

Im Vorratskeller überprüfte er sämtliche Regale und warf einen Blick in die Kühltruhe, wo das eingelagerte Wasser-Spülmittel-Geld-Parteibücher-Gemisch schon fast einem seit Jahren gefrorenen Truthahn glich. Er klappte den Truhendeckel zu, überlegte, zog weiter, öffnete einen alten Werkzeugschrank im Raum nebenan, sah in sämtliche Winkel des Möbels und kam zu dem Schluss, dass er das Objekt seiner Suche wohl doch in die Bibliothek getan hatte. Wenn dem so war, war es in einer Phase seines Lebens geschehen, als sein Verhältnis zu Büchern noch ein sehr kindliches gewesen war.

Nun denn.

Tatsächlich wurde Erwin im Wintergarten fündig. Im obersten Regalfach, links neben der Wanne, weit nach hinten geschoben, verbarg sich *Kommissar X – Buch und Detektiv-Kit*. Erwin erinnerte sich dunkel daran, wie Anni Twassbrake ihm diese voluminöse Box über die Theke des Dorfladens gereicht hatte. Anni, der damals der Laden gehörte und die Erwin mit Büchern, exotischen Schaumbadflaschen und Ratschlägen geholfen hatte. Das mit dem Detektivzeugs musste kurz nach Gertrudes Tod gewesen sein, als Erwins Freiheitsempfinden seltsame Blüten trieb. Anni hatte gelächelt. Anni, die ermordet worden war und die Erwin so sehr vermisste.

Anni, die den Laden an Lina vererbt hatte.

Erwin stieg mit dem Kit von der Leseleiter und betrachtete seinen Fund. Eine Box vom Format einer Spielesammlung. Vielleicht waren es Erinnerungen an Anni, die den Kasten hierher hatten wandern lassen. Der darin enthaltene Tinnef war es jedenfalls nicht: das Pinselchen, die Döschen, die Lupe aus Polyacryl, das Fingerabdruckpulver, die Klebestreifen und die Plastikhandschellen. Unnützes Zeug – bis jetzt.

Denn jetzt hatte sich die Lage geändert.

Er stellte den Kasten aufs Lesepult neben *Romeo und Julia* und überlegte, wo sich mit einiger Sicherheit Fingerabdrücke des Lokalreporters befanden. Abdrücke, die sich mit einem Spielzeug-Ermittlungsset nachweisen ließen.

Mehr als eine halbe Stunde lang versuchte Erwin, den möglichen Weg des Reporters durchs Haus zu rekonstruieren. Wo mochte der Mann sich aufgehalten, woran sich festgehalten haben, bevor er den Ausstieg aus dem Dachbodenfenster wagte? Buschfranz hatte die Tür zum Wäscheschrank oben im alten Schlafzimmer geöffnet. Doch an dieser Schranktür würden Erwins eigene Fingerabdrücke wimmeln wie unsichtbare Insekten, die sich der Aufgabe gewidmet hatten, das Möbel im Lauf von Jahrhunderten zu verdauen: dieses widerständige Ding, in dessen Dunkel Erwin oft gestarrt und dessen seltsamen Duft aus Vergängnis, Verhängnis und Muff er nicht mehr vergessen konnte. Es war kein Wunder gewesen, dass die Bettwäsche unter dem Gewicht des Reporters riss.

Erwin zwang sich, nicht zu lächeln.

Schäm dich, Äwinn. Du sollst dich schämen!

Der Schreibtisch, die Arbeitsfläche, auf der Buschfranz vermutlich herumgegrapscht hatte, war ebenfalls übersät mit Erwins eigenen Abdrücken. Es war zum Verrücktwerden: Das Bild des durchs Haus schleichenden Reporters ließ sich einfach nicht scharfstellen. Die Box enthielt nur ein kleines Döschen Pulver und wenige Klebestreifen. Lange herumsuchen und wahllos Proben nehmen konnte Erwin also nicht. Er wollte ...

Ein platschendes Geräusch, Geschnatter und der Klang wild um sich schlagender Entenflügel. Erwin atmete schnappend ein. Aber mittlerweile konnte er den Impuls, an einen Mörder zu denken, kontrollieren. Sein Kopf setzte dagegen – und formte aus dem Badelärm der Enten eine Idee:

Wasser.

Das Glas, aus dem der Reporter getrunken hatte.

Erwin, der Gastliche, hatte Buschfranz ein Glas Wasser angeboten. Ein sauberes Glas, wie sich das gehörte. Buschfranz hatte getrunken. Das Glas stand – Gertrude hätte das bemängelt – noch immer in der Küche im Spülbecken. Seit zwei Wochen. Erwin spülte bei Ebbe im Schrank, vorher nicht. Ebbe im Schrank: Flut im Spülbecken. So war die Regel. Und so weit war es – zum Glück – noch nicht. Das Glas konnte ihm jetzt vielleicht helfen. Er riss das Detektiv-Kit vom Lesepult und eilte hinüber in die Küche.

Das Buch mit den Anleitungen für minderjährige Spürnasen beschäftigte ihn dort fast eine halbe Stunde lang. Nur keinen Fehler machen, schwor sich Erwin. Vorsichtig hob er das Glas mit einem Tuch, den Glasrand zwischen den Fingerspitzen haltend, aus der Spüle, stellte es auf den Tisch. Er nahm ein zweites, ein sauberes Glas aus dem Schrank, drückte seine Daumen, seine Zeigefinger, Mittelfinger, Ringfinger, seine kleinen Finger darauf. Dann wagte er sich an Pulver und Pinsel. Die Arbeit endete in einer kleinen Sauerei, das hatte er befürchtet. Aber es gab ein Ergebnis. Mit Klebestreifen und weißem Papier dokumentierte Erwin sich selbst. Er trug sich ein in seiner eigenen Verbrecherkartei. Anschließend gelang es ihm, Fingerabdrücke vom zweiten Glas zu nehmen. Drei der Abdrücke lagen so weit auseinander und waren so frei von Verschmierungen, dass Erwin sie als gelungen betrachtete. Er nahm sie, wiederum mit Klebeband, vom Glas ab und heftete sie auf einen weißen Zettel. Deutlich befand sich ein Daumen darunter. Erwin betrachtete das Bild mit der Lupe. Seine Finger zitterten. Der Daumenabdruck stammte nicht von ihm. Die Kurven der Papillarlinien: Sehr schmal und lang gezogen waren sie. Das musste der Daumen von Buschfranz gewesen sein. Niemand sonst hatte das Glas berührt. Der Zweite in seiner Verbrecherkartei war also ein Reporter mit langen Fingern. Erwins Herz raste. Jetzt wagte er sich an den blassroten Briefumschlag. Er stieg die Treppe hinauf, zum Schreibtisch im ehemaligen Elternschlafzimmer.

Leider war das dicke, grobe Papier des Umschlags ein widerspenstiger Gegner. Bald vermengte sich das Rot mit dem Schmutzgrau von Graphitpulver, doch die Konturen der nachgezeichneten Papillarlinien blieben unscharf. Das Fingerfett bildete auf dem Papier keinen sauberen Haftgrund. Es gab zwei, drei Stellen, an denen Erwin Fingerteile zu erkennen meinte, die von Buschfranz stammen konnten. Doch sicher war er sich nicht, ganz und gar nicht. Die daktyloskopische Methode, die Erwin gewählt hatte, versagte auf Papier. Und eine bessere stand ihm nicht zur Verfügung.

Was sollte er tun?

Konnte er wenigstens nachweisen, dass sich Buschfranz am Schreibtisch zu schaffen gemacht hatte? Handschuhe hatte der Mann ja keine getragen. So viel Untersuchung an der gepfählten Leiche hatte Erwin immerhin gewagt. Er hatte nur einmal hinsehen müssen, als der Tote auf dem Rasen lag. Weshalb sich Erwin nun die Frage stellte: Hatte Buschfranz nicht damit gerechnet, erwischt zu werden? Weil er es mit einem Dorfdeppen zu tun hatte?

Erwin nahm sich die Schreibtischschubladen vor. Seine Hoffnung war gering. Sein Vorrat an Pulver noch geringer. Wie oft hatte er selbst diese Schubladen geöffnet. Allerdings hatte Erwin die Oberflächen des Schreibtischs in den vergangenen Wochen gründlich mit Tuch und Möbelpolitur bearbeitet. Das war irgendwie ein Akt der Selbstreinigung gewesen. Als sei es darum gegangen, Spuren, Erinnerungen an die Nazi-Verwicklungen seines Vaters zu tilgen. Geholfen hatte das nichts, die Mütze trug Erwin – gezwungenermaßen – noch immer, doch nun erwies sich die Putzaktion als nützlich. Tatsächlich konnte Erwin an der Schublade und am vorderen Ende der Arbeitsfläche Fingerabdrücke des Lokalreporters nachweisen. Er fand auch zwei Abdrücke, die auf noch schmalere Finger verwiesen als die des Reporters.

Was er davon halten sollte, wusste er nicht. Er dachte allerdings nicht lange darüber nach. Das wichtige Ergebnis war: Buschfranz hatte sich am Schreibtisch zu schaffen gemacht. In der Nähe des Umschlags, der hier vorher nicht gelegen hatte.

Ein Punkt. Ein Indiz. Was noch?

Erst jetzt kam Erwin der Gedanke, dass es Sinn machen konnte, den Umschlag zu öffnen. Den Fingerabdrücken außen würde das nichts anhaben, vorausgesetzt, Erwin ging behutsam, mit scharfem Messer und Handschuhen vor. Die Gummihandschuhe von Gertrude hatte er leider entsorgt. Zu dumm, dass dem Kinderdetektivset keine Handschuhe beilagen – auch wenn sie vermutlich einige Nummern zu klein gewesen wären.

Nun, Erwin half sich mit zwei Taschentüchern aus der Sammlung Friedhelms. Diese häufig gewaschenen, häufig vollgerotzten weißen Miniaturfahnen mit schwarzem Rand, stapelweise in der Schublade des Nachtspinds neben dem Ehebett gelagert, erfüllten ihren Zweck. Als Erwin mit einem kleinen, frisch geschärften Küchenmesser in die Kopfseite des Umschlags stieß, blieb das Papier von direkten Berührungen frei. Als er die Messerklinge nach dem Einstich, den Umschlag öffnend, wieder hervorzog, fiel ihm auf, dass er in so etwas wie eine Folie, eine durchsichtige Hülle eingedrungen war. Eine Flüssigkeit quoll zwischen gedehnten Plastikfetzen hervor: nicht sehr viel, aber Erwin erschrak. Was war denn das? Die Flüssigkeit verströmte einen eigentümlich süßlichen Geruch. Sehr intensiv, bittersüß. Sie hinterließ einen nur wenige Quadratzentimeter großen Fleck auf der braunledernen Schreibunterlage und befeuchtete eines der Taschentücher. Erwin hatte das Gefühl, zu weit gegangen zu sein. Das Messer war ein Fehler gewesen.

Was war das für eine Flüssigkeit?

Weil der Schaden nun einmal angerichtet war, fuhr Erwin fort. Mit zitternden Fingern öffnete er den Umschlag. Innen schien jemand ein quadratisches Kunststofftütchen aus so etwas wie Polyethylen, das Erwin als Frischhaltefolie kannte, eingeklebt zu haben. Derart, dass dieses Tütchen beim Öffnen des Umschlags unweigerlich mit geöffnet wurde und zerriss. Neben der Tüte, und am Rand nun ebenfalls von der Flüssigkeit benetzt, lag ein Brief: weißes, gefaltetes Papier. Außen betippt mit einer alten Schreibmaschine. Erwin zog das Papier hervor, faltete es auf und las:

Der Enterich, der Enterich,
der ist ein arger Wüterich!
Er kann nicht fliegen, bleibt im Haus,
er treibt auch dir das Fliegen aus.
Er stellt sich manchmal einfach tot
und bringt dich schnell in große Not:
der bitterböse Enterich.
Mein Geld, das geb ich dir nicht her.
Die Beute bleibt bei mir, mein Herr!
Und lässt du dich darauf nicht ein,
dann setze ich den Schnabel ein,
dann beißt das Tier dir in das Bein,
recht tief bis in das Blut hinein:
der bitterböse Enterich …

WARNUNG!!!

Erwin las die Verse dreimal, viermal. Er wurde aus den Worten nicht schlau. Verse verwandelten Worte in Schauspieler, in seltsam verkleidete Schauspieler. Ging es um Lothar? Wer hatte das geschrieben? Buschfranz? Dem hatte Erwin von Lothar erzählt, na klar. Erwin war stolz auf Lothar, und als der Reporter zu ihm gekommen war, hatte er dem Mann ja auch noch vertraut. Aber was wollten diese Verse ausdrücken? Konnte Jens Buschfranz so was schreiben?

Und woher kannte Erwin diesen Ton? Der Klang der Verse, er reichte weit zurück, in die Vergangenheit. Und der Geruch des Papiers, die Reste des bittersüßen Dufts …

Der Enterich, der Enterich,
der ist ein arger Wüterich!

Lothar und Lisbeth standen plötzlich neben ihm. Erwin saß auf dem Stuhl vor dem Schreibtisch, hielt das Papier zwischen den Fingern, hockte auf der Stuhlkante wie ein nervöser Schüler. Die Enten schauten ihn an. Erwin fühlte sich fast genötigt, Lothar die Verse vorzulesen. Doch er schwieg. Das hatte nichts damit zu tun, dass Erwin bei Versen ein eher unglücklicher Vorleser war und die Enten womöglich überforderte Zuhörer. Da wollte sich Erwin gar kein Urteil erlauben. Das Wechselgeschnatter der Enten konnte recht kunstvoll, womöglich sogar lyrisch sein. Es ging um etwas anderes. Erwin fraß die Sache in sich hinein. Die Anklagen, die Toten: Sie sprachen ihn schuldig, und er konnte zu seiner Verteidigung einfach nichts sagen. Es ging nicht. Die Enten fixierten ihn mit ihren schwarzen Knopfaugen – so hart und fragend, dass sich Erwin zum x-ten Male in diesen Tagen der Lüge hingab. Er hatte den Kommissar belogen. Er hatte Lina belogen. Auch Arno. Und nun Lothar und Lisbeth. Er sackte immer tiefer hinein in einen mysteriösen Kriminalfall. Und alle, die ihm helfen wollten, hinterging er mit seinem Schweigen.

Was bezweckte er damit?

Lothar schnatterte.

»Weiß nich, Lothar, ich …«, stammelte Erwin. Und dann: »Habta Hunger?«

Mehr war einfach nicht drin.

Steigende Temperaturen

Erwin saß in seinem Haus wie ein Belagerter. Beim Frühstück am Morgen fühlte er sich schwach. Er hatte schlecht geschlafen. Träume hatten ihn zermürbt. Träume, in denen er, heimkehrend, das Haus verschlossen vorgefunden hatte, besetzt von einem Feind ohne Gesicht. Wenn er ein Telefon gehabt hätte, dann hätte er Lina angerufen. Lina und Arno. Er hätte sich nach Arnos Befinden erkundigt, um sein Gewissen zu erleichtern. Erwin fühlte sich für den Schock, den Arno erlitten hatte, verantwortlich. Dieses Gefühl schwächte ihn ebenso sehr wie die Müdigkeit.

Er hatte den Brief mit dem Entengedicht neben sich auf dem Küchentisch liegen und versuchte, hinter den Sinn der Verse zu kommen. Es gelang ihm nicht. Die Verse rührten an eine verschüttete Erinnerung, die aber nicht durchdrang.

Bis kurz vor Mittag haderte Erwin mit seiner Lage, dann traf er eine Entscheidung: Die Ängste und Sorgen würden nicht weichen, wenn er untätig blieb. Also trat er in die Gummistiefel, setzte die Polizeimütze auf, verschloss sämtliche Fenster und die Kellertür zum Garten und stürmte durch den Flur Richtung Haustür.

Kaum hatte er diese geöffnet, hielt er inne. Lisbeth und Lothar kamen aus dem Keller hochgewatschelt, weil ihnen Erwins Geräusche befremdlich erschienen. Sie lugten um die Ecke, und Erwin entschloss sich, auch die letzten Fesseln noch zu zerreißen. Er erlaubte den Enten, ihm zu folgen. Genauer: Er leistete keinen Widerstand, als sie aus der geöffneten Haustür flitzten. Und er konnte – oder wollte – nicht verhindern, dass sie hinters Haus schlüpften und erst einmal eine Runde Teichschwimmen veranstalteten.

Wie gut, dass die Spurensicherung das nicht sah.

Erwin war es egal. Er folgte den Tieren und ließ ihnen ihren Spaß. Nach gut fünf Minuten hatten sie auch schon genug, und sie fanden sich, schnatternd und Wasser verspritzend, wieder bei ihm ein.

Da entdeckte Erwin zu seinen Füßen den Personalausweis mit Pollpeters düsterem Konterfei. Augenblicklich verrutschte die Szenerie ins Phantastische. Erwin keuchte. Er sah Männer am Teich. Er hörte Polizeistimmen. Seine Lethargie, die Schwäche, die er seit Stunden fühlte, wurde hinweggepumpt von einem kräftigen Schuss Adrenalin.

»Lothar, was … Woher haste …?«

Lothar – oder Lisbeth – hatte diese verfluchte Plastikkarte erneut aus dem Teich gefischt. Das Schicksal allein mochte wissen, weshalb. Erwin reagierte wie in Trance, ohne nachzudenken. Seinen Kopf durchrasten im Takt des Herzschlags Schmerzwellen. Ächzend bückte er sich, hob den Ausweis auf, mit bloßen Fingern, und steckte ihn in die Hosentasche.

Es sollte wohl so sein.

Keine zwei Minuten später jagten die Enten fröhlich über den Ackerstreifen am Maisfeldrand jenseits des Grenzwegs: tanzend vor Kraft um eine Mitte, in der Erwin bisweilen torkelte.

Der Adrenalinschub hatte seine Wirkung verloren. Erwin fragte sich, ob er Fieber hatte. Sogar das Atmen fiel ihm schwer, und der Weg erschien ihm länger als sonst. Die Schwäche war lähmend. Nur in seinem Kopf arbeiteten sämtliche Aggregate auf Hochtouren – wobei Fieber ja durchaus hilfreich sein konnte.

Hilde Gerkensmeier reagierte erstaunt auf Erwins verschwitzte Blässe, schob es aber auf die Ereignisse der vergangenen Tage. Hilde psychologisierte nicht lange rum. Sie stand mit Forke in den Händen am Misthaufen hinter dem Stall und belud eine Schubkarre mit reinster Natur.

»Mannmann, Äwinn«, sagte sie. »Da passiern ja Sachen bei dir. Wie geht's denn?«

»Och …, och, geht schonn«, antwortete er. Hilde nickte – und stützte sich auf die Forke.

»Wenn ich helfn kann, sachste Bescheid, hörste? Und wenn se dir dumm kommn, hab ich n' Anwalt. N' richtich gutn. Lass dir nix gefalln, Äwinn!«

»Nee. Weiß schonn.«

Hilde war direkt. Das mochte Erwin. Aber einen Anwalt? Hilde hatte mal sehr um ihren Hof kämpfen müssen. Die genaue Geschichte kannte er nicht. Vielen Hofbesitzern in Versloh stand das Wasser bis zum Hals.

»Wollte ma kuckn, wies Arno so geht«, sagte er.

»Arno is hinterm Haus, inn Gemüsegarten. Der war auch ganz blass gestern. Hab ihn mal bei die Blumen gelassen.«

Jetzt wurde Hilde vieldeutig. Darauf wollte Erwin lieber nicht eingehen. Aber Hildes Neugier war weit weniger entwickelt als die Arnos. Auch das schätzte Erwin an ihr. Die Enten nahmen Hildes Worte zum Anlass, den Garten unverzüglich aufzusuchen. Ihr reines Weiß ging wie von selbst auf Distanz zum pyramidenhoch aufgeschichteten Misthaufen hinter den Ställen. Vielleicht waren ihnen das stinkende Ding und das unermüdliche Brummen des Tauchmixers in Hildes Güllegrube auch zu viel. Sie verdrückten sich jedenfalls.

Hilde zeigte Erwin ein aufmunterndes Lächeln.

»Geh ma hin zu Arno«, sagte sie. »Ich mach gleich Kaffee.«

»Is gut«, sagte Erwin. Dabei war ihm überhaupt nicht nach Kaffee. Er zog los. Doch dann hielt er noch einmal inne.

»Sach ma Hilde, haste n' Telefonbuch?«

Hilde stutzte.

»Willste wo anrufn? Polizei?«

»Nee. Is wegn … Muss was bestelln. Fürn Stall …«

Hilde kräuselte die Stirn.

»Brauchste noch Draht oder …« – vor dem Wort *Pfähle* schreckte sie zurück. Was Arno erlebt hatte, war ihr zugetragen worden, wenn auch nicht von Arno selbst, sondern aus gut unterrichteten Bramschebecker Kreisen. So beeilte sie sich, »Na klar, kannste haben« hinzuzufügen und: »Gleich bein Kaffee. Kommste dann ins Haus.«

»Is gut«, wiederholte Erwin und wandte sich zur Ruhe des von Birn-, Pflaumen- und Apfelbäumen umfriedeten Gartens.

Arno war sichtlich gerührt über den Besuch. Lisbeths stürmisches Voranschreiten und die Selbstverständlichkeit, mit der sie den Schnecken in Hildes Gemüse den Krieg erklärte, machten ihn gradezu stolz. Arno war es ja zu verdanken, dass Lisbeth die Männerwirtschaft am Grenzweg um eine weibliche Note bereichert hatte. Vielleicht deutete er die fröhliche Selbstverständlichkeit ihres Auftretens deshalb mit gewisser Rührung.

Vor allem war Arno froh, dass sich Erwin um ihn sorgte. Nie hatte Arno gedacht, dass ihn etwas anderes als ein schwungvoller Hieb mit dem Spaten von den Beinen holen könnte. Dass es ausgerechnet Bilder waren, wollte er nicht begreifen. Auch wenn es sich um grässliche Bilder handelte. Bilder, die nicht weichen wollten. Die blutigen Bilder eines Gepfählten.

Arno stand dort zwischen Resten von Rhabarber, Stachelbeersträuchern, ungeordnetem Schnittlauch, Petersilie, Möhren und diversem Gemüse und bewegte müde einen dreizinkigen Grubber. Erwin dachte an einen Klostergarten und sah Arno im Geist von Nonnen behütet. Die Sonne des Tages brütete solche Gedanken aus. Und dieses Fieber …

»Na, Arno!«, krächzte er.

»Mönsch, Äwinn! Machst du denn hier?«

»Nur mal so«, meinte Erwin und guckte an Arno vorbei. Arnos Kopf war eine feste Größe in den Flugmanövern der Sommerinsekten. Da ließ sich gut zuschauen. Das hätte Erwin stundenlang tun können.

Arno sah zu Boden.

Erwin verfolgte weiter die Insekten.

»Wollt ma kuckn, wies so geht.«

»Na, bloß nich hinlegn«, sagte Arno und schob den Grubber zwischen die Möhren. »Vonn Liegn wirste ganz … Weißte ja, nä?«

»Jau«, sagte Erwin und betrachtete nun die Ergebnisse von Arnos unkonzentrierter Jäterei.

»Hasse gestern noch …?«, begann Arno vorsichtig. Der Grubber steckte irgendwie fest. »Hasse noch … vonne Pollezei … War dassn … n' Einbrecher? Der …?«

»Der gestern?«

Arno nickte.

»M-hm«, sagte Erwin. »Der war vonne Zeitung.«

Arno schüttelte missbilligend den Kopf.

»Unn der andere?«

»Der andere?«

»Der inn Teich.«

»Ach, der.«

Erwins Gewissen meldete sich.

»Was war'n der?«

»Weiß nich. Hat nix gesacht … der Kommissar.«

Arnos Kopfschütteln wurde stärker.

»Mönsch, Äwinn, da steckste in was drin.«

Erwin holte tief Luft. Jetzt war das Gespräch doch noch ins Tiefsinnige geraten. Das hatte er vermeiden wollen. Er musste Hildes Telefonbuch einsehen. Er schwitzte.

»Haste abgeschlossn?«

»Hmm?« – Erwin schreckte auf.

»Du steckss in was drinn, Äwinn«, brummte Arno zum zweiten Mal. Seine Stimme wurde drängend. Es bewegte ihn, dass Erwin Opfer einer Art Verschwörung geworden war. Und es beunruhigte ihn, dass sein Freund womöglich nicht ganz unschuldig war an dieser Verschwörung. Arno wollte helfen.

In diesem Moment kam aus einem weiter Richtung Wohnhaus gelegenen Teil des Gartens – aus den Salaten – übermütiges Geschnatter. Lothar verfolgte Lisbeth. Augenblicklich glühten in Erwins Phantasie die Liebesstudien wieder auf. Es wirkte hinreißend unbeholfen, wie der Erpel mit holprigen Schritten über Salatköpfe hinweghüpfte, um Lisbeth näher zu kommen, tänzelnd, mit wibbelndem Bürzel. Was war denn nur los mit ihm?

Erwin verzog das Gesicht zu einem fragenden Lächeln. Und wie von selbst, tief aus den Sammlungen seiner Erinnerungen, schlüpften ihm Worte über die Lippen. Worte, die dort ungebunden herumgeisterten:

»Der Enterich ... der Enterich, das isssn ... schlimmer Wüterich ...« – und dann lauter: »Lothar, was haste denn? ... Kuck mal, Arno!«

Arno guckte – doch sein Blick galt Erwin.

»Mönsch, Äwinn. Das is ja vonn Strubblpeter! Dass isn Buch, das kennich! Hasse'n Strubblpeter gelesen? Strubblpeter, nä? Mönsch, wie geht'n das? ... Wart ma ... Enterich ... Nee. Friederich. So isses. Friederich ... du bissn ... weiß nich ... bissn ... So geht das, nä?«

Erwin blickte Arno entgeistert an. *Der Struwwelpeter*. Es stimmte: *Daher* kannte er diese Verse! Natürlich kannte er den *Struwwelpeter*. Den hatte er schon als Kind ... Mit dem hatte man ihn als Kind ...

Der Friederich, der Friederich, der ist ein arger Wüterich!

»Ich muss noch zu Hilde rein«, sagte er hastig. »Die wollt noch was!«

Zack, drehte er sich um. Arno nickte bloß. Sein Phlegma bewahrte ihn davor, auf solche abrupten Gefühlswechsel eingehen zu müssen. Mit neuer Kraft manövrierte er den Dreizink durchs Bodenreich, während Erwin im Wohnhaus verschwand. Lothar und Lisbeth blieben bei den Schnecken.

Arno versuchte, mit den Gartengeräten seines Gedächtnisses weitere Texte aus dem *Strubblpeter* freizulegen. Was aber wegen Unmengen von innerem Unkraut sehr schwierig war.

Hilde hatte einen Kaffee gekocht, wie ihn Erwin nicht alle Tage bekam – vor allem nicht von seiner eigenen Kaffeemaschine. Es gab sogar ein Stück Zuckerkuchen: alt genug, um ihn einstippen zu müssen – eine Köstlichkeit.

Nachdem Hilde Erwin so versorgt hatte, holte sie das Telefonbuch, zeigte im Wohnzimmer auf den schon etwas angejahrten Apparat und sagte, dass sie eine der alten Holztüren des Schweinestalls reparieren müsse. Jahrzehnte organischer Einwirkung auf die Türbretter hatten einem Tritt sozusagen zum Durchbruch verholfen. Hilde murmelte, sie hätte die verdammten Löcher längst zumauern sollen, und verschwand.

Sie wusste genau, wie weit Neugier gehen durfte.

Erwin war also allein. Er saß mit gradem Rücken auf der altdeutschen Wohnzimmer-Garnitur, stellte den Kaffeepott auf eine nicht zum Pott passende Untertasse und betrachtete das Telefonbuch. Waren die nicht gelb? Weißrot. Hmm. Alles änderte sich. Erwin bewunderte Hildes offene Einstellung zur Moderne, brauchte aber ein paar Minuten, bis er das lappige Buch aufschlug. So eines würde in einem Regal ja niemals aufrecht stehen, allenfalls in der Form eines Fragezeichens, dachte er. Und blätterte schließlich. Dettbarn – Fechtelfeld – Lütkenhagen – Pintrup – Pökenhagen – Versloh. Ein halber Zentimeter Dettbarn. So klein war die Welt. Und dann die Namen: C – F – H – M – zu weit. Blödes Papier. Gar nicht geschaffen für normale Finger. Da war es: K. Ach, dumm. Erwin musste nach den Nachnamen suchen. Natürlich! Also weiter: M – P: Pollpeter. A. Pollpeter und C. Pollpeter. Mehr nicht. Kein K. oder Kaspar Pollpeter. Ein Mensch ohne Telefon? Erwin war enttäuscht. Irgendwie ging er immer davon aus, der einzige noch lebende Telefonlose des Landes zu sein.

Dann fiel ihm ein, dass es ja so was wie eine Auskunft gab. Die Nummer fand er gleich auf der ersten Seite dieses Werkes aus schlechtem Bibelpapier. Er nahm den Hörer ab, atmete tief durch und wählte.

Die Stimme, die sich nach wenigen Sekunden meldete, verstand Erwin nicht. Er machte einfach die Augen zu und sagte einen Spruch, den er sich zurechtgelegt hatte.

»Hamse die Nummer von Kaspar Pollpeter? Wiesnwinkel 17. In Dettbarn wohnt der.«

»Dettbarn? Moment …«

Erwin wartete.

»Wiesenwinkel 17, sagten Sie?«

»M-hm.«

»Hallo?«

»Ja. Jaja! Wiesnwinkel! M-hm.«

»Hmmm. Der Eintrag ist leider nicht freigegeben.«

»Freigegebm?«

»Vermutlich hat der Kunde Datenschutz gewählt.«

Erwin nickte, verstand aber nicht. Datenschutz?

»Hallo?«

»Ja?«

»Kann ich Ihnen sonst noch helfen?«

»Was? Nee … Nee, geht schonn.«

»Äh … dann wünsche ich Ihnen noch einen schönen Tag!« – Ende und Freizeichen. Erwins Herz klopfte. Er legte auf.

Datenschutz. Was bedeutete das denn?

Immerhin hatte ihm der Anruf die Erkenntnis vermittelt, dass Kaspar Pollpeter, Wiesenwinkel 17 in Dettbarn, existierte. Es gab ihn. Mit Datenschutz. In den Verzeichnissen der Telefonmenschen. Dort existierte er. In der Wirklichkeit war er tot.

Und nun?

Als Hilde zurückkam, bedankte sich Erwin für Kaffee, Zuckerkuchen, Telefonbuch und brach auf. Hilde fragte nicht weiter. Erwin verabschiedete sich auch von Arno, sammelte die Enten ein und zog Richtung Dorf, zum Laden von Lina.

Gegen 16 Uhr kam er dort an. Lina war allein, ordnete Waren in die Regale des Ladens und wunderte sich über den Besuch. Aber vor allem freute sie sich.

»Schön, dass du kommst«, rief sie. Erwin wurde ein bisschen rot.

»Kannst die Enten mit reinlassen. Da sitzen wiedern paar Spinner im Dorfkrug.«

»Das is nett!«

Erwin gab Lothar und Lisbeth Signal, mit Fingerrascheln in der Futtertasche.

»Wollteste was einkaufen?«, fragte Lina.

»Nee, heut nich. Ich …« – Erwin musste sich plötzlich an der Tür festhalten. Ein starkes Schwindelgefühl ließ ihn taumeln.

»Was is denn? Siehst nich gut aus«, meinte Lina besorgt. »Haste Fieber?«

»Weiß nich«, sagte Erwin. »Is schonn seit heute Morgn so. Bisschen flau ...«

Lina nickte, guckte weiterhin besorgt. »Setz dich mal hin, im Büro. Willste nen Kaffee?«

»Nee, kein Kaffee. Hatte schonn einen. Bei Hilde.«

»Bei Hilde?«

»Ja. War wegn Arno da. Wies ihm so geht unn so ...«

Lina nickte. Erwin hatte Mühe, sich auf den Beinen zu halten. Lina bemerkte das, schwieg einige Sekunden. Dann seufzte sie. Sie wollte jetzt endlich reinen Tisch. So ging das nicht weiter.

»Sag mal, Erwin, was is eigentlich los?«, sagte sie. »Die zwei Toten. Die Polizei. Haste mir auch alles erzählt? Dir liegt doch was auf der Seele. Das seh ich doch. Das macht dich doch krank, das alles. Biste deshalb hier? Nun lass dir mal helfen!«

Jetzt war es raus. Ganz und gar nicht vorwurfsvoll. Und Erwin fühlte einen tiefen Schmerz, eine Trauer, eine unglaubliche Schwäche. Ja, er hatte was auf der Seele. Seine Seele war vollgeladen mit Dingen, die er nicht verstand. Mit Linas Fragen hatte er nicht gerechnet. Und obwohl er sich geschworen hatte, sie aus allem rauszuhalten, war er jetzt nicht mehr in der Lage dazu.

»Ach, Lina«, sagte er. Seine Augen schimmerten.

»Erwin, du ...« Lina sprach es nicht aus. Feuchte Augen hatte Lina bei Erwin noch nie gesehen. Feuchte Augen waren bei Männern in Bramschebeck nicht üblich. Erwin bemühte sich, seine Gefühle zu unterdrücken. Mit Gefühlen war das aber so eine Sache. Er wurde von sich selbst überrumpelt, und ehe er sich's versah, hatte er Lina von dem Personalausweis erzählt, der im Teich gelegen hatte, von dem Geld in der Tüte, die in der Gefriertruhe lag, und von dem seltsamen Brief, von dem er nicht mal wusste, was er bedeuten sollte – ob es ein Erpresserbrief war oder ein dummer Scherz. Diese Verse, die da jemand verfasst hatte, der das Gedicht vom Wüterich Friederich aus dem *Struwwelpeter* kannte.

Erwin konnte sich nicht erklären, weshalb dieses Gedicht eine böse Erinnerung in ihm auslösen wollte. Eine Erinnerung, die mit Schmerz verbunden war.

Als er Lina dies alles berichtet hatte, ließ er sich dann doch zu einem Kaffee überreden. Lina schloss den Laden und setzte sich mit Erwin in das kleine Büro nebenan. Erwin fror. Das Schwindelgefühl hatte für den Moment nachgelassen. Doch er würde vermutlich wirklich noch krank werden. Eine Grippe, mitten im Sommer? Vielleicht war die Aufregung schuld.

»Kaspar Pollpeter heißt der also«, meine Lina nachdenklich. »Ob der dir das Geld und diesen Nazikram untergeschoben hat?«

Erwin zuckte mit den Schultern. »Weiß nich«, sagte er. »Macht doch keinn Sinn. Is ja kein Erpresserbrief gekommn. Nur später das mittem Gedicht. Aber das kanner ja nich geschriebn ham, oder?«

»Unwahrscheinlich«, sagte Lina und grübelte wieder. »Und der Ausweis liegt noch immer im Teich?«

»Nee.« Erwin wurde rot. »Den hat … Lothar hat den …«

Er zog den Ausweis aus der Hosentasche und zeigte ihn Lina. Sie betrachtete das Ding, drehte es um, betrachtete dann wieder die Vorderseite, gab Erwin den Ausweis zurück.

»Die sind ja selbst schuld«, meinte sie. »Können nicht mal richtig nachgucken. Hätten ihn ja finden können.«

Damit schien Erwins eigenmächtiges Zurückhalten von Beweismaterial entschuldigt. Lina drängte ihn jedenfalls nicht, das Teil der Polizei zu übergeben. Nein, sie überlegte. Und Erwin blieb stumm. Es fühlte sich irgendwie gut an, Lina so zuzusehen, wie sie sich bemühte, ihm zu helfen. Sie lieferte ihn nicht der Polizei aus. Das war was Warmes in all der Kälte, die ihn ergriffen hatte.

»Vielleicht haben die auch längst rausgefunden, wer der Mann ist?«, meinte sie nach einer Weile. Dann brauchste wegen dem Ausweis sowieso kein schlechtes Gewissen zu haben.«

»Meinste?«

»Na, kann doch sein! Wart mal. Ich hab nochn paar alte Zeitungen. Vielleicht hab ich was übersehn.«

Erwin nickte. Er hatte Lina nach den Zeitungen fragen wollen, ohne ihr seine Pläne zu verraten. So war es besser. Lina wusste Bescheid. Erwin war erleichtert. Und Lina dachte mit. Sie erhob sich von dem kleinen Tisch in der Mitte des Büros, an den sie sich gesetzt hatten, und wandte sich dem Tresor zu. Den hatte sie, wie alles in diesem Laden, von Anni Twassbrake übernommen: ein klobiges Modell. Es stand neben dem Durchgang zum Laden. Rechts davon versteckte sich ein Schreibtisch: ein schmaler Arbeitsplatz, auf dem sich Rechnungen von Lieferanten stapelten. In der Wandecke hatte Lina, sauber aufeinandergelegt, einige Ausgaben der lokalen Zeitungen gesammelt. Sie bot die Blätter im Laden an und behielt jeden Tag welche übrig. Zeitunglesen war nicht so angesagt im Dorf.

»Brauch mal ein bisschen Platz hier«, brummelte sie und öffnete den Tresor, legte einen Stoß Papiere darin ab. Anschließend setzte sie sich an den Schreibtisch und zog den Zeitungsstapel zu sich.

»So, wolln mal sehn. Die hier sind vom Tag danach. Und diese von zwei Tage später. Da müsste ja was drinstehn. Kann ja nicht sein, dass …«

Linas Gegrummel hatte damit zu tun, dass sie an den Tagen nach dem Fund des Toten im Teich schon einmal hatte nachsehen wollen, was die Presse über den Fall so berichtete. Doch sie war nicht fündig geworden. Weil Linas Lektüre immer wieder von der Ladenglocke und einkaufenden Dorfbewohnerinnen unterbrochen worden war, vermutete sie Unkonzentriertheit als Grund für ihren Misserfolg. Nun sah sie genauer hin. Sie blätterte, las und blätterte. Und ihr Blick wurde immer finsterer.

»Das gibt's doch nich«, brummelte sie nach einer Weile. »Steht denn wirklich nichts drin in diesen Käseblättern?«

»Auch nix vom andern? Vom Reporter?«

»Der Unfall? Nee«, sagte Lina. »Aber das war ja auch erst gestern. Nach Redaktionsschluss vielleicht. Dann lebste sozusagen nochn Tag länger.«

Das klang böse. Erwin fragte sich, wie Lina das meinte. Sie blätterte inzwischen alles noch einmal durch, bis sie an einer kleinen Meldung unter *Vermischtes* hängen blieb.

»Hier. Das hab ich tatsächlich übersehn. Eine Meldung. Ein paar Zeilen nur. Mehr nicht. Und das bei nem Toten! Verstehste das?«

Nein, Erwin verstand das nicht. Da er Zeitungen generell

nicht verstand, sah er in der unscheinbaren Meldung allerdings keine Besonderheit:

Dettbarn/Versloh: Am gestrigen Donnerstag wurde auf einem privaten Grundstück nahe Fechtelfeld die Leiche eines Unbekannten gefunden. Die Kreispolizei nahm die Ermittlungen auf und bemüht sich um Feststellung der Identität. Zurzeit steht noch nicht fest, ob es sich um ein Gewaltverbrechen oder einen Unfall handelt.

Ende. Die Nachricht war dermaßen unspektakulär und gehaltlos, dass Erwin Mühe hatte, sich an den Fall zu erinnern. Obwohl er ihn doch selbst erlebt hatte. Tatsächlich kam es ihm vor, als würden die nichtssagenden Zeitungssätze die Bilder in seinem Kopf leersaugen oder verblassen lassen. Erwin verstand nicht viel von journalistischer Arbeit, aber er fühlte sehr wohl, dass der Tote im Teich das Zeug zu einem Artikel auf der ersten Seite gehabt hätte.

Vermisste diesen Kaspar Pollpeter denn niemand? Erwin sackte zurück auf den Stuhl am kleinen Tisch. Ein erneuter Anflug von Schwindel zwang ihn dazu. Lina, die das Geräusch des unter Erwin knarzenden Stuhls hörte, drehte sich um, betrachtete ihn über den Brillenrand hinweg.

»Erwin, du bist krank«, sagte sie. »Habs doch gleich gesehn. So blass, wie du bist.«

»Ach, geht schonn, Lina«, brummelte er. »Is nix …«

Doch er fror und schwitzte zugleich, fühlte die Kühle von Schweißperlen auf der Stirn. Sein Herz wummerte. War das die Enttäuschung? Er zwang sich, gerade zu sitzen. Lina sollte sich keine Sorgen machen.

In diesem Moment wurde es im Verkaufsraum krawallig

laut. Lisbeth und Lothar hatten eine ganze Weile unbeaufsichtigt den Laden inspiziert. Erwin hatte gar nicht mehr an die beiden gedacht und fragte sich im ersten Moment erschrocken, ob Lina wohl Kondome verkaufte. Die Absurdität dieser Frage wurde ihm jedoch schnell bewusst, und der Situation angemessene Sorgen tauchten auf. Enten in einem Lebensmittelladen? Das ging eigentlich gar nicht. Wenn jemand vom Amt in Dettbarn …? Na, zum Glück war man hier auf dem Dorf. Weshalb aber stritten sich die beiden? Noch dazu mit dieser Wut? Sie waren doch sonst ein Herz und eine Seele.

»Lothar? Was is denn?!«, rief Erwin. Seine Stimme klang heiser.

Lothar krächzte, kreischte, entrüstete sich. Beide kreischten, trompeteten gradezu. Erwin hatte immer mal wieder gestaunt, wie kunstvoll ein Entenkörper tönen konnte: ein Instrument, das vom Dudelsack bis zu Kriegserklärungen in der Lautstärke einer kleinen Bachorgel so einiges beherrschte. Nun war Alarmstimmung angesagt. Lina erhob sich. Hatte etwa jemand den Laden betreten? Die Tür war doch abgeschlossen?

Plötzlich rabatzte Lothar um die Ecke, rannte ins Büro, stoppte. Sein Blick war wie immer stoisch, aber seine Haltung war deutlich auffordernd.

»Lothar? Wo issn Lissbett?«

Erwin erhob sich. Die Gelenke schmerzten. Lisbeth schnatterte wieder. Lothar beobachtete Erwins Auf-die-Füße-Kommen. Was wollte er denn? Erwin und Lina betraten den Laden. Lisbeths Kopf ragte über den Verkaufstresen hinaus. Ein Ausrufezeichen. Dann verschwand der Kopf. Schnappende Geräusche, Hacken, wieder Schnattern, Schnattern und ein Reißen, Ratschen ... Lothar hörte dies, rabatzte zurück zu seiner Lebensgefährtin, verschwand hinter dem Verkaufstresen. Die Schnappgeräusche schwollen an. Nein, das war Papier, das dort zerriss. Herrje, griffen die Enten in Linas Bilanzen, in ihre Buchführung ein? Konnte das gut gehen? Lisbeth saß, so deutete Erwin den immer mal wieder nach oben über den Thekenrand hinausschnellenden Kopf, auf einem Stuhl, fummelte beim Abtauchen irgendwie mit dem Schnabel in Fächern hinter dem Tresen herum. Der Schnabel als Waffe. Und Lothar ...?

»Lothar, Lissbett, lasst das! Was is denn da?!«

Erwins Stimme war leichtes Stöhnen beigemischt. Wann je würden die Tiere seine Aufforderungen ernst nehmen und befolgen? Die Last der Welt lag auf seinen Schultern. Und er fühlte sich so krank, so schwach, so elend. Erwin sah Sterne.

»Die haben da Zeitungen gefunden. Da unter der Kasse«, murmelte Lina. »Was haben die denn gegen Zeitungen?«

Linas Staunen hatte mit der Tatsache zu tun, dass sich Lisbeth und nun auch wieder Lothar kräftig bemühten, Zensur auszuüben. Sie zerhackten die Blätter. Was da an Zeitungen aufgestapelt lag, war schon ziemlich geschreddert worden. Es mussten so fünf oder sechs Ausgaben des *Dettbarner Kreisblatts* und des *Pökenhagener Landboten* sein. Erwin meinte, einen Grund für die Wut der Enten zu kennen: die Artikel, die er in den vergangenen Tagen über sich hatte lesen müssen. War Lothar nicht schon damals mit dem Schnabel gegen journalistisch verbrämte Tatsachenverdreherei vorgegangen? Das Gespür der Tiere griff auf ganz andere Eindrücke zurück als das der Menschen. Es reagierte auf verborgene

Reize. Lothar und Lisbeth mochten in diesem Laden Dinge wahrnehmen, die Anni, die frühere Besitzerin, gequält hatten: Anni Twassbrake, die von *Des Teufels Sieben* Ermordete. Der Raum hier war doch irgendwie das Heim für Annis Seele. Anni, der Engel, der Erwin bei allem so sehr geholfen hatte. Viele Jahre lang. Anni, die immer ein paar Bachflohkrebse für Lothar gehabt hatte. Vielleicht spürte Lothar all diese Dinge und war impulsiv geworden und hatte Lisbeth angesteckt?

Aber was stand denn in den alten Zeitungen? Lesen konnten die Enten ja wohl nicht. Obwohl sich Erwin da nicht so sicher war. Lothar war schon als Ermittlungsente ein ziemliches Rätsel. Vielleicht hatte die ständige Nähe der Tiere zu Erwins Bibliothek Wunder gewirkt? Und vielleicht war die Liebe auch eine Macht, die unerwartete, ungewöhnliche Energien freisetzen half?

Lina zog die Reste der Blätter unter dem Tresen hervor. Die Enten hatten aufgehört mit ihren wütenden Attacken, als sich Lina dem versteckten Fach zuwandte.

»Das muss Anni noch gesammelt haben«, sagte sie und bestätigte Erwins Gedanken. Sie legte die Blätter neben die alte National-Registrierkasse. Erwin erhaschte das Datum des obersten Blattes. Die Zeitung war vom Januar des Jahres. Sie war also etwas älter als ein halbes Jahr. Da hatte Anni noch gelebt. Bei Prüfung der anderen Blätter ergab sich, dass sämtliche Zeitungen des Stapels aus dem Januar und von Anfang Februar stammten. Hatte Anni diese Zeitungen aus einem bestimmten Grund aufgehoben? Was war denn im Winter Besonderes vorgefallen?

Wieder blätterte Lina – und wieder blickte ihr Erwin neugierig über die Schulter. Obwohl es ihm immer schwerer fiel, sich zu konzentrieren. Diese Hitze im Kopf. Diese Schwäche ...

»Das gibt's doch nicht!«, rief Lina und riss die Zeitung, die zuoberst lag, an sich. »Das issn Steuerschwindler!«

»Was?«, fragte Erwin verwirrt.

»Dein Pollpeter. Hier. Der hat Dreck am Stecken. Erpressung. Aber so richtig! Der ist an ne Steuer-CD gekommen und erpresst jetzt Leute damit. Und er ist ... Moment ...«

Steuer-CD? Erwin verstand das nicht. Was war denn eine Steuer-CD?

»Der ist abgetaucht. Schon vorn paar Monaten. Den suchen die!«

»Den Pollpeter?«

»Ja. Steht hier. N' ziemlich ausführlicher Bericht sogar. Der hat für die Steuerfahndung in Dettbarn gearbeitet. Viele Jahre lang. War immer ein vorbildlicher Staatsdiener. Und dann ist er wohl in den Besitz einer Steuer-CD gekommen. Hier steht aber nicht, wie. Hmmmm. Vielleicht zugeschickt, von ner Schweizer Bank oder so. Meinen die jedenfalls. Oder aus Liechtenstein. Klar. Da gibt's ja so geheime Konten für Schwarzgeld und so. Hat die CD dann unterschlagen und angefangen, Leute zu erpressen. Pollpeters Erpresserei ist aber aufgeflogen, und er ist verschwunden. Von jetzt auf gleich. Der Schreiber hier vermutet, er macht wohl im Untergrund weiter. Die Leute auf der CD sind ja nicht sicher, nur weil er abgetaucht is. Keiner weiß, wer da drauf ist. Nur Pollpeter. Wenn da tausend Leute drauf sind, kann der erpressen bis zum Jüngsten Gericht!«

Das Jüngste Gericht: Erwin sah Feuer vom Himmel fallen

und apokalyptische Reiter auf pechschwarzen Pferden. Diese Hitze. Diese glühenden Kopfschmerzen. Und trotzdem zitterte er, fror.

»Was? Also, der ... der«, stammelte er. Dann, um seine flammenden Gedanken in eine andere Bahn zu lenken: »Gibts da n' Bild? Von Pollpeter?«

Lina, die bemerkte, dass sie die zerfledderte Zeitung so hielt, dass Erwin sie nicht einsehen konnte, legte das Blatt aufgeschlagen neben die Kasse. Erwin las – langsam, wie es seine Art war. Er vermisste ein Bild. Das Bild des streng blickenden Mannes, wie er ihn vom Personalausweis kannte. Dem Personalausweis, den er in der Hosentasche trug. Das Foto war seinem Gedächtnis eingebrannt. Kaspar Pollpeter, Wiesenwinkel 17, Dettbarn. Größe: 165 cm. Ein Steuerfahnder also. Und ein Krimineller.

Es gab kein Foto von ihm.

Das wunderte Erwin.

Lina und Erwin sahen sämtliche Zeitungen durch. Erwin fragte sich, aus welchem Grund Anni diese Berichte gesammelt hatte, denn es war schnell klar, dass es immer um die Steuersache ging. Sie wurde in allen Blättern behandelt, die Anni aufgehoben hatte. Lina erklärte Erwin, was eine Steuer-CD war, und gemeinsam setzten sie das Puzzle der Berichte zusammen. Pollpeter, einst Leiter der Steuerfahndung Dettbarn – ein Mann, der dem Staat treu gedient hatte –, war abgetaucht, nachdem sich herausgestellt hatte, dass er auf Grundlage einer ihm zugespielten CD mit den Daten von Steuerbetrügern gezielt Erpressungen vorgenommen hatte. Vermögende, die Geld am Fiskus vorbeigemogelt hatten, wurden von ihm unter Druck gesetzt. Da ging es teils um mehrstellige Millionenbeträge. Dann aber hatte sich einer der Erpressten Pollpeters Ansinnen widersetzt und war zur Polizei gegangen. Alles flog auf. Nach dem Abtauchen Pollpeters, so suggerierten es Folgeberichte, setzte er seine kriminelle Tätigkeit im Untergrund fort. Wohin er verschwunden war, blieb ein Rätsel.

Allein Erwin und Lina hätten es lösen können. Doch dazu kam es nicht, denn in den nächsten Stunden überschlugen sich die Ereignisse auf dramatische Weise.

Sie sind festgenommen

Es war die Apokalypse.

Die Bibel in Erwins Bibliothek war nicht gerade das Buch, in dem er häufig las. Obwohl die Bibel ein Buch mit unglaublichen Bildern war. Zum Beispiel die Offenbarung des Johannes, auch *Apokalypse* genannt: Das war ein Text, den Erwin beim Lesen durchlitt, weil die heiligen Sätze mit der Kraft von Blitz, Donner und Hagel auf ihn einschlugen. Erwin erfuhr vom Schwert aus dem Mund des Verkünders. Von einem Ungeheuer mit sieben Häuptern und zehn Hörnern. Er las von einem Buch mit sieben Siegeln, von sieben Posaunen, sieben Schalen des Zorns, von Feuer und Blut und Feuer. Immer wieder. Die Bibel war eine Waffe. Eine Waffe und ein mächtiger Ziegelstein, aus dem so vieles gebaut war, was in Versloh Bestand hatte – wie ein unsichtbarer Tempel, von dem ja auch immer wieder die Rede war in dieser Offenbarung. Es tröstete Erwin irgendwie, dass zu den Tieren der Apokalypse, den Bären, Drachen, Panthern, Adlern, den Pferden der fürchterlichen Kriegsreiter, den Schlangen, Skorpionen, Heuschrecken und so weiter eines ganz gewiss nicht gehörte: die leuchtend weiße Laufente – dieses so herrlich harmlose Tier. Selbst das weiße Lamm der Offenbarung war eine angriffslustige Zicke, und die Engel der Apokalypse waren streng und unbarmherzig. Erwin liebte die Enten, weil sie nie in schrecklichen Bildern auftauchten. Niemals.

Aber nun brannte er. Alles war anders. Erwin war Feuer. Das Blut in seinen Adern brannte. Die Ströme von Pech und Schwefel aus den heiligen Büchern durchflossen ihn. Wesen begegneten ihm, sprachen zu ihm. Ihre Stimmen dröhnten. Wesen in Panzern – oder waren es Uniformen? In der Ferne zogen Rauchschwaden über den Horizont, während bewaffnete, gepanzerte, uniformierte Wesen seltsame Worte sprachen …

… in denen von Enten die Rede war.

Was war geschehen?

Als Lina und Erwin die Zeitungsberichte aus Annis Sammlung durchgesehen hatten, brach er plötzlich zusammen. Mit ungeheurer Kraft und wie aus dem Hinterhalt eines dunklen Verstecks stieß der Drache des Fiebers auf ihn herab: ein Ungeheuer von biblischen Dimensionen. Lina bekam einen gehörigen Schreck, als Erwin kreidebleich und mit Schweiß auf der Stirn zu zittern begann. Dann stürzte er zu Boden. Er stammelte noch, alles sei in Ordnung, aber diese Worte wurden ihm schon von einer fremden Macht diktiert.

Lina reagierte besonnen, obwohl sie Panikschübe durchlitt. Erwin war schwer krank. Er musste sich einen tückischen Infekt zugezogen haben. Dieser hatte sich am Nachmittag ja schon angedeutet. Mit größter Anstrengung gelang es ihr, Erwin auf die Liege zu legen, die Anni in ihren letzten Lebenswochen manchmal für kleine Ruhepausen benutzt hatte. Anni war immerhin über 80 gewesen. Die Liege stand ebenfalls im kleinen Büro, in der Ecke gegenüber Schreibtisch und Tresor. Kaum dass Erwin lag, hetzte Lina zu Annemie Pölkens im Nachbarhaus, mit der sie leidlich bekannt war, und lieh sich ein Fieberthermometer. Doch als sie beginnen wollte, Erwins Temperatur zu messen, griff die Staatsmacht ein.

Vor der Tür des Ladens tauchten Kommissar Bökenbrink, ein Trupp Polizisten und ein seltsames Fahrzeug vom Kreisveterinäramt Dettbarn auf. Das Fahrzeug stand unter der örtlichen Leitung von Dorftierarzt Wilfried Lappenbusch. Kurz danach rollte auch noch ein Rettungswagen an. Lina war so sehr in Sorge um Erwin, dass sie nur halb mitbekam, was in den folgenden 30 Minuten im Laden geschah. Erwin erlebte diese halbe Stunde in Fiebervisionen, die denen der *Offenbarung* glichen. Er hatte eine Begegnung mit apokalyptischen Reitern ohne Pferde, doch in Uniformen. Die Reiter verkündeten, dass Erwins Enten in die Verbannung geschickt würden und Erwin selbst ins Kreiskrankenhaus nach Dettbarn. Mit Blaulicht und Vollgas. Ersteres – Dettbarn, nicht Blaulicht und Vollgas – war schon schlimm genug für jemanden, der Bramschebeck selten verließ. Aber die Verbannung der Enten empfand Erwin als Weltuntergang. Er brauchte lange, um den Vorgang zu begreifen. Erst später, im Krankenhaus, als das Fieber nachließ, wurde ihm die Situation bewusst, und er fiel trübsinnigen Gedanken anheim.

Was hatten Lothar und Lisbeth nur getan?

Nun, die Polizei und die Kräfte des Kreisveterinäramtes waren zusammen mit Tierarzt Wilfried Lappenbusch am frühen Nachmittag ausgerückt. Untersuchungen an der im Teich gefundenen Leiche hatten ergeben, dass sie mit Viren einer äußerst aggressiven Form von Vogelgrippe infiziert war. Diese waren vermutlich über Bisse verabreicht worden. Ob die sehr spezielle Vogelgrippe den Tod der noch immer unbekannten Person verursacht hatte, war nicht klar. Der

Zustand des Leichenkopfes, der ja völlig zerquetscht worden war, ließ gewisse Zweifel zu. Dennoch, die Vogelkrankheit, die den Untersuchungsergebnissen zufolge sehr oft auch von Laufenten ausging, ohne dass diese erkrankten, löste eine Alarmkette aus. Bökenbrink und seine Leute erinnerten sich selbstverständlich an die renitenten Enten. Vielleicht lag hier der Schlüssel für einen dem Mord vorangegangenen Kontakt zwischen Mordopfer und Erwin Düsedieker. Bökenbrink erwirkte, dass die Tiere unverzüglich eingefangen und in Quarantäne untersucht werden sollten. Danach würde man sie entsorgen, das heißt verbrennen. Bei Erwin angekommen, stellten die Einsatzkräfte jedoch fest, dass Enten und Besitzer entflohen waren. Kommissar Bökenbrink dachte sofort an die ebenfalls renitente – nun ja: teilrenitente – ältere Dame, die beim Fund der Leiche zugegen gewesen war: Lina Fiekens. Also ratterte der Tross weiter zum Hellweg 3b, westlich von Bramschebeck. Weil man auch Linas Haus verlassen vorfand, kam man auf den Laden im Dorf. Wilfried Lappenbusch gab den Hinweis. Dort, endlich, fand man Erwin. Man entdeckte die Enten, die sich zwischen Persilpackungen versteckten, mit einem Weiß, das selbst modernste Waschmittel nie erreichen, und man machte kurzen Prozess. Für Erwin, den offensichtlich schwer Erkrankten, wurde ein Rettungswagen gerufen. Lina wurde vorsorglich mit ins Krankenhaus geschickt. Der Kommissar und seine Kräfte begaben sich ebenfalls in ärztliche Behandlung, um sich impfen zu lassen, während sich Wilfried Lappenbusch und die Leute des Veterinäramtes um die Beseitigung der Enten kümmerten.

Für Erwin war die Lage ernst. Für Lothar und Lisbeth hingegen ging es um alles. Im engen Laden konnten sie den Fängern nicht entfliehen. Die Enten wehrten sich nach Kräften gegen ihre Festnahme. Es gab Verletzungen zwischen Waschpulver, Mehl und Zucker. Schnäbel wurden geführt wie Klingen. Es floss Blut, und Lina schimpfte wie ein Rohrspatz. Aber die Polizei ließ nicht locker. Die Tiere waren eine Gefahr für die Allgemeinheit. Verordnung über anzeigepflichtige Tierseuchen. Dekontamination. Zwangseinweisung. Schutzimpfung. Solche Worte fielen. Dagegen kam Lina nicht an.

Und sie hatte ja auch ein bisschen Angst – mehr um Erwin als um sich.

Aber die Enten?

Lothar und Lisbeth wurden in ein spezielles Tiertransportfahrzeug mit entkerntem, leicht säuberbarem Innenraum gesperrt. Wilfried Lappenbusch und zwei Herren vom Veterinäramt – alle mit funktionierendem Impfschutz – stiegen ein und fuhren los, während Erwin, Lina und die Polizeitruppe einen anderen Weg nahmen: den zum Kreiskrankenhaus.

In der folgenden Woche dämmerte Erwin vor sich hin. Drei Tage lang hielt man ihn auf der Quarantänestation der Klinik. Die spezielle Variante von Vogelgrippe, an der er litt, verlor zum Glück schnell ihre Virulenz. Am vierten Tag lag Erwin auf einer normalen Station. Kraftlos. Lina saß fast ständig an seinem Bett. Obwohl sie länger mit Erwin zusammen gewesen war, als die Ansteckungsgefahr noch bestanden hatte, schienen ihr die Viren nichts auszumachen. Erwin hingegen erholte sich nur langsam. Die Ärzte bekamen das Fieber mit fiebersenkenden Mitteln in den Griff. Den Rest des Kampfes musste er selbst führen. Vor allem den Kampf gegen die Erinnerung. Aus den apokalyptischen Traumbildern, die ihm von entenjagenden Ungeheuern mit bluttriefenden Fratzen unter Polizeimützen erzählt hatten, wurde mit abklingender Temperatur die Gewissheit, dass Lothar und Lisbeth abgeholt worden waren. Lina ersparte ihm den Verdacht, dass man sie getötet hatte. Aber Erwin las in ihren Augen genau dieses.

Er wagte nicht, nachzufragen. In den Nächten, die er durchwachte, weil die Sorge ihn nicht schlafen ließ, floss manche Träne. Erwin zermarterte sich das Hirn, schwankte zwischen Hoffnung und Verzweiflung. In seinen Phantasien verwandelten sich die Enten in Wesen aus reinem Weiß und Gold, und sie waren umgeben von einer Dunkelheit, in der verzerrte Stimmen rätselhafte Verse raunten:

Das Entenpaar, das Entenpaar,
das man im Feuer sterben sah ...

Nach acht Tagen ging es Erwin körperlich wieder besser, und es kehrte zum ersten Mal etwas Ruhe auch in seine Gedanken ein. Das hatte vielleicht damit zu tun, dass Arno ihn an diesem Tag besuchte. Arno im Gefolge von Hilde, die es geschafft hatte, auf dem Parkplatz vor dem Krankenhaus einen kleinen Menschenauflauf zu erzeugen, als sie mit ihrem aus hochstehender Auspuff-Kerze brüllenden Hanomag Granit 501 und einem durchgeschüttelten Arno auf dem Radkasten vorfuhr. Den Wendekreis des 45 Jahre alten Treckers voll ausnutzend, parkte sie zwischen den zerbrechlichen Sportwagen der Chefärzte, wobei Arno, sich die Feldmütze mit der Linken festhaltend, Rangieranweisungen gab, wie nur Arno sie geben konnte.

So was hatte Dettbarn noch nicht gesehen, geschweige denn gehört.

Und weil Hilde und Arno schon auf dem Parkplatz solchen Eindruck machten, stellte sich ihnen niemand in den Weg, als sie – strikt außerhalb der Besuchszeiten und noch vor dem Frühstück – das Krankenhaus betraten. Patienten, die im Koma lagen, entging was. Viele nur leicht Komatöse wurden wach, als sich Hilde und Arno zu Erwin durchfragten.

Und dann saßen sie an Erwins Bett. Hilde links, Arno rechts. Lina war noch nicht erschienen. Die Sonne stieg verschlafen die Horizontleiter hoch. Arno knetete die Feldmütze in seinen Händen. Der sterile Geruch des Raums irritierte ihn. Die zwei Mitpatienten auf Erwins Zimmer taten so, als würden sie, in Seitenlage, zum Waschbecken gedreht, dahinsiechen oder sterben. Es hatte in den vergangenen Tagen eh kaum Kontakt zwischen ihnen und Erwin gegeben. Erwin lag am Fenster. Das Kreiskrankenhaus, ein hoher Kasten mit dem Charme eines Bauwerks, das den geringen Ansprüchen von Siebziger-Jahre-Architektur genügte, bot Ausblick auf Dettbarn: eine Stadt, der jedes Wahrzeichen fehlte. In der Ferne verschwand auch die Wahrzeichenlosigkeit in diffusem Grün und Braun und Erntegelb. Irgendwo dort hinten lag Bramschebeck. Erwin guckte nie dorthin.

Arno räusperte sich:

»Mönsch, Äwinn. Magers noch total ab. Is nich so gut, das Essn hier, nä?«

»Geht so«, antwortete Erwin schwach. Über die Qualität

des Essens hatte er sich noch keine Gedanken gemacht. Was Arno bemängelte, verdiente allerdings im Vergleich zu dem, was Arno üblicherweise mit Appetit verschlang, drei Sterne oder mehr.

»Isses wieder besser?«, fragte Hilde.

Erwin nickte. Seine Augen waren glasig. In einer Region seines Gehirns, die Traurigkeit und Trübsinn widerstand, rief er sich immer wieder dazu auf, sich jetzt zusammenzureißen.

Äwinn, was heulste denn? Musste immer heulen?

»Lina meint, dassde langsam wieder auffe Beine kommst«, sagte Hilde. »Wir ham gedacht, wir kommn ma vorbei, Arno unn ich.«

»M-hm.«

Noch immer war kein Gesprächsthema gefunden. Erwin wagte es einfach nicht, nach Lothar und Lisbeth zu fragen. Vielleicht wussten seine Besucher ja was. Schlimmes womöglich.

Da räusperte sich Arno erneut.

»Wegen die Enten«, sagte er, und Erwin zuckte zusammen. Jetzt war es raus. Schneller als gedacht.

»Ja?«

»Die hat doch Wilfried abgeholt, nä?«, brabbelte Arno los. »Also, die ... als die da alle inn Dorf, weißte ja ... wusstich ja nich, dassde da bei Lina ... Also war ich noch mal los so zun Laden, nä? Hilde hatt gesacht, nä, sollt ich mal was wegne Blumn, unn ... die hat da ja alles, die Lina, nä? Unn da seh ich schonn von Weiten Pollezei unn ... unn Wilfried, wiese ausn Laden ... unn Wilfried hat ... also, hab ihn erss nicht erkannt, aber sein Auto, nä? ... Weiler so in son Dings ... son ... son

Schutzanzuch, unn ich denk noch, Mönsch, die Entn, abba da warnse schonn inn Wagen von Wilfried unn fahrn los unn ab zu Jasper oder ... oder Hartwin oder weiß nich. Wech sindse undn Kranknwagn, der kam au noch unn ich so Mönsch, Arno, denk ich, abba wegene Pollezei hab ich, also, konnt ich ja nich so ... weiße ja ... unn als dann Lina bei Hilde, nä? ... Also, nä? Da hasse denn bei Wilfried angerufn, Hilde, nä?«

»Wilfried?«, fragte Erwin, als Arno einen winzigen Moment lang nachließ in seinem ungewöhnlichen Redefluss und Hilde ansah. Hilde nickte. Arno selbstverständlich auch, aber jetzt sah Hilde die Notwendigkeit gekommen, Arnos Rede zu klären, zumal er sie angesprochen hatte.

»Lina hat angerufen, da hattense den Laden schonn gestürmt, diese Kriminalerbande«, sagte sie und klang wie ein Desperado. »Ausm Krankenhaus. Hat Bescheid gegeben, wegene Enten und dass du krank biss. Als Arno dann zurück war, hatter erzählt, dass er Wilfried gesehn hat. Da hab ich alles zusammengezählt. Der hat die Enten abholn müssn. Als Tierarzt hier. Obwohl Wilfried ja gar kein richtiger is. Weißte ja selbs.«

Erwin nickte, richtete sich auf. Richtiger Tierarzt hin oder her. Was wollten Hilde und Arno denn sagen? Lebten die Enten noch, oder hatte Wilfried sie bereits getötet?

»Weißte, was mit Lothar is? Unn mit Lissbett?«

Hilde sah ihn verschwörerisch an:

»Darf eingtlich nix sagen. Musst mir versprechen, dassdes für dich behälts, hörste Äwinn?! Wilfried darf nich wissen, dassde Bescheid weißt. Ich wollt von ihm nämlich wissn, was er mitte Entn vorhat. Wilfried hat dann so rumgedruckst. Seuchenschutz. Epidemie oder so. Schlachten muss er se, sacht er. Und Proben nehmn, fürs Veterinäramt. Dann muss er se verbrennen. Wegen nem Verdacht, weißte? … Gefährliche Vogelgrippe … Son Quark.«

»Schlachten? Verbrennen?« Erwin wollte sofort aus dem Bett. Losstürmen zu Wilfried Lappenbusch und …

»Nu bleib liegn!«, brummelte Hilde. »Machter ja nich. Wilfried is ja nich so!«

Erwin saß, die Beine schon aus dem Bett geschoben, auf der Matratze. Blass und zittrig. Er sah die beiden ungläubig an.

»Nich?«

»Nee, nich. Wir ham …«

Hilde sah Arno an. Arno griente. Die Feldmütze in seinen Händen hatte anstrengende Minuten hinter sich.

»Er hat versprochn, dass er die Proben erstma von den lebenden Entn nimmt.«

»So Blutprobm«, ergänzte Arno fachmännisch. »Geht ja auch lebend, nä?«

»Ja, äh … geht wohl«, erwiderte Erwin. Blutproben, das ging auch lebend. Jemand, der, wie Arno, gern einen trank, kannte das vermutlich. Obwohl, bei 4 bis 5 Promille …

»Wie … Wie habta das denn geschafft, dass er … Ich mein … Biste sicher, dass Wilfried …?«

»Jou!«, kam es von Arno – begleitet von einem seltsamen Grinsen. Fast ein bisschen verschämt guckte Arno jetzt.

»Arno?«

»Arno hat Wilfried was angebotn«, kam Hilde Arno zu Hilfe. »Nich wahr, Arno?«

»Joah!«, druckste Arno.

»Wilfried is ja auch immer n büschen klamm. Sind wir ja alle. Und Arno …«

Hilde zögerte, sah Arno an. Der knetete wieder die Mütze, griente, wirkte nochmals verschämter.

»Hab doch geerbt«, sagte er dann. Er, der Enterbte, dessen Mutter vor Kurzem gestorben war.

»Geerbt? Ich denk …?«, Erwin verbiss sich die Frage. Das war ihm zu privat. Aber Arno wusste ohnehin, was Erwin auf der Zunge gelegen hatte.

»Na ja, son Flichtteil. Vonn Hof. Von Muddern. Habb ich denn verkauft. Is nix für mich. Hilde, die hat mir geholfn, nä?«

Arno sah Hilde an. Jetzt nickte Hilde, schloss die Augen.

»Ich bleib bei Hilde«, murmelte Arno kaum verständlich und schloss ebenfalls die Augen. Ein Bild rutschte durch Erwins Gehirn. Arno und Hilde … Ein flackerndes Bild, wie erzeugt von einem uralten Fernsehgerät mit Wackelkontakt. Eine geradezu erstaunliche Assoziation, an der sich flugs ein ganz anderer Gedanke vorbeimogelte:

»Heißt das … heißt das, du hass Wilfried …? Haste ihm …? Wolltste ihm Geld gebn, damit er Lothar unn Lissbett am Leben lässt?

»M – hmm!«

Arno nickte und wurde sogar ein bisschen rot. Jetzt guckte er zur Seite.

»Mönsch, Arno das … das is ja …!«

Erwin fehlten die Worte. Allerdings fragte er sich auch, ob in Bramschebeck so langsam alle kriminell wurden. Hatte Arno tatsächlich Wilfried Lappenbusch bestochen? Und Wilfried hatte … Moment: Hatte er? Hilde lächelte.

»Is vielleicht nich ganz sauber«, sagte sie, »aber Arno war nich zu halten. Du hängs ja so an deim Lothar …«

»Und an Lissbett«, fügte Erwin hinzu. Verflixt: Die Augen wurden schon wieder feucht. Arno wandte den Blick verschämt auf seine zerknautschte Mütze. Hilde wurde wieder ernst.

»Nu ja«, sagte sie, »Wilfried is natürlich vorsichtig. Kann nix versprechen, meint er. Probe unn so, das geht erstma klar. Kann die Tiere bei sich ja in Karantäne haltn. Aber wenn das Amt sich nochma meldet, also wenn die richtig krank sind, dann … Und zurückkriegn kannste deinn Lothar und die Lissbett erstma nich. Ganz un gar nich! Die vom Amt, die können gefährlich werdn. Wilfried isses bei der Sache nich ganz wohl. Soll bloß keiner vorbeikommn, um die Entn zu sehn. Gibt nur Verdacht, meint er. Verdacht und Scherereien! Und nix sagen. Du weißt von nix, hörste?!«

Erwin machte große Augen, nickte. Er wagte nicht zu fragen, wie viel Geld Arno Wilfried Lappenbusch dafür bezahlt hatte, die Anweisungen des Kreisveterinäramtes großzügig auszulegen. Und Arno ging nicht weiter ins Detail. War eben nicht so sein Ding. Erwins Dankbarkeit äußerte sich stammelnd: »Das is … Mensch, Arno. Dassde das für die Entn tuus?!«

»Och«, meinte Arno nur und winkte verlegen ab. Seine groben Bewegungen standen in Kontrast zu dem edlen Motiv, das ihn bewogen hatte. Arno war ein guter Mensch. Erwin fühlte sich wie auf einer Wolke aus Stallduft.

Als Hilde und Arno sich verabschiedeten, war die Frühstückszeit gekommen. Die Schwestern, die das Essen brachten, betrachteten die aufbrechenden Gäste missmutig und knallten Plastiktabletts mit Brot, Wurst, Käse, Butter, Konfitüre – alles in verblassten Farben – auf die grauen Nachttische zwischen den Betten. Die Erwin zugeteilte Dame schnarrte ein »Besuch um diese Zeit, Herr Düsendecker, das geht aber nich!« – und verschwand mit Getöse. Die Scheintoten begannen sich zu rühren. Erwin war mit seinen Gedanken schon ganz woanders. Lothar und Lisbeth: Wo konnte er sie finden? Er musste sie befreien. Er musste … Aber sie waren offiziell festgenommen worden. Nein, festgenommen sagte man in diesem Fall wohl nicht.

»Wir gehn denn mal, Äwinn«, raunte Hilde und hielt dem Kranken die Hand hin. »Sieh mal zu, dass de bald wieder rauskomms hier, unn …«

Ihr Blick huschte zu Arno. Ihr Kopf ruckte auffordernd. Sie guckte streng.

»Nu los, Arno«, flüsterte sie, »bevor die Schrapnelln zurück sind!«

»Schrappnelln?«

»Na, die Krankenschwestern!«

»Au, jau!«

Arno sprang vom Stuhl, schob die Linke ungelenk in die rechte Mantelinnentasche und zog eine patente, frische Mettwurst hervor. Dann noch eine Plastiktüte mit weiteren Kulinarien aus Hildes eigener Schlachtung: einen Pott Stippgrütze, eine Blutwurst, eine schöne, rosig-graue Ring-Leberwurst im Schweinedarm. Wo holte Arno das bloß her?

»Verhungers ja sonns, nä? Komm, tu ma wech!«

Verdattert nahm Erwin die Speisen entgegen. Hilde öffnete die Tür des Beistellnachttischs. »Hier, musste versteckn. Die erlaubn doch nur Sachen, von denene krank wirss. Da kriegn die Geld für. Los! Tuste alles inne Tüte!«

Inne Tüte. Auch das noch. Aber Erwin gehorchte. Klack, war die Schranktür wieder zu. Dann war der Besuch gegangen. Und Erwin dachte über alles nach – nur nicht über das Essen.

Auf der Suche nach den verlorenen Enten

Am Tag nach Arnos und Hildes unerwartetem Besuch bemühte sich Erwin, entlassen zu werden. Da er offiziell noch immer an einer sehr ansteckenden Krankheit litt, war das nicht so einfach. In Linas Gegenwart brummelte er, dass er notalls einfach ausbüxen wolle. Lina redete mit Engelszungen auf ihn ein, warnte ihn. Schließlich verstand er. Linas Andeutungen waren demütigend. Sollte er sich allzu dickköpfig zeigen, dann ... nun ja: Man hatte ihn unter Beobachtung. Ein Amtspsychiater oder so könnte auf die Idee kommen, dass seine Renitenz auf eine psychische Störung hindeute, die ihn zur Gefahr für die Allgemeinheit machte. Und in diesem Fall ... Erwin hatte ja vor Jahren einige Zeit in der Landesklinik von Pökenhagen verbracht.

Zum Glück hatte der Stationsarzt dann doch noch ein Einsehen und ließ ihn gehen. Ansteckungsgefahr bestand ja längst nicht mehr. Zuvor allerdings kreuzte im Dettbarner Kreiskrankenhaus noch Kommissar Bökenbrink auf. Der Besuch dauerte nicht sehr lange. Aber das Gespräch war unangenehm, obwohl Lina zugegen war und der Kommissar ihretwegen meist sachlich blieb.

In den Tagen, die Erwin in Fiebervisionen verbracht hatte, hatte sich die Presse ausführlich mit ihm beschäftigt und einen ziemlichen Popanz aufgebaut. Der Tod des Reporters Jens Buschfranz wurde von allen möglichen und unmöglichen Seiten hinterfragt, nur nicht aus einer Perspektive, die dessen Eindringen in Erwins Haus kritisch betrachtete. Mutmaßungen, die schon länger schwelten und in den Blättern des Kreises bereits angeklungen waren, traten grell hervor: Erwin wurde verdächtigt, den *investigativen Journalisten*, wie es hieß, umgebracht zu haben. Buschfranz sei Erwin Düsedieker wohl auf die Spur gekommen. Das habe er mit seinem Leben bezahlt. Jemand hatte eine alte Akte aus der Landesklinik besorgt und zitierte munter daraus – unter Umgehung sämtlicher Persönlichkeitsrechte. Man konnte sich durchaus fragen, mit welchen Mitteln die Presse an diese Daten gekommen war. Stattdessen spekulierte man: Die Tatsache, dass Erwin zweimal in die Klinik eingeliefert worden war – das erste Mal verdankte er seinen Eltern und deren Meinung über seinen Geisteszustand, das zweite Mal seinen Verletzungen nach der Explosion unter Tage, als er das Nazi-Waffenlager gesprengt hatte –, wurde zum Anlass genommen, Erwin Gemeingefährlichkeit zu unterstellen. Vielleicht leide er gar unter dieser oder jener Form einer schizophrenen oder schizoiden Störung. Ein gestörter Geist sei zu vielem fähig, schrieb man. Sicherheitsverwahrung wäre doch vielleicht angebracht gewesen. Wegsperren, wenn die Gesellschaft, wenn unschuldige Bürger bedroht wurden. Auch wenn das hart klänge, man müsste die Dinge doch beim Namen nennen dürfen. Die Stimmung in den Zeitungen war von verdächtigend in offen feindselig umgeschlagen. *WO VERSTECKT DIESER MANN SEINE BEUTE?*, lauteten mehrzentimeterfette Schlagzeilen, positioniert über unvorteilhaften Fotos von Erwin.

Woher hatten sie die?

Die Kampagne wirkte. Bökenbrink sah sich auf Druck von oben gezwungen zu reagieren. Er verkündete Erwin, man habe auf höchstrichterliche Anordnung hin das Haus nochmals durchsucht. Erwin folgte den Erklärungen schweigend – und bangend. Bökenbrink, der Misstrauische, schien aber auch der Presse nicht allzu viel Glauben zu schenken. Vielleicht sorgten die Hetzartikel sogar dafür, dass er ein Stück weit mit Erwin sympathisierte. Jedenfalls sah er noch immer keinen Grund, ihn festzunehmen. Obwohl da durchaus etwas war, das ihn nachdenklich stimmte: Er hatte auf dem Küchentisch der alten Wache das Gedicht gefunden, den anonymen Brief mit den rätselhaften Versen.

Als Lina kurz das Zimmer verließ, weil sie die Abmeldeformalien erledigen wollte, kam er darauf zu sprechen – als wollte er Lina bei dem Thema nicht dabeihaben. Bökenbrink legte Erwin das Schreiben vor und fragte, was es damit auf sich habe. Erwin zuckte mit den Schultern. Bökenbrink runzelte die Stirn, hakte nach, ob Erwin das nicht selbst geschrieben habe und im Begriff gewesen sei, es abzusenden. Stand da nicht deutlich – der Kommissar las vor: *Die Beute bleibt bei mir mein Herr! / Und lässt du dich darauf nicht ein, / dann setze ich den Schnabel ein, / dann beißt das Tier dir in das Bein, / recht tief bis in das Blut hinein: / der bitterböse Enterich …*

»Das könnte doch eine Tatbeschreibung sein, nicht wahr?«

Erwin verstand nicht. Man habe die Schreibmaschine von Erwins Schreibtisch konfisziert, fügte der Kommissar hinzu, und man werde überprüfen, ob der Brief auf dieser Maschine getippt worden sei. Erwin reagierte darauf mit gewisser Erleichterung. Auf dieser Maschine war der Brief ganz sicher nicht … Und dann verschwand die Erleichterung augenblicklich. Verdammt! Wusste er es denn nicht mehr? Er hatte das Ding doch repariert! Und war nicht kurz darauf jemand im Haus gewesen? Hatte dieser Jemand nicht vielleicht die wieder funktionsfähige alte Dienstschreibmaschine von Friedhelm Düsedieker benutzt, um das Entengedicht darauf zu tippen? Womöglich hatte er auch den blassroten Umschlag in die Maschine gespannt. Die unleserliche, ausradierte Adresse: Das sah doch so aus, als habe Erwin, der Trottel, nach Betippen des Umschlags gemerkt, wie dumm es wäre, wenn er einen Erpresserbrief unter seinem Namen abschickte. Und dann hatte er stümperhaft versucht, den Fehler rückgängig zu machen. So was traute man ihm doch zu!

Nie und nimmer konnte Erwin beweisen, dass es so *nicht* gewesen war.

Vom Briefumschlag erwähnte Bökenbrink nichts. Der lag aber auch woanders, noch immer auf dem Schreibtisch in der zweiten Etage. Vorausgesetzt, die Polizei hatte ihn nicht doch an sich genommen, oder es war während Erwins Abwesenheit noch einmal jemand ins Haus eingedrungen.

Der Kommissar registrierte Erwins Nervosität. Sein Blick wurde lauernder. Doch dann verabschiedete er sich und ging, einfach so. Und eine knappe halbe Stunde später verließ auch Erwin, begleitet von Lina, das Krankenhaus.

Lina spendierte Erwin eine Taxifahrt von Dettbarn zurück zum Grenzweg. Während der Fahrt sprach er kaum ein Wort. Er dachte nach. Er wollte mit Wilfried Lappenbusch Kontakt aufnehmen – und scheute es zugleich. Was hatte

Hilde gesagt? Niemand sollte auf den Gedanken kommen, die Enten zu besuchen. Wilfried hatte das Gesetz gebrochen. Wenn das Amt ihm auf die Schliche kam, hatte das ernste Konsequenzen.

Lina, die ahnte, was Erwin bewegte, machte einen Vorschlag. Sie würde am nächsten Morgen, bevor sie den Laden öffnete, bei Hilde vorbeischauen. Vielleicht konnte Hilde Wilfried unter einem Vorwand noch einmal anrufen. Vielleicht würde sie dabei Neues erfahren. Die Aktion im Laden lag ja nun einige Tage zurück. Vielleicht hatte Wilfried schon das Untersuchungsergebnis des Kreisveterinäramtes vorliegen?

Als Lina vom Amt sprach, wurde es Erwin ganz flau. Er selbst hatte sich bei Lothar und Lisbeth angesteckt. Was konnte das Amt anderes herausfinden, als dass die Enten getötet werden mussten? Sie waren Virenträger!

Aber dass Lina Hilde um Hilfe bitten wollte, gab ihm ein gutes Gefühl.

Lina war eine Seele. So wie damals Anni.

Das Taxi erreichte den Grenzweg, und Lina half Erwin ins Haus. Er war immer noch klapprig auf den Beinen.

»Leg dich mal hin«, sagte sie und stellte die Tasche mit seinen wenigen Sachen in die Küche. Es war früher Abend. Lina musste heim. Sie hatte ihre Katze seit Tagen nicht richtig versorgt. Am nächsten Abend wollte sie wieder vorbeischauen. Mit ein paar Einkäufen aus dem Laden. Brot, Butter, Wurst, Käse – das Notwendige. »Morgen Abend, nach Ladenschluss«, sagte sie, als sie ging – und es klang irgendwie verschwörerisch und gut.

Erwin fühlte sich schwach. Doch in der Schwäche blühte

eine seltsame Kraft. Ein verwirrendes Gefühlsgemisch war das. Es ließ ihn ein Arrangement eingehen mit dem Schicksal, das sein Haus besetzt hielt, seine Pantoffeln trug, in seiner Badewanne lag, seine Bücher las. Das Schicksal, das ihn beobachtete und erpresste. Erwin ließ es an diesem Abend gewähren. Ohne nachzusehen, ob sich im Haus etwas verändert hatte, legte er sich ins Bett und schlief ein.

Am nächsten Morgen erwachte er wie aus dem Koma. Mühsam kam er hoch, quälte sich in seine Kleider, versuchte ein Frühstück mit hartem, gebuttertem Brot, in Kaffee gestippt, das ihn weder belebte noch stärkte. Diese Grippe war auch abklingend noch tückisch. Sein Kopf fühlte sich wattig an, dumpf und schwer. Ohne nachzudenken, taperte er in den Garten, öffnete das Gartenhaus und erschrak, weil er vollkommen verdrängt hatte, dass die Enten bei Wilfried Lappenbusch in Quarantäne steckten.

Die Enten.

Über eine Woche waren Lothar und Lisbeth nun schon verschwunden.

Ob Lina was erreicht hatte bei Hilde?

Wann wollte sie bei ihm sein?

Am Abend. Nach Ladenschluss.

Jetzt wurde Erwin unruhig. Das Blut pulste. Er holte alles das nach, was er am Abend zuvor leichtfertig unterlassen hatte. Die Gefriertruhe: Er stieg hinab in den Keller, betrachtete den summenden Kasten, hob den Deckel. Ein Schwall eiskalten Nebels stob ihm entgegen. Niemand hatte die Truhe durchsucht. Sie hatte sich als Versteck bewährt. Die unförmigen Eisklumpen in Plastiktüten glichen einander, überfroren. Das ewige Eis hatte die Leichen an sich genommen. Die Leichen und die Tüte mit Naziausweisen, Geld, Wasser, Spülmittel. Nichts unterschied sie noch von gefrorenen Truthähnen und steinalter Sonntagssuppe. Erwin schloss den Truhendeckel und verließ den Keller.

Im Elternschlafzimmer lag noch immer der Umschlag, der den gereimten Brief enthalten hatte. Der Umschlag, innen mit einer durchsichtigen Plastikhülle ausgekleidet. Die Polizei schien den Brief mit dem Entengedicht und diesen Umschlag tatsächlich nicht miteinander in Verbindung gebracht zu haben. Den Brief, den er mit nach unten in die Küche genommen hatte, und das seltsame blassrote Kuvert ... Erwin erinnerte sich an die klare Flüssigkeit, die ausgetreten war, als er den Umschlag geöffnet hatte.

Die Flüssigkeit, die so merkwürdig bitter-süßlich gerochen hatte.

Was war das gewesen? Jetzt war alles getrocknet. Ohne Rest, ohne Rand. Nichts erinnerte an den Vorfall. Nur Erwins Nase erinnerte sich. Und die Nase löste Gedanken an die Verse aus. *Der Enterich, der Enterich* ... Plötzlich dachte Erwin – er wusste nicht, weshalb – an Wilfried Lappenbusch. Und an Arno. Eine Kette von Assoziationen bildete sich. Sie kristallisierten aus, entstanden wie aus dem Nichts. Es waren Bilder, aneinandergereiht. Bilder, aneinandergefroren, mit einer weißen Schicht überzogen, wie in einer Kühltruhe. Bilder, abgedeckt, verborgen unter einer Kruste aus Eis. Nur ihre äußere Form und wenige Details waren erkennbar. Gab es so was bei Bildern? Wilfried Lappenbusch ... Arno ... Arno im Krankenhaus. Was hatte er gesagt? *Dann setze ich den Schnabel ein* ... Nein, Neinnein! ... *Dann beißt das Tier dir in das Bein* ... Das waren nicht die Worte, die ... *Recht tief bis in das Blut hinein* ... Was ging hier vor? ... *WARNUNG!!!* Das waren nicht Arnos Worte. Arnos Worte waren konserviert, lagen eingefroren in Erwins Kopf. In dieser Gefriertruhe, die alles aufbewahrte, was einmal dort hineingelegt worden war. Aber Erwin kam nicht heran. Er erreichte die Worte nicht. Die Worte, die Bilder, diese überfrorenen Bilder. Er konnte ... er wollte ... er durfte sie nicht berühren. Weil er sie dann zerstörte? Weil er sie unbrauchbar machte? Weil es zu sehr schmerzte?

Was war denn nur los mit ihm?

Er schwitzte. Wieso schwitzte er? Es war doch alles vereist in ihm? Schweiß stand ihm auf der Stirn, perlte unter seinen Sachen über die Brust, rann den Rücken hinab. Kehrte dieses Fieber zurück? Nein, das konnte nicht sein. Er musste sich bewegen. Erwin verließ das Schlafzimmer, wandelte unruhig durch das Haus. Sein Herz stolperte. Er musste Panikanfälle unterdrücken. Dann betrat er die Bibliothek, ließ Wasser in die Wanne. Er zog sich aus, setzte sich in die Wanne. Das Wasser war nur lauwarm. Das Schaumbad allerdings verfehlte seine Wirkung. Erwins Unruhe ließ nicht nach. Nach nur wenigen Minuten verließ er die Wanne wieder, trocknete sich ab, schlüpfte zurück in seine Sachen. Er sah hinaus in den Garten, von wo aus die Enten ihm oft beim Baden zugesehen hatten ...

Erwin hielt es nicht mehr aus in der Enge des Hauses. Er hastete in den Flur, zog sich Stiefel und Parka an, ungeachtet der Tatsache, dass es jetzt, im späten August, mittags, viel zu warm war für den Parka. Und er nahm die Polizeimütze. Weshalb, wusste er selbst nicht. Es war ein Zwang, eine innere Stimme, die ihm befahl, die verfluchte Mütze aufzusetzen. Er verließ das Haus, stolperte auf die Zufahrt. Sein Mund öffnete sich. Er wollte rufen. Er verstummte. In seinen Gedanken rief er nach Lothar und Lisbeth. Er bewegte sich wie ein Betrunkener, wankte vom Grundstück über die Straße auf den Grasstreifen vor den Feldern. Dann besann er sich, wechselte die Richtung und schlug einen Weg ein, der ihn westwärts, Richtung Bramsche führte. Erwin marschierte auf die Bundesstraße zu, vor der ein Wäldchen lag. Sein Ziel aber befand sich einen knappen Kilometer unterhalb dieses Wäldchens: die Gebäude des Hofes von Wilfried Lappenbusch. Ein Ziel, dem er beständig auswich. Er umkreiste es.

Erwin stapfte in das Wäldchen hinein, blieb am Waldrand, nah der Bramsche, deren verschlungener Lauf sich so unauffällig wie ein stehendes Gewässer Richtung Pogge mogelte. Hier am Waldrand tauchte sie ab unter die Bundesstraße, trat jenseits, oberhalb von Pogge, wieder zutage.

Lothar hatte immer gern in der Bramsche gebadet.

Die Hofanlagen von Wilfried Lappenbusch lagen da wie tot. Wilfrieds Transporter war nirgends zu sehen. Wilfrieds Wohnhaus verdeckte die alte Scheune, in der er seine Großtieruntersuchungen vornahm. Hinter dem Wohnhaus lag ein Teich. Der war viel größer als der Teich in Erwins Garten. Auch diesen Teich hatte Lothar gemocht. Er gehörte zwar zu Wilfrieds Grundstück, aber weder Zaun noch Hecke grenzten ihn von den Feldern ab. Er lag also leicht zugänglich da. Wilfried hatte ein Faible für Tiere. Oft tummelte sich hier diverses Schwimmgeflügel, und Lothar mischte sich darunter, hatte Spaß. Kinder in einer Badeanstalt, hatte Erwin manchmal gedacht. Die Bilder kannte er aus einem Buch über die Welt der Städte. Versloh war kein Ort für Badeanstalten.

Jetzt war der Teich verlassen. Vielleicht hatte das mit der Quarantäne zu tun, die Wilfried hatte verhängen müssen? Waren seine Tiere in der Scheune untergebracht? Die war ja ziemlich groß. Leider konnte Erwin von seinem Standort am Waldrand aus nichts von der Scheune sehen. Also zog er sich zurück ins Gehölz, verließ das Wäldchen und marschierte entlang der Bramsche, folgte dem Bach entgegen dessen Lauf.

Die Erde war hier feuchter als auf den Äckern. Erwins Stiefel sanken immer mal wieder bis weit über die Knöchel ein, hinterließen kräftige Spuren. Die Geräusche des Bodens glichen einer Sprache seltsamer Verdauung. Unheilvoll. Bedrohlich. Der Boden war ein gigantischer Verdauungsapparat. Wer hier lebte, konnte jederzeit gefressen werden, hinuntergesaugt in die Tiefe …

Unweit der alten Wache bog Erwin ab Richtung Nottholz, hielt ungefähr gleichen Abstand zu den Hofanlagen von Wilfried Lappenbusch und denen des alten Jasperneite. Auch bei Jasperneite herrschte Ruhe. Niemand ließ sich blicken. Überall wirkte der Geist der Quarantäne.

Und überall war Beobachtung.

Erwin überquerte die Straße und strebte auf ein weiteres Waldstück zu. Er hatte das Gefühl, ein Tier mit vielen natürlichen Feinden zu sein. Er suchte Verstecke. Ohne Verstecke sah alle Welt, dass er ein Opfer war. Erwin guckte immer wieder nach unten, auf Ackerschlamm und Gras, wo er Spuren anderer Tiere entdeckte. Waren es Opfertiere? Raubtiere? Weshalb konnte er diese Spuren nicht lesen? Was sagten sie ihm? Erst jetzt fiel ihm auf, dass auch der Boden ein Buch war mit Texten und Bildern. Weshalb hatte er das nicht früher bemerkt? Ja, alles war Buch. Auch er selbst. Die Welt war eine Kugel aus Beobachtung. Er befand sich im Mittelpunkt, im Brennpunkt. Er war ein Tier, und er hatte Feinde. Er musste den Boden beobachten, lesen: den Boden, den Himmel, die Weite, die Höfe ...

Als er den Waldrand unterhalb des Nottholzes erreicht hatte, richtete er den Blick wieder auf Wilfrieds Hof. Diesmal sah er die Scheune, die Silos. Wieder lag ein knapper Kilometer zwischen ihm und dem Hof, vielleicht war der Abstand sogar größer. Und auch aus dieser Perspektive war niemand zu sehen, weder Tier noch Mensch. Erwin fragte sich, woher diese bohrende Angst kam – diese Angst, zu den Gebäuden hinüberzugehen und dort, falls er jemandem begegnete, unbefangen ein Gespräch zu beginnen. Wilfried, der alleinstehend war, beschäftigte in seiner Praxis drei oder vier Helfer. Erwin kannte sie vom Sehen, und sie kannten ihn. Doch allein der Gedanke an eine Begegnung genügte jetzt, ihm einen Ring um die Brust zu legen. Nein, er musste auf Distanz bleiben.

Befanden sich Lothar und Lisbeth in dieser Scheune? In einem Verschlag, enger noch als der Stall, in dem sie schon so lange hatten ausharren müssen?

Fast eine Stunde lang blieb Erwin dort zwischen den Bäumen stehen, getarnt von der eigenen Bewegungslosigkeit, beobachtete den Hof. Irgendwann fuhr Wilfrieds Transporter vor. Jemand stieg aus, verschwand im Haus. Das war alles. Der Nachmittag verging, warm und windstill. In der Weite der Landschaft schien ein Programm aktiviert worden zu sein: ein Programm, das jegliche Bewegung unterdrückte. Erwin hatte von Programmen keine Ahnung, aber er spürte diesen Modus. Einzig die Schatten der Gebäude wanderten. Da ihm die Sonne lange Zeit im Rücken stand, wurde auch diese Veränderung erst am späten Nachmittag deutlicher, als sich die Schatten der Silos in der Ferne langsam Richtung Hofzufahrt drehten – wie riesige schwarze Uhrzeiger.

Erwins Phantasie machte Sensen daraus. Schwarze Sensen. Ein Bild wie aus dem Mittelalter. Worte schälten sich aus Wolken. Aus dunklen Wolken. Triumph der Stille. Nein, dachte er, das hieß anders: *Triumph des Todes*. Pieter Bruegel. Das Gemälde hatte er oft betrachtet. Als Abdruck in einem Buch. Eine furchtbare Landschaft. Die Wolken verzogen sich und zeigten Tote. Eine Sommerlandschaft. Eine ausgebrannte braune Sommerlandschaft. Skelette, die Tote einsammelten. Eine Bauernlandschaft voller Tod. Der Tod, das waren Wesen grausiger Lebendigkeit. Flammenbüsche. Rauchschwadenbäume. Erwin schloss die Augen, die Bilder in seinem Kopf liefen Amok. Er begann zu weinen. Es dauerte lange, bis er sich wieder beruhigte.

Gegen 17 Uhr machte er sich auf den Rückweg, stapfte geradewegs nach Haus. Er hoffte, dass Lina bald kommen würde. Und er fürchtete sich davor. Was hatte sie herausgefunden?

Als Lina dann erschien, gegen 20 Uhr, brach Erwins Welt endgültig zusammen. Er hatte vor der Tür gesessen, hatte gewartet. Kreidebleich war sie, taumelte gehetzt von ihrem Fahrrad. Erwin stürzte ihr entgegen. Sie starrte ihn einige Sekunden lang nur an, als würde sie nicht wissen, wie man mit ihm, mit einem fremden Wesen, Kontakt aufnahm. Dann aber handelte sie impulsiv, nahm ihn in den Arm. Erwin erschrak. Und als sie sprach, gefror er. Sein Kopf wurde zu einem Eisblock. Einem schmerzenden Eisblock. Hilde, so sagte Lina, habe mit Wilfried gesprochen. Sie habe ihn erst am Nachmittag erreicht. Da sei er in heller Aufregung gewesen. Bei ihm sei eingebrochen worden. Jemand habe die Enten gestohlen, entführt, was auch immer. Er könne sich das nicht erklären. Nur die zwei Enten. Ein Einbruch ohne jede Spuren, ohne jedes Motiv. Der Stall sei geöffnet worden. Die Enten seien verschwunden. Keine Nachricht, nichts. Einfach verschwunden seien sie. Wilfried mache sich heftige Vorwürfe, dass er die Tiere nicht, wie amtlich vorgeschrieben, gleich getötet habe. Er habe Erwin einen Gefallen tun wollen, und das sei jetzt seine Strafe. Wenn ihn nun jemand beim Amt anschwärze? Wenn man ihm mit Erpressung käme?

Lina gab wieder, was Wilfried, Hilde zufolge, gesagt hatte. Als sie vom Töten der Enten sprach, von Wilfrieds Art zu lamentieren, senkte sie die Stimme. Ihr Blick verdüsterte sich.

Töten. Erpressung. Die Worte donnerten in der Ferne, über dem Eis in Erwins Kopf. Erpressung. Der Brief. Die Augen. Die Beobachter. Sie waren wieder da. Unsichtbar, aber sie waren da. Plötzlich bekam Erwin keine Luft mehr und sackte nieder. Lina versuchte noch, ihn zu halten, doch er war viel zu schwer. »Geht schonn! Geht schon!«, stammelte er. Lina wollte einen Arzt rufen. Das wäre womöglich Wilfried Lappenbusch gewesen, denn der nächste praktizierende Arzt saß in Fechtelfeld. Aber Erwin wiegelte ab, keuchend. Er wehrte sich so deutlich gegen ärztliche Hilfe, dass Lina davon abließ, ihn weiter zu bedrängen.

Lina blieb bei ihm, wachte in der Nacht, als er – unruhig –

schlief. Sie saß, in Decken gehüllt, in der Bibliothek, dachte nach, schlief immer mal wieder ein, wachte auf, horchte in Erwins Schlafzimmer, ging zurück in die Bibliothek, dachte weiter nach. Der Mond goss Eislicht in die Dunkelheit. Im Garten blühte ein zartes, kaltes Weiß. Einmal erschrak sie, weil ein Tier, eine Katze vielleicht, ein Geräusch verursachte, ein dumpfes Knacken. Dann war wieder Ruhe. So vergingen die Stunden.

Am nächsten Morgen frühstückten sie zusammen. Erwin war sehr schweigsam, hatte sich scheinbar wieder gefangen. Dass Lina bei ihm übernachtet hatte, war etwas, worüber er, unter anderen Bedingungen, hätte nachdenken müssen. Jetzt aber war in seinem Denken nur ein Nachhall von Schmerz.

Als Lina ging, um im Dorf den Laden aufzuschließen, versprach sie, abends wieder vorbeizuschauen. Erwin nickte. Ein winziges Gefühl von Freude pulste auf. Doch es war schwächer als alle Ängste. Und als Lina gegangen war, wusste er sehr genau, was er in den nächsten Minuten erleben würde. Jetzt funktionierte seine Phantasie wieder. Schon beim Aufwachen hatte sie ihm verraten, was geschehen war. Das Wissen verwandelte Furcht in Gewissheit. Es schnürte ihm die Kehle zu. Es verriegelte alle Fluchtwege. *Erpressung,* flüsterte es. *Es ist so weit. Geh nachsehen. Los, mach schon, Äwinn.* Seine eigene Stimme war es. Das Flüstern wurde zum Zischeln. Seine Stimme behandelte ihn wie einen Fremden.

Erwin erhob sich mit pochendem Herzen, ging zur Haustür. Dort war nichts. Dann stieg er hinab in den Keller. Im Dunkel des Vorratskellers bemerkte er es sogleich. Es war unter der Tür hindurchgeschoben worden. Wieder war der

Erpresser durch den Garten gekommen. Vermutlich mitten in der Nacht. Der Briefumschlag leuchtete auf perverse Art so weiß wie sonst die Enten. Nein, wie kaltes Mondlicht. Erwin nahm ihn auf, fühlte das Gewicht, das schwerer war, als Papier je sein konnte, eine gefühlte Schwere. Er ging mit dem Fund hinauf in die Küche, legte ihn auf den Tisch. Einige Minuten verstrichen, dann erst öffnete Erwin den Brief. Erpressung. Ja. Warnung. Ja. Drohung. O ja!

Den Enterich, den Enterich
und auch die Ente habe ich!
Gefangene im fernen Haus,
geh Freitag nachts zum Moorbruch raus,
um 12, sonst sind die Tiere tot.
Und denk dran: Polizeiverbot!
Rücks raus für Ente, Enterich!
Der Fund im Wald war nicht für dich!
Die Beute ganz und gar gib mir,
sonst sterben Tier und zweites Tier!
Sei folgsam, mich betrügst du nicht.
Kein Tricksen, Schummeln, Spastiwicht!
Zum Moorbruch, zum Soldatenstein
bring all die Beutegelder, fein,
und leg sie in das Fenster rein.
Und kommst du nicht, versetzt du mich,
dann sterben Ente, Enterich ...

ZWEITE UND LETZTE WARNUNG!!!
PACK ALLES GELD IN EINE UNAUFFÄLLIGE,
GUT VERSCHLIESSBARE TASCHE.

NACH GELDÜBERGABE VERSCHWINDE SOFORT,
SONST ENTENBRATEN!!!

Die Drohung schockierte Erwin. Im Vergleich zu dem ersten Gedicht sprach dieses eine sehr viel deutlichere Sprache, und am Schluss wurde es einfach nur brutal. Erwin sollte zum Soldatenstein im Moorbruch kommen. Am Freitag, um Mitternacht. Heute war Donnerstag. Man erwartete ihn also am kommenden Tag. Ihm blieben noch knapp 40 Stunden. Was konnte er tun?

Man würde die Enten töten, wenn er versagte.

Erwin bemerkte, dass der Brief anders aussah als der vom Kommissar gefundene. Hatte der Erpresser den ersten Brief also tatsächlich auf Friedhelms alter Dienstschreibmaschine getippt? Nachdem die Maschine beschlagnahmt worden war, hatte der Unbekannte dann auf eine andere zurückgreifen müssen. Wenn das stimmte, würde bald wieder Polizei vor der Tür stehen – weil sich der Verdacht gegen Erwin erhärtete.

Man würde ihn festnehmen.

Erwin sah wieder auf das Gedicht:

Freitag. Um Mitternacht. Er hatte nicht viel Zeit.

Zum Soldatenstein, einem Denkmalstein, der an die Toten des Zweiten Weltkriegs erinnerte. Der Stein war in einem Waldstück ein paar Kilometer südlich der alten Wache aufgestellt worden. Ein Monolith aus Granit. Der Moorbruch begann etwa einen halben Kilometer hinter dem Hof von Hartwin Plöger, unterhalb des Golfplatzes.

Keine Polizei.

Die Beutestücke.

Der Erpresser glaubte tatsächlich, dass Erwin im Bramschewald Wertgegenstände gefunden und heimlich hatte mitgehen lassen. Er war, wie so viele im Dorf, auf die verdammten Zeitungsberichte hereingefallen.

Oder er verfolgte ganz andere Absichten.

Erwin hätte jedes Beutestück mit Freude herausgegeben, als Lösegeld für Lothar und Lisbeth. Aber was sollte er dem Unbekannten stattdessen anbieten?

Plötzlich kam ihm eine Idee. Eine absurde Idee:

10 000 gefrorene Euro und zwei alte Parteiausweise der NSDAP.

Der Gedanke, die Tüte aus der Gefriertruhe in den Moorbruch zu tragen, war ein Ansatz, dem er sich in den nächsten Stunden widmen würde. Wenn er die Enten retten wollte, musste er sorgfältig über den Eisklumpen aus Geld und schmutziger Geschichte nachdenken.

Mit anderen Augen betrachtet …

Den Moment, in dem Lothar und Lisbeth ihre frisch zurückgewonnene Freiheit wieder verloren, würden sie wohl nie vergessen. Zu schildern, was sie dabei empfanden, ist nicht leicht: Niemals ist ein Mensch in die Gedankenwelt von Enten eingedrungen. Menschen gelang es, den Mond zu betreten, den Mount Everest zu besteigen, in den Marianengraben hinabzutauchen. Sie vermochten es, winzigsten Atomen größte Zerstörungskraft abzuringen, aber sie versagen vor den wenigen, nicht zu unterschätzenden Zentimetern Hirndurchmesser von *Anas platyrhynchos domesticus* – der Indischen Laufente.

So bleiben wilde Spekulationen, was Lothar und Lisbeth fühlten oder gar dachten, als sie sich nach erfrischendem Jogging über die sommerlichen Felder, nach all den guten Gerüchen auf Hildes Hof und nach der von Zorn geleiteten Lektüre eines Stapels alter Zeitungen plötzlich wie von Außerirdischen überrumpelt sahen. Ausgerechnet bei jener Frau, die Lothar immer als Freundin empfunden hatte. Lothar hatte Lisbeth den Laden von Anni Twassbrake gerade erst schmackhaft gemacht. Für Lothar war es immer noch irgendwie Annis Laden, denn Annis Tod hatte ihn nie so erreicht wie Erwin: Als Ente machte er keinen Unterschied zwischen Engeln und Menschen.

Engeln und guten Menschen.

Lothar wusste von Mehlwürmern, Bachflohkrebsen und ähnlichen Kleintieren in der heimeligen Halbdunkelheit des Verkaufsraums. Das Reich der Zwischenregale war für ihn eine Welt voller Köstlichkeiten. Hatte Anni nicht erst wenige Wochen zuvor einen Umschlag mit feuchten Leckereien hinter Milchpackungen versteckt? Lothars Gedächtnis funktionierte tadellos. Lothar, der Anni nicht mit Namen kannte, hatte ihren immerweißen Kittel sehr gemocht. Und so sah er auch Annis Nachfolgerin Lina. Sie war gutmütig.

Lothar war also freudig in die Gerüchewolke des Ladens hineingeeilt, und er und Lisbeth hatten dort, wo Anni den Stapel alter Zeitungen lagerte, besonders intensive Düfte wahrgenommen. Tatsächlich hatten sich in einen Spalt unter der Verkaufstheke zwei, drei Bachflohkrebse verirrt. Leider waren sie alt und dermaßen ungenießbar, dass die Enten sauer wurden. Die Schuld am Zustand der Leckereien schoben sie den Zeitungen zu, die sie folglich attackierten.

Die beiden konnten sehr direkt sein.

Und dann tummelten sich im Laden plötzlich Wesen, die Anzüge trugen, in denen die Enten eine perfide Form von Tarnung erkennen mussten: weiße Schutzanzüge. Lautes Rufen, wildes Händefuchteln, Erwins Zusammenbruch – das waren weitere deutliche Signale, dass etwas nicht stimmte. Die Enten wollten flüchten. Dummerweise zeigte der Laden in diesem Moment seinen größten Nachteil. Er war ein geschlossenes Gefängnis – wie in den Tagen zuvor das Entenhaus im Garten.

Lothar und Lisbeth wehrten sich. Insbesondere Lisbeth war nicht der Typ, in Schockstarre zu verfallen, wenn um sie herum die Gefahren ausrasteten. Im Gegenteil: Lisbeth rastete selbst aus, und Lothar nahm sich ein Beispiel an seiner Freundin. So schwollen Geschrei und Gefuchtel noch an. Leider war die Gegenwehr der Enten vergeblich. Zu groß war die Übermacht des Bösen, zu dick die Haut der Schutzanzüge. Die Schnäbel drangen nicht durch. Und ehe sie sich's versahen, hockten die Tiere, mit leichten Blessuren, in einer Umgebung aus Blech. Beide hatten sich nie zuvor in ihrem Leben in einem Kraftfahrzeug befunden. Was Lothar betraf, trug Erwin mit seiner ottomotorischen Abstinenz die Hauptschuld daran. Lisbeth hatte vor ihrem Leben bei Lothar und Erwin nur den Hof von Enno Gösemeier kennengelernt. Enno hatte es nie für nötig gehalten, seinen Tieren irgendwelche Formen von Ablenkungen zu bieten. Schon gar keinen Ausflug mit dem Auto.

Niemand mag sich also wundern, dass Lisbeth und Lothar in den folgenden Minuten kapitulierten. Das blanke Blech im Laderaum von Wilfrieds Transporter – eine Hygienemaßnahme im Rahmen von Seuchenschutz – begann zu vibrieren und zu brummen. Der geschlossene Transporter-Käfig setzte sich in Bewegung, schaukelte wie eine Nussschale auf stürmischer See. Der Blechboden erwies sich als tückisch und rutschig. Wilfried Lappenbusch war äußerst geschickt darin, seinen Untersuchungsarm in den Hintern einer Kuh einzuführen. Am Lenkrad und am Schaltknüppel, bei Schlaglöchern und Kurvenfahrten hingegen versagte er total. Lothar und Lisbeth schleuderten in ihrer Fahrzelle hin und her.

In traumatisiertem Zustand erreichten sie schließlich einen unbekannten Ort. Die Fahrt mochte fünfzehn oder fünfhundert Minuten gedauert haben, jegliches Zeitgefühl war ihnen abhandengekommen. Wo immer sie sich befanden: Sie hatten ihre Welt und die Gesetze ihrer Welt verlassen. Der Wagen hielt an. Das Vibrieren und Schaukeln stoppte. Die Tiere rührten sich kaum. Das Vertrauen in ihre eigenen Kräfte war dahin. So gelang es zwei Männern in Schutzanzügen ohne große Anstrengung, sie aus dem Transporter zu holen und in einen Verschlag zu stecken.

Ja, es war ein Verschlag. Ein sehr enger Verschlag: ein Kubus aus dickem Holz, kaum einen Kubikmeter groß, unzureichend belüftet, abgelegen, in der Fremde. Das verriet ihnen ihr Instinkt.

So war ihre Lage, und in den kommenden drei oder vier oder fünf Tagen änderte sich daran wenig. Um sie herum herrschten Ruhe und Dunkelheit. Dann und wann bemerkten sie eine schnelle, kunststoffumkleidete Hand, die ihnen Futter gab und Wasser. In langen Abständen bewegte sich der Boden des Verschlags. Der Kot wurde mittels eines Schiebers entfernt. Lothar und Lisbeth, diese so reinlichen Tiere, erlebten unwürdige Haftbedingungen. Der Verschlag war ein Gefangenenlager – ähnlich denen, die brutale Menschen für Menschen entwerfen. Die Zeit dehnte sich. Tage und Nächte wurden ununterscheidbar. Die zerbrechlichen Seelen der Tiere litten entsetzlich – bis einer der fremden Hände an einem Tag X ein Fehler unterlief.

Der Boden des Verschlags blieb nach der Reinigung ein Stück weit offen.

Die Luft der Umgebung sickerte in den Mief des Innenraums.

Lothar schüttelte sich, dann machte er sich gerade. Lisbeth bemerkte das, machte sich ebenfalls gerade. Die Köpfe der

Enten wirkten wie die ausgefahrenen Seerohre von an die Meeresoberfläche getauchten U-Booten. Draußen herrschte Krieg. Irgendwo kreuzten feindliche Schiffe. Aber die Periskopköpfe der Enten suchten nach Freiheit.

Freiheit.

Freiheit.

Die Düfte der Nacht, das nahe Grün. Alles dies sickerte irgendwie in den Verschlag. Auch Tiergerüche. Diese besagten: keine Hunde, nur wenig Großvieh, vor allem Geflügel. Irgendwo in der Nähe tummelten sich Artgenossen. Lothar und Lisbeth waren Einzelgänger in einer komplexen, sehr innigen Beziehung, doch beim Gedanken an Artgenossen – nennen wir die Bewegungen in den Gehirnen der Enten Gedanken – frohlockten sie. Lisbeth tat den ersten Schritt, steckte den Kopf hinab in das Loch. Dann raste ein plötzlicher Energieschub in ihren kompakten kleinen Körper. Keine zwei Sekunden später war das Loch groß genug, dass sie sich hindurchzwängen konnte. Lothar beobachtete sie interessiert und folgte.

Die Enten schlüpften durch das Bodenloch – und stellten fest, dass sie noch immer nicht frei waren. Sie befanden sich in einem großen Raum, der ihre hölzerne Haftkiste umschloss.

Stellten sie das fest? Nun ja, auch das ist reine Vermutung. Jedenfalls registrierten sie nach Verlassen des miefigen Verschlags in der Weite des sie nun umgebenden Raums, dass man sie in einer Art Isolationshaft gehalten hatte. Von Terrorismus wussten sie nur so viel, als dass er sich in aller Regel gegen sie richtete. Sie selbst zeigten keinerlei Veranlagung zu terroristischem Handeln. Dennoch hatte man sie separiert, tat so, als wären sie ein Sicherheitsrisiko. Man hatte sie von Artgenossen und freundlichen Menschen wie Erwin getrennt. Und nun war da die Nacht in einer Scheune. Ja, es handelte sich um eine Scheune. In der Dunkelheit blieb von dieser Scheune nur eine Ahnung von Weite. Sie war also ziemlich leer. Lothar bewegte den Kopf. Sehr langsam. Ebenso Lisbeth. Wieder glichen ihre Köpfe den aufgetauchten Enden von Seerohren. Wo kreuzten die feindlichen Schiffe? Die … was auch immer?

Die Tiere bestanden aus reiner Wahrnehmung. Ein Luftzug, ein Windsäuseln erreichte sie, umströmte unablässig die feinen Federn. Die Entenköpfe richteten sich aus, suchten nach dem Ursprung dieses Windes. Er brachte all die Gerüche, die ihnen durch das Bodenloch des Verschlags aufgefallen waren: freie Nacht, freies Grün, weitere Tiere, Geflügel. Die Scheune hatte eine Öffnung. Öffnungen bedeuteten angesichts der Größe der Enten fast immer Durchschlupf, Ausweg, Freiheit.

Freiheit.

Freiheit!

Sie setzten sich in Bewegung. Es war ein hopsendes, mutiges Davonschaukeln, ein in der Dunkelheit kaum auszumachendes Duett nach dem stummen Musiktitel *Bloß-weg-von-hier*. Und kaum zehn Sekunden später hatten sie das Scheunentor passiert. In Bodennähe war am linken Rand nah den Angeln ein Brett schräg abgebrochen. Es hinterließ im Tor eine Lücke wie in einem schadhaften Gebiss.

Solche Gebisse kannte man in der Gegend.

Lothar und Lisbeth befanden sich jetzt unter freiem Himmel. Der Mond leuchtete streng weiß, illuminierte ihr Gefieder. Leises Quakeln, Schnarren, Schnattern ging zwischen ihnen hin und her: Äußerungen von Zuneigung – oder Beschwörungsformeln, wie sie Kämpfer vor dem Kampf austauschen. Die Sprache der Enten birgt ebenso viele Geheimnisse wie die Sprache der Liebe.

Die Nacht war ruhig, aber die beiden Ausbüxer spürten Spannung und Hinterhalt. Allein die Tatsache, dass sie nicht wussten, wohin sie verschleppt worden waren, ließ sie wachsam sein.

Doch halt: Wissenschaftler hatten längst zugeben müssen, dass die Orientierung von Tauben zum Beispiel der von Menschen überlegen ist. Möglicherweise war es mit Laufenten ähnlich, und es gelang ihnen, ihren Standort allein mithilfe des inneren Kompasses zu bestimmen.

Jedenfalls dauerte es nicht lange, da zogen sie weiter. Zielstrebig nahmen sie einen Weg, der auf etwas Dunkles hinführte. Dort, im Licht des Mondes aus der Nacht geschnitten, erhob sich eine zweite Scheune. Nein, keine Scheune. Das Gebäude war zu lang für eine Scheune. Dort lag eine Halle, lang gestreckt wie ein …

Wie eine Fabrik?

Es war ein Gebäude mit flachem Satteldach. Ein Gebäude nicht aus Stein, sondern aus Blech und Holz. Kunstlos und zweckmäßig, das Dach bedeckt mit Wellblech und zahlreichen dicken, runden Schornsteinen. Was Lothar und Lisbeth aus der Ferne des Verschlags als Duft von Artgenossen empfunden hatten, mutierte, je näher die Enten diesem fabriklangen Gebäude kamen, zu infernalischem Gestank.

Weshalb nahmen sie nicht Reißaus?

Wussten sie, dass sie sich einem Mastbetrieb näherten?

Die Antwort wird im Dunkeln bleiben. Jedenfalls hatten Lothar und Lisbeth den Komplex bald erreicht und suchten tatsächlich nach einem Zugang. Erwin hätte den totalen Herzkasper bekommen, hätte er die Manöver seiner Lieben verfolgen können. Mit viel Glück war ihnen die Flucht gelungen, und nun suchten sie Schutz in einem Gebäude, das allein dem Zweck diente, Tiere wie sie zu quälen, zu foltern, zu töten?

Der Krieg des Menschen gegen das Tier.

In diesem Moment ertönte ganz in der Nähe ein kleines Gewitter scharfer Geräusche. Es ging nicht von den Enten aus. Die Enten allerdings hatten diese Geräusche sozusagen kommen hören. Ihr Ursprung war ein Mensch, der auf den Verschlag, in dem Lothar und Lisbeth gehalten worden waren, zusteuerte. Der Holzkasten lag nicht so weit entfernt von ihrem augenblicklichen Standort, als dass sie sich in Sicherheit hätten wiegen können. Ganz und gar nicht. Schon bleckte eine Taschenlampe … Der Strahl zuckte hin und her, konnte sehr leicht genau jenen Punkt erwischen, an dem Lothar und Lisbeth wie erstarrt verharrten, unweit des Gebäudes. Einige Augenblicke lang blieb das Licht fixiert auf den Verschlag. Dann fluchte der Mensch. Die Worte blieben den Enten zum Glück verschlossen. Doch der Ton verriet genug, und Lisbeth und Lothar handelten. Im Bruchteil einer Sekunde waren sie aus der Nacht entschwunden. Kurz darauf einsetzende Unruhe im Gebäude verriet, dass den Insassen des Gefangenenlagers etwas aufgefallen war. Etwas, das sie beunruhigte?

Der Schein der Taschenlampe huschte hin zu dem Ort, an dem sich die beiden Enten soeben noch befunden hatten.

Nichts erinnerte an sie. Aber da war der Lärm aus dem Gebäude, aus diesem Riesenstall. Der Mensch, der Flüche ausgestoßen hatte, fluchte erneut und näherte sich. Er zögerte, ließ die Taschenlampe suchen, fand zunächst nichts. Dann fiel der Strahl auf die Wand der Stallung, beleuchtete etwas, das in der ohnehin unschönen Architektur an den Eingriff eines modernen Künstlers erinnerte.

Aber nein, das war kein Künstler gewesen.

Was sah der Mann dort?

Ein weiteres Fluchen folgte.

In der Wand der Stallung klaffte ein Loch, eine Wunde in eingedrücktem Metall. Genauer: zwei Wunden, eine davon als Durchstoß. Der Fluchende ahnte, wie diese Wunde entstanden war. Ein Mitarbeiter der Geflügelmastfarm *Bioheil-Frischfleisch* war am Tag zuvor, noch betrunken von der Hochzeitsfeier eines Kollegen, mit dem Gabelstapler aus der Kurvenfahrt heraus gegen die profilierte Aluminiumwand gebollert. Es hatte gekracht wie bei einem Granateneinschlag. Die Stahlzinken der Gabel hatten ganze Arbeit geleistet. Der Mitarbeiter, durch sein ungeschicktes Manövrieren schlagartig ernüchtert, hatte dem Chef kleinlaut gestanden, was geschehen war. Und er hatte sich um die Ausbesserung des Schadens kümmern wollen. Dieser – so der Staplerfahrer – sei aber nicht so schlimm. Da müsse er bloß was ausbeulen. Von einem Riss, einer durchstoßenen Stelle, war nicht die Rede gewesen. Er hatte das Loch dann mit herumstehendem Krempel verdeckt. Doch der Krempel war aus unerfindlichen Gründen beiseitegerutscht.

»Verdammt!«, fluchte jetzt der Mann mit der Taschenlampe. Aus diesem Loch konnte *Viehzeuch* entfliehen. Er sah die Bretter, die Reste zerlegter Euro-Paletten, einen alten Schemel sowie mehrere leere Blechkanister, die der Staplerfahrer zur Schadensbegrenzung benutzt hatte. In den Blechkanistern hatte sich eine Chemikalie befunden, die, als Kampfstoff eingesetzt, UN-Resolutionen zur Folge gehabt hätte. Im Betriebsablauf des Fleischproduzenten galt sie bloß als Mittel, das Geflügel zu entlausen.

Der Mann rotzte auf den Boden und tat, was schon der Staplerfahrer getan hatte. Er drapierte Bretter, Schemel und Kanister vor dem Loch in der Wand auf eine Weise, die sicherstellen sollte, dass zunächst einmal keine Tiere ausbrachen. Dass in den Minuten zuvor zwei Tiere durch dieses Loch in den Maststall eingebrochen waren, wusste der Mann jedoch nicht. Eine Art innere Unruhe, ein Gefühl von Argwohn, ließ ihn allerdings innehalten. Wenige Sekunden darauf wandte er sich dem Eingang des Stalls zu.

Dessen Inneres war ein gigantischer Raum von künstlicher Helle. Der Eingang befand sich an einer der Stirnseiten. Dem Mann öffnete sich der Blick auf eine lang gestreckte, rechteckige Fläche, über und über gefüllt mit Geflügel. Die Tiere hier drinnen trugen überwiegend weißes Gefieder – ein Weiß allerdings, das wegen der Vielzahl der Gefangenen, ihrer schlechten Versorgung, den zwischen ihnen immer wieder ausbrechenden Aggressionen und wegen Kotverschmutzung nicht sehr weiß schimmerte. Es war durchsetzt mit Schwarz, Grau und Rot: dem Rot und Rosa von Wunden. Federpicken als Verhaltensauffälligkeit kam hier sehr häufig vor.

Durch die Tiermassen hindurch zogen sich in Abständen von wenigen Metern, längs durch die Halle, Fütterungsvorrichtungen: Rohrsysteme mit Futterschalen und Nippeltränken, von der Decke herabhängend, an langen Drähten, tief genug, dass die Tiere Nahrung und Wasser zu sich nehmen konnten.

Diese Einrichtungen hatten wenig mit Tierliebe zu tun.

Die Tränken hingen höher als die Futterschalen. Die Tiere reckten sich zu den Nippelschalen. So vermied man unnötige Bodenbefeuchtung. Von rechts und links des Dachwinkels strahlten Lampen herab. Dutzende. Zwischen ihnen hingen sieben oder acht dicke schwarze Tuben von Zuluftkaminen. Deren andauerndes leises Heulen füllte den Raum.

Bei den Tieren handelte es sich tatsächlich um Enten. Hier betrieb man Entenmast. Man fütterte, mästete Pekingenten bis zur Schlachtreife. Anders als Lothar und Lisbeth wiesen diese Enten eine bodennähere Körperhaltung auf. Und sie waren beleibter, ganz auf die Erfordernisse als Fleischlieferanten ausgerichtet. Das Leben im Mastbetrieb – ein anderes kannten sie nicht – hatte ihnen jeglichen Freiheitsdrang genommen. Das Loch in der Wandung hatte also keine der Enten zur Flucht genutzt. Im Gegenteil: Sie empfanden die Öffnung als Bedrohung, hielten sich fern davon.

Es war ein Elend. Der Mann, der den vom Belüftungsheulen wie von einer Alarmsirene beschallten Riesenstall betrat, ließ seinen zornigen Blick über das Heer der versklavten Enten gleiten. Tausende von schwarzen Augen starrten ihn an, ohne ihn wahrzunehmen. Trübe, aufgequollene Blicke ohne Glanz. Augen in Tausenden von halbwegs weißen Köpfen, unter denen sich zwei ganz besondere Köpfe befanden. Lisbeth und Lothar bewiesen einmal mehr, dass sie intelligent waren und bereit, den Widrigkeiten des Schicksals zu trotzen. Sie versuchten, sich vor dem Mann zu verstecken, hockten sich nieder, glichen sich den gequälten Kreaturen an, für die sie – auf eigene Art – unglaubliches Mitleid empfanden. Das Weiß ihres Federkleides hatte schon im Verschlag ein wenig gelitten. Das kam ihnen nun zugute. Und es war ein Glück, dass der Mann, der sie anblickte, so wie er all die anderen Enten anblickte, kaum Sinn hatte für Individuen, für die Schönheit einzelner Wesen, insbesondere für deren Schicksal. Lothar und Lisbeth suchten ihr Heil in der Masse. Und sie hofften, dass der stechende Blick des Mannes, der sie fixierte, sich täuschen ließ.

So zumindest hätte man das Verhalten der beiden deuten können.

Denken, Denken, Erkennen …

Als sich Erwin mit dem gefrorenen Klumpen aus Eis und Geld beschäftigte, durchlebte er eine erstaunliche Phase von Erleuchtungen. Er war mitten in den Vorbereitungen, um das Eis wieder zurück in Wasser mit Spülmittel zu verwandeln, da kam ihm plötzlich ein Gedanke. Er dachte, dass Gedanken und Erkenntnisse nichts anderes waren als Dinge, die übrig blieben, wenn im Kopf etwas auftaute. Erkenntnisse und Gedanken schmolzen sich sozusagen frei aus wie auch immer entstandenen Bindungen und Verhärtungen, Vereisungen.

In Erwins Kopf tat sich was.

Während er dann die Tüte betrachtete, die er, um das Auftauen zu beschleunigen, in einen Topf mit Wasser gegeben hatte, das er auf dem Herd ein wenig erhitzte, wurden gleich mehrere dieser Gedanken freigelegt: Ihm war, als schmölzen mit dem Eis in der Tüte alle Schichten, die sich seit dem Fund der ersten Leiche auf sein Gedächtnis gelegt hatten. Erwin kehrte in seinen Erinnerungen zurück an den Gartenteich. Er sah die schwarzen Schuhe, die daraus hervorragten. Er sah Kaspar Pollpeter, erschlagen, misshandelt. Der Kopf war jedenfalls übel zugerichtet, zermatscht. Pollpeter, gesucht wegen Erpressung in Steuersachen, abgetaucht im doppelten Sinn: als Lebender – und als Toter im Badeteich von Lothar und Lisbeth. Aber weshalb? Die Frage blinkte in grellen Farben.

Weshalb?

Es lag nahe, dachte Erwin, dass Pollpeter der Erpresser war. Pollpeter, der Steuerfahnder, der Erwin verdächtigte, den Staat betrogen zu haben. Der Mann, der das Geld aber nicht für den Staat, sondern für sich selbst wollte. Nun war Pollpeter tot. Die Briefe mit den Reimen konnten also kaum von ihm geschrieben worden sein. Vielleicht hatte er einen Komplizen gehabt? Sie waren in Streit geraten über die Erpressungsgelder, die sie bereits von anderen erhalten hatten. Dann – ZACK! – gab es einen Mord mit schädelzertrümmernder Waffe. Und die Leiche hatte der Mörder als Warnung in Erwins Garten gelegt.

Pollpeters Leiche.

Ergab das einen Sinn?

Nicht, wenn es die Absicht des Mörders gewesen war, Erwin unter Druck zu setzen. Der Tote im Teich brachte doch sofort die Polizei auf den Plan. Polizisten und Erpresser zogen selten am selben Strang. Das wusste Erwin, obwohl er in seinem Leben bisher nur wenige Kriminalromane zu lesen versucht hatte. Wenn der Erpresser wollte, dass Erwins Beutegut nicht an die Polizei, sondern an ihn ging, dann musste die Polizei aus dem Spiel bleiben.

Oder gab es da ein … wie hieß das? … ein Komplott? Ein Komplott zwischen Staat und Verbrechen? So was hatte Erwin doch grade erst erlebt!?

Nein, diesen Gedanken weiterzuverfolgen schien ihm zu kompliziert. Er kehrte innerlich zu einer einfachen Variante zurück. Hatte der Mord an Pollpeter vielleicht gar nichts mit Erwins vermeintlichen Reichtümern zu tun? Weshalb waren denn die Enten ins Spiel gekommen? Von allen auf diesem kriminellen Planeten lebenden Tieren waren Enten die denkbar unkriminellsten. Falls sie aber doch Kontakt zu einer besonderen Art von Unterwelt hatten, dann ... Hmmm. Erwin, der sich nie ganz sicher war, wie tief er in den Kosmos des Enten-Denkens hineinblicken konnte, fühlte sich unwohl. Hatte die Zweisamkeit von Lothar und Lisbeth den Raum ihrer möglichen Geheimnisse nicht noch erweitert? An das Kondom, das Lothar im Schnabel gehalten hatte, wollte er jetzt lieber nicht erinnert werden.

Die Enten ...

Die Krankheit, die sie übertragen hatten. Mussten Enten nicht selbst krank werden, wenn sie aggressive Viren verbreiteten?

Wohl nicht. Es war ihnen gut gegangen, in Linas Laden. Doch wie ging es ihnen nun? Und wie konnte die Tatsache, dass die Enten einen Virus verbreiteten, dem Erpresser bekannt sein? Hatte er – oder sie ...?

Das Kondom.

Wieder löste sich ein Bild aus dem inneren Eis. Der Briefumschlag mit der eingearbeiteten Plastik- oder Gummihülle. Erwin hatte ihn geöffnet, hatte den ersten der gereimten Briefe daraus hervorgezogen. Dabei hatte er die Hülle zerrissen, hatte sie zerreißen müssen, und es war eine Flüssigkeit ausgetreten. Eine seltsam süßlich, nein, bitter-süßlich riechende Flüssigkeit. Erwin hatte sich bereits einmal an diesen Moment erinnert. Kurz bevor er aufgebrochen war, um sich dem Hof von Wilfried Lappenbusch zu nähern.

Wilfried.

Bernhard Lappenbusch ... Der Ausweis in der Tüte. Einer der beiden Ausweise der NSDAP. Da war immer noch Eis in

Erwins Kopf. Ein Eisberg. Ein Eisberg in fahler Nacht. Erwin steuerte darauf zu, in einem Boot kaum größer als eine Badewanne. Er sah den Eisberg aber nicht.

Er betrachtete den Inhalt des Topfes. Die Tüte hatte allen Eisglanz verloren, war weich geworden. Luft, die sich noch darin befunden hatte, hatte sich ausgedehnt, drückte eine Art Plastik-Spitzbrust aus dem Wasser. Schlieren bewegten sich im Topf: Anzeichen höherer Temperatur. Bald war der Inhalt der Tüte aufgetaut, und dann …

Die Tüte lag im Wasser wie ein kleiner Eisberg.

Oder wie eine Leiche.

Oder …

Die verdammten Bilder. Erwin drehte die Herdplatte auf kleinste Stufe und eilte hinüber in die Bibliothek. Sollte er dort nach Entenkrankheiten suchen? Er hatte zwar ein medizinisches Fachbuch in seinen Regalen, mit hässlichen Fotos, aber keines zu Tierkrankheiten. Er ahnte auch, dass seine Fähigkeiten als Leser kaum ausreichen würden, die Informationen aus solchen Fachbüchern richtig zu deuten. Es würde um eine korrekte Diagnose gehen, nicht um einen Leseeindruck.

So nahm er den Weg zur Bibliothek denn auch nicht, um dort zu lesen, sondern um ein Bad zu nehmen. Und als er, kaum zehn Minuten später, im Wasser saß, ging das mit dem Nachdenken wieder besser.

Weiteres löste sich …

Wilfried Lappenbusch. Bernhard Lappenbusch.

In der Plastiktüte befanden sich zwei Parteiausweise. Die von Erich Achelpöhler und die von Bernhard Lappenbusch. Beide gehörten zu jenen 1930 in Versloh Geborenen, die sich im Zweiten Weltkrieg älter gemacht hatten, um an die Front geschickt zu werden. Die Flakhelfer-Generation, so hatte Erwin gelesen. Sie waren 14, 15 Jahre alt gewesen damals. Sie waren Fanatiker, waren es nach dem Krieg geblieben. Sie hatten ein Netzwerk aufgebaut, einen Bund der Untoten Nationalsozialisten, die auf den Tag der Rache warteten.

Erwin Düsedieker hatte dem Treiben dieses Bundes, der letzten seiner heute über 80-jährigen Mitglieder und ihrer jüngeren Helfer, ein Ende gemacht. Das lag erst wenige Monate zurück. Die Mitglieder des Bundes waren nun alle tot. Erwin hatte ihr Waffenlager gefunden, hatte den Untergrund ausgehoben. Noch immer liefen Untersuchungen. Erwin wusste nicht, wie viele Jungnazis sich dem Netzwerk angeschlossen hatten. Was aber Erich Achelpöhler und Bernhard Lappenbusch betraf, war etwas ganz anderes wichtig: Beide waren schon kurz nach dem Krieg ermordet worden. Von ihren eigenen Leuten. Sie waren aus dem Bund *Des Teufels Neun* ausgestoßen, auf bestialische Weise umgebracht und dann jahrzehntelang im Waffenlager unter der Erde ausgestellt worden. Leichen, in Spiritus eingelegt. Erwin hatte das Bild noch vor Augen: ein riesiges Aquarium, darin schwimmend die Leichen, nackt. Als kopulierten sie miteinander. Seit fünfzig Jahren tot, Einschusswunden, Messerwunden ... Nach dem Mord an den beiden hatte sich der Club *Des Teufels Sieben* genannt. Alle seine Aktivitäten nach dem Krieg hatte er in dieser Formation begangen.

Wusste Wilfried Lappenbusch vom Mord an seinem Vater? Wilfried hatte in den Naziverflechtungen Bramschebecks nie eine Rolle gespielt – soweit Erwin das bekannt war.

Wilfried, der Tierarzt des Dorfes. Der Tierarzt, zu dem manchmal auch die Menschen gingen, weil der nächste praktizierende Internist in Fechtelfeld saß.

Der Tierarzt, der vom Kreisveterinäramt beauftragt worden war, Lothar und Lisbeth zu fangen und zu töten.

Das Eis in Erwins Kopf …

Und dann schmolz das nächste Bild frei. Erwin sah Arno Wimmelböcker, im Krankenhaus. Arno an Erwins Bett sitzend. Er sprach über den Moment, als er im Dorf das Aufgebot an Fahrzeugen gesehen hatte, das ausgesandt worden war, um die Enten einzufangen. Arno hatte beschrieben, wie Wilfrieds Transporter davongebraust war, als sie die Enten eingefangen hatten. Die Worte traten jetzt wieder hervor: *… da warnse schonn inn Wagen von Wilfried unn fahrn los unn ab zu Jasper oder … oder Hartwin oder weiß nich …*

Das waren Arnos Worte gewesen.

Der Transporter hatte also einen Kurs genommen, der ganz und gar nicht zu Wilfrieds Hof, seiner Scheune, seinen tierärztlichen Einrichtungen führte. Die Höfe von Jasper Thiesbrummel und Hartwin Plöger lagen in entgegengesetzter Richtung. Sie lagen unweit des Moorbruchs, wohin Erwin in wenigen Stunden die Beutestücke bringen sollte, die man bei ihm vermutete.

Dort, wo sich das Denkmal befand.

Der Soldatenstein.

War das eine Spur?

Erwin verließ die Wanne, zog sich an, ging zurück in die Küche, wo der Topf mit Plastiktüte auf dem Herd bereit war zur Öffnung. Erwin hatte im Keller ein neues Paar Gummihandschuhe gefunden. Er wollte jetzt keinen Fehler machen und weitere Spuren vermeiden. Nach einigem Gefriemel steckten seine Hände in den Handschuhen. Nach weiterem Gefriemel hatte er den Knoten aus der Tüte herausgedreht. Erwin goss das mit Spülmittel versetzte Wasser ab. Dann breitete er die Masse aus Geldscheinen und Parteibüchern auf einem Backblech aus und fragte sich, ob das bis zum Abend alles noch trocknete. Den Plastikausweis von Kaspar Pollpeter zog er aus der Hosentasche hervor, sah ihn an, steckte ihn wieder ein. Den wollte er auf keinen Fall mit abgeben. Der gehörte nicht dazu.

Hoffentlich kam Kommissar Bökenbrink nicht auf die Idee, ihm, bevor er aufbrach, noch einen Besuch abzustatten. Ein Ziehen im Magen begleitete diesen Gedanken. Weshalb war Erwin so unfähig zu planvollem Handeln? Seine Hände zitterten, als er das Backblech in den Ofen schob. Ab wie viel Grad bestand Gefahr für das Geld? Erwin dreht den Regler auf 150 Grad. Das konnte ja wohl nicht zur Entzündung führen. Er hatte mal gelesen, dass die Flamme eines Streichholzes etwa 800 Grad Celsius heiß war. Aber bei welcher Hitze fing Papier Feuer? Gewiss schon vorher. Die Flamme zeigte den Moment an, wenn alles zu spät war.

Erwin drehte den Regler zurück auf 100 Grad. Dann beschloss er, den Backofen zu beobachten. Das tat er gern. Wenn es dunkel wurde im Raum, brannte ein Licht im Ofen. Es wärmte, ohne dass die Wärme ihn direkt erreichte. So ähnlich ging das mit Büchern, mit den Worten, den Bildern, die leuchteten, glimmten, Hitze erzeugten.

Der Friederich, der Friederich,
das war ein arger Wüterich!

Er fing die Fliegen in dem Haus
und riss ihnen die Flügel aus.
Er schlug die Stühl' und Vögel tot,
die Katzen litten große Not.
Und höre nur, wie bös er war:
Er peitschte seine Gretchen gar!
...

Schweißperlen traten ihm auf die Stirn. Erwin sah die Geldscheine im Backofen. Sie bewegten sich. Der Wind des Umluftherds zerrte an ihnen. Anni hatte mal dafür gesorgt, dass er einen funktionierenden Herd bekam. Einen recht modernen. Sie winkten ihm zu, diese Geldscheine. Die von wem stammten? Noch eine Frage ohne Antwort. Das Eis war noch immer nicht vollständig geschmolzen. O nein. Ein Gedankenblitz zuckte auf, knisterte. Dann, nach einer Schrecksekunde, stürmte Erwin hinüber zur Bibliothek und suchte nach dem *Struwwelpeter*. Der gehörte zu den ganz wenigen Büchern, die er schon als Kind besessen hatte. Nein, nicht besessen: Der *Struwwelpeter* war aus dem Haushalt von Gertrude Düsedieker in den Haushalt Erwins herübergewandert. Es hatte dieses Buch bereits gegeben, bevor all die anderen Bücher gekommen waren. Alle Bücher im Wintergarten beruhten auf dem *Struwwelpeter*. Und dieser *Struwwelpeter* in seiner zerschlissenen, fast auseinanderfallenden Ausgabe von 1938 stand im Regal. Erwin wusste plötzlich sogar, wo. Das wunderte ihn. Er hatte verdrängt, dass es dieses Buch hier gab. Jetzt kam es ihm wieder in den Sinn. Es hatte dort immer gestanden – wie in einem Versteck. Simsalabim hatte sich die Tür des Verstecks geöffnet.

Erwin zog das Buch hervor und ging zurück in die Küche.

Der *Struwwelpeter* löste etwas aus. Gleich auf den ersten Seiten stand die Geschichte vom bösen Friederich. Der Junge, der Tiere und Menschen quälte, mit der Peitsche. Erwin schlug das Herz bis zum Hals, als er die grell geschnittenen Bilder sah. Das hässliche Rot: Friederichs Jacke aus geronnenem Blut. Die Striemen an Erwins Beinen. *Der Friederich, der Friederich* ... Die Schwester, die sich weinend ein Taschentuch vors Gesicht hielt. *Heulsuse. Heulsuse. Hahahaaa! Du Mädchen!* Die erschlagene Katze. Die Hühner, tot im Stall. *Äwinn war das. Äwinn! Der is doch bekloppt. Äwinn, der Bekloppte ...!* Das Eis in seinem Kopf: Darin pochte es. Erwin blätterte weiter. Alles stand in diesem Buch. Ein Buch für eine schwarze Kindheit. Das Buch schmerzte in den Händen. Erwins Hände zitterten. Wieder zitterten sie. *Paulinchen war allein zu Haus* ... Die Streichhölzer. Sie hatten Streichhölzer dabei ... *Los, festhalten. Du musstn festhalten! Haltn doch fest! Kuck mal, Äwinn! Jetzt wirste angesteckt! Willste brennen, Äwinn! ... Was macht ihr denn da!? Wollt ihr wohl aufhörn! ... Äwinn isn Jude, Jude, Jude! ... Na wartet, ich werd euch helfen!! ...* Dunkelheit. Dunkelheit. Feuer. Feuer. *Verbrannt ist alles, ganz und gar. Das arme Kind, mit Haut und Haar* ... Erwin blätterte weiter. Weiter. *Es spielt alleine auf dem Acker / ein kleiner, dicker, dummer Kacker. / Die Sonne schien ihm aufs Gehirn, / da pflanzte Mutti einen Schirm. / Bald kam der Bubi hergerannt / und trug ein Kantholz in der Hand. / Der Ewald kam mit schnellem Schritt / und brachte seine Zwille mit; / und auch der Wilhelm war nicht faul, / er gab dem Dicken was aufs Maul. / Sie schrie'n und lachten alle drei, / als Kindchen heulte. Ei, ei, ei, / weil es so doof wie Grütze sei! ...* Erwin verharrte auf den Seiten mit dem Nikolaus. Nikolaus stopfte die Jungs ins Tintenfass. Das war Erwins

Lieblingsseite. Aber der Nikolaus war nie erschienen. Niemals. Es gab ihn nicht, den Nikolaus. *Glaubsse immer noch an'n Nikolaus, Äwinn? Mensch, biste blöööd!*

Schnitt.

Der Friederich. Überall hatte der Friederich seine Finger im Spiel. Er hieß Heinz-Hermann oder Bubi. Er hieß Jasper. Er hieß Ewald. Und er hieß, wenn es besonders schlimm war, Wilhelm. Wilhelm war Friederich. Der Friederich. Nein. Wilhelm hieß er nicht. Er hieß Wilfried. Jetzt waren die Bilder frei. In Erwins Kopf war etwas verwundet worden. Eine Wunde war aufgebrochen. Eine Wunde unter dem Eis. Wilfried Lappenbusch war ein paar Jahre älter als Erwin. Sie waren immer etwas älter gewesen als er. Aber auch Jüngere hatten ihren Spaß gehabt mit Erwin. Immer wieder. Erwin schlug das Buch zu.

Hatte Wilfried seinen Vater Bernhard noch kennengelernt? Er musste sehr klein gewesen sein, als Bernhard aus der verschworenen Gemeinschaft *Des Teufels Neun* ausgestoßen und ermordet worden war.

Hatte Wilfried davon gewusst? Hatte er es später erfahren? Oder seine Mutter? Es war im Dorf noch immer nicht klar, wie viel vom Treiben der Nazi-Teufel bekannt gewesen war. Der Mantel des Schweigens lag weiterhin über allem. Viele, die mit Paul-Gerhard Bartelweddebüx, dem Anführer, zu tun gehabt hatten, waren zwar verhört, dann aber nicht weiter behelligt worden. Jasper Thiesbrummel oder Bubi Mickenbecker. Mitläufer? Nannte man das nicht so? Hatte sich irgendetwas geändert in Bramschebeck?

Anfang oder Mitte der Fünfzigerjahre des vergangenen Jahrhunderts mussten die Morde geschehen sein. Hatte

Wilfried von den Demütigungen seines Vaters erfahren, und hatte dies sein Verhalten geprägt?

Wilfried, der kleine Sadist. Der Tierquäler. Der Menschenquäler.

Du biss doch gar kein Mensch, Äwinn!

Das lag alles Jahrzehnte zurück. Erwin erhob sich, ging in die Bibliothek, stellte den *Struwwelpeter* zurück, ging zurück in die Küche. Er bewegte sich schleichend. Das Licht im Backofen leuchtete. Die Enden der Geldscheine flatterten. Zeit war vergangen, ohne vergangen zu sein. Erwin öffnete die Ofenklappe, zog das Blech hervor, stellte es auf den Tisch. Gedankenverloren nahm er die Gummihandschuhe, schob zuerst die linke, dann die rechte Hand hinein, als bereitete er sich auf eine medizinische Untersuchung vor, eine Sektion, eine Leichenuntersuchung.

Jahrzehnte, dachte Erwin. Es hatte sich alles geändert. Was Wilfried betraf: ja. Wilfried hatte ihn nie wieder gequält. Und hatten ihn damals nicht alle Kinder gequält?

Kinder waren eben so, dachte Erwin, und prüfte die Geldscheine. Die waren noch immer feucht. Durch die Gummihandschuhe befühlt, kamen sie ihm auch glitschig vor. Das Spülmittel, vermutete er. Das bekam er wohl nicht wieder ab. Aber war Geld nicht ohnehin eine glitschige Sache?

Erwin tat die Geldscheine und die beiden Parteiausweise in eine Tasche. Es war eine sackige alte Ledertasche von Gertrude, die er im Keller gefunden hatte. So konnte er das Geld übergeben. Die Tasche war unauffällig und verschließbar, wie der Erpresser es gefordert hatte. Und in dieser Tasche blieb das Geld Fremdgeld.

Hatte sich Wilfried Lappenbusch nicht in späteren Jahren

zu einem sehr netten Menschen gewandelt? Erwin legte die Ledertasche auf den Tisch und setzte sich. Wie lange war das her? Zwölf, dreizehn, vierzehn Jahre? Friedhelm lebte noch. Damals war Wilfried häufig zu Gast gewesen. Ein netter Gast. Friedhelm und Wilfried hatten sich gut verstanden. Einige Monate lang war Wilfried immer mal wieder zur Wache gekommen. Weshalb eigentlich?

Und weshalb fiel Erwin auch dies erst so spät wieder ein?

Er schob diese Frage beiseite. Er musste weiter. Er konnte nicht zurück. Damals, so um 1999 herum, ein, zwei Jahre vor Friedhelms Tod, war es ihm nicht gut gegangen. Die Verunsicherungen, die Ängste, sie rüttelten nun wieder an der Tür. Damals hatten sich Gertrude und Friedhelm häufig gestritten. Friedhelm hatte getrunken. Sie hatten sich angeschrien. Immer wieder. Und im Zentrum des Streits, im Zentrum des Sturms, hatte Erwin gestanden. Erwin, der Erwachsene. Erwin, das Kind.

Die Stimmen in der Wache. Die Gespräche. *Hallo Äwinn! Na? ... Komm rein, Wilfried. Gehn am besten zu mir ins Büro. Mach ma Tür zu ... Fritthelm, das kannste nich machen! Fritthelm! Dein Sohn! Äwinn is doch ... Er is doch'n Kind! ... KIND? Dieses Monster? N' Fluch isser, weißte das nich? Mein Fluch! Und wie solls weitergehen? Kannste mir das mal sagen, Gertrude ...?*

Wilfried brachte Ruhe. Wenn er kam, war Ruhe. Die Gespräche zwischen Wilfried und Friedhelm, in der Wachstube im Erdgeschoss. Ruhige Gespräche waren das. Wilfrieds freundliches Gesicht. *Na, Äwinn?* Die Küche war ein Teil der Wachstube gewesen. Sie hatten alles umgebaut nach Friedhelms Tod, Mama und er ... Der Glanz auf Wilfrieds Lächeln: eine Schicht aus Freundlichkeit. Eine zerbrechliche

Maske, dachte Erwin. Wilfrieds Gesicht trat aus dem Dunkel, löste sich aus dem Eis. Es veränderte sich nicht. Es war starr. Starr und freundlich. Die Gespräche unter Eis. Hinter Türen. Die Streitigkeiten. Das Trinken. Die Zeit in …

Ihm wurde übel. Er konnte nicht mehr sitzen an diesem Tisch neben dem Geld. Die Bilder zwangen ihn, sich zu bewegen. Wo konnte er suchen? Wo? Friedhelm. Es lief alles auf Friedhelm hinaus. Sein Vater war die treibende Kraft gewesen. Seine Mutter hatte versucht, Friedhelm zurückzuhalten. Beiden aber war er ein Fremdkörper gewesen. Erwin, das Monster. Erwin, der Dummkopf. Erwin, der Lebensunfähige …

Wo? So viele Unterlagen, Briefe, Ordner mit Schreiben waren verschwunden, vernichtet worden. Manche der Aktenordner waren nach Aufgabe der Polizeiwache auf dem Dachboden gelandet. Erst wenige Monate zuvor war dieses Material vom damaligen zuständigen Kommissar nach Dettbarn ins Polizeipräsidium verfrachtet worden. Um es dort einzulagern. So hatte es zumindest geheißen. Der Kommissar, Lars-Leberecht Heine, hatte aber mit den Dorfnazis, mit diesen Teufeln, paktiert. Er war Erwins Ermittlungen auf die Schliche gekommen …

Wie auch immer: Die Sachen waren nicht mehr da. Und vermutlich ging es auch gar nicht um Polizeiunterlagen. Was Erwin betraf, hatte es sich doch vielmehr um eine Familienangelegenheit gehandelt. Wenn es da noch Briefe oder so gab, dann …

Ein Vorhang fiel. Schwärze explodierte im Kopf. Dann war wieder Licht. Erwin saß in einem halb abgedunkelten Raum. Ein sanfter, warmer Lampenschein fiel über seine

Schulter auf das Buch. Erwin blätterte im *Struwwelpeter*. Ganz langsam blätterte er. Er war kein Kind mehr. Erwin war schon alt. Er war über vierzig Jahre alt und dicklich, wie immer. Sein Herz trommelte. Er versuchte zu sprechen. Die Bilder im Buch waren Aufforderungen zu sprechen. Und es hörte ja auch jemand zu. Jemand mit leiser, sanfter Stimme. Eine Stimme so sanft wie das Lampenlicht. Sie sprach selten. Dieser Jemand hatte Geduld. Er schwieg, wenn Erwin nicht sprechen wollte oder nicht sprechen konnte.

Oft musste dieser Jemand warten. Erwin blätterte sehr langsam. Die Bilder glühten. Ihre Farben hatten Kraft. Sie waren nicht so sanft wie das Lampenlicht oder die Stimme. Aber sie wussten so viel. Und davon sollte Erwin sprechen. Sie wussten alles über Erwin, diese Bilder. Die Geschichten. Die Verse mit ihrem drohenden Ton:

Der Friederich, der Friederich …

Wieder veränderte ein Vorhang das Bild. Ein Tuch, das jemand zur Seite riss. Ohne Vorwarnung kam das. Erwin war zu Haus. Das Buch lag auf dem Wohnzimmertisch. Erwin konnte das Buch sehen, aus dem Winkel, durch die Gardinen hindurch, aber niemand sah ihn. Er hatte sich versteckt. Nein, er hatte sich nicht versteckt, er war in ein Versteck hineingeraten. Seine Eltern saßen in diesem Wohnzimmer, das nur wenige Bücher enthielt und kaum Licht aus dem Garten hereinließ. Erwins Bibliothek, der Wintergarten, die Badewanne: Es gab sie nicht. Noch nicht. Niemand der dort Sitzenden ahnte von den Veränderungen nach Friedhelms und Gertrudes Tod.

Dort saßen die, die sterben würden. Später. Bald.

Erwin stand im Garten, nah dem Fenster. Das Fenster war

gekippt. Die Worte, die dort drinnen gesprochen wurden, rieselten heraus. Ein Sack voller Getreidekörner. Ein Sack mit einem schmalen Riss. Sie sprachen über den *Struwwelpeter*. Erwin war der Struwwelpeter. Der Taugenichts. Weshalb sprachen sie über den Struwwelpeter? Friedhelms Lachen, das waren Verzweiflungsausbrüche. Das waren Anklagen. Das war ein Rütteln an den Toren des Schicksals.

Ein Fluch! Ein Fluch! Er liest n' Kinderbuch. Er liest denen ausm Kinderbuch vor! Dieser Schwachkopp!

Fritthelm!

Nur Wilfried blieb immer ruhig. Er lächelte, sprach sanft. Er half Erwin. Er meinte es gut mit Erwin. Der Garten hatte Erwin verwandelt. Er war in einen Baum verwandelt worden. Er war ein Geist aus Luft im Körper eines Baums. Er war vollkommen unsichtbar – und gefangen …

Erwin schüttelte sich. Er brachte die Bilder durcheinander. Das Bild mit dem gefangenen Luftgeist stammte aus einer anderen Zeit. *Der Sturm*. Ein anderes Stück dieses magischen Dichters namens William Shakespeare. Das hatte er gelesen, als er die ersten Bücher bekam und Freiheit kennenlernte. Als sich der *Struwwelpeter* zurückgezogen hatte in sein Versteck am Fuß der Regale, wo er ihn heute wiedergefunden hatte.

Ein Buch, verborgen wie ein Geist, ganz in der Nähe …

Ganz in der Nähe … Erwin begann, durchs Haus zu streifen. Ziellos, so schien es. Sein Körper war eine Wünschelrute. Der Körper ließ sich auf Signale ein, die Erwin selbst nicht bewusst wahrnahm. Irgendwo im Haus gab es noch Reste, Spuren jener Unterhaltungen von damals. Irgendwo im Haus saß noch immer ein kleiner Junge und las im *Struwwelpeter* und erzählte. Und jemand hörte zu.

Der alte Schreibtisch. Immer wieder kam Erwin zu diesem Möbel zurück, wenn die Vergangenheit rief. Auf der Arbeitsfläche lagen noch die Papiere und Papierschnipsel, die Lothar und Lisbeth dort mehr oder weniger wüst verteilt hatten, als sie auf den Umschlag gestoßen waren.

Der Umschlag? Ja, die Enten hatten daran herumgezuppelt. Und an sonstigem hier ausgebreitetem Papierzeugs. Erwin hatte, als ihm der Umschlag aufgefallen war, gar nicht weiter nachgesehen, was da noch so an Papieren herumlag. Dokumente aus dem Aktenreich von Friedhelm, die erkannte er auf den ersten Blick. Außerdem …

Was war das? Ein Stück Papier, ein Notizzettel mit einer Handschrift, die nicht hierhergehörte. Ein aufgefalteter Zettel aus kariertem, grobem Schreibpapier. Unscheinbar. Die zerrissenen Löcher einer Spiralbindung. Papier mit Kugelschreibernotizen darauf. Schnelle Schrift. Einzelne Worte. Abkürzungen. Nichts Ausformuliertes. Eines der Worte krachte wie eine Granate in den Bunker seiner Überlegungen:

Pollpeter.

Dort stand tatsächlich der Name Pollpeter.

Erwin hatte diesen Zettel nicht beschrieben. Friedhelm schon gar nicht. Erwin nahm den Zettel an sich, betrachtete ihn. Das Papier zitterte. Er versuchte sich zu beruhigen: *Pollpeter – K? – JUST..? – CIC Kanada – DNA? – Sperma? – Michelle!!! E.D. – Dr. Salomon: Pökh.*

Wer hatte das geschrieben? Und was konnte es bedeuten? Pollpeter K. – Kaspar Pollpeter? Kanada? Hatte Pollpeter nach Kanada flüchten wollen? Den Begriff DNA kannte Erwin aus Büchern und dem, was er sich zum Thema *Forensik* angeeignet hatte. Das Wort *Just* ..., das so unleserlich endete: Konnte es *Justiz* heißen? Und *Sperma*? Was hatte das mit Justiz oder Kanada zu tun?

Wer war Michelle?

Und bezogen sich die letzten Worte auf ihn? *E. D.* – Erwin Düsedieker. Etwas Kaltes griff nach ihm. Die Worte *Dr. Salomon* und *Pökh.* lösten Übelkeit aus. Erwin konzentrierte sich auf Pollpeter. Der Zettel war hier hingelegt worden, weil sich jemand schnelle Notizen gemacht hatte. Hier auf dem Schreibtisch.

Notizen über ihn?

Jens Buschfranz. Der Reporter.

Der Gedanke lag nahe: Dieser Zettel stammte von Buschfranz. Den hatte Buschfranz liegen gelassen, als er, vor Erwin Reißaus nehmend, die Leiter zum Dachboden hinaufgestürzt war, um kurz darauf zu sterben.

Buschfranz. Was hatte der mit diesen Notizen festhalten wollen? Hatte Buschfranz vielleicht auch in Sachen Pollpeter recherchiert? Sperma war ein Wort, dem sich Erwin ungern näherte. Nun aber stand es auf diesem Zettel und ...

... und ein Bild war die Folge. Wie so oft: ein ungewolltes, unabhängiges, eigenwilliges Bild, kombiniert mit Überlegungen, deren Herkunft sich nicht erklären ließ.

Wenn, so dachte Erwin, der Fund der Leiche im Teich begleitet gewesen war von Funden eines unbenutzten und eines benutzten Kondoms, dann konnte das mehrere Ursachen haben. Da die Sachen nicht von ihm stammten, gehörten sie zur Leiche. Sie waren der Leiche beigegeben worden, oder der Tote selbst hatte sie bei sich geführt. Wenn jemand einen Toten hinterließ, ein Mordopfer, dann wollte er in der Regel nicht, dass Spuren zurückblieben. Spuren, die auf den Täter verwiesen. Es sei denn, die Spuren sollten in die Irre führen.

Das schloss Erwin bei Kondomen irgendwie aus.

Hatte der Tote diese Dinge aber bei sich getragen, vielleicht sogar versteckt an seinem Körper, dann wiesen die Funde vielleicht auf den Mord hin, auf den Ort, auf den Täter?

Michelle. Dieser Name irritierte ihn. *Michelle* mit drei Ausrufezeichen. Hatte Buschfranz den Namen eines Verdächtigen notiert?

Eine Frau.

War das möglich?

Erwin hatte längst zu ahnen begonnen, dass Frauen äußerst geheimnisvolle Wesen sein konnten. Doch da passte was nicht: Der Mann war auf brutalste Weise ermordet worden. Und was die Spuren betraf: Der oder die Täter würden den Körper doch auf Verräterisches hin abgesucht haben, bevor man ihn im Teich deponierte.

Nun, vielleicht war man dabei nicht allzu sorgfältig gewesen und hatte nur solche Stellen inspiziert, an denen die Spurensicherung schnell fündig werden könnte. In den Hosentaschen und den Taschen des Mantels zum Beispiel.

Wo am Körper mochten die Kondome also versteckt gewesen sein? Die Sachen mussten mit einiger Leichtigkeit in den Teich gelangt sein. Dort hatte sie dann der Beamte in der Anglerhose beziehungsweise Lothar gefunden.

Die rote Blüte namens *Loveletter* …

Ja, und dann sah Erwin alles sehr klar und deutlich. Die Enten, Lothar und Lisbeth, wie sie an den Beinen des Toten herumzuppelten. An den Beinen, den Socken, den Hosenaufschlägen. Vielleicht hatten die Enten dafür gesorgt, dass Dinge, die der Mann an seinen Beinen versteckt hielt, ins Wasser fielen …

Eine Minute lang nahmen diese Gedanken Erwin gefangen. Dann speicherte er sie ab. Er würde sie später aufgreifen, abrufen, bei passender Gelegenheit. Jetzt drängten wieder der *Struwwelpeter* und die wie feine Nebelfetzen im Haus stehenden Reste von Gesprächen. Erwin nahm sie deutlich wahr. Sie meldeten sich zurück. Sein Geist war geschärft. Er musste suchen. Die Stimmen riefen.

Suchen.

Dr. Salomon.

Wieder stieg Übelkeit auf. Die Worte auf dem Zettel ließen sich nicht verdrängen. Sie klopften an. Sie bedrängten ihn. *Pökenhagen.* Er setzte sich in Bewegung. Er suchte. Er musste suchen. Der Wäscheschrank. Der Bettkasten. Die Schränke auf dem Dachboden. Die Metallschränke im Keller. Die Pendeluhr mit dem Schubfach im Fuß. Die Schubfächer im Küchenschrank. Das Nachtspind, das jetzt in einer Ecke des Elternschlafzimmers stand. Die Kartons im Tankkeller. Die Kommode, die Gertrude für ihre Sammlung von Unterlegern, Tischdeckchen, Blumenvasen, Nippesfiguren benutzt hatte. Dieser Schrank aus dunklem Holz stand in einem Nebenraum des Elternschlafzimmers. Die Möbel hier wirkten ebenso falsch zusammengestellt wie die im großen Raum. Erwin war es nie gelungen, den Dingen seine eigene Ordnung aufzuzwingen. Das hatte er nur im Wintergarten geschafft. Der war ganz allein sein Werk.

Nein, er war das Werk von ihm und Anni.

Anni …

Als Erwin vor der Kommode stand, reagierte etwas in ihm. Jemand hatte diese Kommode geöffnet. *Dr. Salomon.* Er zog die Schubladen auf. Eine nach der anderen. Das heisere Schleifen von Holz. Er schob die Hand unter alte, harte Stoffe, gehäkelt, gewoben. Zum Teil beiseitegeschoben. Stoffe in blassen Farben. Er zog von ganz unten einen Hefter hervor, auf dessen beigem Pappdeckel in von Sütterlin geprägter Handschrift die Worte: ERWIN – PÖKENHAGEN standen. Noch im Stehen, vor der Kommode, schlug Erwin den Ordner auf. Es befanden sich Briefe darin, getippte, handgeschriebene. Eine Korrespondenz zwischen Friedhelm Düsedieker – geschrieben von Gertrude, das erkannte Erwin beim Blick auf die Zeichen – und der Landesklinik von Pökenhagen. Es ging um ihn, um Erwin. Die Korrespondenz erstreckte sich über die Jahre 1999 und 2000. Es war die Zeit der Besuche Wilfried Lappenbuschs gewesen. Erwin las nicht alles. Er konnte nicht alles lesen. Die Worte taten weh. Die Sätze lösten Beklemmung aus. Friedhelm drängte die Klinikleitung, Erwin aufzunehmen. Er schrieb von den Schwierigkeiten seines Sohnes. Zurückgeblieben sei er und oft unzurechnungsfähig, eine Gefahr für andere. Er selbst sei Polizist und nun fast siebzig. Selbst als Polizist sehe er sich manchmal überfordert. Und dann erst seine Frau … Die Klinik antwortete. Sie schrieb von den Tests, die Erwin durchlief. Auch vom *Struwwelpeter* war einmal die Rede. Es handelte sich um längere Briefe eines Psychologen, der sich Erwins angenommen hatte. Eines Arztes, der entdeckt hatte, dass dieses Buch einen Zugang bot zu Erwins Seele.

Seele. Was tat dieses Wort im Gefängnis der Sprache?

Aber der Psychologe meinte es gut mit Erwin. Seine Antworten auf Friedhelms Drängen waren ablehnend, bisweilen recht harsch. Der Psychologe attestierte Erwin weit mehr Verstand, als Friedhelm seinem Sohn zugestehen wollte. Vor allem: Er verneinte jeden Verdacht auf Gemeingefährlichkeit.

Erwin zog einen Brief hervor, der ein sehr spätes Datum innerhalb der Korrespondenz trug:

... diese Eindrücke und Ergebnisse wurden noch bestärkt durch Aussagen einer Person, die Ihren Sohn sehr gut kennt und ihn ganz anders beurteilt als Sie. Zahlreiche fundierte, sachdienliche Gespräche mit dieser Person, deren Namen ich aus Gründen der ärztlichen Schweigepflicht nicht nennen möchte, bestärken mich in meinem Urteil, und sie werden in meine Expertise einfließen. Verstehen Sie bitte – auch wenn dies meinem noch folgenden Abschlussbericht nicht vorgreifen will –, dass ich aus vielerlei Gründen keine Veranlassung sehe, Ihren Sohn zwangseinzuweisen.
Mit freundlichen Grüßen!
Prof. Dr. Dr. H. Salomon

Professor Doktor Doktor Salomon. Erwin hatte den Namen nicht vergessen. Er hatte ihn in so etwas wie ein Kästchen gelegt, um ihn sicher zu wissen. Dann hatte er nie wieder gewagt, das Kästchen zu öffnen. Ein Schmuckkästchen. Den Schlüssel hatte er fortgeworfen. Jetzt stand es offen. Man hatte darin herumgewühlt. Erwin fiel das Atmen schwer. Er fand nur langsam Zugang zu dem, was ihm die Schreiben in der Kommode boten. Um die Panik, die das Gefühl von Beklemmung umlauerte, abzulenken, fragte er sich, um wen es sich bei der Person, die im Brief des Psychologen erwähnt worden war, gehandelt haben mochte.

Ein Arzt? Es musste ein Arzt gewesen sein.

Wilfried war doch Arzt, dachte er.

Erwin fühlte, dass da immer noch Eis war in seinem Kopf. Erinnerungen lagen weiterhin fest in den Tiefenschichten seines Gedächtnisses. Kräfte, die er nicht verstand, hatten dafür gesorgt. Aber es arbeitete da drinnen, in diesem dicken, runden Schädel. Die Erinnerung arbeitete. Die Erinnerung und der Wille zu verstehen.

Es brauchte Zeit.

Und dann klingelte es an der Haustür. Erwin zuckte zusammen: *Polizei!*, dachte er. Der Gott des Zufalls hatte einen Heidenspaß an den Gedankenspielen unter dem Eis in Erwins Schädel.

In Ballgewittern …

Der Angriff kam nicht unerwartet. Womöglich empfanden sie ihn sogar als Erleichterung. Obwohl es alles so grotesk wirkte. Diese … Mähmaschine? Was war das? Ein Entenmäher? Litten sie nach all den Erlebnissen und aufgrund von Nahrungsentzug an Halluzinationen?

Stundenlang hatten Lothar und Lisbeth hungern müssen. Wie all die anderen Tiere in der künstlich hellen Halle. Seit zwei Tagen harrten die Enten im Mastbetrieb aus. Sie bewegten sich kaum. Ihr Platz nah der Stallwand war ein Ort, an dem sie quasi miteinander verschmolzen. Sie durften sich nicht verlieren. Die Nähe Lisbeths war Lothar immer wichtig gewesen – und umgekehrt. In dieser Nähe konnte sich der Geist, der Witz, die Engelhaftigkeit der Enten entfalten. Zwei Enten waren eine Welt: eine Welt, die sich fröhlich gestalten ließ. Nun aber war etwas hinzugekommen, etwas Grausames: das Gefühl, als Einzelner verloren zu sein, ein Nichts in der Masse. Zudem herrschte hier im Raum ein beständiger Sog – vielleicht entstand der Eindruck durch das unaufhörliche Rauschen der Belüfter.

Der Tod hatte begonnen, sie zu erdrücken. Da war das Geschiebe der von Mastfutter aufgeblasenen Körper. Innerhalb weniger Wochen wurden aus flauschigen Küken taumelnde, fettfleischige Arteriosklerotiker. Vielleicht konnten die feinen Ohren Lothars und Lisbeths es sogar hören: Das beständige Zerreißen verkalkter Aorten in den Tieren, die dem Wahnsinn nicht mehr standhielten. Der Tod war der beherrschende Geist in dieser Halle aus künstlichem Licht, Enge und mit Medikamenten und Narkotika versetztem Futter. Der Tod im Gewand des Halsabschneiders. Oder eines Entenmähers …?

Was war das nur?

Es hatte, wie gesagt, mit Nahrungsentzug begonnen. Lothar und Lisbeth war das womöglich weniger aufgefallen als den Mit-Enten, die nie etwas anderes gesehen hatten als den Innenraum dieses Mastbetriebs und die nie eine andere Abwechslung erlebt hatten als das automatisierte Nachrieseln von Futterkörnern in die Reihen der Schalenbatterien. Nach vielen Stunden begannen die apathischen Tiere unruhig zu werden: eine Unruhe ohne Folgen, kraftlos und ziellos. Und dann – Lothar und Lisbeth zuckten zusammen, weil sie sich immer am Rand des Stalles, an der Metallwand aufhielten – brüllten draußen Monster. Wie sollten sie sich den Lärm erklären? Es waren die Geräusche mehrerer unsichtbarer Wesen, die den Tieren monströs erscheinen mussten, weil sie husteten wie … ja, wie? Vielleicht wie Gebirge aus Metall? Frequenz und Resonanzvolumen dessen, was die Entenohren wahrnahmen, signalisierten ihnen massige Körper. Körper, die mit den eigenen zarten, federgeschmückten Bälgern nichts gemein hatten. Enten mögen Schwierigkeiten haben, den intellektuellen Feinheiten eines Gesprächs unter Bramschebecker Landwirten zu folgen. Was aber die wesentlichen Dinge des Lebens betrifft, dafür haben sie wache Ohren. Und dieser durch die Wand dringende Lärm war reine Drohung. Es handelte sich um etwas, das Gewalt anwandte, in welcher Form auch immer.

Lothars Kopf ruckte hoch, dann guckte er zu Lisbeth. Er sah sie an, stellte stumm die Frage, ob es angeraten sei, von der Metallwand abzurücken. Doch Lisbeth wies ihn in ihrer wachen Art darauf hin, dass ein Vorrücken ins Zentrum der unruhigen Pekingenten keine Alternative sei. Vom Eingang des Raums, also von jenseits der Enten her, mischte sich nämlich längst ein anderes verstörendes Geräusch ins Geschehen. Und dann erlosch auch noch das Licht. Nein, nicht ganz. Es wurde im Raum auf eigentümliche Art dunkel. Die Enten hatten keine Ahnung, was Schwarzlicht bedeutete. Den gemästeten Pekingenten erschien das Fastschwarz, das sogar ihr stumpfes Federweiß zum Leuchten brachte, beinahe wie ein künstliches Fluoreszieren – und es wirkte beruhigend. Der Lärm störte sie ohnehin kaum. Das Belüfterrauschen, das ihr kurzes Leben begleitet hatte, war prägend gewesen wie das Blutrauschen in einem Mutterleib. Ruhe hätte sie entsetzt. Das galt aber nicht für Lothar und Lisbeth. Beide vollführten tänzelnde Bewegungen, wie man sie von Boxern kennt, die im Ring Kinnhaken und Tiefschläge erwarten.

Sie wollten sich wehren, denn sie spürten den Entenmäher.

Wenn sich Lothar und Lisbeth ein Wort hätten einfallen lassen müssen für diese Maschine, die da undeutlich im Schwarzlicht-Dunkel in den Raum vordrang, dann hätten sie wohl tatsächlich Entenmäher gedacht. Mähmaschinen kannten sie. Die fuhren im Spätsommer über die Getreidefelder oder säbelten sich durch den Mais. Wo sie langgefahren waren, fehlten anschließend Getreide beziehungsweise Mais. Und wehe, zwischen den Halmen hatten Tiere gesessen.

Ähnlich war es in diesem Maststall: Wo der Entenmäher entlanggefahren war, fehlten die Enten.

Ein Mensch ohne technisches Verständnis hätte die Maschine wohl Entensauger genannt. Die Konstrukteure dieses Monstrums hatten ihr Werk hingegen *Catch-Harvester* getauft: eine Maschine aus Texas, der krönende Abschluss von 37 Jahren Entwicklung in High-Tech-Tierquälerei. Mit seinem Raupenfahrwerk auf kompaktem Gartenbagger-Körper, dem nach vorn gestreckten Fanghals und einer hinten angehängten Ladefläche erinnerte der Harvester womöglich auch an einen Langhals-Dinosaurier mit gesenktem Kopf oder an einen winzigen Abbaubagger – vorausgesetzt, man hatte schon mal Bilder vom Braunkohle-Tagebau gesehen. Der Harvester fräste sich, den Kopf ausgestreckt am Boden, mit seinen zwei rotierenden Fangbürsten durch das Entenfeld. Flupp – Flupp – Flupp – Flupp – Flupp, sausten die Tiere, die zwischen die Bürstenstachel gerieten und groß genug waren, durch den Fanghals. Am anderen Ende klatschten sie auf der angehängten Ladefläche in einen bereitgestellten Käfig. In diesem sollten sie anschließend zum Schlachthof transportiert werden. Wie Kugeln, abgefeuert aus einem Maschinengewehr, ballerten die Enten zwischen die Gitterstäbe. Knock – Knock – Knock – Knock – Knock – und waren erst einmal k.o. Knapp 3 Minuten dauerte es, dann war der erste Käfig voll, wurde verschlossen, aus der Halle gebracht. Der nächste Käfig stand schon bereit. Flupp – Flupp – Flupp – Flupp – Flupp. Und nirgendwo brach Panik aus.

Unaufhörlich näherte sich der Harvester Lothar und Lisbeth. Ein Zurückweichen war kaum möglich. Hinter ihnen drohte die Rückwand. Die würde der Bürsten-Dinosauger in wenigen Minuten erreicht haben. Und ein Versuch, den Harvester zu umlaufen, würde unweigerlich scheitern. In der Tiefe des Raums, jenseits der Maschine, bewegten sich Menschen. Schattenwesen, die dafür sorgten, dass ausgebüxtes Erntematerial seiner Bestimmung zugeführt wurde. Per Hand. Da Lothar und Lisbeth durchaus wussten, dass Menschen in erster Linie Mörder waren und nur in Ausnahmefällen Seelenverwandte wie Erwin, Arno, Lina oder Anni, hielten sie sich von ihnen fern.

So wurden sie immer tiefer in den Metallwandwinkel im rückwärtigen Teil der Halle gedrängt. Sie duckten sich nun nicht mehr, sondern ragten wie kleine Leuchttürme heraus aus der schwindenden Menge der dem Harvester ausgelieferten Enten. Ihre Augen waren lichtlose Suchscheinwerfer. Sie spähten vergeblich nach Rettung. Ihr stummes SOS blieb unerwidert.

Die Maschinenbegleiter interessierten sich keinen Deut für die Opfer ihres Tuns. Menschen mit Handschuhen tragen diese, um sich die Hände nach dem Beschmutzen nicht waschen zu müssen. Lothar und Lisbeth wussten auch das. Der Mensch ist ein Meister der Organisation. Bei Massenmord kann er seine Talente entfalten. Sobald er ein Wesen als Opfer klassifiziert hat, wird alles getan, damit das Opfer ein solches bleibt. Das galt insbesondere für die eingefangenen Tiere: Die brummenden Monster, die sich außerhalb des Maststalls bemerkbar gemacht hatten, waren zwei Lastkraftwagen. Sie sollten den Wochenertrag gemästeter Enten zum

Schlachthof von Pökenhagen bringen. Bereits in wenigen Minuten.

Die Dieselmotoren röhrten während der gesamten Verladeaktion. In den Führerhäusern der beiden Fleischtrucks saßen rauchende Fahrer. Die Kabinen waren beleuchtet. Die Fahrer blätterten in Heften mit Menschenfleisch, genauer: Frauenfleisch. Sie warteten. Alles in allem nahm das Einfangen kaum eine halbe Stunde in Anspruch. Der Ablauf war perfekt geplant, und es war purer Zufall, dass derselbe Gabelstaplerfahrer, der wenige Tage zuvor mit Schwung ein Stück der Maststall-Außenwand demoliert hatte, nun mit ebenso viel Schwung angetreten war, die gefüllten Fangkäfige auf die Lkw zu laden – mit seinem Gabelstapler. Und man mochte sich fragen, wie viele Hochzeitsfeiern dieser Mann wöchentlich besuchte. Jedenfalls war wieder Alkohol im Spiel. Beim Zurücksetzen bollerte er gegen just jenes Kunstwerk aus geleerten Chemikalienfässern und Brettern, das er zuvor an der Gebäuderückwand aufgestellt hatte, um das Loch in der Wand zu verdecken, und das schon einmal restauriert worden war. Aber davon wusste der Fahrer des Staplers nichts, als es jetzt RABOMM!!! machte.

Mit dem Hintern umwerfen, was man mit den Händen aufgebaut hat, nannte man das. Der Staplerfahrer kannte und fürchtete den Spruch.

»Mist!«, fluchte er, während vorne auf der Gabel ein gefüllter Käfig bedenklich wackelte. »Verdammte Scheiße!«, schob er nach. Doch außer den zwei Flüchen kam nichts. Das heißt: Es kam ein unwirscher Ruf vom spärlich beleuchteten Heckteil des Lastkraftwagens, auf den die Gabel schon hätte einschwenken sollen:

»Wassn los, Heinz? Findste den Vorwärtsgang nich? Mach hinne!!«

»Red nich!«, brüllte Heinz, der Staplerfahrer, rammte den Vorwärtsgang ein und ruckte, das Wackeln des Käfigs auf der Gabel akrobatisch abfedernd, vor. RUMMS!! – senkte sich die Gabel auf die Hebebühne des Lkw, und beinahe simultan zog ein auf dem Lkw eingesetzter Hubwagen den Käfig ins Dunkel des Laderaums.

Die Bewegung der Chemikalienbehälter im Dunkel hinter dem Stall war etwas, das Lothar und Lisbeth nicht entging. Als das Staplerheck die Blechdinger beiseite kegelte, kam es ihnen wie eine Erlösung vor. Die Enten kannten ja den Weg und schlüpften flugs ins Freie. Hinter ihnen quollen noch weitere Enten durchs Loch, wie nachgeschoben vom Druck des Harvesters. Doch während sich Lothar und Lisbeth in größter Nervosität auf und davon machten, verharrten die verdutzten Pekingenten, wirkten gradezu betäubt von der ungewohnten Frischluft. So währte ihre Freiheit nur kurz. Sie fielen Heinz, dem Stapler-Mann, beim nächsten Wendemanöver auf, als er zwei der lethargischen Enten plattmachte und die dann ausbrechende beruhigungsmittelkontrollierte Panik der anderen wahrnahm.

Das »SCHEISSE!!!«, das Heinz entfuhr, schoss in die Nacht wie ein Schuss, der Lothar und Lisbeth verfolgte.

Doch die zwei hatten bereits Distanz gewonnen. Sie rannten und rannten. Die Dunkelheit – es mochte Mitternacht sein – bot ihnen unzählige Schlupfwinkel. Der Aufenthalt im Mastbetrieb hatte ihren Sinn für nächtliches Ruhen so weit durcheinandergebracht, dass sie in den folgenden Stunden an eines ganz bestimmt nicht denken würden: ans

Schlafen. Mit sicherem Instinkt setzten sie sich ab vom Brummen, Rumoren, grellen Leuchten und Fluchen im Hintergrund. Lothar und Lisbeth leuchteten sich selbst. Zum Glück war niemand in ihrer Nähe, der in der Lage gewesen wäre, dieses Leuchten ebenfalls wahrzunehmen.

Bald hatten sie einen Hügel erreicht, der ihnen auffiel, weil der Mastbetrieb und die drum herum aufragenden Stoßzähne aus Licht tiefer sanken. Betrieb und Lichter schrumpften, verloren in der Ferne einen Teil ihres Schreckens. Lisbeth begann vorsichtig zu schnattern. Lothar antwortete, ebenso vorsichtig. Sie orientierten sich, wie nur Vögel es können. Sie hatten kein Abbild der umliegenden Orte und Gehöfte in ihren Köpfen, doch wo der Grenzweg lag, das Haus Erwins, der Garten, der Teich, das verrieten ihnen magnetische Bilder. Die Entfernung betrug Luftlinie etwa sieben Kilometer. Über mögliche Hindernisse und Gefahren auf dem Weg schwieg sich der Magnetismus jedoch aus. Sie blieben also misstrauisch, verharrten zunächst in sicherer Entfernung zum Betrieb, beobachteten das stille, grelle Licht, die Blöcke aus Schwarz, das Abfahren der Lkws. Nichts und niemand näherte sich, und das war gut. In den Gehirnen der Enten reifte – gefördert sozusagen von der Brutwärme des Magnetismus – der Entschluss, den Schutz der Nacht zu nutzen, um möglichst viel Distanz zwischen sich und dieses fürchterliche Gefangenenlager zu bringen. Knapp 30 Minuten nach der Flucht brachen sie auf, folgten schnurstracks den Anweisungen der Magnetfeldlinien.

Die Nacht war windstill und warm. Gerüche von Gülle und Dung auf Feldern, die bereits unter den Pflug gekommen waren, bildeten zarte Hauben auf unsichtbarem, zerklüftetem Braun. Die Enten tauchten gänzlich ein in diese Hauben, brachten sie mit leichten Flügelschlägen zur Wallung. Alles geschah in großer Stille. Die Federkleider, diese Neoprenanzüge der Natur, ermöglichten perfektes Gleiten durch Lüfte und Düfte. Nichts blieb hängen, nichts verriet die strömenden Körper. Das Tuscheln war reines Geheimnis …

Doch dann hieß es Stop! Dann hielt sie etwas auf. Sie reagierten verstört, unsicher. Lothar umrundete Lisbeth mehrmals, als ob er die Energie des Laufs nicht so schnell in den Griff bekam und sie irgendwie um die Mitte seines Lebens wickeln wollte. Diese Mitte, Lisbeth, beobachtete derweil. Noch immer herrschte ja tiefe Nacht, und es ist nicht ganz klar, wie viel Entenaugen aus Nachtschwärze herauszufiltern vermögen. Bald beobachtete auch Lothar. Er beobachtete und witterte. Da waren nun andere Gerüche. Da war anderer Boden und feines, bei Licht wohl tiefgrünes Gras. Gras, ganz unähnlich dem sperrigen, zauseligen Wiesengras der Gegend. Und Wasser war da. Sie spürten Wasser, ein Element, in der Lage, Enten zu verzücken. Wasser, so rein und klar, wie es in einer Landschaft mit Naturdüngung kaum möglich schien. Weshalb fehlte jegliches Aroma von Mastviehurin? Schickten Miststreuer und Güllewagen hier nicht täglich Unmengen von Fäkalien auf den Feldzug gegen das Grundwasser?

Halluzinierten sie?

Lisbeth und Lothar warteten und orteten. Nein, das Wasser war reiner als alles, was sie bisher kennengelernt hatten. Und es befand sich ganz in der Nähe. Wieder machte Lisbeth den Anfang. Sie schnatterte, setzte den linken Fuß vor, trat auf das feine Gras, watschelte langsam einen Hang hinauf. Lothar zögerte nicht lange und folgte. Sanft ging es hangaufwärts – und sanft hangabwärts. Dann hielten sie beide an. Ihre Köpfe drehten sich. Sie wandten sich einander zu. Schnabelspitze wies auf Schnabelspitze. Die Enten blickten sich an. Sie spürten sich und schnäbelten. Und es machte PLATSCH!

Sie hüpften hinein in dieses Wasser.

Lothar und Lisbeth, die von biblischen Geschichten keine einzige kannten und die das Abenteuer Arche Noah wahrscheinlich auch außenbords überlebt hätten, hatten das Paradies erreicht. Es war dunkel dort, na gut: Aber die Sonne würde wieder aufgehen. Im Paradies gehörte Sonnenaufgang dazu, all-inclusive sozusagen. Die Enten schaukelten. Das Wasser war angenehm warm. Der Sommer hatte sein Werk getan. Der Teich war größer als der Gartenteich auf Erwins Grundstück. Bedeutend größer. Lothar und Lisbeth schwammen von Ufer zu Ufer, paddelten hin und her, kreuz und quer. Viele Meter waren das, in jeder Richtung. Ein Maß, das Enten nicht kannten, aber sie hatten Vergleiche. Dieses wunderbare Gewässer glich von der Größe dem Dorfteich, und es war sehr viel sauberer.

Und dann tauchten sie. Lothar tauchte, Lisbeth tauchte. Wie herrlich das war. Und was für seltsame Dinge sie fanden. Schnäbelnd auf dem Grund stießen sie auf … ja, auf was? Waren das die Eier von Paradiesvögeln, die ihre Gelege diesem göttlichen Wasser anvertraut hatten?

Unglaubliche Mengen von Eiern lagen dort.

Die Enten rätselten – jedoch nicht lange. Grübelei beschwerte weder Lisbeths noch Lothars Psyche. Sie ließen die Paradiesvogeleier, wo sie sie gefunden hatten, und widmeten sich weiter dem Schwimmen, dem Schnäbeln, dem Turteln in warmer Nacht. Stundenlang ging das so. Alle Schwere, alle Bedrängnis, alle Erinnerungen an die Hölle nebenan schienen verflogen. Erst als es dämmerte und mit dem aufkommenden Licht auch die Möglichkeiten zunahmen, entdeckt zu werden, entließ sie ihr Traum. Noch immer zögerten sie, denn das Grün, das Wasser, die gelungene Bepflanzung der Ufer: Das alles übte ja gerade, wenn es sichtbar wurde, seine Reize aus.

Dennoch, die Flucht. Sie mussten und sie wollten heim.

Lothars und Lisbeths Vertreibung aus dem Paradies kam sehr schnell, zerstörte das Paradies wie Kanonenkugeln den Frieden: laut, grell, brutal und unwiderruflich. Sie hatten den Teich verlassen, waren einige Dutzend Meter über dieses gepflegte Grün gezogen und wandelten im hügeligen Gelände mal auf, mal ab. Sie konnten nicht sehen, was jenseits der Kuppe lag, zu der sie nun hinaufwatschelten. Sie stiegen also hangaufwärts – und gerieten von einer Sekunde zur anderen unter Beschuss.

Pong!

Kanonenkugeln sausten auf sie herab, verfehlten sie oft nur um Zentimeter. Pong! – Pong! – Pong! Lothar und Lisbeth gerieten in Panik. Eben noch wandelten sie auf weichen Füßen wie auf Wolken. Nun präsentierte sich ihnen die Welt als Weltkriegsszenario: Schützengraben, Stellungskrieg, zermürbendes Dauerfeuer, Sprenggranaten. Die Verwirrung der beiden war so groß, dass ihnen gar nicht auffiel, wie sehr die Kanonenkugeln den Eiern der unbekannten Paradiesvögel glichen. Gedanken ans Paradies kamen den Enten in diesen

Sekunden wohl kaum. Lisbeth und Lothar tauchten unterhalb des Hangscheitels entlang. Sie duckten sich, wie sie das zuvor im Maststall getan hatten, als diese stechenden Augen auf sie gerichtet gewesen waren. Sie durchlitten Entsetzliches, denn erneut ging ein Schwall Kanonenkugeln nieder:

Pong! – Pong! – Pong! – Pong! – Pong!

Wo standen die Geschütze? Wer waren die Soldaten in diesem Wüten?

Die Erklärung für das, was Lothar und Lisbeth durchmachten, war denkbar einfach. Jenseits des Hangs, etwa hundert Meter von den Tieren entfernt, befand sich die *Driving Range* des Golfplatzes von Fechtelfeld, der ein weites Areal östlich von Bramschebeck einnahm. An diesem Morgen hatte sich ein Trupp gestresster Jungmanager aus Dettbarn eingefunden, um Abschläge zu üben. Der Sonnenaufgang war die geeignete Zeit für ihr Training. Die Herren mussten ja schon früh in den Büros ihrer mehr oder weniger erfolgreichen Firmen sein, um die Kriege des realen Lebens zu führen. Lisbeth und Lothar hatten davon gar keinen Begriff.

Sie liefen, so schnell sie konnten. Als der Ballhagel nachließ, waren sie erschöpft, wozu der Schrecken beinahe mehr beigetragen hatte als die Anstrengung. Um ehrlich zu sein: Der Ballhagel hatte schon längst aufgehört, aber die Aufregung hatte die Enten überreagieren lassen und ihre Flucht verlängert. Jetzt, außer Atem und in Alarmstimmung, sahen sie sich um.

Die Welt um sie herum war noch immer schön. Doch das mochte täuschen. Das Paradies leuchtete. Singvögel zwitscherten. Bienen summten. Schmetterlinge tarbautelten über dem Grün. Vermutlich log das alles.

Irgendwo schlummerte Gefahr. Gefahr war ein Raubtier, und die Enten befanden sich mitten im Revier des Raubtiers. Paradies hin oder her: Das Raubtier konnte jederzeit auf Beutezug gehen. Es kannte hier sämtliche Verstecke, Fallen, Schlupfwinkel.

Aber da war noch etwas anderes.

Lothars Kopf ruckte hin und her, nach links und nach rechts. Lisbeth verharrte. Beide spürten sie dieses Andere. Lothar suchte es mit den Augen, Lisbeth mit der Seele – so wie Mann und Frau. Und als sie beide es gefunden hatten, schauten sie sich an und fällten eine Entscheidung.

Ob Wissenschaftler, Ornithologen, Verhaltensforscher jemals herausfinden werden, wie das Gespür der beiden in dieser Situation funktionierte? Sie hatten unglaublich Schreckliches erlebt. Sie hatten die Fleischmühlen gesehen, die Menschen betreiben, um Tiere zu quälen, zu töten. Sie waren verfolgt worden. Sie standen, was sie nicht wussten, im Verdacht, Mörder zu sein. Sie hatten ihr Heim verloren, und Krieg und Hass und Verfolgung umgaben sie schon seit Tagen. In jeder Sekunde konnte das Böse wieder zuschlagen. Vielleicht hatte alles dies ihre Sinne für das Andere geschärft.

Das Andere war die Liebe.

Lothar und Lisbeth hatten etwas gefunden, das Liebe ausstrahlte.

Nun hielten sie zielstrebig auf den Ort dieser Liebe zu.

Unheimliche Begegnung am Soldatenstein

»Lina, du biss das?«

Erwin fiel ein faustdicker Stein vom Herzen. »Ich dacht schonn … dass … der Kommissar … dass die wiederkommn …«

»Alles in Ordnung, Erwin?«, fragte Lina besorgt. »Du bist ja so blass. Wirst doch nich wieder krank?«

»Nee, is nur …« – Erwin zögerte. »Komm ma rein.«

Sie gingen in die Küche, wo Erwin die Ledertasche mit dem Geld und den Parteiausweisen in den Schrank hinter die Kaffeetassen geschoben hatte. Als er zwei dicke Pötte herausholte, um sich und Lina starkes Gebräu einzuschenken, zog er die Tasche gleich mit hervor und legte sie auf den Tisch. Als Lina ihn fragend ansah, erklärte er ihr die Aktivitäten der vergangenen Stunden.

»Zum Soldatenstein? Heute Nacht? Und wer soll das geschrieben haben? Diese … dieses Gedicht? Haste einen Verdacht?«

»Weiß nich«, sagte Erwin, »ich versteh nix mehr. Hätte Papa sein können. Aber Papa konnt nich schreibm. Schonn gar nich so Gedichte …«

Erwin wirkte bedrückt.

»Erwin, du hast doch einen Verdacht. Nun sag schon.

Raus damit! Das muss … Das musste doch alles der Polizei sagen!«

Der Verdacht, den Erwin tatsächlich hatte, verlor sich im Nebel. Die Geschichte mit Pökenhagen war ihm sehr nahegegangen. Er fragte sich, wie er all die Auseinandersetzungen mit seinen Eltern vor zwölf, dreizehn Jahren so hatte verdrängen können. Das Stigma, verrückt, unzurechnungsfähig zu sein, konnte jemand ausnutzen, der die Angelegenheit kannte. Der Erpresser wusste ja offensichtlich auch vom *Struwwelpeter*, den der Psychologe in seinen Briefen erwähnt hatte. Kam also jemand aus der Klinik in Frage? So wie Kaspar Pollpeter als Steuerfahnder vieles über Steuersünder erfuhr und dieses Wissen erpresserisch ausnutzte, konnte es doch auch im Fall der Klinik gewesen sein?

Erwin berichtete Lina von den Briefen, die er gefunden hatte. Da brachte Lina eine Person zurück ins Spiel, die Erwin schon halb wieder herausmanövriert hatte aus seinen Verdächtigungen:

Wilfried Lappenbusch.

Lina guckte sehr düster, als Erwin von Wilfrieds Besuchen dreizehn, vierzehn Jahre zuvor sprach und über die Versuche, ihn in die Psychiatrie zwangseinzuweisen. Sie räusperte sich.

»Ich muss dir was sagen«, meinte sie. »Es gibt da was … über Wilfried.«

»Über Wilfried?« – Erwin horchte auf.

»Anni hat was rausgefunden.«

»Anni?« – Jetzt war Erwin alarmiert.

»Ja. Die Zeitungen … Die Sache mit den Zeitungen hat mir keine Ruhe gelassen.« Lina wirkte sehr ernst. »Mir kam da ein Gedanke. Ich mein: Anni war da was auf der Spur. Die Sache mit dem Steuermann, also: der Steuerfahnder … Ich hab gedacht, vielleicht war Anni auch so was wie ein Detektiv. Anni war klug. Und sie hat immer geholfen.«

Erwin nickte. Anni. Ja, die Anni hatte geholfen. Vor allem ihm.

»Ich hab also einfach mal nachgesehen, ob da vielleicht noch mehr ist als diese Zeitungen. Zuerst hab ich gedacht, vielleicht gibt's noch was zu den Pollpeter-Sachen. Vielleicht hatte Anni sogar was aufgeschrieben. Die hat ja viel geschrieben, die Anni. Und es hätte sein können, dass was dabei ist, was ein Licht auf die Sache mit dem Toten in deinem Teich wirft, weißte?«

Erwin wusste das.

»Und dann finde ich im Tresor ganz unten ein zweites Fach. So eins mit Boden zum Hochheben. Ziemlich gut versteckt. Und darin war ne Schachtel. Ich hatte den Schrank immer mal offen, nutze den wie Anni für die Papiersachen, und wenn mal zu viel Geld in der Kasse ist. Na, kommt fast nie vor. Aber da unten im Fach … Ich heb den Deckel also hoch und denke: Papierkram. Annis Privatsachen, gehen mich nichts an. Hab dann aber mal reingeguckt, und …«

Sie rückte plötzlich näher zu Erwin und nahm seine Hand. Erwin wusste nicht, wie er darauf reagieren sollte. Frauen, die seine Hand nahmen und die nicht seine Mutter waren, hatte er noch nicht viele erlebt. Er ahnte, dass Lina etwas sehr Wichtiges sagen wollte.

»Erwin«, fuhr sie fort, »deine Eltern hatten eine Abmachung mit Wilfried. Dein Vater steckte kurz vor seinem Tod in ziemlichen Schwierigkeiten. Hatte mit einem Unfall zu tun. War wohl Alkohol im Spiel. Wilfried hat ihm geholfen. Das hat Anni alles rausgefunden. Wilfried muss immer ein geschicktes Händchen gehabt haben, wenn's um Geld ging. Das kann man ja nicht von allen hier sagen. Und mit dem Geld hat er Friedhelm geholfen. Dafür sollte er – und jetzt halt dich fest – das Haus bekommen. Dein Haus. Die alte Wache. Dich wollten sie in die Psychiatrie abschieben. Dann wärst du aus dem Weg gewesen, und die Sache mit dem Haus hätte im Dorf kein Aufsehen erregt. Als Anni das mitbekam, hat sie alles getan, um dich vor der Zwangseinweisung zu bewahren. Ich hab Dutzende von Briefen gefunden, die Anni geschrieben und für ihre Unterlagen kopiert hat. An die Klinik. An die Ärzte dort. Anni hat sogar angeboten, für dich zu sorgen, wenn deine Eltern mal nicht mehr sein sollten. Sie hat gekämpft wie eine Löwin. Ich habe so was wie ein Tagebuch gefunden, darin schreibt sie über die Zeit damals. Sie sagt …«

Lina drückte Erwins Hand noch fester, obwohl seine Hand furchtbar schwitzte. Erwin brachte kein Wort heraus.

»… Sie sagt, dass dich alle immer unterschätzen. Dass es schlimm ist, wie sie dich behandeln. Dass viel mehr in dir steckt, als alle glauben. Und das hat sie alles auch vorgebracht, als die Sache mit Pökenhagen anstand.«

Jetzt schwieg auch Lina. Erwin hatte einen Kloß im Hals. Er musste nun sprechen. Und es fiel ihm schwer.

»Dann … Dann hat Anni mich da rausgeholt?«, sagte er.

»Ja«, sagte Lina. »Die Anni hats geschafft.«

»Unn Wilfried?«

Lina zuckte mit den Schultern. »Ich weiß nicht«, sagte sie. »Anni schweigt sich darüber aus, wie Wilfried zu dem

Plan deines Vaters stand. Wilfried wollte wohl das Haus, klar. Aber ob er die Konsequenzen bedacht und mitgeholfen hat, dich in die Klapse …«

Als Lina das Wort *Klapse* rausgerutscht war, räusperte sie sich verlegen.

»Tschuldigung, ich meine: in die Psychiatrie … Anni deutet nur an, dass Wilfrieds Geld mit Paul-Gerhard zu tun hatte. Der hatte sich ja fast alles hier unter den Nagel gerissen. Sie verrät aber nichts darüber, wie Wilfried es geschafft hatte, zu Vermögen zu kommen. Der hatte es ja auch nicht einfach, so als Waise.«

Erwin dachte an Bernhard Lappenbusch, den Gedemütigten, den von Paul-Gerhard Bartelweddebüx & Co. Ermordeten. Als er umgebracht wurde, war Wilfried gerade auf der Welt. Er hatte sich also ziemlich alleine durchschlagen müssen im Leben. Ob das erklärte, weshalb er als Junge oft so sadistisch gewesen war?

So viele Fragen standen im Raum.

»Und was machen wir nun mit all dem?«, fragte Lina nach einer Weile. Seit sie das Tagebuch gefunden und geöffnet hatte, beschlich sie das dumpfe Gefühl, in Geheimnisse eingedrungen zu sein, die nur Erwin etwas angingen. Sie würde ihm das Tagebuch geben, später. Sie musste da zu einem Entschluss kommen.

»Das Geld«, sagte Erwin. »Der Erpresser.«

»Vielleicht ist es ja Wilfried«, meinte Lina gedankenverloren. »Wir müssen das alles jetzt der Polizei erzählen. Alles.«

Erwin wiegelte ab, reagierte wieder nervös. »Ich weiß nich, ich glaub … Wilfried kann das nich sein.«

»Der Erpresser? Weshalb nicht?«

»Weil … Weil … Er kann ihn gar nich geschrieben ham, den Brief.«

»Wieso geschrieben haben? Wilfried?«

»Ja, der Brief. Der erste Brief, der is auf meiner … also auf Papas alter Schreibmaschine is der geschrieben. Die war aber kaputt. Ich hatte se grad repariert, und schonn war der Brief drauf geschrieben.«

Lina starrte Erwin verdutzt an. Seine Erklärungen waren bisweilen allzu verworren. Erwin musste mehrfach neu ansetzen, um Lina klarzumachen, dass er den dringenden Verdacht hatte, der erste Erpresserbrief sei auf der Dienstschreibmaschine seines Vaters getippt worden. Die mit den Durchschusspunkten. Der Erpresser war also im Haus gewesen. Als Erwin die Maschine aber repariert hatte – kurz bevor er sich zu Hilde und Arno aufmachte –, war Wilfried Lappenbusch unter Garantie *nicht* im Haus gewesen. Erwin hatte Wilfried ja auf dem Hof bei Hilde angetroffen. Da hatte er im Schweinestall zu tun gehabt. Und zwar ziemlich viel. Er war richtig im Stress gewesen. Wilfried konnte also unmöglich derjenige gewesen sein, der zeitgleich als zweite Person neben Buschfranz das Haus am Grenzweg durchsucht und dabei die Maschine benutzt hatte.

Lina nickte vielsagend.

»Trotzdem«, sagte sie, »da bleibt ein Verdacht. Wer weiß, wie Wilfried das gedreht hat? Vielleicht hat er Helfer. Wenn das ne größere Sache ist … Der Reporter selbst könnte doch den Brief getippt haben, bevor er aus dem Dachfenster fiel? Wir müssen das jetzt jedenfalls alles der Polizei melden. Los, komm, wir gehen rüber zu Hilde und …«

… rufen den Kommissar an – wollte Lina hinzufügen, doch Erwin reagierte panisch.

»Nee, bloß nich!«, rief er abwehrend. »Ich hab doch … Das Geld. Mensch, Lina! Ich hätt doch schonn vorher. Unn … Unn Lothar unn Lissbett!«

»Was redste denn da, Erwin? Du bist doch erpresst worden! Da musste doch nicht … Das verstehn die von der Polizei doch, dass du da nicht …!«

Lina bemerkte, dass Erwin ganz und gar nicht einverstanden war mit ihrer Idee, die Polizei einzuweihen.

»Da is doch noch was?«, hakte sie misstrauisch nach.

»Verstehste denn nich?«, murmelte Erwin. »Der erste Brief … der Erpresserbrief mit dem erstn Gedicht. Der auf Papas Schreibmaschine geschriebm wordn is.«

»Haste ja gesagt«, brummte Lina. Sie maß diesem Umstand kaum Bedeutung bei. Er störte bei ihrem Wunsch, Wilfried Lappenbusch zu belasten. Und da Lina, als Kommissar Bökenbrink im Krankenhaus auf diese Schreibmaschine zu sprechen gekommen war, mit Entlassungsformalien beschäftigt gewesen war, fehlte ihr ein wichtiges Element in der Informationskette – und zwar den Verdacht des Kommissars betreffend. Dieses Element lieferte Erwin nun nach.

»Die Polizei«, sagte er. »Die hat … Der Kommissar hat die Maschine … mitgenommen hatter die. Und den Brief, den hatter ja auch … Er denkt nämlich, dass ich … weißte …?«

Einundzwanzig. Zweiundzwanzig. Der Groschen fiel.

»Grundgütiger«, seufzte Lina. »Das fehlte noch. Die haben dich sowieso schon aufm Kieker. DU sollst den Brief geschrieben haben?«

Wieder nickte Erwin. Es war nichts zu machen. Aufm Kieker war gar kein Ausdruck. Er rechnete im Grunde jede Sekunde damit, dass draußen Blaulichter vorfuhren. Und dann sah er auf die Uhr. Kurz nach 10. Er musste los. Der Soldatenstein wartete. Lina, die in den vergangenen Minuten das Gefühl gewonnen hatte, in Erwin wohne der Geist eines ängstlichen Desperados, entschloss sich zu der wilden Geste, zu der Frauen fähig sind, wenn sie sich in einen verzweifelten Gesetzlosen verlieben.

»Na, dann mal los!«, rief sie. »Mitgefangen, mitgehangen!« Sie erhob sich, straffte ihr Kleid und setzte einen wildverwegenen Blick auf. Man hätte Freiheitsstatuen nach ihr gestalten können.

Erwin verstand Linas Worte und Gesten nicht ganz, dazu war er zu aufgeregt. Aber es klang schwer danach, dass sie ihn begleiten wollte. Und irgendwie beruhigte ihn das sogar.

Zehn Minuten später waren sie im Dunkel der beginnenden Freitagnacht unterwegs. Es war warm. Trotzdem trug Erwin seinen alten Parka. Der gab ihm Sicherheit. In die Taschen passten Taschenlampe, eine Ladung Ersatzbatterien und noch ein paar andere, vielleicht nützliche Sachen. Übergröße hatte durchaus Vorteile. An seinen Füßen trug Erwin selbstverständlich Gummistiefel. Die waren prima in diesem Gelände, ganz gleich ob im Herbst oder im Sommer.

Auf die Polizeimütze hatte Erwin allerdings verzichtet. Erstens hatte ihn der Inhalt des Briefwechsels zwischen seinen Eltern und dem Psychiatrie-Professor erneut zutiefst erschüttert. Das Vertrauen in seinen Vater war zum zweiten

Mal ins Bodenlose gefallen. Zweitens kam ihm die Mütze in Linas Gegenwart einfach saublöd vor.

Lina schob ihr Fahrrad. Erwin und sie waren aufgeregt. Die Tasche mit dem Geld und den Nazi-Ausweisen hatten sie auf den Gepäckträger des Damenrads Marke *Torpedo* geklemmt (Baujahr 1954, mit pompös stahl-doppelgefedertem Tourensattel aus Leder). Erwins Nervosität war so groß, dass er immer wieder nachfühlte, ob sie nicht vielleicht runtergefallen war. Diese Gepäckträger alter Damenräder waren tückisch.

Das Sprechen erzeugte in der Nacht einen merkwürdigen Nachhall. So als ob die Worte weiter reichten, als man beabsichtigte. Sie verrieten im Dunkel Dinge, die sie hätten verschweigen sollen. Die Nacht hatte Ohren. Hieß es nicht so? Also blieben Erwin und Lina bald stumm und dachten nach. Ihre Gespräche waren nun synchronisierte Gedankenspiele. Erwin wusste, was Lina dachte – und umgekehrt.

Ob sie dem Erpresser begegnen würden? Wohl kaum. Der hatte sich sicher was einfallen lassen, um Risiken bei der Geldübergabe zu vermeiden. Es konnte ja sein, dass Erwin *doch* die Polizei benachrichtigt hatte, die sich irgendwo versteckte, um eine Falle zuschnappen zu lassen. Und trotz aller Hoffnung rechnete Erwin nicht damit, Lothar und Lisbeth am Soldatenstein anzutreffen.

Lebten sie noch?

Motorengebrumm. Scheinwerfer. Erwin zuckte zusammen. Sie hatten sich entschieden, nicht über Dorfstraßen und Hofzubringer zum Zielort zu gehen, sondern das Netz der Feldwege zu nutzen. So befanden sie sich auf der Höhe von Jasperneite, jenseits der Bramsche, an einer Stelle, wo man das Wasser auch mit Damenrad gut überqueren konnte, als die Wagen auf den Grenzweg abbogen und sich mit Getöse der Einfahrt zur alten Wache näherten.

»Da sind se«, murmelte Erwin. Drei, vier Scheinwerferpaare stachen auf das Haus ein. Dann verschwanden die Fahrzeuge bis auf die Halos der Lichter hinter dem Hausschatten.

»Polizei?«, fragte Lina.

»Glaub schonn«, sagte Erwin. »Die Schreibmaschine.«

Lina nickte. Es war schon seltsam, dass ein solch altes, mechanisches Ding solche Motorenkräfte heraufbeschwor. Sie hatten Erwin also tatsächlich im Verdacht, den Erpresserbrief geschrieben zu haben. Und all die anderen Verdächtigungen, die in den Zeitungen geäußert worden waren, hatten plötzlich einen Kristallisationskeim gefunden.

Aber solange es dunkel war, würde man ihn nicht finden.

Erwin und Lina wandten sich vom Haus ab und machten tüchtig Strecke. Nach kaum einer halben Stunde hatten sie die Straßen Auf dem Keil und Hellweg gekreuzt, immer auf der Hut vor Fahrzeugen, und überquerten auf der Höhe der drei Kotten, die zu Poggenpohls Hof gehörten, zum zweiten Mal die Bramsche. Unmittelbar hinter dem Bach nahmen sie den schmalen Pfad, der am westlichen Ende in den Lütkewald eintauchte und am Ostende wieder austrat. Von dort aus waren es noch knapp zwei Kilometer bis zum Soldatenstein.

Der Weg durch den Wald war duster und unheimlich, aber er war sicher. Es gab hier im Gehölz Verstecke zuhauf. Sie konnten nicht eingekreist werden, zumindest nicht von Fahrzeugen; und selbst eine Hundertschaft von Polizisten hätte in diesem Gewirr aus Holz und altem Laub kaum eine Chance gehabt gegen Erwin, den Waldläufer in Gummistiefeln.

Als sie aus dem Wald hinaustraten, leuchtete in südlicher Richtung Pöhlings Hof. Es war 23 Uhr. Eine gute Stunde noch. Sie würden pünktlich sein. Der Soldatenstein lag im oberen Teil des Waldes, oberhalb auch des Hofes. Dorthin verlief der Pfad, der aus dem Wald führte. Also folgten sie ihm bis zur Straße, überquerten die Straße und hielten am Rand eines Maisfeldes auf den Moorbruch zu. Jetzt waren es nur noch wenige Minuten.

Bewegte sich dort jemand? Auf der Straße? Wo vom Kötterholzweg der Moorbruchweg abzweigte, zwischen den Höfen von Plöger und Husemann? Ein Fußgänger?

Vielleicht täuschte Erwin sich. Die Dunkelheit …

Er nahm die Ledertasche vom Fahrrad. Der Erpresser war nah, Erwin spürte ihn. Jetzt bloß keine Fehler machen. Wieder drohten da diese unsichtbaren Augen. Der Himmel hatte Augen. Der Himmel, der Waldbausch im jenseitigen Düsteren, die glimmenden Höfe. Erwin drückte die schlaffe Tasche fest an seine Brust. Der Moorbruch wuchs an, erhob sich, beugte sich über ihn, öffnete den Mund …

Dieses verfluchte, eigenwillige Gehirn.

Erwin bemühte sich um absolute Lautlosigkeit. Leider machte Linas Damenrad da nicht mit. Wieso fiel ihm das erst jetzt auf? Das Ding quietschte. Herrje, sein Parka hatte Platz für vieles. Er hätte ein Ölkännchen einstecken sollen …

Erwin schloss die Augen. Das Rad quietschte.

»Da vorn«, flüsterte Lina. Das war ihm eigentlich auch zu

laut. Es übertönte sogar das Fahrrad. Diese Nervosität … Linas Zeigefinger wies in das Wäldchen hinein. Es öffnete sich ein Keil, in den der Weg mündete. Dort, wo der Keil sich um den Weg schloss und wo ein zweiter Weg, in nordöstlicher Richtung, zum Plöger-Hof abzweigte, dort stand das Denkmal. Nun ja, Denkmal: ein massiger Stein. Erwins Augen hatten sich der Dunkelheit angepasst. Schemen lösten sich aus dem Hintergrund. Keine Einzelheiten. Der Stein hatte etwas von einem Hinkelstein. Unten bauchig, oben fast spitz. Größer noch als ein Hinkelstein war er: ein Miniatur-Berg. Auf der Vorderseite, das wusste Erwin, auch wenn es jetzt nicht zu erkennen war, prangte eine Gedenktafel. *Blablabla Ehre, Vaterland, Treue, Blablabla* … So was.

In den Stein eingearbeitet war eine Vertiefung, ungefähr auf Brusthöhe Erwins. Dort, an der planen Rückwand der Vertiefung, war die Plakette oder Gedenktafel angebracht. Da sich der Stein von oben nach unten verdickte, ergab sich eine Art Tisch, eine Ablage am Fuß der Plakette. Ein besserer Vergleich wäre vielleicht der eines Fensterbretts, denn die Vertiefung wirkte im Denkmalstein tatsächlich wie ein Fenster, bei Tageslicht betrachtet. Ein Fenster in den Stein hinein – was wenig Aussicht bedeutete. Das Fensterbrett darunter war ein Platz, auf dem schon mal Grablichter standen. Die beleuchteten dann diese Militär-Fraktur-Buchstaben der *Blablabla-Vaterland*-Schriftzüge sowie auch die in der Fensterzarge angebrachten *Sieg-Heil-* und *Deutschland-Erwache-*Verzierungen jüngeren Datums.

Der Stein zieht Botschaften solcher Art wohl an, dachte Erwin.

Wie hatte der Erpresser geschrieben?

Bring all die Beutegelder, fein,
und leg sie in das Fenster rein.

Sie waren also angekommen. Punkt 12 Uhr Mitternacht. Jetzt musste Erwin handeln. Er nahm die Tasche mit dem Geld und legte sie unter die Plakette. Er wagte es zunächst nicht, die Aussparung auszuleuchten. Doch er musste nachsehen. Der Erpresser musste hier doch so was wie eine Nachricht deponiert haben? Wie ging es nun weiter?

»Was ist?«, flüsterte Lina. Sie wusste, wie es in Erwin arbeitete.

»Ich seh nix«, antwortete Erwin. Dann, nach kurzem Zögern, gab er sich einen Ruck, zückte die Taschenlampe, schaltete sie ein und ließ den Strahl über die Ablagefläche gleiten. Keine Nachricht, kein Hinweis. Auch nicht am Boden vor dem Stein.

Verdammt!

Zack, war das Licht wieder aus. Ein Geistesblitz durchzuckte Erwin.

»Hier is das Geld. Den Rest gibt's erst, wenn ich die Enten wiederhab«, flüsterte er. Vielleicht hörte der Erpresser ja zu. Verstecke gab es im Dunkel um den Stein herum unzählige.

»Und bitte tu Lothar unn Lissbett nix!«

Das kam noch leiser, wie zu sich selbst gesprochen. Lina hörte es dennoch. *Ach, Erwin*, dachte sie. Dann wandte Erwin sich vom Stein ab und kehrte zu Lina zurück.

»Was nun?«

»Nach Hause«, sagte er. Das klang resigniert. Was hatte er erwartet? Ein dramatisches Szenario mit Vermummten, die waffenschwingend das Geld kassiert und zwei gefesselte

Enten rausgerückt hätten? Eine lächerliche Vorstellung an diesem lächerlichen Ort. Ihm war klar, dass er nicht auf den Abholer des Geldes warten durfte. Beobachten lassen wollte sich der Erpresser sicher nicht. Also mussten sie erst einmal fort von hier.

Sollten sie zu Lina gehen?

Umständlich wendete Lina ihr Fahrrad, und, die Köpfe gesenkt, zogen sie los. Doch als sie sich dem Ende des Waldkeils näherten, als sie also im Begriff waren, wieder hinaus in die offene Nacht zu treten, bemerkten sie ganz in der Nähe eine Gestalt. Die Gestalt hatte sich offenbar aus Richtung des Plöger-Hofs genähert, hatte den zweiten Weg genommen, der in den Moorbruch hineinführte. Für einen Erpresser oder jemanden, der auf seine Schritte achtgab, weil er unbemerkt bleiben wollte, verhielt sich diese Gestalt allzu sorglos. Sie atmete wie eine Dampflok, brummte und murmelte vor sich hin. Kein Wunder also, dass Erwin und Lina noch aus der Distanz von etwa dreißig Metern in tiefster Walddüsternis auf den Mann – es handelte sich zweifellos um einen Mann – aufmerksam wurden.

Darüber hinaus wandte er noch weitere Tricks an, um die Sinne möglicher Beobachter anzuregen – insbesondere den Geruchssinn. Ein feiner, Erwin ganz und gar nicht unbekannter Duft meldete sich, und in Erwins Gehirn entstand, in einer Art visueller Explosion, das Abbild eines Menschen mit schlechten Zähnen, gegerbter Haut und Feldmütze auf dem Kopf.

»Arno?!«, entfuhr es Erwin heiser.

Sofort presste er sich die Hand vor den Mund. Zum Glück reichte seine Stimme allenfalls sieben, acht Meter weit.

»Arno?«

Lina war wesentlich vorsichtiger. Ihr Blick – den Erwin nicht sehen konnte – stellte allerdings ein wahres Kunstwerk an Verblüffung dar.

Erwin und Lina verharrten auf der Stelle. Mucksmäuschenstill waren sie. Arno war alles andere als dies. Er brummelte irgendwas, wuselte um den Stein herum, hüstelte, als ob er mit hässlichen Bronchialgeräuschen Geister verscheuchen wollte. Und dann stockte Erwin der Atem. Arno hielte inne, griff zu, nahm die Tasche und machte, dass er davonkam. Er flüchtete mit dem Geld. Arno war ...

Nein.

Doch.

Nein!

DOCH!

Das durfte nicht wahr sein! Erwin war entsetzt. Arno Wimmelböcker war verwickelt in den Erpressungs- und Entführungsfall. Arno, der Geld aus dem Erbe seiner Mutter gegeben hatte, um Lothar und Lisbeth das Leben zu retten. Arno, der Freund. Die gute Seele. Der Mann, der kräftigende Hühnersuppe von Hilde brachte, wenn Erwin krank war. Derselbe Arno, dem Erwin die Bekanntschaft mit Lisbeth verdankte. Arno, der in aller Unschuld den hintertriebenen Lokalreporter Jens Buschfranz gepfählt hatte.

Da passte doch nichts zusammen!

Was tun? Arno verfolgen? Erwin wurde unruhig. Ab einem bestimmten Grad mentaler Erregung konnte Erwin seine Gliedmaßen nicht mehr kontrollieren. Er wurde hampelig, signalisierte Kontrollverlust. Das war ihm jetzt alles zu viel. Lina schritt ein.

»Nein«, flüsterte sie, Erwins Gedanken lesend. »Wenn wir ihm folgen, dann … Das geht schief. Das Geld muss seinen Weg gehen. Denk an die Drohung, Erwin!«

Erwin dachte daran. *Entenbraten* hieß die Drohung. Lina hatte recht. Außerdem: Arno war sicher kein Verräter. Was im Trubel der ersten Sekunden wie Verrat wirkte, mochte bei Licht betrachtet ganz andere Erklärungen finden. Arno war ausgetrickst worden. Vielleicht von Wilfried Lappenbusch. Wenn sie Arno verfolgten, gingen sie ein unnötiges Risiko ein. Sie würden ihn ja jederzeit finden. Bei Hilde auf dem Hof. Arno wusste nicht, dass sie ihn gesehen hatten. Sie mussten ihn ziehen lassen – was er auch tat. Er hatte es plötzlich sehr eilig. Er stürmte mit Ledertasche voran den Weg entlang, an dessen Ende der Plöger-Hof lag.

Dort lag auch der Golfplatz.

Der Golfplatz.

Erwin erinnerte sich an die Hubschrauber, die er vom Golfplatz hatte aufsteigen oder dort landen sehen. Und er erinnerte sich an die Ratlosigkeit des Kommissars bei Betrachtung der ersten Leiche: die fehlenden Spuren am Teich.

Weder Schleifspuren noch Fußspuren. Wie vom Himmel gefallen.

Ein Rätsel.

Hatte man die Leiche von einem Hubschrauber aus aufs Grundstück geworfen? Und dann war sie zufällig im Teich gelandet?

Das schien grotesk. Aber das Trommeln in der Nacht. Das Gewitter. Diese dröhnend rhythmischen Geräusche zwischen Donnern und Heulen. Das Platschen, als er mit den Enten durch den Garten gerannt war, zurück ins Haus …

Es war diese unerklärliche Macht, die Erwin dann und

wann Weisungen erteilte. Weisungen, denen er folgte, ohne sie wahrzunehmen. Diese Macht schob seine rechte Hand in die Parkatasche, wo sie sich um den runden Gegenstand schloss, den er vor Tagen im Entenstall gefunden hatte. Ein kleiner, weißer, harter Ball. Erwins fleischige Finger fühlten Grübchen auf dem Material. Wieso war ihm das nicht damals schon aufgefallen, als er über Enteneier, Kondome, Merkwürdigkeiten im Verhalten des Liebespaars nachgedacht hatte? Das hier war ein Golfball. Den hatte der Mörder, der Erpresser, der böse Unbekannte im Garten verloren. Lisbeth hatte den Ball gefunden und ins Nest geschleppt.

Oder hatte auch der Ball zu den Dingen gehört, die der Tote – wenn Erwins Theorie denn zutraf – bei sich am Körper versteckt gehalten hatte, um Hinweise zu geben? Ein Golfball passte zu einem Golfplatz. Sehr gut sogar.

Und Kondome? Was hatte ein Golfplatz mit Kondomen zu tun?

Erwin wusste es nicht, aber Golf war ihm so fremd wie Kondome. Also gab es da vielleicht Gemeinsamkeiten. Der Hubschrauber, der Ball: Es deutete vieles darauf hin, dass sich des Rätsels Lösung auf dem Golfplatz befand.

Und noch etwas fiel ihm ein. Etwas ganz anderes. Er sagte es Lina. Wie dumm, erst jetzt daran zu denken: Sie konnten unmöglich zurück zum Grenzweg. Die Polizei. Man würde ihn verhaften. Eine Verhaftung konnte Erwin, solange Lothar und Lisbeth nicht in Sicherheit waren, ganz und gar nicht gebrauchen. Die alte Wache war tabu. Zu Lina und ihrem Laden konnten sie ebenfalls nicht. Dort würde die Polizei längst Wachen postiert haben. Vermutlich dachte Kommissar Bökenbrink bereits daran, eine Großfahndung nach Erwin einzuleiten. Sie durften sich nicht einmal in die Nähe des Grenzweges oder des Dorfes wagen.

Trübe Aussichten also.

Und was, wenn sie Arno doch noch folgten? Der Golfplatz erschien Erwin in dieser Situation wie ein Ziel, das er auch ohne Arnos Führung ansteuern konnte. Sie konnten sich Zeit lassen, denn Müdigkeit meldete sich und forderte ihr Recht. In der Dunkelheit würde ihnen das Geheimnis des Golfplatzes ohnehin verborgen bleiben. Also berieten sie sich kurz, Lina und er, marschierten dann noch einen guten Kilometer auf den Golfplatz zu und suchten sich am Rand des Moorbruchs ein Plätzchen, geschützt von hohem Gras und Brennnesseln. Dort wollten sie versuchen, der Nacht noch zwei Mützen Schlaf abzuringen.

Morgenerröten

Die Nacht war zwar warm gewesen, aber der Morgentau machte das Aufwachen zu einer hässlich-nassen Angelegenheit. Erwin fühlte Rost in den Gelenken. Lina ging es nicht besser. In ihrem Alter, so sagte sie, seien Betten überlebensnotwendig, weder ein Luxus noch ein Turngerät. Sie seien einfach ein Muss. Dann kam sie auf die Beine und widmete sich dem verrenkten Rücken.

»Außerdem«, ächzte sie, »gehört Frühstücken zu den Grundrechten.«

Dem konnte sich Erwin nur anschließen. Das mit dem Turngerät hatte er nicht verstanden, aber was hätte er jetzt für einen Pott Kaffee und ein Mettwurstbrot gegeben.

Kurz nach Sonnenaufgang, so gegen sechs, überlegten Lina und Erwin mit knurrenden Mägen, wie es weitergehen sollte. Das Geld war übergeben. Wem auch immer. Würde der Erpresser die Gabe annehmen? Erwartete er vielleicht mehr? Ganz sicher sogar, denn die 10 000 Euro waren bestenfalls eine Verlegenheitslösung. Schlimmer noch: Das Geld stammte vielleicht vom Erpresser selbst. Im Gewühl der Morgengedanken fragte sich Erwin, ob es nicht ein großer Fehler gewesen war, dieses Fundgeld zurückzugeben.

Sein Herz begann zu rasen.

Er hatte in der Nacht von Lothar geträumt. Die Ente hatte hinter einem breiten, erhöhten Tisch gesessen: aufrechten

Hauptes, eine schwarze Kappe über dem Kopf. Vor dem Tisch, auf einer Bahre, hatte Lisbeth gelegen, in Schneewittchenpose. Tot. Lothar hatte über Erwin zu Gericht gesessen. In der Erinnerung hörte er die mit verzerrter Stimme vorgetragenen Anschuldigungen. Lothars Blick, der so vorwurfsvoll und rätselhaft zugleich sein konnte, wirkte unter der Kappe wie der Blick eines Scharfrichters. Lothar, der Charakterdarsteller. Und Erwin, der Lothars anklagender Schauspielkunst ausgeliefert war.

Zum Glück lenkte Lina ihn ab. Sie entschied, dass es das Beste war, sich zu trennen. Jemand musste im Haus am Grenzweg sein, falls dort am Morgen oder in den nächsten Stunden ein weiterer Erpresserbrief oder eine Nachricht abgeliefert wurde. Außerdem musste Hilde kontaktiert werden, falls Arno zum Gerkensmeier-Hof zurückgekehrt war. In diesem Fall wäre ein sofortiges Verhör Arnos notwendig.

Sie kamen überein, dass Lina zurückfahren sollte. Das Verhör war eindeutig eher Linas als Erwins Stärke. Außerdem würde Kommissar Bökenbrink zwar vielleicht Erwin, nicht aber Lina festnehmen – auch wenn da so ein Beihilfe-Vorwurf drohte. Und drittens würde Lina mit dem Fahrrad viel schneller zurück am Grenzweg sein als Erwin in Gummistiefeln. Die Rollen waren also schnell verteilt. Lina schwang sich mit der Kraft von siebzig ungebeugten Jahren auf ihr Damenrad Marke *Torpedo* und pedalierte ihren Missionen entgegen. Erwin machte sich grade, sah ihr nach, und wendete, als sie außer Sicht war, den Blick nach Nordosten, der Sonne entgegen.

Was nun?

Der Hunger: Am Abend sollte Lina – vorausgesetzt, im Ort ging alles glatt – mit Kaffee und Broten zurück zum Soldatenstein kommen. Und natürlich mit Neuigkeiten – die es sicher gab. Am Abend, wenn die Sonne unterging. Bis dahin musste Erwin, der noch nicht einmal eine Uhr hatte, ausharren.

Aber war es nicht naiv, davon auszugehen, dass Lina einfach so und unbeobachtet von der Polizei wieder mit ihm Kontakt aufnehmen konnte?

Sie hatten sich das nicht wirklich gut überlegt.

Zehn Stunden, dachte er, die Zweifel beiseiteschiebend. Er hatte etwa zehn Stunden Zeit. Das war genug für eine längere Wanderung. Wanderung bedeutete Ablenkung von der Unruhe. Vom Hunger. Gedanken zogen wie langsame Wolken durch seinen Kopf. Seine Hände steckten in den Parkataschen, und die Rechte presste er immer wieder um den Ball.

Nach einigen Minuten gab er sich einen Ruck, trat vollends aus dem Brennnesselversteck und marschierte über die dem Moorbruch vorgelagerte Wiese hinauf zum Warzkamp. Das war die Straße, die den Golfplatz an der ihm zugewandten Seite begrenzte.

Erwin bewegte sich im Schutz einer Reihe von Haselnussbüschen und Hagebuttensträuchern, die den Feldweg zum Plöger-Hof säumten. Polizisten in Streifenwagen würde er nicht sofort ins Auge fallen. Ihm hingegen fiel, noch ein gutes Stück vom Golfplatz entfernt, schon auf, dass dort trainiert wurde. Bereits am frühen Morgen. Erwin sah winzige Figuren, in einer langen Reihe aufgestellt. Menschen, die sich eigentümlich synchron bewegten. Von Golf verstand er, wie gesagt, nichts. Was Golf betraf, wohnte in seiner Brust eine ganz und gar Bramschebecker Seele. Golfer kamen aus Städten und trugen niemals Gummistiefel. Sie sprachen wohl auch nicht dieselbe Sprache wie er. Aber er würde ohnehin nicht mit ihnen sprechen müssen.

Wann war dieser Golfplatz angelegt worden?

Und wem gehörte er?

Er wusste es nicht.

Immer stärker wurde seine Abneigung, weiterzugehen. Die Äcker, Wiesen, Felder und Wälder der Umgebung waren Orte, die Erwin als Teil seiner Welt begriff. Aber der Golfplatz?

Er verharrte. Sein Blick schweifte über das ferne Grün. Eine kurvenreiche Landschaft, die Unwohlsein auslöste. Wieder übten dort auf der *Driving Range* die Figürchen aus der Stadt den Abschlag. Sie drehten sich, mit schneller Bewegung, waren ruckende Weggucker. Automaten mit identischem Programm. Kaum sichtbar, gleich winzigen Geschossen, zogen Bälle ihre Flugbahnen, stiegen auf, prasselten nieder. Lautlos. Die Bälle fielen an eine Stelle, die Erwin nicht einsehen konnte. Von seinem Standort aus lag diese Stelle zu tief. Außer den Abschlagenden schien sich niemand auf dem Platz zu befinden. Es war vielleicht noch zu früh am Morgen.

Östlich des Golfplatzes, in einer lang gestreckten Senke, fiel Erwin ein Komplex von Hallen auf. Er musste sich eingestehen, dass er diese Hallen noch nie bewusst wahrgenommen hatte. Wann je drang er auf seinen Wanderungen bis zum Moorbruch vor? In der Regel verliefen seine Wege zwischen dem Hof von Hilde Gerkensmeier, dem Bramschewald und der nordwestlich des Dorfs verlaufenden Bundesstraße. Selten genug kreuzte er sie, um sich im Süllbachtal aufzuhalten. Auch die Straße stellte für Erwin eine natürliche Grenze dar.

Die Hallen mussten relativ neu sein. Industrie wahrscheinlich. Dass solche Veränderungen immer näher rückten, beunruhigte ihn. Zogen Golfplätze so was an? Es wäre bedenklich.

In diesem Moment nahm Erwin im Augenwinkel ein Fahrzeug wahr. Ein Fahrzeug, das sich von Bramschebeck kommend dem Golfplatz näherte.

Es war ein größerer, nicht ganz unauffälliger Wagen, der über den Warzkamp fuhr, auf das Gelände des Golfplatzes abbog und auf dem Parkplatz des Geländes stoppte. Jemand stieg aus und ging auf das Clubhaus zu.

Scheiße, dachte Erwin.

Es war der Wagen von Wilfried Lappenbusch. Das verriet nicht etwa die Aufschrift mit Namen und Telefonnummer, die an den Seitentüren immer sichtbar gewesen war. Nein, diese Beschriftung fehlte. Jegliche Beschriftung fehlte. Doch die besondere Form des erhöhten Aufbaus, die leichte Schrägung des doppeltürigen Hecks, die eiernde Radkappe hinten rechts, der Fahrstil, der Geraden aus leichten Kurven zusammensetzte und geladenes Vieh seekrank werden ließ: Alles dies verschmolz zum Bild einer Gestalt, die Erwin sofort identifizierte:

Wilfried Lappenbusch.

Und da war ein zweites Fahrzeug, das ihm bekannt vorkam – erst jetzt: der dunkle Wagen, der vor Tagen am Haus gestanden hatte, als Arno und er mit den Pfählen von Hilde zurückkamen. Der Wagen mit dem unbekannten Fahrer.

Nun musste Erwin sich wirklich was einfallen lassen.

Wo aber befanden sich Lothar und Lisbeth? In den Wirren des Krieges, den sie erlebten, waren sie, wie bereits angedeutet, auf einen Hort der Liebe gestoßen. Zumindest glaubten sie das oder hofften es, denn sie sehnten sich nach Frieden. Noch immer wandelten sie in einer Art Paradies. Ein Paradies, in dem scharf geschossen worden war. Diese Eindrücke ließen sich nicht leicht zusammenbringen.

Als sie dann auf ein Gebäude mit Formen stießen, die ihnen weder von den Höfen der Gegend noch von den Häusern im Dorf her bekannt vorkamen, meldete sich scheue Neugier. Das Gebäude lag tief. Ihm fehlten hohe Aufbauten oder so etwas wie ein Dach, das lange Schatten warf. Was lange Schatten warf, neigte zur Überwachung. Das wussten die Enten. Ihr Verstand umkreiste seit Tagen die großen Themen Flucht und Gefahr. Ein niedriges Dach, ein weiträumiges, in interessanten Farben gestaltetes Haus, erzeugte ein gewisses Vertrauen, weil es sich ins Grün der Umgebung einfügte wie ein brütender Vogel in sein Nest. Und diesmal war es Lothar, der erste Schritte wagte. Lothar und Lisbeth befanden sich an der Ostseite des Gebäudes. Die Sonne bestrahlte ihr Gefieder. Was sie im Maststall, eingepfercht zwischen leidenden Artgenossen, an Verschmutzungen hatten erdulden müssen, hatten sie im Paradiesteich, kurz vor Sonnenaufgang, abwaschen können. Und danach hatten sie ihr Federkleid mit Schnabel und Bürzeldrüsenöl in Ordnung gebracht. Sie leuchteten also an diesem Morgen und fühlten frischen Mut.

Lothar hatte die Gebäudeseite, die halb hinter ausladenden Ziersträuchern verborgen lag, ausgiebig betrachtet. Da waren kleine, gekippte Fenster in der Wand, sichtbar zwischen den Zweigen und Blättern von Bluthasel, Flieder und Amberbaum. Die Gartenkunst dieses Ortes zeigte eine deutliche Vorliebe für Rotes bzw. Errötetes. Lothar hatte ja bereits zuvor eine gewisse Sympathie für die Farbe Rot erkennen lassen, und mit seinen feinen Augen mochte er in Sträuchern, Fenstern und Hauswand Dinge wahrnehmen, die einem Menschen nicht aufgefallen wären.

So war es wohl. Lothar folgte geheimen Botschaften. Mutig ruckelte der kleine Körper voran, pirschte sich zu den Fenstern vor, zwängte sich durch das wurzelnahe Gesträuch, verharrte. Lothar guckte sich um, setzte den Schnabel fast wie ein kleines Buschmesser ein, watschelte weiter.

Was suchte er nur?

Lisbeth fragte mit neugierigem, leisem Schnattern. Lothars Antwort kam nur unwesentlich lauter zurück, ein leicht heiserer Ton. Was teilten sie sich mit? Ihre Kommunikation blieb rätselhaft. Zu den Farben, die auf sie einwirkten, gesellten sich nun Düfte. Und auch dies muss gesagt werden: Die Nasen bzw. Schnäbel der Enten sind phantastisch. Wer Schnecken mit der Nase orten kann, muss der Welt nichts mehr beweisen.

Lothar kehrte nach wenigen Minuten aus dem Wurzelwirrwarr am Fenster zurück und bog um die Hausecke. Lisbeth sah ihm nach, dann folgte sie. Jenseits der Hausecke senkte sich der Grasboden des Paradieses zur tiefrot geklinkerten Längswand des Gebäudes, gab ein Kellergeschoss frei. Als verstörend empfand Lothar zunächst den Anblick eines mittelgroßen Lkw. Der parkte hier am Ende eines schmalen, versteckt laufenden Zufahrtswegs, auf niedriger Ebene. Ein abschreckender, geradezu widerlicher Geruch von Dieselverbrennung ging von dem Fahrzeug aus. Da es sich nicht rührte, keine Geräusche von sich gab und heckseitig durch die Aussparung einer Ligusterhecke an eine Rampe gesetzt, so tot wirkte wie der Misthaufen hinter Hildes Stallungen, konnten die Enten das Gefährt letztlich ignorieren. Es schien Teil des Arrangements. Es gehörte wohl hierher. Anderes Interessantes zog die Tiere an. Wiederum stieß Lothar auf eine Reihe gekippter Fenster. Und auf eine breite, dunkle Tür. Eine Tür, die …

Ja, sie war unverschlossen. Genauer: Man hatte diese Tür nicht richtig zugedrückt, spät in der Nacht vermutlich. Vielleicht promillebedingt. Nun stand die Tür einen Spalt weit offen und entließ Gerüche wie Signale. Lothar betrat die Schwelle und verharrte im Spalt. Er stellte dreierlei fest: erstens Ausdünstungen von Zigarettenkippen. Die Kippen konnte man drinnen vermuten, in überfüllten Aschenbechern. Kalter Rauch also. Enten sind absolute, bisweilen militante Nichtraucher. Da aber zweitens die beißenden, nasenschleimhautreizenden Gerüche seit Stunden nachließen und nun zunehmend überdeckt wurden von anderem, wich Lothar nicht zurück. Im Gegenteil: Sein Schnabel – d. h. seine Nase – nahm einen konstanten Pegel von Düften wahr, die man aromatisch nennen konnte. Düfte ätherisch-alkoholischen Ursprungs. Düfte, die kaum je von einem Hof der Gegend ausgingen. Kurzum: Parfümdüfte. Und darauf reagierte Lothar mit Neugier.

Drittens strömte ihm eine nur allzu bekannte Note entgegen. Ein Duft, der ihn womöglich an Güte erinnerte, an ungelenke Freundlichkeit, an unverbrüchliche Solidarität zwischen Körperschweiß und Kleidung. Sogar Gedanken an Lisbeth mochte er wecken, obwohl ein solcher Duft niemals von Lisbeth ausgehen würde. Der Duft, den Lothar dennoch schätzte, trug vielmehr Spuren von Schweinestall und alternden Mettwurstresten zwischen Resten von Zähnen.

Solcherart umnebelt betrat Lothar das Gebäude – und wiederum folgte Lisbeth.

Der mutige Schritt wurde den Enten nochmals erleichtert, denn just in dem Moment, als sie vor der offenen Tür standen und die Düfte analysierten, näherte sich dem Haus ein fürchterlicher Raubvogel. Er stürzte aus der aufgehenden Sonne auf sie zu. So mussten sie es empfinden.

Wie bereits beschrieben, senkte sich der Boden an der Längsseite des Hauses – und zwar der nach Süden gerichteten – bis auf die Höhe des Fundaments. Die Kellerwand, die Grundmauer, lag hier zum Teil frei. Das gab diesem Abschnitt des Gebäudes etwas von einer Verschanzung, zu der, klug integriert, sogar der schmale Zufahrtsweg und der halb versteckt geparkte Lkw gehörten. Auf einer Breite von vielleicht fünfzehn Metern, die mit zunehmender Entfernung keilartig auf etwa fünfundzwanzig Meter anwuchs, stieg der Grasboden vom Haus ausgehend an, hob sich in einer schwungvollen Kurve und verlief schließlich auf höherem Niveau, dem des Golfplatzes, mit seinen Fairways und Greens. Die offene Kellerflanke lag also wie im Schutz eines Erdwalls. Verstärkt wurde der Eindruck noch durch die seitliche Bepflanzung der Absenkung: dichte Ligusterhecken, links und rechts. Rechts nur von der schmalen Zufahrt durchbrochen. Hecken, die man als Sichtschutz, vielleicht auch als Ballschutz, deuten konnte.

Der Raubvogel, der Lothar und Lisbeth überraschte, hatte sich sehr plötzlich angekündigt, mit abrupt einsetzendem Lärm von Schwingen, die auf Luftmassen einprügelten. Knatternde Gasmoleküle. Bohrendes Rumoren. Als sich zum Knattern und Rumoren in der Luft noch der gigantische, von Sonnenlicht umflossene Schatten zeigte, sich bedrohlich senkte, und zwar nur wenige Meter jenseits des Erdwalls, sahen die Enten keine andere Wahl. Sie flitzten ins Haus und waren erst einmal in Sicherheit.

So dachten sie.

Im Inneren des Kellers erinnerte nichts an den ihnen bekannten Keller im Haus am Grenzweg. Ein normales Kellergeschoss war dies nicht. Es war … Es war zunächst einmal weniger dunkel als in Erwins Katakomben. Das lag weniger an breiten, offenen Fenstern als an ausgeklügelten Beleuchtungssystemen. Obwohl die Räume dieser Tiefenetage leer schienen, leuchtete Licht. Warmes Licht. Sehr warmes Licht.

Um genau zu sein: Es gab keine Fenster. Nur die schmalen Kippfenster in der freiliegenden Grundmauer. Diese Lüftungsschlitze aber lagen in Räumen, die Lothar und Lisbeth nicht einsehen konnten, obwohl manche Tür offen stand. Die Wände dieses Kellers zierte hier und dort etwas Fensterähnliches: Gemälde in barocken Rahmen. Was sie zeigten, hatte nichts mit dem zu tun, was Fenster in Bramschebeck üblicherweise zeigten. Und da in Erwins Wohnung keine Gemälde an den Wänden hingen, hatten die Enten auch keine Vergleiche und ignorierten das angebotene Bildmaterial.

Das war kein Verlust.

Fremd wirkten die Eindrücke hier unten. Lothar und Lisbeth stellten jegliche Gespräche ein und huschten vorsichtig von Schlupfwinkel zu Schlupfwinkel. Mal war es eine Raumnische, mal ein pompöses Möbel, an das sie sich schmiegen konnten. Eine Art Flur erstreckte sich durch die gesamte tiefe Etage. Die Zimmer, die an den Flur grenzten, verbargen sich hinter dicken roten Türen mit Nummern darauf. Diese Türen waren verschlossen. Das Mobiliar des Flurs hatte etwas eigentümlich Schwülstiges. Das fiel den Enten aber nicht auf. Wer, wie sie, beim Nestbau auf flauschige Materialien setzte, dem gefielen die Ausstattungsmerkmale der Etage vielleicht. Zudem hatte die künstliche Beleuchtung etwas von dem Licht, das Züchter verwendeten, um Küken eine angenehm warme Atmosphäre zu bieten. Auch dies verstörte die Enten also kaum.

Verwirrend schienen ihnen eher die hier und da angebrachten übergroßen Spiegel. Beide fielen einige Male auf die Gaukeleien des Glases herein, meinten, Verwandte zu erkennen. Erst nach einigen vergeblichen Versuchen, sich mit den Schnabelspitzen zu begrüßen, bemerkten sie den Schwindel und verloren das Interesse.

Es gab ja noch andere Signale.

Irgendwo in diesen Räumen hielt sich jemand auf. Sehr dumpf waren da Stimmen. Für menschliche Ohren unhörbare Stimmen. Die Enten vernahmen sie, hielten jedoch nicht darauf zu. Sie folgten, nachdem sie nun sehr lange ohne Mahlzeit gewesen waren, den feinen Düften von Essbarem.

Leider nahmen diese Düfte gewundene Wege. Es dauerte eine ganze Weile, bis die Enten den Flur hinter sich gelassen hatten und in einen Raum kamen, der wie eine mächtige

Erweiterung des schlauchartigen Gangs wirkte. Es war mehr ein Saal denn ein Raum. Die Leuchter an der Decke protzten mit Licht. Wiederum herrschten schwülstige Farben und Materialien vor. Samt und Seide. Und schwere Teppiche, die den Entenfüßen wundervolle Gefühle vermittelten. Vieles hier war plüschbezogen. Rotes bestimmte die Farbtöne, wirkte hier noch dominanter als draußen.

Auf einem Glastisch, den ein umsichtiger Möbeldesigner auf Laufentenhalshöhe hin konstruiert hatte, entdeckte Lothar interessante Gegenstände. Was war das nur? Lange und eindringlich betrachtete er den Tisch bzw. das, was er ausstellte. Es mochte sich bei den Dingen darauf um Skulpturen handeln, die an Erwins erhobenen Zeigefinger erinnerten. In Lothars Leben hatte es ja schon solche Momente gegeben: Gelegenheiten, bei denen Erwin Lothar hatte ermahnen wollen, obwohl er ihm ja nie wirklich böse sein konnte. Diesen Zeigefinger fand Lothar nun quasi einzeln vor. Nein: als Gruppe einzelner Zeigefinger und monumental vergrößert, die Fleischfarbe überbetont, mit verdickter Fingerkuppe.

Taten sie etwas dermaßen Unrechtes?

Lothar konnte über diese Frage kaum nachdenken, sein Hunger wurde unerbittlich. Er spürte weiter Essbarem nach und registrierte nur nebenbei, dass es in diesem Saal gleich mehrere solcher Glastische voller mahnender Finger gab und in der Nähe jeweils Möbel, die der Katalog, nach denen sie bestellt worden waren, als *Himmelbett Sheherazad mit abnehmbarem Baldachin und Voiles in warmen Farben* angepriesen hatte.

Lothar blieb der Reiz solcher Kataloge fremd.

Wo war Lisbeth?

Lisbeth interessierte sich für zwei übergroße Spiegelwände in der Nähe einer dämmrigen Bar am Rand des Saals. Zwischen den Spiegeln, die zum Hauptlicht des Saals hin ausgerichtet waren, hatte man auf rotem Plüschgrund Haken angebracht, an denen Handschellen hingen sowie schwarze Reitpeitschen, Ledermasken, Stachelhalsbänder, Mundknebel etc. Alles dies erkannte Lisbeth selbstverständlich nicht. Aber da das Leder von Peitschen, Halsbändern und Masken pfleglich behandelt wurde, verströmten die Materialien interessante Düfte von Ölen und ähnlichen Substanzen. Und da standen, auf fragilen Podesten, Kerzen. Duftkerzen. Kerzen, die nicht brannten. Deren Form an die der mahnenden Zeigefinger erinnerte, wie Lothar sie auf den Glastischen entdeckt hatte. Die Kerzen waren noch ein Stück größer als die Zeigefinger und ebenso rosigfarben. Lisbeths Blick war, wie immer bei Enten, schwer zu deuten. Ein Beobachter hätte vielleicht der Meinung sein können, sie betrachte alles mit der Nüchternheit einer Regierungschefin, deren Stärke eher in der Analyse denn in Impulsivität liegt. Obwohl Lisbeth ja schon allein aus ihrer Körperform heraus die Geste des Stinkefingers kannte, bewahrte sie die Würde der Zurückhaltung.

Die so fremden wie verlockenden Gerüche und Formen lenkten Lisbeth nur kurz ab. Bald meldete sich auch bei ihr der Hunger. Die Enten hatten im Mastbetrieb kaum etwas zu sich genommen, wegen der Situation und weil die dort angebotenen Speisen nicht ihrem Standard entsprachen. Was sie nicht ahnten: 30 Stunden vor dem Einsatz des Entenmähers stellten die Betreiber der Hölle jegliche Fütterung ein. So verringerten sie die Belastung des Schlachtguts mit in Panik ausgestoßenem Kot. Hätten Lisbeth und Lothar dies gewusst, sie hätten vielleicht noch länger auf eine Mahlzeit verzichtet.

Woher kam aber nun der versteckte Essensgeruch? Und was war mit den dumpfen Geräuschen, den Stimmen, die sie hörten?

Die Enten zogen weiter, verließen den Saal. Ihr Weg setzte sich hinter einem Perlenvorhang fort, der den Saal vom rückwärtigen Teil des zentralen, tiefgelegten Flurs trennte. Hier waren die Farben und Formen wesentlich nüchterner. Die Türen trugen keine Nummern. Sie bestanden aus gewöhnlichem dunklem Holz. Die Beleuchtung ließ zu wünschen übrig. Der Gang – es war bald kein Flur mehr, sondern eine Art breiter Schacht – mündete in Halbdunkel, verlief durch eine geöffnete Stahltür. Hinter dieser Stahltür wurde der Essensgeruch intensiver. Würzig roch es, wie nach den Leckereien, Würmern, Krebsen und dergleichen, für die Lothar und Lisbeth meilenweit watscheln würden.

Nun, sie hatten eine lange Strecke zurückgelegt, und viel Zeit war vergangen. Der Hunger brach sich also Bahn. Was sie nicht wussten: In einer kleinen, lichtlosen Kammer ganz in ihrer Nähe wurde all das Fischfutter aufbewahrt, das die Golfplatzbesitzer für die in den Wasserflächen der Grünanlagen lebenden Koi-Karpfen und Goldfische benötigten. Die Zusammensetzung dieses Futters wies bemerkenswerte Übereinstimmungen mit den 3-Sterne-Mahlzeiten der Enten auf.

Außerdem war da auch wieder dieser andere Geruch, der von Güte sprach und stockiger Kleidung und Mettwurstresten.

So begannen die Tiere beinahe wüst, nach einem Zugang zur vermuteten Speisekammer zu suchen. Schnäbel hackten gegen Türrahmen, hieben auf Metall, auf Holz. Die Energie kleiner Körper entlud sich gegen stumpfe Materie – und siegte. Auf eine überraschende Art allerdings. Nicht die mit Schnäbeln attackierte Tür öffnete sich, sondern der Boden. Flink und fast geräuschlos sausten die Enten hinter einen Mauervorsprung. Sich öffnende Luken ließen Fänger vermuten. Sie hatten solche Typen nur wenige Stunden zuvor in Aktion gesehen. Und sie waren zu oft gefangen gewesen in der Vergangenheit, um jetzt nicht argwöhnisch zu sein. Ein Mann schob seinen Kopf durch das Loch im Boden. Er sah sich um. Diesen Mann hatten die Enten noch nie gesehen.

Aber was hieß das schon? Kannte man einen, kannte man alle.

Der Mann stieg höher, blickte misstrauisch. Ein dünner Mann in der Kleidung eines, nun ja, Pinguins vielleicht. Davon ließen sich die Enten nicht täuschen. Im Gegenteil: Eine solche Verkleidung erschien ihnen nur umso perfider. Sie blieben vorsichtig. Der Mann verließ die Unterwelt und bewegte sich Richtung Fest- oder Vergnügungsraum, zu den Spiegeln, den Handschellen, den erhobenen Zeigefingern. Die Bodenluke – eine sehr aufwändige Konstruktion: eine Klappe, die sich in der Art eines übergroßen Toilettendeckels hob, und zwar angetrieben von einem sehr leisen, starken Motor – ragte beinahe senkrecht hoch. Mit Öffnen dieser Luke waren die feinen Gerüche nach Essen, alter Kleidung und Mettwurstresten wieder stärker geworden. Als der Mann gegangen war, dauerte es keine zwei Sekunden, bis die ausgehungerten Enten in geduckter Vollbeschleunigung aus ihrer Ecke flitzten und die Luke nahmen. Eine Kellertreppe kannten sie vom Haus am Grenzweg. Sie hatte ihnen in der Vergangenheit Zugang zu manch Interessantem gewährt.

Und der köstliche Geruch …

Dummerweise rächte sich die Impulsivität der Enten sofort. Kaum waren sie im Boden verschwunden, kehrte der Pinguin-Mann zurück. Nicht, dass er Lothar und Lisbeth wahrgenommen hätte und ihnen Böses wollte. Ihm war nur eingefallen, dass er etwas vergessen hatte. Er näherte sich der Luke und drehte sich zur Wand auf der Linken, wo eine Art Schalter angebracht war, ein Codeschloss mit Tastatur. Dann betätigte er die Tastatur, tippte mehrmals mit den Fingern darauf. Der Deckel der Luke senkte sich mit feinem Surren. Sie hinterließ im Boden keinen Umriss, fügte sich vollkommen ein. Jetzt verschwand der Mann zum zweiten Mal in Richtung des großen, hellen Raums. Dort, das konnte man nun hören, tat sich was. Die Leere begann sich zu füllen.

Mit Menschen?

Nun, anders als Laufenten, die immer und überall Laufenten sind, Wesen von ganz besonderer Würde und Anmut, können Menschen so oder so sein. Das zeigte sich einmal mehr in dem, was in diesen Minuten im benachbarten Fest- oder Bar- oder Vergnügungsraum zusammenkam. Zu den Klängen schwülstiger Musik …

Einlochen …

Weshalb bloß fiel es Erwin so verdammt schwer, sich dem Golfplatz zu nähern? Wilfrieds getarnter Transporter stand dort noch immer abgestellt auf dem Parkplatz. Erwin konnte ihn von seinem Standort aus sehen. Und auch das andere Fahrzeug: diesen dunklen Wagen, der am Tag, als Jens Buschfranz starb, am Haus gewesen war.

Stunden waren bereits vergangen. Längst hattc die Sonne ihren höchsten Punkt überschritten. Früh am Morgen und dann noch einmal vor etwa einer halben Stunde waren Hubschrauber auf dem Platz nah dem Clubhaus gelandet. Erwin kannte kaum etwas von einer Welt, in der Menschen mit Hubschraubern landeten. Das exotische Wort *Gipfeltreffen* geisterte durch seine Hirnwindungen. Wer traf denn dort ein? Staatsoberhäupter? Ließen die sich von Wilfried Lappenbusch behandeln? Von Wilfried, dem Experten für Rinderkoliken und Schweinedysenterie?

Wohl kaum. Immer und immer wieder schweiften Erwins Gedanken ab. Und immer wieder kehrten sie zurück, gezwungenermaßen. Zum Beispiel, wenn ein weiteres Fahrzeug hinzukam. Eine Limousine. Hießen die nicht so? Um solche Wagen handelte es sich nämlich. Schwarze Limousinen, die nach und nach den Parkplatz füllten und den Transporter von Wilfried Lappenbusch zunehmend lächerlicher, deplatzierter erscheinen ließen.

Wieder stapfte Erwin ein paar Schritte voran. Mittlerweile befand er sich auf dem Warzkamp, unweit der wilden Müllkippe als letztem Verbindungsglied zwischen dem Diesseits von Bramschebeck und dem Jenseits der Golfanlagen.

Ein weiteres Auto näherte sich. Erwin hörte es, trat reflexhaft zur Seite, auf den Schotterstreifen zwischen Fahrbahn und dem Rasenstreifen, auf dem die den Platz begrenzenden Scheinzypressen wuchsen. Die standen mal vereinzelt wie Wächter, mal mehr oder weniger heckendicht vor einem mannshohen Metallzaun, der das Gelände vor unerlaubtem Zutritt schützte. Erwin wollte das Fahrzeug passieren lassen, sich zwischen den Zypressen verbergen. Als er sich umsah, stellte er erschrocken fest, dass er sich verschätzt hatte. Der Wagen war nur noch wenige Meter entfernt. Wiederum handelte es sich um eine schwarze Limousine. So eine breitfette mit Stern. Und Erwins Schreck wuchs zu unterdrückter Panik, als der Wagen abbremste und neben ihm hielt.

Die Limousine hatte getönte Scheiben. Jetzt stand sie. Der Motor brünstelte. Die Seitenscheiben im Fond senkten sich. Auf dem Rücksitz saß …

Erwin erstarrte. Seine Augen flackerten nervös. Der Mann, den er dort sitzen sah und der ihn beinahe übermütig anlächelte: Diesen Mann kannte er ganz und gar nicht. Aber er war gekleidet wie … nun ja, ein bisschen wie Arno und ein bisschen wie er selbst, Erwin. Also äußerst … einfach. Er schien auch beinahe so unrasiert wie Arno, wenn Arnos Stoppelfeldgesicht nicht gradezu unerreichbar unrasiert gewesen wäre. Auch dieser Mann trug eine Art Feldmütze und eine schäbige, grünliche Jacke für den Stall. Die Hosen konnte Erwin nicht sehen, aber nach allem, was er sonst von diesem älteren, vielleicht 65-jährigen Mann mit fast weißem Haar erblickte, mussten es Hosen sein, die man beim Ausmisten tragen würde, nicht aber in solch einer Limousine oder bei einem Gipfeltreffen.

Das Grinsen des Mannes wirkte geradezu angriffslustig. Erwin verzog scheu den Mund und deutete ein grüßendes Nicken an. Sollte er etwas sagen? Vielleicht wollte der Mann nach dem Weg fragen? Dem Weg nach …

»Respekt, Herr Kollege!«, schallte es aus dem ledern-edelhölzernen Fahrzeuginneren. »Ich hab mir grad gedacht, also gedacht hab ich mir, Mensch, Ernst August, dachte ich: Wenn's heute Abend auch noch nen Preis gibt für Authentizität, verstehn se, Authentizität, dann gewinnen se den. Donnerwetter! Sagen se, kennen wir uns nich?«

»Ähm … äh … n … n … Gu… Gun … Tach … ähm … Nee, ähm … Äw … Ich … also …!«

»Hohooo! Große Nummer, Gratulation!«, dröhnte der Silberhaarige. »Authentizität, mein Lieber. Ganz das Land. Scholle durch und durch! Einfach und echt. Aber beim Einlochen …!«

Jetzt rückte das rosig lächelnde Stoppelgesicht des Mannes ein Stück aus dem Fahrzeug heraus, wandte sich Erwin verschwörerisch zu:

»Beim Einlochen … nun ja … da is das ja nich so wichtig, nich wahr? Da hab ich …«

Er klopfte auf seine Stalljacke, deren Sprenkelung im Muster eingetrockneter Güllespritzer Erwin plötzlich irgendwie unecht erschien.

»… da hab ich ja dies hier! Kann ich nur empfehln! Äußerst hilfreich! Äußerst!«

Während er auf seine Jacke schlug, gab diese ein metallisches Geräusch, ein kleines Scheppern von sich.

»Nich wahr?«

»Jau«, sagte Erwin erstaunt. Langsam fing er sich. Leider verstand er nichts. Er hatte keine Ahnung von den Geräuschen, die ein silbernes Döschen voller Viagra-Pillen unter einer Stalljacke verursachte.

»Kennen wir uns wirklich nich?«

Ein zweiter Versuch, ebenso rosig strahlend vorgebracht wie der erste. Der Silberhaarige schien sich sauwohl zu fühlen und nahm es Erwin ganz und gar nicht übel, dass er die Frage partout nicht beantworten wollte.

»Na, Sie sind mir'n Schlitzohr!«, dröhnte er, fixierte Erwin lauernd. »Ich könnte schwörn, wir kennen uns! Ich kriegs noch raus!«

Er wies, den Blick wie in ein Monokel gezwängt, mit dem Zeigefinger auf Erwin:

»Werde nachher mal von Droste-Porkuping fragen. Der kennt ja alle. Ohne Ausnahme. Kommt sicher auch. Droste-Pe lässt sich so was doch nich entgehn ...!«

Der Zeigefinger verwandelte sich in eine zum Abschiedswinken erhobene Hand:

»... Na, wünsche nen guten Fang. Soll ja ganz famos sein, hier! Ganz famos! Tolle Ideen ham se jedenfalls! 1-A-exklusiv! Waidmannsheil, Herr Kollege! Das wird ein Spaß!«

Mit diesem aus dem Wagenfenster gebölkten Gruß gab Ernst August seinem Fahrer ein Zeichen. Die Limousine rollte wieder an. Die Scheibe in der Wagentür hob sich. Erwin schlotterten die Knie.

Was war *das* denn gewesen?

Und was bedeutete Authentizität?

Herr Kollege, dachte Erwin. Immerhin fiel es ihm nach dieser ersten Begegnung mit der Spezies Golfplatzmensch leichter, den fremden Planeten zu betreten. Es war ja nun auch schon Nachmittag. Einlochen. Na klar. Das tat man wohl auf einem Golfplatz. Erwin atmete tief durch. Man erwartete von ihm hoffentlich nicht, dass er mitgolfte? *Herr Kollege?* Aber wenn er die Enten retten konnte, indem er sich mit einem Golfschläger blamierte, dann musste das eben sein.

Ein fein geschotterter, schmaler Parkweg lag jenseits des Metallzauns, verlief neben den Greens, verschwand immer mal wieder hinter Büschen. Erwin rang mit dem Gedanken, dass er wegen des Zauns wohl bis zum Parkplatz gehen musste, um den Platz betreten zu können. Doch dann stieß er zwischen Zypressen und Zaun an eine Stelle in einem engen Bogenstück, wo er eine Art Durchschlupf fand. Erwin schien nicht der einzige Bramschebecker zu sein, den das Golfgelände anzog. Irgendwann hatte ein Neugieriger den Maschendraht an dieser Stelle aufgeschnitten. Ein angerosteter Riss verlief durch das ansonsten grüngummierte Maschenwerk. Erwin zog am Draht. Der Schlitz wirkte ausgeleiert, ließ sich weiten. Jenseits des Schlitzes war der Rasen ungepflegt, lag im Schatten dreier Büsche. Die Stelle war also ideal, falls man ungesehen aufs Gelände gelangen wollte. Das lud auch Erwin ein.

Er zwängte sich durch den Schlitz hindurch und suchte sich erst einmal einen verborgenen Platz hinter den Büschen, um sich zu orientieren. Er befand sich nicht allzu weit vom

Clubhaus entfernt. Ein Abzweig des den Rand des Platzes umschlängelnden Parkwegs führte links der Büsche fast direkt hinüber zu dem Gebäude. Erwin hob den Kopf. Das Clubhaus war breit, aber nicht sehr hoch, im Gegenteil. Vielleicht täuschte dieser Eindruck, denn das Dach wies eine eigenwillig wellige Konstruktion auf, so als habe der Architekt entschieden, dem Haus eine verkleinerte Spielbahn aufzusetzen. Und es lag von Erwins Standort aus gesehen in einer ausgedehnten Senke. Aus der Luft betrachtet war es vermutlich kaum zu erkennen. Ob Hubschrauberpiloten Schwierigkeiten hatten, das Haus zu finden?

Da die Sonne in Erwins Rücken stand, hatte er einen guten Blick auch auf Details. Zwei Etagen hatte das Haus. Balkone hingen versetzt an der Front, und aus dem Dach ragten mehrere breite, nicht sehr hohe Schornsteine, als ruhten dort Felsbrocken in einem friedlichen Park.

Wo waren denn die Golfer? Erwin guckte nach rechts, ließ den Blick über das weitläufige Gelände schweifen. Bäume, Baumgruppen, Roughs, Wasserflächen, Sandbunker. Alles flach hügelig. Er kannte aus seinen Sachbüchern Bilder von Golfplätzen, die fand er hier wieder. Allein die Spieler fehlten. Einlochen. Morgens, aus der Ferne, hatte er Spieler gesehen. Beim Training oder so. Begannen die Spiele erst spät am Nachmittag? Stand ein Wettbewerb an? Dann müsste hier viel mehr los sein: Spieler, Zuschauer, auf den Beginn der Veranstaltung wartend? Oder versammelten die sich alle im Clubhaus?

Und wenn er nun einfach losmarschierte, auf das Haus zu? Wenn er …

Herr Kollege …

Diese Kluft des Mannes: Feldmütze, Stalljacke, Arbeitshose. Erwin fragte sich allen Ernstes, ob er für ein Golfspiel nicht sogar passend gekleidet war.

Und natürlich: die Enten. Lothar und Lisbeth.

Er musste es wagen. Also trat er hinter den Büschen hervor und setzte sich in Marsch.

Lina hielt sich auf dem Rückweg an das örtliche Straßennetz. Sie vermied Walddurchfahrten, die um Bramschebeck herum ja immer auch Urwalddurchfahrten waren. Sie raste den Moorbruch hinauf, sauste über den Kötterholzweg, erzeugte bei Durchfahrt durch Jasper Thiesbrummels Hofanlagen alarmiertes Schweinequieken, verleitete Alwine Thiesbrummel hinter dem Küchenfenster zu einem Stoßgebet und stellte sich, als sie sich der Einmündung Wullbrinkholzweg näherte, die Frage, ob sie zunächst zu Hilde Gerkensmeier sollte oder doch gleich zum Haus am Grenzweg 2.

Wie schnell mochte ein Erpresser mit Benachrichtigungen sein? Und welche Art der Zustellung würde er wählen?

Lina entschied sich, Hilde aufzusuchen. Sie hoffte, dass Arno noch in der Nacht heimgekehrt war und sein mysteriöses Auftauchen am Soldatenstein erklären konnte. Lina glaubte nicht daran, dass Arno mit dunklen Mächten im Bund stand. Dazu war er einfach zu ... zu sehr Arno. Allerdings: Wenn er *nicht* zurück sein sollte, dann ...

Tja, Arno WAR nicht zurück. Lina fand Hilde mit ziemlicher Stinklaune hinter dem Hof, wo sie mit dickem Schraubenschlüssel auf eine Stahlkonstruktion oberhalb der Güllegrube einhämmerte.

»Verdammte Sauferei!«, fluchte sie, als Lina auf Arno zu

sprechen kam. »Keine Ahnung, wo der is. Bei Gerda gekentert. Was sonss? Wollte gestern nochma kurz inn Dorfkrug. HA! Kurz inn Dorfkrug. Son Suffkopp!«

Gerda Kluckhuhn war die Wirtin des Dorfkrugs, und die Frauen Versloh-Bramschebecks hatten ein gespaltenes Verhältnis zu ihr.

Hilde war in Brast. Die Konstruktion verweigerte sich ihren Mechanikerkünsten. Die Künste Arnos waren nicht besser, aber er war weniger feinfühlig, wenn es um festgerostete Muttern ging. Zu ihrem eigenen Pech war Hilde eben doch zu sehr Frau, als dass sie sich den Aromen des Gülletanks allzu lange aussetzen wollte. Kurzum, was sie hier tat, wäre eigentlich Arnos Aufgabe gewesen.

»Er ist also nich da ...«, brummelte Lina und schwieg tiefsinnig.

»Was willste denn von Arno?«, fragte Hilde, begleitet von der – KLONG!! – KLONG!! – KLONG!! – Melodie des Schraubenschlüssels.

Lina räusperte sich.

»Kann sein, dass Arno ... Dass er da in eine ... in eine Sache verwickelt ist.«

KLONGGG!!!

»MISTABERAUCH!! – Arno? Verwickelt?«

DONGGEL!!! – der Schraubenschlüssel war in die Grube gefallen.

»Da holt der den jetz ma selber raus, KACKENOCHMAL!!«, schimpfte Hilde und zog, begleitet von einem Schnieflaut, den rechten Unterarm unter der Nase durch. Dann sah sie zu Lina, bemerkte deren Sorgenblick, blickte nun selbst düster und versuchte dennoch zu lächeln.

»Na komm, n' Kaffee?«

Lina zögerte.

»Weiß nich, ob Zeit dafür ist, ich …«

Sie wendete den Blick Richtung Grenzweg. Die alte Wache lag da wie verwunschen. Nirgendwo war ein Polizeiwagen zu sehen.

»Zeit fürn Kaffee is immer«, meinte Hilde und marschierte schon mal los. *Recht hat sie*, dachte Lina. *Zeit fürn Kaffee ist immer*. Sie musste Hilde einiges erzählen – Zeit hin oder her. Das Hungergefühl war ja auch noch da. Und als sie Hilde in die Küche folgte, wo die Kaffeemaschine bereits pröttelte, weil die bei Hilde immer pröttelte, entschloss sich Lina ganz spontan, Hilde in alles einzuweihen.

Wir müssen zusammenhalten, wir Frauen, dachte sie. *Da ist zu viel wirres Männerzeugs am Werk.*

Nach einer knappen halben Stunde waren die wichtigsten Informationen ausgetauscht und zwei Wurstbrote vertilgt. Hilde nippte an Kaffeepott Nummer drei und wirkte verstört. »Kam mir gleich komisch vor, als Wilfried Arnos Geld so einfach genommn hat. Hab mir immer gedacht, dasser n' paar Geschäfte laufen hat. Wilfried is nich doof. Vielleicht hatter sich verspekuliert, anne Börse oder so … Aber n' Erpresser?«

»Und ein Mörder«, fügte Lina hinzu.

»Nee, komm!«, Hilde donnerte den Pott auf den Tisch. »Ich ruf den jetz noch mal an! Das gips doch alles nich!«

»Anrufen?«, Linas Miene verriet, dass sie nicht wusste, ob das eine gute Idee war.

»Klar«, meinte Hilde. »Hab ich doch schonn zweimal gemacht die letztn Tage. Kann ja einfach so fragen, ob … ob …?«

»Wenn er denn da ist?«, meinte Lina.

»Der is da. Hat doch son Händi.«

»Und wenn er was merkt?«

Hilde winkte ab. »Wilfried merkt nix. Der weiß doch, dass Arno sich um die Enten sorgt. Lass mich ma ... Ich ruf'n wegene Enten an. So!«

Kein Widerspruch! Es war Hilde anzumerken, dass sie Erwins und auch Arnos Liebe zu den Enten nicht nachvollziehen konnte. Aber weil sie die beiden – Arno und auch Erwin – irgendwie mochte, empfand sie es als Sauerei, die Tiere zu entführen. Hilde zog los, ins Wohnzimmer, wo das Telefon stand. Lina folgte.

Das Gespräch dauerte nicht lange, und es irritierte Hilde. Als sie aufgelegt hatte, wirkte sie ratlos. Sie hatte, wie angekündigt, danach gefragt, ob's vielleicht was vom Enten-Entführer gab. Das weitere Gespräch war dann sehr kurz gewesen.

»Da stimmt was nich«, sagte sie. »Der is ja fast ausgerastet. Herzkasper. Kann jetz nich ... Meld mich später ... Scheißenten ... Zack, aufgelegt.«

»Wollte er dich abwimmeln?«, fragte Lina.

»Weiß nich. Ich hatt das Gefühl, dasser schon vorher bis zum Hals wo drinstand. So richtich inner Kacke!«

»Hilde!«

»Nee, ehrlich. Da is was faul. Bin gar nich dazu gekommn, nach Arno zu fragen. Mach mir jetz doch Sorgen!«

Und dann klingelte es. Nicht das Telefon, sondern die Haustür. Die Polizei kam, Kommissar Bökenbrink samt Mannschaft. Drei Fahrzeuge, sechs Mann. Auf der Suche nach Erwin. Das war Lina schon klar.

Der Kommissar machte einen ziemlich ungehaltenen Eindruck. Er und seine Jungs hatten seit der vergangenen Nacht den Auftrag, Erwin Düsedieker zu finden. Dringender Mordverdacht. Die Schreibmaschine ... Auch das war Lina längst klar. Der verdammte Erpresser hatte auf Erwins Maschine getippt. Und die verdammte Polizei schob sich unter dem Druck der Presse nun alle Ermittlungergebnisse so zurecht, dass Erwin in Verdacht geriet. Lina lieferte sich einen kurzen Wortwechsel mit dem Kommissar, zumal Bökenbrink ja auch sie, Lina, unter Beschuss nahm.

»Sie wissen, dass Sie möglicherweise einen Kriminellen schützen?«

»Geht's ne Nummer kleiner?«, fragte Lina.

»Einen Erpresser, einen Mann, der Beutegut unterschlagen hat, einen Mörder?« – Der Kommissar ließ sich nicht beeindrucken.

»So ein Blödsinn!«, rief Lina. »Sie wissen doch, dass da jemand in Erwins Haus war. Der kann doch diese Schreibmaschine benutzt haben. Erwin ...!«

Jetzt biss sie sich auf die Zunge. Sie hatte sagen wollen: *Erwin kann so was doch gar nicht schreiben!* Aber dann wäre sie ihm in den Rücken gefallen. Sie schämte sich dafür, dass sie impulsiv handeln wollte wie jemand, der Erwin für geistig zurückgeblieben hielt. Dachte sie etwa so?

Der Kommissar deutete ihr Zögern natürlich ganz anders.

»Sehen Sie?«, meinte er. »Ihnen fällt ja selbst nichts ein, um den Mann zu verteidigen. Die ganze Angelegenheit hier war doch von Anfang an faul. Kaum recherchiert jemand, stirbt er. Unfall. Sehr interessant. Ich bin weiß Gott kein Mensch, der die Presse liebt. Sind alles Zecken und Schmutzwühler. Aber man muss die Berichte der vergangenen Wochen schon zur Kenntnis nehmen. Und dann die Enten. Der Tote hatte eine hohe Konzentration von Viren im Blut, die diese Tiere …«

Der Kommissar kniff die Augen zusammen, und sein Gesicht näherte sich dem Linas:

»Ach, das können Sie ja gar nicht wissen, dass da gestern Nachmittag jemand bei der Wache in Dettbarn angerufen hat. Diese Enten, die der Veterinär auf Erkrankungen prüfen und entsorgen sollte: Gefahr für die Allgemeinheit. Das kennen Sie sicher. Tja, da hat es wohl Ärger gegeben. Der Mann wird ebenfalls erpresst. Seine Untersuchungsproben wurden gestohlen. Und die Tiere, nun, die hat er … Sagen wir mal so: mit vorgehaltener Waffe rausgeben müssen. Jetzt überlegen wir mal, wer hier noch … hmmmm … eine alte Dienstwaffe zum Beispiel besitzen könnte?«

Lina wurde ungehalten: »Das … Das ist doch bloße Spekulation, dass Erwin, ich meine, Herr Düsedieker …!«

Der Kommissar hob den Zeigefinger.

»Spekulation? Der Veterinär behauptet, Herrn Düsedieker gut zu kennen – und auch die Waffe. So was zeigt man ja gern, bei einem Bier, in gelöster Stimmung. Nostalgie. So ein Ding unter Männern. Sie verstehen schon.«

»Aber …?«

»Moment! Im Übrigen beschuldigt er, was die vorgehaltene Waffe betrifft, gar nicht Herrn Düsedieker. Der scheint klüger zu sein, als ich anfangs dachte. Düsedieker hat einen Komplizen geschickt. Einen, der offensichtlich nicht ganz helle ist, sonst hätte er kaum diesen plumpen Weg gewählt.«

»NEIN!«, rief Hilde, mit einer Stimme, die festgerostete Muttern an der Güllegrube ganz ohne 80er-Maulschlüssel gelöst hätte.

Der Kommissar zuckte zusammen.

»Ein gewisser Arno Wimmelböcker. Das ist zufällig derjenige, auf dessen angespitzem Holzpfahl die letzte Leiche des Ortes steckte.«

»Wilf...!«

Lina biss sich auf die Zunge. Sie verstand nun ganz und gar nicht mehr, welches Spiel Wilfried Lappenbusch spielte.

»Arno? NIE!«

Wieder rebellierte Hilde. Den Kommissar beeindruckte das jetzt allerdings nicht mehr.

»Arno Wimmelböcker«, wiederholte er. »Also, wo finden wir die zwei? Was wissen Sie? Sie machen sich strafbar, wenn Sie uns ...«

»Nichts!«, sagte Lina mit fester Stimme. In ihren Schläfen hämmerte es. Hilde hingegen hämmerte mit der Faust auf den Küchentisch.

»So ein Unsinn!«, rief sie. Ihre Stimme klang nun allerdings schwächer als ihre Faust. Sie war ebenso ratlos wie Lina.

In diesem Moment klingelte es in der Jackentasche des Kommissars. Er zog ein Smartphone hervor und meldete sich.

Innerhalb weniger Sekunden veränderte sich Bökenbrinks Blick, durchlief einen kompletten Wetterwechsel von überraschtem, zufriedenem Lächeln über Staunen bis hin zu Verwirrung und Verunsicherung. Er sagte nicht viel. Die Stimme an seinem Ohr klang hektisch, obwohl man in der

Küche nichts verstehen konnte. Als das Gespräch beendet war, sah Bökenbrink seine Leute an. Dann Lina und Hilde. Dann wieder seine Leute.

Er räusperte sich. »Krause«, sagte er, »wir müssen sofort zum Clubhaus auf dem Golfplatz. Da stimmt was nicht.«

»Zum Golfplatz?!«, rief Lina alarmiert. »O Gott, Erwin!«

Kommissar Bökenbrink zog die Augenbrauen hoch, musterte Lina.

»Sie wissen also doch, wo sich Herr Düsedieker befindet?«

Lina schwieg. Ihre Augen verrieten ja schon genug.

Der Kommissar nickte. Nach einer kurzen Pause und einer weiteren Blickverdüsterung in Linas Richtung raunte er:

»Noch einmal: Was wissen Sie?«

Wieder wartete er ab. Lina schwieg weiterhin. Lina und auch Hilde. Bökenbrinks Kopf drehte sich halb nach hinten, zu dem mit Krause angesprochenen Beamten:

»Starten Sie schon mal die Wagen. Wir müssen gleich los. Kollegen aus Fechtelfeld sind schon unterwegs.«

»Woll, Chef!«, schnarrte Krause und zog mit den übrigen Beamten ab. Bökenbrink wandte sich wieder Lina und Hilde zu:

»Nun?«

»Der Golfplatz«, sagte Lina. »Was …? Ist dort was passiert?«

»Hält sich Ihr … Freund …« – Bökenbrink setzte das Wort *Freund* vom Rest des Satzes ab – »Hält er sich etwa dort auf? Er und sein …« – auch dem nun folgenden Wort wurde ein Sonderstatus verliehen – »… Komplize?«

Komplize. Das war deutlich.

Wieder sahen sich Lina und Hilde an. Dann resignierte Lina.

»Ja«, seufzte sie. »Ich vermute es. Als ich ihn das letzte Mal gesehen habe, war er … ganz in der Nähe. Es könnte sein, aber …«, sie machte sich gerade, sprach lauter, »Erwin ist unschuldig. Er wird erpresst. Er war von Anfang an das Opfer einer schmutzigen Kampagne. Er musste gestern … gestern Abend …«

Unvermittelt brach sie ab und schüttelte den Kopf. Sie konnte unmöglich ohne Erwin alle diese Fässer aufmachen: das Geld, der Ausweis, die Nazi-Sachen, Erwins Vergangenheit, die Briefe von Anni. Besonders, wenn es um Anni ging, musste sie schweigen. Da vertraute ihr Erwin doch ganz besonders. Und das war wichtiger als alles. Der Kommissar und seine Leute, die glaubten ihnen sowieso nicht. Und jetzt war auch noch Arno in Verdacht geraten. Arno, dessen Verhalten Hilde und ihr so rätselhaft erschien wie das Erwins vermutlich dem Kommissar.

Lina verstummte also.

Bökenbrink nickte müde.

»Ich muss los«, brummte er. »Ich gehe davon aus, dass Sie mir, wenn wir diese Angelegenheit auf dem Golfplatz geklärt haben, wieder zur Verfügung stehen. Und dann will ich alles hören. Alles!«

Er drehte sich um und verschwand.

Lina sah ihm nach. Hilde stand neben ihr.

In diesem Moment vernahmen sie das Heulen von Sirenen. Aus dem Küchenfenster konnten sie gerade so erkennen, dass der frischblutrote VW-Bulli des Schlauchtrupps Pogge die Straße entlangbölkte. Das war meist ein untrügliches Zeichen für zu viele Promille hinterm Steuer. Jetzt aber galt der Lärm einem Feuerwehreinsatz in der Nähe, zu dem vermutlich in diesen Minuten auch sämtliche Löschfahrzeuge aus Fechtelfeld anrückten.

Es brannte, und auch Linas Herz stand in Flammen.

Bauer sucht Frau

Wenn sie sprach, war da ein Akzent. Erwin wusste von den Sprachen der Welt und ihren Akzenten wenig. Vielleicht hatte er gelesen, dass Französisch für eine Umgebung wie diese passend wäre. Tatsächlich wirkte in diesem Raum vieles sehr französisch. Dennoch war ihr Akzent nur ein künstlicher, ein gewollt französischer:

»Willst du nicht doch ein Glas Champagner? Einen Armand de Brignac ...!«

Sie zögerte. Ihr Lächeln. Es war so fröhlich – und doch auch traurig. Ihre Augenlider mit den langen Wimpern erinnerten Erwin an ... an irgendwas mit Insekten. Lange Härchen hatten für ihn immer mit Insekten zu tun. Eine ... Königin der Nacht? Hießen die nicht so? Nein, nein, das waren ... Gottesanbeterinnen? Wie sie die Hände hielt ... Konnten Hände auf solche Art zerbrechlich sein? Wie wollte sie damit einen Kaffeepott halten?

Erwins Mund knirschte leise. Was für eine blöde Idee, jetzt Kekse zu essen. Es war ihm peinlich. Aber er wurde schon wieder abgelenkt. Zerbrechlich – und doch auch Waffen, irgendwie: Gartenkralle? Harke? Frauen arbeiteten gern im Garten, und diese Hände, diese ... Ein Rest von Verstand, tief unter Erwins limbischem System, deutete darauf hin, dass die Fingernägel der Frau dieses und jenes Gartengerät zu ersetzen imstande gewesen wären. Gartengeräte, die Erwin nie und nimmer auch nur berührt hätte. Aber er hörte das Geflüster solcher Gedanken kaum. Sein Gehirn brodelte. Schweiß lief ihm den Rücken hinab. Der Parka war viel zu warm. Er schluckte. Seine rechte Hand mit dem angebissenen Keks darin hob sich erneut. Er konnte das gar nicht verhindern. Es war zu stark. Sein Mund …

Wieder näherte sich das Glas, leuchtete. *Uuh*, dachte er, erwachte für einen Sekundenbruchteil, *das gärt ja schonn da drin, is das …?*

»Ich … also … nee …«, stammelte er. Und krümelte.

»Tschul … Tschuldigung.«

Er wurde rot. Das heißt, er war es ohnehin schon. Seit einer ganzen Weile.

»Du bist so lustig«, kicherte sie. »Alle trinken, und du hast Hunger!« Wieder dieses Kichern. Hell. »Sind die Kekse wirklich gut? Ich habe nichts anderes gefunden. Ich fürchte, die lagen da schon länger.«

Sie legte den Kopf schief, betrachtete den verschämt mümmelnden Erwin und versuchte es erneut mit einem Getränk:

»Komm: Brut Gold … Oder Rosé …?«

Sie hauchte die Worte. Brüh…? Brühwarm, ja. So war ihm. Und dann … diese Wimpern. Sie flatterten wie Schmetterlinge im Netz. Aber ER befand sich doch im Netz. Ihr verwundertes und so tiefgründiges Lächeln hatte ihn … eingesponnen. In was war er hier bloß reingeraten? Zum Glück ließ der Hunger langsam nach. Die Gläser in ihren Händen bewegten sich tänzelnd. Das Licht war so … klebrig. Das Licht im Raum. Wie Honig. Die Geräusche der Menschen, sie summten. Musik umschlängelte ihn. Oder waren das Geräusche in seinem Kopf? Sie standen an einer Bar. Die hatte nur entfernteste Ähnlichkeit mit dem eichendunklen, speichelgebeizten Tresen in Gerdas Dorfkrug. Auf dieser Bar hier standen Flaschen, die ein bisschen so geformt waren wie die vielen so … so … geformten Frauen im Raum.

Vor allem zur … zur Mitte hin, wo Frauen … also, manche Frauen … Erwin kannte das alles in Bramschebeck nicht. Die Flaschen auf der Bar glänzten in einem Roséton, in Gold, in milchigem Weiß, als trügen sie ihre Farben wie Rüstungen. Und auf der Brust dieser Flaschen – nannte man das Brust? – war ein kräftiges Symbol aufgebracht, ein Zeichen, ein …

Das war doch kein Spaten, oder?

Erwins Gehirn ratterte. Spaten? Nein, das war … Das war ein Spielkartensymbol. Ein schwarzes Herz mit einer Spitze, die das Herz zur Waffe machte. Wie hieß das noch?

Es war so heiß. Und er konnte den Parka unmöglich ausziehen.

»Bedrückt dich was? Du guckst so traurig.«

Erwin ruckelte verwirrt. Die Röte umklammerte seinen Kopf.

»Ähm … Äh … Nee … Also nee, doch … Ich … Ich …«

Ihr Blick zeigte Verwirrung. Auch Scheu. Und Sorge? Erwin wollte sich bemühen, die Sorgen zu zerstreuen. Dieses Gesicht mit der zarten Goldsilberbeschichtung und solchen Augen. Solche feine Haut, das … das alles durfte keine Sorgen zeigen. Und doch: Er hatte wegen der tief versteckten Trauer in diesen Augen sofort Vertrauen gefasst. Von allen Menschen in diesem Raum war sie die Einzige gewesen, auf die seine Seele reagiert hatte. Hatte er etwas vom Wesen Annis oder Linas in ihr gespürt?

Obwohl sie so ganz anders war als Lina? So jung, so …

Erwin räusperte sich, riss sich zusammen:

»Is nur, weil … Ich trink nich so oft … Aber, n' … n' Kaffe vielleicht. Kann … kann auch ne kleine Tasse sein, also … so ne ganz kleine?«

Erwin ließ zwischen Zeigefinger und Daumen das in der Gegend genetisch fixierte Standardmaß eines Schnaps-Pinchens frei.

Sie lachte. Na, zum Glück.

»Also ich nehm, wenn's dir recht ist, Rosé. Und zu dir …«

Jetzt spielten ihre Augen ein Raubtier im Rückzug. Eine Katze. Herrje, eine Welle von … von … Gefühl ging durch seinen Körper.

»Zu dir passt doch irgendwie Brut.«

War das eine Frage gewesen?

Wie viel Schweiß so ein Körper enthielt.

»B… Brüh«, sagte er, und sie drückte ihm das Glas, das sie in ihrer zierlichen Linken hielt, so sanft gegen die Brusttasche des Parka, dass Erwin zugreifen musste.

Ein leises Klirren.

»Oh … o nee, das … das wollt ich nich … das …!«

Sie lachte. Wieder lachte sie. Ein Lachen diesmal ganz ohne Melancholie. Wie schön das war! Konnte Licht lachen? Ihre weißen Zähne schickten winzige Blitze in Erwins wolkiges Sein. Dort tummelten sie sich, die Blitzchen.

»Chéri, du bist so süß!«

So hell war ihre Stimme! So …!

Erwin hielt den Stiel des zerbrochenen Glases noch in der Hand. Der Champagner war mit zahlreichen Glassplittern zu Boden gegangen beziehungsweise auf seinen Parka. *Ein verwundetes Herz. Ströme von Blut …*

»Tut mir … tut mir leid«, stammelte er. Sie lachte noch immer. Die Musik hier drinnen war gerade so laut, dass sie den Sprechenden, Lachenden, miteinander Scherzenden oder sonst was Tuenden Nischen öffnete. Verstecke oder Separees, die sich mit lauten Geräuschen durchstoßen ließen.

»Pierre, kannst du mal …?«, rief sie mit ihrer hellen Stimme. Das genügte. Ein Mann, so dünn und in solch schlichter, dunkler Kleidung, dass er im Raum gar nicht auffiel, näherte sich, verstand, gab zwei, drei Handzeichen – und die kleine Sauerei wurde diskret beseitigt.

Erwin stellte fest, dass er kaum in der Lage war, den Raum außerhalb der Sphäre dieser Frau wahrzunehmen. Und es irritierte ihn, als er bemerkte, dass der Mann – Pierre – ihn einen winzigen Moment lang musterte, ihr dann einen düsteren Blick zuwarf und etwas flüsterte wie: »Der Chef ist da. Halt dich bereit. Keine größere Sache jetzt, klar?«

Das sollte Erwin wohl nicht hören – aber er hörte es.

In dieser Sekunde bekamen ihre Augen etwas Panisches. Sie nickte, wirkte verstört. Dann ging Pierre, und wie auf Zauberbefehl war die Panik aus ihren Zügen verschwunden. Spurlos. Sie musterte Erwin wieder auf diese Weise, die äußerst unangenehm und äußerst angenehm zugleich war.

»Ich werde und werde nicht schlau aus dir«, säuselte sie, nippte an ihrem Glas Armand de Brignac Rosé, die Flasche 900 Euro. Clubhauspreis.

»Verrätst du mir, wer du bist? Ich meine, wer du wirklich bist?«

Sie beugte sich zu ihm, kam ihm ganz nah. Dieser … Duft …

»Ich verrate es auch niemandem. Hmm? Du bist irgendwie … anders.«

»Äw… Äwinn«, sagte Erwin. Da er ohnehin schon hochrot war, fiel die zusätzliche Röte, die ihn überfiel, weil er seinen eigenen Namen so verballhornt sprach, wie es in Bramschebeck üblich war, gar nicht auf.

»Äwiinn?«

Sie hatte gestutzt. Nun versuchte sie, dem Namen einen französischen Akzent zu geben, wurde aus dem Ergebnis jedoch nicht schlau.

»Nee, nee, Äw… Ärrr… Ärrrwinn«, sagte Erwin. Langsam, ganz langsam wurde sein Kopf kühler.

»Ah, Errwiin! Das ist … das ist ein Name, der hier häufig vorkommt, nicht wahr? Und dein Nachname. Bist du vielleicht ein Adeliger?«

»Erwin … Nur Erwin«, wiederholte Erwin. Sie schüttelte den Kopf, lachte und lachte. Wie schön das aussah, wenn sie lachte.

»Weißt du, ich glaube fast, die Rolle liegt dir zu gut. Ich vermute, du bist … hmmm … du bist ein hohes Tier. Ein ganz hohes Tier. Generaldirektor. Du bist Generaldirektor, stimmt's? Und du könntest das alles hier kaufen und alle rauswerfen, und nur wir zwei wären dann noch hier …«

Sie brach ab. Der melancholische Blick war zurück. Weshalb?

Erwin war noch nie im Leben als Generaldirektor angesehen worden. Was man ihm nun ansah. Die Frau – Erwin hatte gar nicht nach ihrem Namen gefragt: Wie hieß sie? – wies verstohlen zur Bar.

»Siehst du den da? Da drüben, der mit den schneeweißen

Haaren. Ernst August Schultefrankenfeld. Generaldirektor von Häcksler & Koch. Ganz schweres Kaliber. Na ja, ist ja auch der Chef einer Waffenfirma ...«

Ernst August winkte hinüber zu ihr, während er seine Waffen an einer anderen Dame ausprobierte. Erwins Begleiterin blickte schnell weg, schien nicht unglücklich darüber, statt mit Ernst August mit Erwin zu flirten.

»Eins weiß ich: Mit Waffen hast du nichts zu tun, nicht wahr?«, sagte sie.

Erwin schüttelte energisch den Kopf. »Nee«, sagte er, »bloß nich!«

Die Antwort gefiel ihr.

»Dann ... lass mich weiterraten ... Du hast tausend Angestellte, und sie alle verehren dich, weil du ... weil du zwar ein Generaldirektor bist, so ein richtig guter, mit Erfolg im Geschäft. Aber zu deinen tausend Angestellten bist du immer nett. Und du entlässt nie jemanden. So einer bist du, nicht wahr?«

»Tausend ...? Nee, nee, ich ... Ich hab doch gar keine Firma. Ich arbeite mehr so mit ... mit Büchern.«

»Bücher? Oh! Du bist ... Dann bist du ein Finanzvorstand!?«

»Nee, nich sone Bücher ... eher so ... mit Bildern.«

Erwin bereute das Wort, kaum dass es heraus war. Sie verschüttete vor Lachen ein halbes Glas Champagner.

»Bilderbücher!? Du bist so süß! Ich glaube, du bist der Chef eines großen Verlags. Das ist es: Bilderbücher! Du verlegst bunte Magazine mit Bildern von den größten Fotografen. Bilder von schönen Frauen, und ...«

Sie sah ihn verträumt an:

»Magst du schöne Frauen?«

Erwin hatte das Gefühl, dass sie ihm nun bedenklich nahe kam. Ihr Blick … Die Temperatur in seinem Körper brachte einige seiner Schmelzpunkte in Gefahr.

»Sag mir, was du magst.«

Ihre Lippen entließen die Worte wie einen Kuss. Der erreichte Erwin und setzte ihn schachmatt.

»Äh … ich … ich mag … ich …«, stammelte er.

»Ja?«

Ein einziges Wort, und es war so süß …

»Was gefällt dir … ganz besonders? Ich will es wissen, Erwiin!«

Erwin schluckte. *Ganz besonders.* Was sollte er sagen?

Du musst immer die Wahrheit sagen, Äwinn. Du darfs nich lügen, Äwinn!

»Also … Also … Enten«, sagte er. »Enten.«

»Enten?«

Erwin nickte. Ihr Erstaunen ließ die Temperatur in seinem Körper ein bisschen sinken.

»Lothar unn … und Lisbeth … die, ja … die mag ich. Und Lina!«

Erwin kam sich dumm vor. Doch er hatte die Wahrheit gesprochen. Dass er Lina gleich mit zu einer Ente machte, war Teil dieser Wahrheit – irgendwie.

Wahrheit war aber auch, dass er jetzt sehr schnell wieder einen klaren Kopf bekommen musste. Es ging ja um die Enten, die sich womöglich ganz in der Nähe aufhielten. Wie auch der Erpresser, der Mörder.

Und der war bewaffnet, zu allem bereit.

In diesem Moment brach Ernst August Schultefrankenfeld

in Erwins Überlegungen ein. Er hatte es nicht verwunden, dass die Dame an Erwins Seite sein Winken nicht erwiderte. Ernst Augusts Promillepegel war inzwischen bedenklich gestiegen:

»Na, Kollege?!«, brüllte er durch den Raum, »da hamse ja nen guten Fang gemacht. Michelle ist die schärfste Waffe hier im Haus! Ganz heißes Luder, die Michelle. Aber schwer zu knacken. Hattse Ihnen schonn ihren Namen verraten? Verrät nie ihren Namen. Nich wahr? Uns hat sie den nie verraten. Nich freiwillig. Nich wahr, Kollegen?!«

Die letzten Worte waren unbestimmt in den Raum gebrüllt. Aber weil die *Kollegen* genannten älteren Herren allesamt beschäftigt waren und wohl keine Lust auf eine Diskussion hatten, reagierte man nicht. Und Ernst August verlor dank der nun zwei Damen an seiner Seite das Interesse.

Ganz anders Erwin.

Michelle?

Der Name elektrisierte ihn. Das war der Name, den er auf dem Zettel gefunden hatte. Der auf dem Schreibtisch gelegen hatte. Michelle?

War das ein Zufall?

War diese Michelle vielleicht … gefährlich?

Erwin hielt die Luft an. Er musste wach werden. Er musste hier raus. Es war eine Schnapsidee gewesen, sich bis hierher vorzuwagen. Nur weil er plötzlich verstanden hatte, was gespielt wurde. Vor zwei oder drei Stunden, als er sich dem Clubhaus genähert hatte und ihn einer dieser Pierres angesprochen hatte. Er hatte den Mann übersehen, da draußen am Rand des Platzes. Der Typ war dann auch gleich mit dem Generaldirektorsquatsch gekommen. Vielleicht weil die echten grade eintrudelten.

In jenem Moment, unweit des Parkplatzes, hatte Erwin noch zwei weitere Gäste ankommen sehen. In Limousinen und in Stallkleidung. Verrückt. Vollkommen verrückt, hatte er gedacht. Generaldirektor. Plötzlich hatte es BING! gemacht. Er hatte verstanden. Das war der Moment gewesen, wo er tollkühn geworden war und sich ins Clubhaus, das nur zum Schein ein Golf-Clubhaus war, geleiten ließ. In die untere Etage. Deren Eingang sich tarnen ließ wie eine Wand. Komplett abgetrennt war sie vom Rest des Hauses und wohl nur in Benutzung, wenn … wenn hier Hubschrauber landeten. Dort unten versammelten sie sich, die Generaldirektoren und die … Frauen. Dorthin wurde er mitgetrieben. Dort hatte ihn Michelle entdeckt, war auf ihn zugekommen. Und irgendwas hatte ihn ermutigt, mit Michelle ins Gespräch zu kommen. Er hatte ihr aus einem tiefen Gefühl heraus vertraut.

Michelle hatte ihm verraten, dass in diesem so exklusiven Etablissement eine ganz besondere Veranstaltung lief. Die trug den Titel *Bauer sucht Frau*. Eingeladen hatte ein sehr großes Geldinstitut, das seinen besten Geschäftspartnern was Gutes wollte. Ein Institut mit sehr kreativen Ideen.

Deshalb die Verkleidungen, die einzig bei Erwin keine war.

Die Bauern, hatte Michelle geraunt, seien allesamt hohe Tiere. Vor allem benähmen sie sich wie Tiere. Erwin hatte das nicht sofort verstanden. Bei Tieren dachte er immer zunächst an die Enten. Und wenn sich Lothar und Lisbeth wie Tiere benahmen, war das höhere Zivilisation.

Als Erwin dann den Saal betreten und darin die Betten entdeckt hatte, die Glastische, die … die Dinge darauf, die Wände mit den Peitschen und Handschellen und die Spiegel, wurde sein Glaube an höhere Zivilisation schwer erschüttert. Ab dem Moment hatte sich Verunsicherung unter seine Kühnheit gemischt. Die Kondome im Teich waren plötzlich keine Geheimnisse mehr. Ja, hier war der Tote gewesen. Hier war er vielleicht sogar ermordet worden. Irgendwo hier. Erwins Beine waren wackliger geworden, das Blutrauschen in den Ohren lauter.

Und jetzt Michelle …

»Was ist? Du bist plötzlich so blass, Erwiin?«

Das Pochen im Kopf, in der Brust.

»Allooo Michelle, willsdu miiir deine Froind nischd vorställöön. Allooo mein Süßäär!«

Eine Frau stand vor ihm. Überschminkt und sehr angetrunken. Erwin, völlig handlungsunfähig, öffnete den Mund. Michelle kam ihm zu Hilfe:

»Ach komm, Lulu. Ich glaube, dein Verehrer winkt mit der Flasche. Du wirst erwartet!«

Mit bissigem Ton parierte Michelle den Versuch, ihr Erwin abspenstig zu machen. Es war bereits der vierte an diesem Abend. Vier Mal hatte sie ihm schon geholfen.

Nein, in diesem Moment begriff Erwin, dass Michelle ihn mehr als nur diese vier Mal beschützt hatte. Solange sie an seiner Seite war, ließ man ihn – ließ man sie beide – in Ruhe, auch wenn Michelle manchmal nachhelfen musste.

Denn jeder hier interessierte sich für ihn: Im Saal wurde die bedeutende Rolle, die Erwin zu spielen angetreten war, heimlich kommentiert: von Ernst August Schultefrankenfeld, von Graf Ferdinand zu Droste-Porkuping und weiteren Herren mit côte-d'azurnem Teint. Es waren Männer mit Stallkleidung an Beinen und Oberkörpern und silbrigem Haar auf dem Kopf. Sie alle verkehrten mit Damen, deren Bekleidung unbäuerlich reizend und deren Vornamen teils albern französisch klangen. In sämtlichen Gesprächen, allem Turteln, Schäkern und, tja, Grunzen schwang Erwin mit. Erwin, der Geheimnisvolle. Er war der Einzige hier, dessen wahre Identität sich als Festung erwies. Was ihn in den Augen der Männer und der sehr viel leichteren Damen zu einem absoluten Faszinosum machte.

Michelle.

Erwin dachte nach. Das Vertrauen war so direkt gewesen, als er ihr begegnete. Er musste auf dieses Gefühl hören. Weshalb auch immer der Name Michelle auf den rätselhaften Zettel gekommen war: Es hatte nichts damit zu tun, dass sie eine Erpresserin war. Sie war möglicherweise seine einzige Verbündete hier. Er musste sich ihr offenbaren, so wie er sich Lina offenbart hatte. Irgendwie spürte Erwin, dass die Frauen in den wirren Abenteuern der vergangenen Wochen auf seiner Seite standen.

Durchweg.

»Erwiin?«

Wieder war ihr Blick voller Sorge. Erwins Grübelei verunsicherte sie.

Er atmete durch.

»Kennste … kennste Jens Buschfranz?«, fragte er. »Der is … der warn Reporter.«

Sie stand da, wie vom Donner gerührt. Jetzt war Angst in ihren Augen.

»Du bist … Bist du von der Polizei?«

Ein Flüstern nur. Das Wort Polizei durfte hier nicht ausgesprochen werden.

»Nee«, sagte Erwin. »Bin ich nich. Aber ich … ich hab deinen Namen aufm Zettel gefunden. Bei mir zu Haus. Der war von Buschfranz. Der is jetzt aber tot. Is bei mir eingebrochen. Der Buschfranz.«

Michelle nickte. Sah durch Erwin hindurch. Beobachtete dabei die Gäste im Raum und an der Bar …

»Buschfranz war ein Schwein«, sagte sie.

Erwin räusperte sich.

»Irgendwie hab ich den umgebracht.«

Michelles Mundwinkel zuckte. Wollte sie etwa lachen?

»Umgebracht?«

»Na ja, er is bei mir ausm Fenster gefalln. Und dann …«

Jetzt lachte sie doch. Sie hatte verstanden.

»DER bist du?« – die Zeitungen hatten ja ausführlich über Erwin berichtet. Michelle kannte die Geschichte. Und blickte hektisch nach allen Seiten.

»Komm mit«, flüsterte sie. »Das besprechen wir am besten auf einer Suite. Da erregen wir am wenigsten Aufmerksamkeit. Wir sind heute Abend sicher nicht die Einzigen, die eine Suite aufsuchen. Ich muss nur was zu trinken holen. Ohne Getränke geht nichts. Verstehst du?«

Suite? Getränke? Erwin verstand nicht. Sagte aber nichts. Er hatte beschlossen, die Dinge über sich ergehen zu lassen. Und als Michelle ihm zuraunte, sie müsse ihn jetzt auch mal umarmen, damit jeder sehe, wie gut sie sich verstehen, weil sie ja zusammen auf die Suite gehen wollten, ließ er auch das geschehen. Die Schmelzpunkte in seinem Körper gerieten wieder in Gefahr. Anschließend ging Michelle zur Bar, um Getränke zu holen.

Als sie zurückkehrte, bemerkte Erwin trotz Nebel im Kopf einen neuen Duft. Nein, es war kein neuer Duft. Er hatte diesen Duft schon einmal wahrgenommen. Seine Nase erinnerte sich: der junge Duft aus dem Haus, als er den Reporter überrascht hatte. Das Parfüm, das dort nicht hingehörte. Hier aber passte es. Es passte zur Bar, zu den Frauen, auch zu Michelle. Der Duft verschwand nach nur wenigen Sekunden, verflog. Von Michelle konnte er also nicht ausgehen – was Erwin beruhigte.

Es hätte seinen Verdacht wieder angeheizt.

Aber Michelle hatte zwei, drei Sätze mit der Dame hinter dem Tresen gesprochen. Der Bardame. Die fiel Erwin jetzt auf. Ihr Blick war klar und nachdenklich. Sie beobachtete. Manchmal blickte sie zu ihm herüber. Mit kalten Augen. Das war … merkwürdig.

Bevor Erwin weiter darüber nachdenken konnte, zog Michelle ihn mit sich. Nicht ohne ihn vorher noch umarmt und – das hätte ihn fast von den Beinen geholt – auf die Wange geküsst zu haben. Er wünschte sich jetzt fast, so schnell wie möglich diese Suite zu betreten. Zumal die Aktivitäten hier im Raum bizarre Ausmaße annahmen: Bei zwei der Himmelbetten waren die Vorhänge zugezogen. Die Aufbauten ruckelten unaufhörlich. Segelschiffe im Sturm. Erwin sah diskret beiseite. Weder Shakespeare noch Nabokov noch das Buch über Minnedichtung hatten ihn auf so etwas vorbereitet.

Er vermisste die schönen Stunden mit Lina. Die Stunden im Garten, am Teich. Die Stunden in der Gesellschaft der Enten.

Lina.

Lisbeth.

Lothar.

Sie hatten den Ausgang des Barraums fast erreicht, da zog Ernst August Schultefrankenfeld Erwin noch einmal beiseite, legte ihm eine Hand auf die Schulter, flüsterte, mit reichlich Fuselstoffen in der Abgasfahne:

»Harte N … Nuss, mein Libba. Selbss von Drosseporkuppingg iss ratlos. Nachm… nachm Einlochn müssense uns verraten, werse sind … müssense … Wir … wir ham Wettn laufn … Drosseporkuppingg, der Vorsch… der Vorschwwww… Vorschwwwanzvorsissende der Täuschn … Täuschnbank unn … unn ich. Ich lass mich das was kotzn … kotzn … kostn meinich … Wernse nich bereun, mein Libba! Nich bereun!«

So sprach er, wieherte ein Lachen, ließ sich von einer seiner Damen zurück in einen größeren Champagnerkreis ziehen. Das Einlochen wartete. Erwin war heilfroh, als er durch den Ausgang schlüpfte und der Türsturz die Geräusche hinter ihm abschnitt.

Doch dann, kaum dass sie die Suite betreten hatten, brach Michelle zusammen. Mit allem hatte Erwin gerechnet, nur damit nicht. Ihre Fassade fiel. Das hübsche Mädchen mit dem Lächeln, den Scherzen, dem Mut war ein Nervenbündel. Sie gestand ihm unter Tränen, dass sie – wie viele andere in der Bar – eine Prostituierte sei, aus Osteuropa komme, illegal hier arbeite. Sie hatte furchtbare Sachen erlebt, aber der Besitzer des Clubs habe sie in der Hand. »Der schickt mich zurück! Dann bringen sie mich um! Ich kann nicht zurück!«, schluchzte sie immer wieder. Erwin versuchte sie zu trösten. Auf hilflose, ungelenke Weise. Michelle berichtete von Vergewaltigungen in einem versteckten, isolierten Abschnitt unterhalb der Anlagen. Erwin war geschockt. Es war ihm längst klar, dass sie sich ihm anvertraute, weil sie hoffte, er könne helfen. Ausgerechnet er, Erwin Düsedieker. Der liebenswerte Trottel.

Als sie sich ein wenig gefasst hatte, sprachen sie über die Toten. Jens Buschfranz, der Reporter, hatte sich vor einiger Zeit mit ihr getroffen. Die Art, wie Michelle es umschrieb, deutete Erwin an, dass Buschfranz irgendwie zu dem erlauchten Kreis derjenigen gehörte, die das Edelbordell kannten und nutzten. So war er wohl mit Michelle zusammengekommen. Sie hatte Vertrauen zu ihm gefasst, hatte gehofft, dass er sie herausholen würde aus dieser Hölle. Sie war Zeugin eines Mords gewesen, tief in den Kellern, im Vergewaltigungsraum. Ein Mann. Man hatte ihn vor dem Tod lange misshandelt, dann furchtbar zugerichtet, bis zur Unkenntlichkeit entstellt, den Kopf mit einem Baseballschläger zu Brei geschlagen, regelrecht vernichtet. »Der Chef ist ein Sadist«, sagte sie. Sie kannte die Hintergründe nicht. Eher zufällig war sie auf die Leiche gestoßen, bevor diese beiseitegeschafft werden sollte. Niemand hatte sie gesehen. In einer hektischen Aktion habe sie versucht, der Leiche Hinweise auf den Mörder und den Tatort beizugeben. Sie zögerte, als sie Erwin die Art der Beweise gestehen wollte. Erwin wusste längst, was sie meinte: Sie hatte ein Kondom, gefüllt mit dem Sperma des Mörders, in die Socken des Toten geschoben. Der Mörder hatte sie vorher missbraucht. Wie schon oft zuvor. Damit wollte sie sich nun rächen. Und den Loveletter, den Golfball, hatte sie vermutlich ebenfalls bei der

Leiche versteckt. Auch den Personalausweis? Erwin fragte nicht. Er ersparte ihr die Geständnisse. Er wusste ja längst, dass der Tote Kaspar Pollpeter hieß und bei ihm im Gartenteich gelandet war. Pollpeter hatte sich also keineswegs selbst dieses gefüllte Kondom eingesteckt. Es enthielt folglich auch nicht seine eigene DNA, sondern die von ...

Wilfried Lappenbusch?

Noch immer war es nur ein Verdacht. Noch immer war Erwin dem Tierarzt hier nicht begegnet. Und Michelle kannte dessen Namen nicht. Er war hier nur als *der Chef*, als *der Boss* bekannt. Er war der namenlose Tyrann. Der Sadist.

Wenn es sich denn um Wilfried handelte.

Und Buschfranz?

Der hatte Michelle versprochen, mit ihrer Geschichte dafür zu sorgen, dass sie freikam und eine Aufenthaltserlaubnis erhielt. Doch er hatte sich davongemacht und sich nie wieder gemeldet.

Erwin ahnte auch hier den Hintergrund: Jens Buschfranz war das Schicksal Michelles vollkommen egal. Er hatte die Möglichkeit gewittert, den Chef – Wilfried? – unter Druck zu setzen. Er hatte aus Michelles Geschichte Kapital schlagen wollen. Es ging um Geld, um was sonst? Buschfranz hatte zocken wollen, um möglichst viel. Michelles Schicksal hatte ihn nicht interessiert.

So war er ja auch mit Erwin umgegangen.

Und nun?

Michelle hatte sich ausgeweint. Sie saß da wie ein Häufchen Elend.

Erwin dachte an den Keller unter dem Keller. Der Raum, in dem getötet worden war. Getötet und ...

Er stoppte seine Gedanken.

Ein solcher versteckter Raum war das ideale Versteck für Lothar und Lisbeth – wenn der Erpresser der Chef dieses Bordells war.

Er musste den Raum finden.

Michelle beschrieb ihm, wo ungefähr diese unterirdischen Anlagen lagen und wie er hineingelangen konnte. Dann machte sich Erwin auf. Als Kavalier bat er Michelle eindringlich, ihm nicht zu folgen. Sie sollte sich nicht in Gefahr begeben. Erwin wollte das nicht diskutieren.

Nun, Michelle blieb zumindest einige Minuten lang der Anweisung treu.

Da befand sich Erwin bereits in einem dunklen Teil des Clubhauses. Er hatte versteckt liegende Türen gefunden, war Treppen hinabgestiegen.

Nun wusste er nicht weiter. Michelle hatte von einem Gang mit einem bestimmten Gemälde an der Seitenwand gesprochen, einem versteckten Codeschloss, einer Tastenkombination, auf die sie gestoßen war. Hier gab es nur ziemliche Düsternis und Stahltüren und …

Er stutzte.

Was roch hier denn so?

Erwin hielt inne, hob die Nase, prüfte die Luft.

Dieser Geruch war alles andere als ein Parfüm. Weder ein junger noch ein alter Duft. Aber es war ein intensiver Duft. Erwin jedenfalls hatte eine feine Nase, was diesen Geruch – diesen Duft – betraf. Und er wusste, dass er den richtigen Weg genommen hatte.

Und dann ging er weiter und folgte seiner empfindlichen Nase …

Strafe muss sein

Gefangen. Lothar wurde das schnell klar. Er war der Hungrigere der beiden. Vielleicht war sein Verhalten deshalb aggressiver, während Lisbeth eher taktisch vorging. Lothar meinte die Futtervorräte fix aufgespürt zu haben, obwohl der Keller, in den sie geraten waren, keinerlei Ähnlichkeiten mit dem Grundgeschoss des Hauses am Grenzweg aufwies. Dieser Keller war kleiner, die Türen massiver, die Zahl der Räume geringer.

Überhaupt, wo war denn nun das Futter, das sie gelockt hatte? Die Treppe, die sie genommen hatten, endete im Dunkel. Das hatte damit zu tun, dass auch das Restlicht aus dem Gang über ihnen plötzlich verschwand, weil sich die Luke schloss. Sie waren vom Treppenabsatz ins Dunkel geflüchtet, als es über ihnen summte und knarrte. Und dann:

Dunkelheit. Gerüche. Stimmen.

Die Stimmen ließen sich allerdings Zeit. Zunächst einmal hatten Lothar und Lisbeth in der Dunkelheit festgestellt, dass eine der massiven Türen nur angelehnt war. Zu ihrem Glück war es diejenige, die in den Raum mit Futter führte. Endlich. Zu ihrem Unglück aber wurden die Futtermittel auf eine Weise gelagert, die bei den Enten zu Empörung führte. Insbesondere bei Lothar, der, wie gesagt, noch stärker unter Nahrungsentzug litt als Lisbeth. Sie konnten die Regale nicht sehen: Regale, in denen Dinge gelagert wurden, die man für die Pflege des Golfplatzes, die Pflege von Folterinstrumenten und auch die Pflege von Teichkarpfen und Goldfischen benötigte. Frei nach der Regel, dass alles, was man häufig benötigt, in Griffhöhe aufzubewahren ist, lagerte das Fischfutter unerreichbar weit oben, das Folterzubehör tiefer. Lothars stürmische Versuche, den Regalgipfel zu erklimmen, scheiterten in Handschellensalat, ließen Lederpflegespraydosen zu Boden kollern, stürzten Batterien von Wundsalbetuben und Desinfektionsmitteln. Der Lärm im Raum war beträchtlich. Der Lärmschutz allerdings funktionierte.

Lisbeth gelang schließlich ein kleiner Fortschritt. Sie ging die Sache irgendwie rationaler an. Sie ließ Lothar eine Weile an diesem und jenem unter den Regalen herumzerren, konzentrierte sich auf die Düfte, die Schwingungen im Raum. Nach einiger Zeit musste ihr aufgefallen sein, dass von einer bestimmten Seite der stockdunklen Umgebung Geräusche herüberdrangen. Als Lothar müde wurde und sein Wüten nachließ, meldeten sich diese Geräusche als Stimmen.

Lisbeth lauschte, und weil Lothar Lisbeths Seele auch in völliger Finsternis verbunden war, lauschte er mit, erschöpft und frustriert. Ob sie verstanden, was die Geräusche bzw. Stimmen bedeuteten, ist ungewiss. Aber sie reagierten darauf. Das Rauschen der Worte stammte aus einem Nebenraum. Rauschen war tatsächlich die passende Bezeichnung für das, was an Verständlichem zu hören war. Eine extrem verzerrte Stimme, metallisch hauchend, rasselnd, sprach von Verrat, von Diebstahl, von Mord. Die Antworten waren Wimmern, Stöhnen, Jammern:

»Was fällt euch ein? Ihr steckt unter einer Decke! Wo …?«

Schnappende Geräusche. Schmerzlaute.

»... Wo versteckt er es? Ich ...!«

Erneut schnappende Geräusche. Aufheulen. Wimmern.

»... lasse ...!«

Schnappen. Stöhnen.

»... mich ... nicht ... an ... der ... Nase ... rumführn!!«

Jedes einzelne Wort war ein Fauchen. Zwischen jedem Wort schnappte, peitschte es, und ein Mann stöhnte auf. Dort drüben wurde jemand verhört – um nicht zu sagen gefoltert. Die Enten verharrten wie erstarrt. In ihren Köpfen gingen Dinge vor. Wieder sprach die hauchend-fauchende Stimme:

»Du hattest Anweisungen. Du hast sie nicht befolgt!«

Wimmern.

»WAS!?«

Stärkeres Gewimmer.

»Wenn du nicht so ein offensichtlicher Schwachkopf wärst, würde ich glauben, du hast was beiseitegeschafft ...!«

Kurze Pause. Dann:

»Hast du was unterschlagen? Ich verliere langsam die Geduld, hörst du?«

Zischen, Schnappen, Stöhnen, Wimmern.

»Ich hatte schon viel zu viel Geduld mit dir. Und mit IHM!«

Schnappen. Starkes Stöhnen.

»Was machen wir jetzt mit dir? Hmm ...? Wenn du nicht sprichst – hmmm? Sag schon ...?«

Knallen. Würgelaute. Stöhnen. Knallen.

»Was sollen wir mit dir bloß machen?!«

Es ging immer so weiter. Es schwoll an. Es schwoll ab. Es

hatte nicht erst begonnen, als die Enten die kleine Kammer erreichten. Jetzt aber steuerte es auf ein Finale zu. Eine Macht, die höher war als alle Vernunft, gab Lisbeth den Hinweis, doch einmal nachzusehen, weshalb das Stöhnen und verzerrte Sprechen von einer Sekunde auf die andere lauter geworden war. Lisbeth, wie gesagt, eine Frau mit den Qualitäten einer nüchtern analysierenden Regierungschefin, sah nach, was Lothar in seiner impulsiven Phase angerichtet hatte. So entdeckte sie unter dem Metallregal an der Wand einen Schacht, denn jetzt sickerte von dort Licht herein. Es war eine Bohrung, größer als fußballgroß. Kabel liefen hindurch, ein ganzes Bündel von Kabeln für diverse elektrische Spielereien, die solch ein Clubhaus benötigte. Weil die Bohrung aber sehr viel größer war als selbst für ein dickes Kabelbündel notwendig – ein klassischer Fall von Pfusch am Bau –, hatte man Molton hineingestopft, um diesen Kabeltunnel zu verstopfen und schalldicht zu machen.

Lothars wütendes Schnabelgezerre hatte tatsächlich dazu geführt, dass ein großes Stück des Moltontuchs aus dem Loch herausgezogen worden war. Nun genügte eine fast schon elegant zu nennende Geste Lisbeths, ein frauliches Zupfen, um das Werk zu vollenden. Und dann tat sie, was man einer vorsichtigen Analytikerin nie zugetraut hätte: Sie zwängte sich durch das Loch hindurch, begab sich ins Ungewisse.

War es das Licht von drüben, das sie anzog?

Lothar zögerte nicht lange und folgte. Das tat er ja immer. In diesem Fall gepaart mit größter Verwunderung. Doch auch er hatte festgestellt, dass von dort, aus dem anderen Raum, neben einem verstörenden Geräuschgewitter ein gradezu wolkiger Dunst von Bekanntem ausging. Wieder machte es sich bemerkbar: alte Kleidung, alte Zähne, Mettwurstreste. Ja, das zog sie magisch an. Außerdem kamen aus Richtung der Tür verdächtige Geräusche. Es näherte sich jemand. Also blieb auch Lothar nur die Flucht nach vorn ...

Da! Er hatte es gehört. Jetzt lauter. Jemand schrie. Irgendwie mit einem Knebel im Mund. Es klang abgewürgt, gequält. Und dazu diese rasselnde Stimme. Erwin hatte keine Zeit, darüber nachzudenken. Die Geräusche, die so diffus, so leise gewesen waren, nahmen so plötzlich an Lautstärke zu, als habe jemand eine Tür geöffnet, einen Stöpsel gezogen, der die Laute gefangen gehalten hatte. Und dann sah er die Tür, die nur angelehnte Stahltür. Die Umrisse traten heraus aus der Dunkelheit. Er hielt inne, weil er annehmen musste, dass sich im Nebenraum, hinter der Tür, jemand verbarg. Derjenige vermutlich, der sie geöffnet hatte. Etwas tat sich da drinnen.

Erst als Erwin eilende Schritte aus der Etage über sich vernahm – Schritte, die schnell lauter wurden, weil ja die Luke offen stand, zu der er den Schalter gefunden und die geheime Tastenkombination eingegeben hatte –, fasste er sich ein Herz und eilte hinein in diesen Raum – und begriff im selben Moment, dass die Tür offen gestanden hatte. Die ganze Zeit über. Niemand hatte sie geöffnet. Niemand befand sich hier drinnen. Es war ein Lagerraum.

Dennoch kamen die Stimmen von hier. Nein, aus einem Nebenraum. Es war verwirrend. Es hörte sich an, als gäbe es eine Art Schallverbindung zwischen den Räumen. Erwin quetschte sich hinter die Tür, schob sie vorsichtig zu, wagte es aber nicht, sie ins Schloss zu drücken. Draußen im Gang war jemand. Dort stolperte jemand die Treppe herunter. Erwin saß in der Falle. Er nahm nichts von dem wahr, was sich um ihn herum abspielte. Die Dunkelheit hier drinnen war beklemmend. Paradoxerweise schloss er die Augen. Was sollte er tun, wenn man ihn entdeckte? Seine Tarnung, die so zufällig so meisterhaft gewesen war, wäre dahin.

Klong! Klong! – Türgerappel. Die Stimmen nebenan. Dieses Geschnarre. Jetzt schrie er wieder. Er? Wer war das? Von draußen kam ein Ruf:

»Chef! Er is grad wach gewordn, will dich sprechn! Sofort!«

Dann ein Fluch. Und die Antwort:

»Halt ihn hin. Eins von den Mädchen soll ihn übernehmen. Michelle! Die soll ran!«

Von draußen nun ein leicht verzweifeltes:

»Was? Ich versteh dich so schlecht! Kannste nich …« – unverständliches Unterbrechen – »Ja, klar. Aber er is ungeduldig, und Michelle …!«

»Mann, die soll jetz keine Zicken machen! Die weiß doch, was ihr blüht!«

Anschließend donnerndes, verzerrtes Ins-Wort-Fallen. Rede und Gegenrede. Erwin hielt die Luft an. Genau in diesem Moment explodierte was: Gebrüll. Im Nebenraum brach ein kleiner Krieg aus. Von draußen folgte irritiertes Nachfragen:

»Was is? Was is denn los?!«

Metallgeräusche. Aufbäumendes Stöhnen. Das Gebrüll:

»Wie kommen die denn hierher?! Verdammte Scheiße! Der is … Was? Der is auch hier!? Das gibts nich! Der muss hier irgendwo sein! Los! Alles durchsuchen! Der Spasti hat die Viecher befreit. Der is hier!!«

»Was?! Wer is hier? Ich versteh nich!!«

Dinge fielen zu Boden. Die Tür des Nebenraums öffnete sich rasselnd. Auch der Mann draußen brüllte:

»Was denn …? Wer is …? O nee …!«

Wieder Unverständliches. Schnarrende Laute. Dazu von nebenan:

»Stell dich nich so an!«

»Aber die sind doch …? Glaubste, ich will mir die Seuche holen oder was?!«

»Idiot! Die Viecher haben doch gar nix …!«

»Aaah! Bleibt mir bloß … Wech! Wech da! Bleibt mir vom Leib! Verdammte Scheißenten! Scheißenten!! Scheißescheiße!! Wech da …!!«

Erwin sprang auf, rammte im Dunkeln mit dem Kopf gegen einen ummantelten Leitungskanal. Halber Knock-out. Ein Schmerzensschrei. Im bunten Feuer von Schmerz und Gedanken erblühte das Bild der Enten auf den Barrikaden. Ein Schlachtfeld. Lothar und Lisbeth waren hier. Hier hatte man sie festgehalten. Erwin war gerade zur rechten Zeit gekommen, um … Jemand stürzte in den Raum. Rufe. Gerangel. Die Stimme einer Frau. Michelle! ZOCK! Noch ein Treffer im Dunkeln. Wie blöd aber auch …

Der Schmerz. Schwindel erfasste ihn. Lautstärke, Schreie, Licht. Alles zusammen geriet in einen Taumel. Entenaugen. Traurige Augen. Schwarze Augen. Michelles Augen. Dann Vollschwärze …

Aus.

Der nicht enden wollende Alarmzustand im Zentrum ihres Universums wurde Lothar und Lisbeth zu viel. Endgültig. Was sie sahen und hörten, überstieg ihr Fassungsvermögen bei Weitem. Es reichte einfach. Man trat nach ihnen. Man schlug nach ihnen. Arno Wimmelböcker, den sie doch kannten und schätzten, saß nur da, auf merkwürdige Art verkleidet, gab erschreckende Laute von sich. Was zu viel war, war zu viel. Als sich die Tür öffnete, sausten die Enten hinaus, den Türöffner förmlich überrennend. Der Weg, den sie in aller Ruhe voller Staunen, voller Neugier und scheuer Erwartung genommen hatten, wurde zum Fluchtweg in gefühlter Überschallgeschwindigkeit.

Laufenten können nicht fliegen, sagt die Ornithologie. Doch es gibt Situationen, da zeigen sie der Wissenschaft die Grenzen auf. Innerhalb weniger Sekunden hatten sie lauthals schnatternd, schnarrend, krächzend die Stufen zum Erdgeschoss genommen, schossen aus der Luke, dem warmen Licht entgegen, das fern am Ende des Gangs hinter einem Perlenvorhang dämmerte. Dass sie einer Wolke von Lachen, Musik, frivolen Lauten entgegenstürmten, schien ihnen in diesen Sekunden nichts auszumachen. Die Flucht erlaubte keine Bedenken. Zudem konnten sie feststellen, dass man ihnen auswich. Vielleicht hatte es mit der schieren Überraschung zu tun. Niemand vermag heute noch zu sagen, wie erstaunt Leda gewesen sein muss, als sich ihr Zeus in Gestalt eines Schwans näherte. Immerhin muss der Eindruck so gewaltig gewesen sein, dass sie dem Schwan Dinge erlaubte, die ein züchtiges Mädchen einem Schwan sonst nicht erlaubt.

Im geheimen Festraum des Clubhauses spielte züchtiges

Verhalten keine Rolle. Und Lothars und Lisbeths Sturmlauf mit rudernden Schwingen schuf neue Mythen. Die Phantasie des ohnehin erhitzten Publikums trieb Blüten. Die Enten wurden zu Riesenenten mit feurigen Schnäbeln, gekommen, um der Sünde ein Ende zu machen. Lothar hatte sich, wie auch immer er das geschafft hatte, in etwas verwickelt, das Kenner von Rotlichtmilieus als einen Reizwäsche-BH erkannt hätten. Doch in dieser Sekunde, um einen solch ungewöhnlichen Körper gespannt … Nun ja, das Gekreisch unter den Damen im Clubhaus war groß, und die Herren brüllten. Geschlechterunterschiede traten in aller Direktheit, brutal, zutage. Von irgendwo im Raum löste sich schließlich das Gerücht, dass es sich bei den Tieren um Überträger einer Seuche handelte, was die Hysterie unter den Gästen nochmals steigerte. Sogar die Bewegungen auf den Himmelbetten gewannen an Intensität. Eines der Betten krachte zusammen. Lisbeth schoss ausweichend auf ein Podest zu, als ein betrunkener Gast mit ausgebreiteten Armen den Kurs der Ente auf einen mit Gläsern und Flaschen befüllten Tisch hin korrigierte.

Die Bardame, die sich Justine nannte und an diesem Tag den Ausschank koordinierte, gehörte zu den wenigen, die nicht verschreckt reagierten, als die Enten den Raum erstürmten. Unwillkürlich dachte sie an den Mann, der lange mit Michelle geflirtet hatte. Niemand im Umfeld der Bar wusste, dass Justine eine Verbindung ziehen konnte zwischen diesem Mann und solchen Enten. Aber niemand hätte sich in diesem dramatischen Moment dafür interessiert:

Was nämlich auch die nüchterne Justine nicht verhindern konnte, war der Sturz Graf Ferdinand von Droste-

Porkupings gegen jenes Podest, dem Lisbeth so blitzartig-elegant auswich, als man sich ihr betrunken entgegenstellte. Graf Ferdinand war durch eine auf Halbmast hängende Hose gehandicapt. Erschwerend kam hinzu, dass man ihn mit etwa vier Promille betankt hatte. Sein Sturz riss die auf dem Podest stehende, bereits ein wenig heruntergebrannte Penis-Kerze um. Leider erlosch die Flamme nicht – vielleicht als Ausdruck einer gewissen paraffinen Potenz. Da man diese und ähnliche Kerzen unter Missachtung grundsätzlicher Brandschutzbestimmungen unweit der Himmelbetten aufgestellt hatte, tippte die ausgehöhlte Penis-Spitze gegen die Voiles in ohnehin schon warmen Farben und entzündete sie augenblicklich. Zwar war das Material als schwer entflammbar gekennzeichnet, doch das Buch *Die Lügen der Welt* hat viele Seiten.

Innerhalb weniger Sekunden standen das Bett, danach diverse Plüschbezüge, die Deckenvertäfelung, Gegenstände aus Holz, bald der halbe Raum in Flammen. Aus Erschrecken wurde Panik. Bauern und Frauen rannten hustend, schreiend, kopflos aus den Katakomben hinaus, nahmen den gewundenen Weg ins Freie.

Schon bald erhob sich eine Rauchsäule über dem Clubhaus, und es dauerte noch allenfalls fünfzehn Minuten, bis die Jungs vom Schlauchtrupp Pogge, die Feuerwehr in Fechtelfeld sowie die Polizei informiert waren. In diesen wenigen Minuten versuchten die als Bauern getarnten Generaldirektoren, Bankvorstände, Manager etc. ihre Inkognitos zu wahren. Sie stolperten, humpelten, flüchteten so schnell sie noch konnten vom Clubgelände. Das gelang nicht in jedem Fall. Und es führte zu merkwürdigen Bewegungen im Gelände. Die Rauchsäule und die schrillen Klänge von Martinshörnern weckten nämlich das immer schon schwelende Interesse der nahen Landbevölkerung am Golfleben.

Man mied den Golfplatz in aller Regel. Der war für Menschen aus Bramschebeck oder Pogge, wie schon häufiger betont, eine fremde Welt. Fremde Welten aber sind Brutstätten der Phantasie. Als nun im Zentrum dessen, was so fremd und womöglich ungeheuerlich war, ein Feuer ausbrach, befreiten sich in den Köpfen der Phantasiebegabten Verslohs lange unterdrückte Vorstellungen – wie immer diese auch aussehen mochten. Ein synchrones Aufschnaufen von Treckermotoren war die Folge. Es reichte von Höwelkrögers Hof im Süden über die Höfe von Schnatmann, Strullwülker, Reddehase und Ottonottebrock weiter westlich bis nach Pogge und zum jenseitigen Poggholz. Selbstverständlich erfasste das Interesse auch golfplatznahe Anlieger wie Jasper Thiesbrummel und Klaus-Dieter Husemann. Innerhalb weniger Minuten waren sämtliche Straßen des Landstrichs verstopft – je näher am Golfplatz gelegen, desto schlimmer. Die Polizei hatte Mühe, das Gelände zu erreichen. Den Feuerwehrfahrzeugen gelang das etwas besser, weil sie erstens robuster waren, zweitens, weil sie in zumindest drei Fällen von Berufssoldaten der Dettbarner Wüstenfuchs-Kaserne gesteuert wurden – Kommandierenden der dort stationierten Panzerbrigade *Fladenland* –, und drittens, weil die Jungs vom Schlauchtrupp Pogge die Gegend so gut kannten, dass passende Guerillataktiken zum Einsatz kommen konnten. Das Löschen gelang also. Vom Clubhaus blieben ansehnliche Teile stehen, auch wenn den Feuerwehrjungs mit ihren

Stiefeln und ihrem schweren Gerät manches gelang, woran die Flammen gescheitert waren.

Kommissar Bökenbrink hatte, nachdem man ihn angeklingelt hatte, noch im Wagen Verstärkung angefordert. Der Anruf an ihn war vom Präsidium in Dettbarn aus erfolgt. Dort hatte jemand Kontakt zu einer Person bei der Presse. Eine absolut sichere Quelle, wie er behauptete. Sie habe ihn alarmiert, aus dem Clubhaus des Golfplatzes. Seit einigen Wochen führe die Quelle dort verdeckte Recherchen durch. Sie sei an einer sehr brisanten Sache dran, von der sie aber noch nicht sprechen wolle. So was ärgerte Bökenbrink. Was bildeten sich diese Pressefuzzis ein?

Er hatte seinen Groll unterdrückt, denn der Gesprächspartner im Präsidium hatte aufgeregt davon gesprochen, dass im Clubhaus des Golfplatzes wohl irgendwas gefährlich aus dem Ruder laufe.

Golf, hatte Bökenbrink gedacht: ein Sport für Scheintote und Bewegungsnostalgiker. Was sollte da aus dem Ruder laufen? Und dann sah er die Rauchsäule und die Staus auf den Straßen. Und als das Präsidium nochmals angerufen hatte, weil diverse anonyme Anrufe eingegangen waren, die von merkwürdigen Fluchten aus dem brennenden Gebäude sprachen, war der Kommissar sehr nachdenklich geworden. Die Angelegenheit wurde äußerst mysteriös.

Genügte es nicht, ein brennendes Gebäude zu verlassen? Weshalb Flucht? Also hatte er sich beeilt und eine Ringfahndung eingeleitet. Sie reichten ihm längst, diese Ermittlungen im gottverfluchten Nest namens Versloh. Und auch die Düsedieker-Sache hing ihm zum Hals raus. Wo immer dieser Scheintrottel sich aufhielt, gab es Tote. Düsedieker hatte sich also, so die Aussage seiner Komplizin oder Bekannten, Richtung Golfplatz abgesetzt. Prompt brach dort ein Feuer aus.

Na wunderbar.

Ringfahndung. Bökenbrink würde ausnahmslos jeden festnehmen lassen, der auch nur in entferntem Verdacht stand, den Golfplatz betreten zu haben. Seine Weisungen an die Einsatzfahrzeuge waren unmissverständlich. Noch einmal würde ihm Düsedieker nicht durch die Lappen gehen. Düsedieker nicht und niemand, der mit ihm zu tun hatte.

Die Polizeiwagen hatten wegen des Straßenchaos jedoch ziemliche Schwierigkeiten, den Ring um das Golfgelände enger zu ziehen. Irgendwann schwollen den Beamten die Kämme, und sie griffen hart durch. Als dann die ersten Polizeiwagen nach kühnen Manövern das Clubhaus erreichten, zückten die Beamten Waffen und Handschellen und machten kurzen Prozess.

Die Zahl der Verhaftungen war erstaunlich.

Und auch der Zustand der Verhafteten. Die Polizisten bemerkten verwundert, welch leichte Bekleidung Golfspielerinnen in diesem Spätsommer trugen. Was der Club in seinem geheimen Kellergeschoss und dem noch geheimeren Folterkeller tatsächlich beherbergte, ließ sich ja kaum erkennen. Etliches Verräterische war verbrannt, Zugänge waren versperrt. Außerdem stellten die Beamten fest, dass sich sehr viele, nun ja, Hofbewohner, Menschen mit bäuerlichem Hintergrund, unter den Clubbesuchern befanden. Das hatte einerseits natürlich mit dem Clubprogramm *Bauer sucht Frau* zu tun. Andererseits mit den Neugierigen von benachbarten Höfen. Die hatten das Golfgelände ja längst erreicht und wurden nun ebenfalls hoppgenommen.

In dieser denkwürdigen Stunde der Weltgeschichte gab es plötzlich kaum noch einen Unterschied zwischen Menschen wie Graf Ferdinand von Droste-Porkuping oder dem Waffenmagnaten Ernst August Schultefrankenfeld einerseits und so bodenständigen Geistern wie Jasper Thiesbrummel, Klaus-Dieter Husemann und Siegfried Kinkelbur. Dreimal hatten Beamte Handschellen nachgeordert, so viele Hände gab es zu binden. Die Lieferungen waren im Verkehrsstau stecken geblieben. Zum Glück konnte man nach erster Sichtung der Brandstätte, als man auch in die geheimsten der Kellerräume eingedrungen war, auf vorhandene Bestände zurückgreifen. Sprich, auf Handschellen, die man im Club für Sadomaso-Spiele benutzte.

Da war das Getuschel unter den Beamten längst ein Brausen geworden.

Weil der Brand schnell gelöscht werden konnte und ein ansehnlicher Teil des Clubhauses stehen blieb, wurden die Festgenommenen erst einmal vor Ort untergebracht. Kommissar Bökenbrink bereitete sich auf Verhöre vor.

Verhöre ohne Gnade.

Doch wo steckte Erwin Düsedieker?

Kurz bevor die Dämmerung in Abenddunkelheit umschlug, erreichte den Kommissar ein weiterer Anruf. Er verdrehte die Augen. Hörte das mit den Überraschungen denn nie auf?

Die Verhöre wurden auf später verschoben.

OLÉ

»Erwin!«, entfuhr es Lina.

»Arno!«, rief Hilde.

Die Frauen sahen sich an. Die drei Polizeifahrzeuge verließen den Hof, fädelten sich ein in das von Martinshorngejaule und Blaulicht gebildete Verkehrsnetz. Es begann zu dämmern. Bedrohung lag über der windstillen Landschaft. Die Frauen waren zur Straße gelaufen und betrachteten die schwarze, zum Himmel gereckte Rauchfaust im Südosten. Was hatte Erwin nur angestellt? Oder Arno? Oder waren sie das beide gewesen?

Und waren nun beide in Gefahr?

Hilde und Lina gingen davon aus. Die Gebäude auf dem Golfplatz lagen Luftlinie etwa drei Kilometer vom Gerkensmeier-Hof entfernt. Sie konnten vereinzelt sogar Flammen erkennen, die aus dem Dach des Clubhauses schlugen. Und dann all die Fahrzeuge, die sich dorthin bewegten. Was für ein Lärm.

»Los!«, rief Hilde, »aufn Trecker!«

»Was?!«, gab Lina zurück. »Willste etwa auch …? Das sind doch alles Gaffer!«

»Nix gaffen! Wenn Arno und Äwinn da rein sind, dann qualmt denen jetz tüchtich die Kacke anne Füße!«

»Hilde!«

»Nu komm!«

Ohne sich um Kleidung Gedanken zu machen, die den Ansprüchen der deutschen Golfverbandsordnung genügen mochte, hetzte Hilde zum Schuppen hinter dem Haus. Dort wartete ihr türkisblau-rostfarbener Hanomag Granit 501 noch immer auf Arno. Der hatte ja längst mit dem Abtragen des Misthaufens hinter den Ställen beginnen sollen.

Lina folgte ihr zögernd.

»Los!«, wiederholte Hilde. Mit Kittel, Kopftuch, schwarzen Stallgummistiefeln an den Füßen und Laufmaschen in den Strumpfhosen schwang sie sich auf den Fahrersitz, trat das Kupplungspedal durch, drehte den Zündschlüssel und setzte den vibrationsfreudigen 40-PS-Motor in Gang.

»Nu mach schonn!«, rief sie gegen das Bollern. Lina guckte gequält.

»Was willste denn da?«

Lina brüllte, um die Angriffslust des Treckers zu übertönen.

»Erstma los!«, brüllte Hilde zurück. »Kopflos könn die Männer doch auch! Nu komm!«

Lina stieg auf. Hilde hatte ja recht. Lina klammerte sich mit beiden Händen ans Metallgestänge des kissenlosen Kotflügelsitzes über dem Hinterrad. Dann rumpelte der Trecker los, ohne jeden Federungskomfort. Lina geriet mächtig ins Schwitzen. Ihre Hände verkrampften sich, als wollten sie das sitzplatzumgreifende Gestänge aus dem kalten Blech unter ihrem Hintern reißen. Dennoch flog sie bei jeder Bodenunebenheit in die Höhe. Hilde machte das Gehopse gar nichts aus. Wäre Lina nicht mittlerweile taub gewesen vor Lärm, hätte sie Hildes Kampfgesänge hören können. Diese fügten sich wunderbar ein in die Verbrennungsmelodie der

Dreizylindermaschine. POFF!! – POFF!! – POFF!! – wulsten Abgaswolken aus der hochragenden Auspuffkerze. Hilde machte sich gar nicht erst die Mühe, den Straßenkurs über Wullbrinkholzweg, Kötterholzweg, Stühfeld, Warzkamp zu nehmen. Vom Hof aus dirigierte sie den Schlepper ins Gelände, passierte das Waldstück östlich des Hofs in leichter Schräglage, weil sie mit rechtem Hinter- und Vorderrad im ausgepflügten Ackerrain gut Fahrt machen konnte.

Oberhalb des Waldes riss sie das Steuer herum. Lina schrie auf. Hilde überhörte das und möllerte nach einigen ungestümen Lenkbewegungen quer zu den feinbraunen Rillen in Jan-Peter Westersoetebiers frisch gepflügtem Roggenfeld. Die Spur, die der Hanomag zog, war eine hässliche Schleppe der Verwüstung. Hilde war es egal. Sie sorgte sich um Arno und Erwin und wollte von Vernunft nichts wissen.

Nein, Hilde gab Vollgas. Während sich der Verkehr auf den Straßen und Landwegen dahinquälte, erreichte sie locker die konstruktionsbedingte Höchstgeschwindigkeit von 22 km/h, was Lina auf dem Kotflügel wie ein Dahinfliegen mit begleitender Nierenzertrümmerung erschien.

»OLÉ!«

»WAS?«

»OLÉ!!«

Lina sah nur Hildes Mund: eine grinsende, mächtige Kaubewegung.

»KUCK NACH VORN!«

»WAS?!«

»NACH VORN! DU SOLLST … AUA! … NACH VORN SOLLSTE KUCKEN!!«

Hilde verstand nichts. Lina wurde das Brüllen zu anstrengend. Sie verstand ja selbst nichts. Wie weit war es denn noch? Wenige Hundert Meter vor ihnen – o Gott, da gings vorher noch durch eine Bodenmulde mit Restwasser – begann der Golfplatz, und dann …

»DA! WAS IS DAS!?«

Hilde reagierte nicht. Sie sang.

»HILDE!!! HILDE!!! DA!!!«

Lina wagte es, die rechte Hand vom Haltegestänge zu lösen. Sie wies hinüber zum Rand des Golfplatzes, wo ein Fahrzeug übers Green fuhr.

»WAS??!!«

»DAAAA!!! OOOOH!!!«

Linas Hand flitzte zurück in Halteposition, als der Trecker mit mächtiger Tauchbewegung die Geländekuhle nahm. *Ich werde sterben*, dachte Lina. Sie wusste noch nicht, ob der Tod ein Tod beim Sturz vom Sitz sein würde oder einer wegen multiplen Organversagens als Spätfolge der Nierenzertrümmerung. Immerhin nahm Hilde nun endlich das Fahrzeug auf dem Golfgreen wahr. Und sie stoppte den Trecker.

Lina atmete auf.

»Was is? Kennste den Wagen?!«

Keine Antwort.

Der Wagen war ein kleiner Lkw, ein Transporter. Hilde betrachtete ihn, runzelte die Stirn. Ihr Blick wurde der Blick des Jägers. RUMMS!, rammte sie den ersten Gang rein und drückte aufs Gaspedal.

»HILDE!!!«

Lina konnte es nicht fassen. Hildes Mund bewegte sich wieder. Sie sagte etwas. Die Worte verhedderten sich im Lärmen des Motors. Hildes Augen schleuderten Blitze. Sie hielt den Blick starr auf den Lkw gerichtet und steuerte den Trecker gradewegs darauf zu.

»WAS HASTE DENN JETZT VOR??!!«

Lina verstand gar nichts mehr. Das Fahrzeug dort drüben …

Moment mal. Dieses Fahrzeug, dieser unscheinbare fahrende Kasten verhielt sich anders als die Fahrzeuge, die sonst noch überall zu sehen waren.

Er bewegte sich vom Golfplatz fort.

Alle anderen wollten dorthin. Der Lkw hingegen entfernte sich. Nicht über die Straße, sondern übers Feld. Er kam nicht sonderlich gut voran, schlängelte immer ein wenig, doch er machte Fahrt. Und es war definitiv keines der Polizeifahrzeuge, die hier überall feststeckten.

»DER WILL ENTWISCHEN!!!«, dachte Lina – und schrie es hinaus.

Genau dies dachte auch Hilde. Sie hielt weiter auf den Lkw zu. Hinter ihrer Stirn tobten grässliche Gedanken. Näher und näher kamen sie dem Fahrzeug. Hilde blieb auf Kollisionskurs. Da der Trecker gegenüber dem Lkw Geländevorteile besaß, konnte er jede Ausweichbewegung parieren. Hilde manövrierte meisterhaft. Lina erkannte hinter der Frontscheibe des Lkw zwei Personen. Zunächst sah sie in den Gesichtern nur anwachsendes Staunen. Dann aufkommende Panik. Hilde brüllte. Mit der Sicherheit einer Frau, deren Stimme eine Dampflok zum Halt gebracht hätte, betätigte sie den Schalter für den Frontlader. Das wuchtige Gestänge war während der gesamten Fahrt hochgereckt gewesen.

Ein Siegeszeichen?

Eine Art Phallussymbol?

Jetzt senkte es sich hydraulisch.

Jetzt wies die mit Stahlspitzen gespickte Mistgabel des Frontladers nach vorn.

Und jetzt erkannten Lina und Hilde hinter der Panik im Blick des Lkw-Fahrers Wilfried Lappenbusch. Der Beifahrer versuchte, die Tür zu öffnen und abzuspringen. Da bremste der Lkw mit schmatzend rutschenden Reifen, und auch Hilde bremste – sehr gefühlvoll und dosiert. Dann versenkte sie die Mistgabel mit genüsslichem OLÉ! im Motorblock des Gegners.

Ins Herz getroffen, starb die Maschine den Sekundentod. Blech und Gestänge rissen, verbogen sich, knirschten. Lina warf es beinahe vom Sitz. Auch Hilde schleuderte hoch. Die Geschwindigkeit des Treckers beim finalen Stoß war riskant gewesen. Doch Frauen wie Hilde scheuten das Risiko nicht, wenn ihr Herz sich rührte.

Wilfried Lappenbusch war dermaßen überrascht von Hildes Attacke, dass er sekundenlang wirkte, als habe er jegliche Orientierung verloren. Außerdem hatte er sich die Nase am Lenkrad blutig geschlagen. Sein Beifahrer wimmerte, stieß die Tür auf, fiel auf die Wiese. Zwei Polizeiwagen näherten sich. Solange sich der Lkw langsam über den Golfplatz gequält hatte, war er kaum aufgefallen. Die Kollision am Rand des Warzkamps allerdings entging den Beamten nicht. Noch bevor Wilfried, der nun ebenfalls das Fahrzeug verließ, in irgendeiner Form versuchen konnte zu flüchten, oder bevor er auf die Idee kam, Lina und Hilde mit Hilfe seines Beifahrers zu überwältigen, waren die Polizisten bei ihnen und legten ihnen Handschellen an.

Wilfried Lappenbusch zeterte, wehrte sich, brüllte, dass man ihn in seiner Arbeit behindere. Man hörte nicht auf ihn.

Lina und Hilde wurden ebenfalls festgenommen. Sie protestierten nicht. Man wollte sie zu den übrigen Eingesammelten ins Clubhaus bringen, aber vorher wurde Lina von einem Geistesblitz getroffen.

Womöglich, weil sie das Klopfen hörte, das aus dem hinteren Teil, dem Laderaum des Transporters, drang. Das Klopfen, das Wilfried mit seinem Gezeter übertönen wollte.

»Is da etwa einer drin?«

»Erwin!«, rief Lina. Mit Panik in den Augen sah sie zu Hilde. Die schluckte. »O Gott, unn Arno?«, Hilde machte das Beste aus ihren 1,55 Meter, drückte den Rücken durch und herrschte Wilfried an:

»Was haste mit Arno unn Äwinn gemacht?! Nu sach schon, du Schwein!!«

Die Beamten – es waren drei – starrten sich an.

Wilfried schwieg. Er hielt sich die Hände vor seine lädierte Gesichtsmitte.

»Mach ma auf da!«, wies einer der Beamten ihn an. Wilfried hob die gefesselten Hände, legte sie dann zurück vor die Nase. Der Beamte verzog mürrisch den Mund, ging hinter den Lkw. Abgeschlossen.

»Schlüssel«, befahl er. Wilfried seufzte. Sein Kopf nickte zur Seite, was nicht ganz schmerzfrei blieb. Führerhaus. Der Zündschlüssel steckte noch.

Widerwillig tat der Beamte, was er gern delegiert hätte. Er holte sich den Schlüssel und öffnete selbst die Tür. Dann staunte er und lachte bellend auf:

»Was is das denn? Noch so welche? Mann, Mann, Mann,

wasn Schweinkram hier! Wolltet wohl abhaun und nen Puff aufmachn, was? Na, ihr kommt alle mit.«

Hilde und Lina stolperten hinter das Fahrzeug. Erwin lag an Händen und Füßen gefesselt auf dem Boden. Sein Kopf wies Verfärbungen auf, die auf Schläge schließen ließen. In seinem Mund steckte ein Knebel: eine Art Plastikkugel, schwarz, mit schwarzem Lederband hinter dem Hals befestigt. Auch die Fesseln an Händen und Füßen bestanden aus einem Material, das selten im Stall Verwendung fand.

Arnos Fesselung war noch bizarrer: Handschellen, Lederbänder an den Füßen, eine die Augen bedeckende Maske auf dem Kopf, von welcher putzige Fledermausohren abstanden. In seinem Mund steckte ebenfalls ein schwarzer Knebel. Arnos großflächige Maskierung verdeckte weit mehr Blessuren, Prellungen, Kontusionen, als sie Erwin zugefügt worden waren.

Und sie zeigte einen ganz anderen Arno, als man ihn aus dem Stall und vom Friedhof kannte: einen irgendwie sadomaso-sinnlichen Arno …

Zumal da noch eine dritte Person an Bord war. Eine sehr leicht bekleidete Dame, deren Fesselung keine Spuren von Gewaltanwendung verdeckte und die nun ein wenig errötete. Als man die drei von ihren Knebeln und Fesseln befreit und ihnen stattdessen Handschellen angelegt hatte, war Arno der Erste, der vor den skeptischen Blicken Linas und vor allem Hildes kapitulierte. Seine Nerven hatten in den vergangenen Wochen allzu sehr gelitten. Er schnappte nach Luft und plapperte los:

»M… Mensch, Hilde … Das … nee, das is, o nee … Hilde. Mir issja … mir … die hamm mich … weiß aunich …«

Hilde starrte ihn an. Ohne ein Wort. Arno verstummte. Eine gefühlte Ewigkeit lang starrte Hilde Arno nur an.

»Lass ma, Arno«, sagte sie dann, »das kannste abarbeiten.«

Dabei nickte sie so vielsagend, dass Arno die Augen schloss. Was aber auch daran lag, dass er Michelle erblickt hatte und zentrale Teile seines zerebralen Systems einem Neustart unterziehen musste. Man half ihm aus dem Laderaum. Hilde nahm ihn unter ihre gefesselten Fittiche.

Lina hatte geschwiegen. Auch sie musterte Michelle, der die Sache langsam peinlich wurde. Erwin räusperte sich. Er war nach Knock-out, Fesselung und Fahrt im Transporter noch nicht ganz da.

»Lina«, sagte er.

»Erwin, du bist … is alles gut?«

»Die Enten«, sagte er. In seiner Kehle knackte was.

»Erwin?«

Lina sah ihm misstrauisch in die Augen.

»Alles klar, Erwin?«

»Die Enten. Die sind … Wo sind die Enten?«

Er suchte Blickkontakt zu Wilfried Lappenbusch, wiederholte die Frage, krächzend, hilflos. Lappenbusch blieb unbeeindruckt, tat, als wüsste er nicht, worum es ging. Dann lachte er hämisch.

Erwin gab auf.

Michelle ließ sich von der Ladefläche helfen. Der Duft von Kirschen ging von ihr aus. Erwin bemerkte es. Lina verzog die Nase.

»Michelle …«, sagte Erwin abwesend. »Das is … das is Michelle … «

»Ah.«

Das klang gefroren – und kam von Lina.

Michelle blieb stehen. Sie lächelte. Obwohl ihre verheulten Augen voller Trauer waren. Dann kniff sie Erwin in die Wange. Er schien es gar nicht zu bemerken.

»Du bist wirklich süß.«

»Erwin?«

Plötzlich war es ein leiser, fast flehender Ton, in den Lina den Namen kleidete. Flehend und ratlos.

Michelle sah Lina an. Dann verklärten sich ihre traurigen Pupillen, richteten sich in eine unbestimmte Ferne.

»Wissen Sie«, sagte sie, »er ist ein prima Generaldirektor. Ganz bestimmt. Für Leute wie ihn müsste man eine Firma finden. Groß müsste die sein. Riesengroß. Und *Sie* …« – Michelle betonte das *Sie* – »Sie müssen auf ihn aufpassen. Er ist viel zu gut für diese Welt. Bitte passen Sie auf ihn auf.« Dann schritt sie weiter. Unsicher und zugleich voller Kraft.

Lina lächelte.

»Weiß ich doch«, meinte sie leise. Und ihr Lächeln wurde breit, als sie sah, wie Michelle vor Wilfried Lappenbusch stehen blieb, die zierlichen Arme in der Art einer Hammerwerferin ausholend nach rechts schwang und Wilfried die von Handschellen erzwungene Doppelfaust wuchtig durchs Gesicht zog.

Das war mindestens eine Kündigung.

Gegenüberstellung

Noch bevor Erwin, Arno, Hilde und Lina in den einen, Wilfried Lappenbusch und Begleiter in den anderen Polizeiwagen verfrachtet und zum Clubhaus gebracht wurden, wartete dort bereits Kommissar Bökenbrink. Er hatte begonnen, die Bardame Justine zu verhören. Bei dieser handelte es sich um die mysteriöse Quelle des Kollegen aus dem Präsidium – jenes Beamten, der Bökenbrink am späten Nachmittag angerufen hatte. Nach dem Brand im Clubhaus und bedroht von Festnahme, war es ihr klüger erschienen, das Inkognito aufzugeben und Bökenbrink die Ergebnisse ihrer Arbeit mitzuteilen. Justine hieß in Wirklichkeit Claudia Roggenkamp. Sie arbeitete als freie Reporterin unter anderem für das *Dettbarner Kreisblatt* und hatte über fragwürdige Beziehungen Kontakt zum Club bekommen. Dort war sie erst wenige Tage zuvor in die Rolle einer Bardame geschlüpft und versuchte, einen Komplex gigantischen Steuerbetrugs aufzudröseln. Sie hatte auch schon begonnen zu begreifen, dass sie wohl zusätzlich in Sachen Zwangsprostitution recherchieren sollte.

Die Sache hatte ihren Anfang genommen, als in der Redaktion der Zeitung die ersten Hinweise auf den Fall der unterschlagenen Steuerdaten-CD aufgetaucht waren. Bald kristallisierte sich der Name Kaspar Pollpeter heraus: ein leitender Mitarbeiter der Steuerfahndung aus Dettbarn, der die Daten der CD für Erpressungen missbrauchte. Als Pollpeter abgetaucht war, die Erpressungen aber noch eine Zeit lang weitergingen, führten irgendwann Hinweise zur ländlichen Idylle Bramschebecks. Unter der Tarnung des beschaulichen Golfclubs unterhielt man dort einen höchst exklusiven, geheimen Bordellbetrieb. Dessen durchweg sehr wohlhabende Besucher gehörten zu den Erpressten. Es handelte sich um die Reichsten der Reichen im Landkreis – und weit darüber hinaus.

Von Pollpeter fehlte bald jede Spur, doch ein anderer Name fiel Roggenkamp auf. Sie fand heraus, dass der ach so unscheinbare Landtierarzt Wilfried Lappenbusch ein Mann mit vielfältigen Talenten war.

Lappenbuschs Biographie unterschied sich auffallend von der seiner Nachbarn. Die Höfe in und um Bramschebeck waren notorisch überschuldet. Lappenbusch jedoch betrieb seine Tierarztpraxis wie einen Tarnbetrieb. Er war der Besitzer des geheimen Edelbordells – und niemand schien das zu wissen. Außerdem besaß er Anteile an der Geflügelmästerei *Bioheil-Frischfleisch* unweit des Golfplatzes, wo Bioware unter fragwürdigen Bedingungen produziert wurde.

»Ein weiteres Thema, dem man sich mal widmen müsste«, sagte Roggenkamp und steckte sich eine Zigarette an. Kommissar Bökenbrink fand es schade, dass der Qualm den Duft des Parfüms vertrieb, der so gut zu ihr passte.

Dieser so junge Duft.

Sie blies Bökenbrink eine Rauchfahne vor die Nase.

»Tja«, sagte sie, »ich kann es zwar noch nicht belegen, aber ich vermute, dass Lappenbusch vor nicht allzu langer Zeit in den Besitz dieses Platzes gekommen ist.«

Bökenbrink fühlte sich schwindelig. Das hatte nichts mit

dem Rauch zu tun oder dem vertriebenen Duft. Im Gegenteil: Er ließ sich ebenfalls eine der schlanken Zigaretten geben und begann wieder zu rauchen.

»Der Tierarzt soll also der Besitzer dieses Edelpuffs sein?«, fragte er nachdenklich. Sie nickte.

»Und das Geld dafür? Das kostet doch ein Vermögen, diese ganze Anlage?«

Bökenbrink machte mit dem Arm eine ausladende Geste. Er hatte sich völlig verirrt in einem Kriminalpuzzle voller Unbekannter. Und zugleich fragte er sich, welche Rolle Erwin Düsedieker bei all dem spielte.

Roggenkamp nahm einen weiteren tiefen Zug.

»Oh«, sagte sie, »da gibt es mehrere Möglichkeiten. Bis vor Kurzem gehörten Platz und Clubhaus einem Mann namens Paul Gerhard Bartelweddebüx. Klingelt da was bei Ihnen?«

Klingeln war gar kein Ausdruck. Bartelweddebüx, Jahrgang 1930, war tot. Er war der Pate von Bramschebeck gewesen. Alter Nazi, Kopf jener Verschwörung, die jahrzehntelang Waffenschieberei und rechtsextreme Unterwanderung betrieben hatte, um die Republik eines Tages in ein Viertes Reich zu verwandeln. Düsedieker, der Dorfdepp, war den Nazis auf die Schliche gekommen. Eben jener Düsedieker, der im Verdacht stand …

Ja, fragte sich der Kommissar, war dieser seltsame Mensch tatsächlich noch irgendeiner kriminellen Sache verdächtig? Bökenbrink konzentrierte sich vorerst auf den Tierarzt. Dessen Rolle war schon seltsam genug:

»Und wie ist der Besitz von diesem Altnazi auf Lappenbusch übergegangen? Hat der das Gelände gekauft?«

»Vermutlich nicht«, sagte Roggenkamp. »Sicher ist Geld geflossen, aber nach Zerschlagung der Waffenschieberbande ist der akkumulierte Besitz von Bartelweddebüx verteilt worden an diejenigen, denen er es im Lauf der Jahrzehnte mehr oder weniger legal abgenommen hatte. Lappenbusch ist aber wohl auch sehr trickreich vorgegangen. Hat Verbindungen spielen lassen.«

Akkumuliert. Worte gab es …

»Lappenbuschs Vater ist in den Fünfzigerjahren übrigens von Bartelweddebüx und Co. umgebracht worden. Wussten Sie das?«

»Ja, ich … ich wusste das«, sagte Bökenbrink, dem es langsam peinlich wurde, sich Ermittlungsergebnisse vorführen zu lassen, die er selbst hätte liefern sollen. Er erinnerte sich an die zahllosen Seiten zahlloser Berichte im Anschluss an die Waffenfunde unter dem Bramschewald.

»Opferritual. War wohl selbst ein Nazi, der Alte. Aber offenbar nicht so lupenrein, wie diese Arier es haben wollten. Nach dem Mord ist Bartelweddebüx in den Besitz des Geländes gekommen, auf dem später der Golfplatz gegründet wurde. Das Land gehörte Bernhard Lappenbusch.«

»Brutale Enteignung also.«

»Nun ja, nicht ganz. Wilfried Lappenbusch war damals noch ein kleines Kind. Die Witwe war überfordert. Sie hat sich mit dem Mörder arrangiert. Er hatte das Dorf eh unter seiner Kontrolle. Was sollte sie tun? Außerdem wurde Wilfried Lappenbusch später in vielen Dingen so was wie die rechte Hand von Bartelweddebüx. In diesem Sexclub hat Lappenbusch schon länger den Chef gespielt. Hat das Ding ziemlich nach seinen Plänen gestaltet.«

»Verstehe«, sagte der Kommissar. »Das erklärt aber immer noch nicht, wie Pollpeter und Düsedieker in die Sache verwickelt sind.«

»Was ich bisher herausgefunden habe, deutet an, dass der Club mächtig am Fiskus vorbeigearbeitet hat. Da hatte der sonst so trickreiche Tierarzt als Chef oder heimlicher Geschäftsführer des Clubs wohl nicht alle Fäden in der Hand. Bedenken Sie, Bartelweddebüx, der alte Nazi, hatte beste Verbindungen. Bis in die Politik.«

»Und musste nicht zahlen, der Fuchs. Als Lappenbusch dann die Sache übernahm …?«

»Brach was zusammen, und es kam ganz zufällig die Steuer-CD dazwischen. Man könnte sich fragen, ob es so weit gekommen wäre, wenn Bartelweddebüx noch lebte.«

»Haben Sie noch eine Zigarette?«, fragte Bökenbrink, dem das Nikotin beim Nachdenken half. »Lappenbusch musste also plötzlich nachzahlen. Nicht zu knapp, vermute ich. Und wo steckt nun Pollpeter? Hat Pollpeter demnach auch Lappenbusch erpresst?«

Jetzt griff sich auch Claudia Roggenkamp eine neue Zigarette.

»An diesem Punkt fangen meine Spekulationen an«, sagte sie. »Ich vermute, so war es. Erpressung. Weiterhin vermute ich, dass Lappenbusch seinen Erpresser dann irgendwie zu fassen gekriegt und umgebracht hat …«

»Was? Sie wollen sagen …?«

Der Kommissar zündete sich die Zigarette verkehrt herum an, bemerkte es, warf das Ding mit verkokeltem Filter in den Aschenbecher und griff, ohne zu fragen, noch einmal in Roggenkamps Packung.

»Lappenbusch soll Pollpeter beseitigt haben? Er ist tot?«

»Ja«, sagte Roggenkamp. »Wenn Sie das Anwesen hier untersuchen, werden Sie unter den Kellern auf hermetisch abgeriegelte Räume stoßen, in denen Pollpeter vermutlich umgebracht wurde. Diese Räume wurden auch für ganz besondere … Spiele benutzt. Lappenbusch hat ein ziemliches Arsenal fieser Werkzeuge – als Landtierarzt, meine ich. Hier vermute ich allerdings einen Vorschlaghammer oder einen Baseballschläger und ziemlich viel Sadismus. Zudem stand er unter Druck. Nach Pollpeters Verschwinden gab es noch eine Zeit lang Hinweise, dass der Mann im Untergrund weiterhin aktiv war. Seit ein paar Wochen allerdings kommt da nichts mehr. Ich habe meine eigenen Quellen, wissen Sie?«

Quellen. Der Kommissar sah unglücklich aus.

»Tot …«

»Es wäre das Beste gewesen für Lappenbusch«, sagte Roggenkamp. Das klang sarkastisch. »Ein Erpresser, also ein Krimineller, der abgetaucht ist, wird beseitigt. Ist fast schon ideal, diese Situation, um eine Leiche loszuwerden.«

»Könnte sein«, sinnierte der Kommissar. »Könnte auch nicht sein. Und was ist Ihrer Meinung nach mit Düsedieker?«

Kaum hatte der Kommissar den Namen ausgesprochen, durchzuckte ihn ein Gedanke. »Die Leiche im Garten. Düsediekers Garten. Der Tote mit dem zermatschten Kopf … Pollpeter soll das gewesen sein?«

»Ist meine Theorie«, meinte Roggenkampf lächelnd. »Und vielleicht wäre diese Situation für den Mörder sogar noch besser als die mit der Leiche, die niemand sucht. Lappenbusch versucht, Ihrem Düsedieker die Tat in die Schuhe zu schieben. Nach dem Motto: Pollpeter hatte Beweise, dass Düsedieker Millionenwerte aus dem Beutegut der Nazis an sich genommen hatte. Dann wäre Pollpeter auch für Düsedieker eine Bedrohung gewesen.«

»Gerüchte oder keine Gerüchte? War er denn in Pollpeters Visier?«

»Wer weiß? Mit der Leiche im Garten stand jedenfalls Düsedieker im Fokus der Ermittlungen, niemand sonst. Ein Mensch, der sich, weil geistig etwas … beschränkt, wohl kaum würde wehren können.«

»Und den die Presse wiederholt verdächtigt hat, lange Finger gemacht zu haben.«

»Weil Pollpeter schließlich auch Düsedieker erpresst hat, hat der ihn – einfältige Menschen neigen zu Brutalität, wenn sie unter Druck geraten – auf bestialische Weise ermordet.«

»Hat nur nicht ganz geklappt. Der Verdacht gegen Düsedieker erhärtete sich ja erst nach und nach. Da die Identität des Toten nicht klar war, fehlte uns jede Möglichkeit, ihm ein Motiv zu unterstellen.«

»Vielleicht lag das an Ihren Ermittlungen?«

Claudia Roggenkamp sah den Kommissar unschuldig und maliziös zugleich an. Der bemühte sich, die Frage – oder die Feststellung – zu überhören. Roggenkamp nahm ihrer Andeutung aber gleich selbst die Spitze, als sie die Sachlage weiter analysierte:

»Es könnte aber auch sein, dass Lappenbusch einen Fehler gemacht hat, als er die Leiche bis zur Unkenntlichkeit entstellte und den Kopf zerstörte. Vielleicht war es ein sadistischer Impuls. Würde zu ihm passen. Vielleicht dachte er zunächst, es helfe ihm, wenn die Identifizierung des Toten

Schwierigkeiten bereitete. Weil er die Tat aber Düsedieker in die Schuhe schieben wollte, war es plötzlich ein Hindernis, dass Pollpeter in seinem Leben so anonym gewesen war und es kaum Fotos und Daten von ihm gab. Lappenbusch musste sich also was einfallen lassen.«

Der Kommissar nickte.

»Trotzdem bleibt da was im Dunkeln«, sagte er. »Lappenbusch versuchte einerseits, Düsedieker zu erpressen, andererseits wollte er ihn in Verdacht bringen. Wie geht das zusammen?«

Claudia Roggenkamp zuckte mit den Schultern. »Sie werden ihn ja verhören«, meinte sie lakonisch. »Vielleicht ist ihm die Sache entglitten. Vielleicht aber hat er versucht, ganz besonders geschickt zu sein und die Verdachtsmomente so zu steuern, dass er sie auch für seine Erpressungsversuche nutzen konnte. Er wollte Düsedieker gefügig machen und der Polizei immer einen Schritt voraus sein. Bevor Düsedieker festgenommen worden wäre, wollte er die bei ihm vermutete Beute an sich gebracht haben. Psychopathen haben eine andere Wirklichkeitswahrnehmung als wir.«

»Ich hoffe doch«, meinte Bökenbrink, und es klang beinahe amüsiert. »Wie dem auch sei. Die Sache mit den Viren gehörte Ihren Theorien zufolge dann zu dem Versuch, Düsedieker, den Entenspinner, in Verdacht zu bringen?«

»Auch das«, sagte sie. »Vor allem aber konnte Lappenbusch so die Tiere in seine Gewalt bringen und Düsedieker an dessen wundem Punkt treffen. Als Tierarzt hatte er alle Möglichkeiten, die Leiche zu präparieren. An Virenstämme einer seltenen Variante von Vogelgrippe zu kommen dürfte für ihn kein Problem gewesen sein. Außerdem wusste er, dass man ihn mit der Beseitigung der Enten beauftragen würde. Verordnungen. Bei dieser Art von *Spiel* konnte er seine sadistische Ader jedenfalls voll einbringen.«

»Darüber hinaus beweisen die Viren«, spann Bökenbrink den Gedanken weiter, »dass die Leiche nicht einfach in den Teich gelegt worden war, sondern dass Düsedieker und seine Enten mit dem Opfer Kontakt gehabt haben mussten, bevor es starb. Geschickt.«

»Die Leiche ist doch gerichtsmedizinisch untersucht worden«, warf Roggenkamp ein. »Ich bin bisher …«

Sie blickte den Kommissar schuldbewusst an, aber sie waren ja längst ein Team.

»Bisher bin ich nicht dazu gekommen, meine Beziehungen zum Präsidium spielen zu lassen, um mehr über diese Untersuchungen zu erfahren.«

Der Kommissar nahm einen tiefen Zug von seiner vierten Zigarette. In seinen Mundwinkeln zitterte was. »Beziehungen zum Präsidium«, sagte er. »So so. Kann sich glücklich schätzen, Ihre Beziehung, so eine tüchtige Ermittlerin an seiner Seite zu haben.«

»Finden Sie?«

»Allerdings. Ich … Ich wäre es jedenfalls.«

Justine rückte dem Kommissar ein bisschen näher, ohne dass ihr Claudia dafür Platz machen musste. Der betörende Duft war plötzlich wieder da.

»Lappenbusch wäre Ihnen entwischt, wenn Sie diese Ringfahndung nicht eingeleitet hätten«, raunte sie. Von Hilde und Lina wusste sie nichts.

Bökenbrink nickte. »Die Untersuchungen«, fuhr er nach einer ungewöhnlich blickintensiven Pause fort, »die Untersuchungen an der Leiche sind abgeschlossen. Ich lasse mal … meine Beziehung zum Präsidium spielen.«

Jetzt lächelte Claudia, ohne dass Justine sich in irgendeiner Weise einmischte. Bökenbrink zückte sein Smartphone, telefonierte, steckte es zurück in die Tasche.

»Sie versuchen, medizinische Daten von Pollpeter zu bekommen und die Ergebnisse der Autopsie damit zu vergleichen. Vielleicht haben wir Glück. Pollpeter ist allerdings ein harter Fall. Wir haben tatsächlich kaum Informationen zu dem Mann. Scheint tatsächlich kaum Fotos zu geben. Muss eine scheue Type gewesen sein, bevor er kriminell wurde.«

»Tja. Stille Wasser«, sinnierte Roggenkamp. »Irgendwann rastet so ein Mensch, der jahrelang pflichtbewusst wie ein Buchhalter gewesen war, aus, sucht das Abenteuer.«

Abenteuer. Bökenbrink ließ das Wort durch seine Gedanken hallen.

Abenteuer …

Ein herbeieilender Beamter beendete das Gedankenspiel.

»Chef, können Sie mal kommen? Wir haben jetzt so fuffzig zusammen. Wo sollen wir hin mit denen? Wird eng!«

»Eng?«

Bökenbrink verstand nicht, was der Beamte meinte.

»Die Festgenommnen. Die aus dem Club.«

»Was? Fünfzig? Hier? Die sollen alle hier im …?«

Fragend wandte sich Bökenbrink an Claudia Roggenkamp, die als Justine ja vielleicht Bescheid wusste über die Zahl der Edelbordellbesucher.

»Fünfzig? Niemals«, sagte sie und wunderte sich über die hohe Zahl. Weder sie noch der Kommissar hatten ja eine Ahnung davon, dass zahlreiche Bauern aus der Umgebung die Reihen der als Bauern getarnten Geldsäcke verstärkt hatten. Sprich, sie wussten nicht, wie sehr die Neugier der Bramschebecker Ureinwohner vom brennenden Club geweckt worden war.

»Lass sie … Lassen Sie die doch laufen«, meinte die Journalistin achselzuckend. »Es geht ja um Lappenbusch.«

Vielleicht ging ihr so was wie *Dann kann ich weiter recherchieren. Mir läuft keiner davon* durch den Kopf. Doch der Jagdinstinkt des Kommissars war geweckt. Abenteuer. Erfolg. Durchsetzungskraft.

Blickte Justine nicht irgendwie zu ihm auf?

»Nichts da«, sagte er. »Ein paar von diesen Steuerbetrügern könnten vielleicht weich werden, wenn wir sie gleich festsetzen. Wird womöglich eine größere Sache. Kommen Sie!«

Und so begleiteten sie den Beamten zu jenem Nebengebäude des Clubhauses, in dem Greenkeeping-Tools, Rasenmäher, Caddies, Sammelfahrzeuge, eine Ballwaschmaschine und diverses weiteres Golfzeugs geparkt stand. Zwischen all diesen Dingen tummelten sich nun tatsächlich etwa fünfzig schimpfende und zeternde Männer in höchst eigenwilliger Golfkleidung. Es schien vollkommen unmöglich, Personalien aufzunehmen. Leute wie Jasper Thiesbrummel, Klaus-Dieter Husemann und Siegfried Kinkelbur fürchteten den Zorn des Herrgotts fast so sehr wie den ihrer Ehefrauen. Leute wie Ernst August Schultefrankenfeld oder Graf Ferdinand von Droste-Porkuping fürchteten den gesellschaftlichen Skandal. Mit ihren Frauen hatten sie Arrangements getroffen.

Selbstverständlich hatte niemand Papiere dabei. Und sie

alle logen, dass sich die Balken bogen, wenn sie nach Namen und Adressen gefragt wurden.

Was sollte der Kommissar tun?

Bökenbrink hatte zunächst die Idee, Justine alias Claudia Roggenkamp zu bitten, die Spreu vom Weizen zu trennen. Sie wäre die ideale Zeugin gewesen, um unter den festgenommenen fünfzig die Besucher des Clubs herauszufiltern. Doch der Kavalier in ihm schlug Alarm: Würde er sie nicht in Gefahr bringen? Es war sicher nicht ganz unriskant für sie, gegen Wirtschaftsbosse und was sich hier so tummelte, auszusagen.

Und ihre Arbeit als Journalistin? Der Quellenschutz?

Bökenbrink warf einen besorgten Blick hinüber zu Justine-Claudia. Sie erwiderte den Blick lächelnd. Da brachten vier Beamte die Festgenommenen Nummer einundfünfzig, zweiundfünfzig, dreiundfünfzig und vierundfünfzig in den Raum – plus den Hauptfang: fünfundfünfzig und sechsundfünfzig: Wilfried Lappenbusch mit seinem Beifahrer und Helfer.

Wilfried hatte sich mittlerweile wieder gefangen, hatte den Michelles Doppelfaustschlag verdaut und lamentierte lauthals, dass er zum Golfplatz gerufen worden sei, obwohl er eigentlich ganz woanders zu tun gehabt hätte. Irgendwas mit den Fischen in den Teichen hätte man ihm vorgegaukelt. Böse reingefallen sei er. Jemand Unbekanntes wolle ihn offensichtlich in was reinreißen. Ein Unbekannter, der ihn auch erpresst habe. Das könne er beweisen. Und der Transporter, der gehöre ihm gar nicht. Den habe er doch bloß vor dem Feuer retten wollen. Und dass da jemand im Laderaum … Keine Ahnung, wie die da reingekommen seien.

Perverse, das sehe man doch. Erwin Düsedieker sei doch immer schon … Sogar in der Psychiatrie sei der schon gewesen. Damit habe *ER* doch nichts zu tun!

Der Beifahrer sagte nichts. Er hatte längst kapituliert. Kommissar Bökenbrink konfrontierte Wilfried Lappenbusch mit einigen fragwürdigen Details. Zum Beispiel mit einer seltsamen Maske, die man im Führerhaus des Transporters gefunden hatte. Eine Maske mit eingebautem Mikrophon, die den Träger stimmlich und äußerlich in eine Art Darth Vader verwandelte.

Wilfried zuckte die Schultern, als er die Maske sah. Die habe da auf dem Sitz gelegen. Na und? Der Kommissar verwies auf Haare, die sich im Inneren der Maske verfangen hatten, und spekulierte nicht ohne ironischen Ton, dass er schon gespannt sei auf die Ergebnisse der Prüfung dieser Haare.

Dann ließ er Wilfried ebenso demonstrativ wie überraschend zwei, drei Proben des Kopfhaars entrupfen, woraufhin Wilfried verstummte.

Es war jedoch der Gefangene einundfünfzig, der den Kommissar ganz besonders erfreute:

Erwin Düsedieker.

»Na, wen haben wir denn da?«, hob Bökenbrink mit abgegriffener Formulierung an, um Erwin zu begrüßen.

Erwin sah schlecht aus, müde, lädiert. Sein Blick war unsicher. Es drängte ihn, den Kommissar zu fragen, ob er Lothar und Lisbeth gesehen hatte, aber weder der Kommissar noch seine Beamten noch irgendeiner der vielen vor Ort Versammelten hätte Verständnis für solch eine Frage gehabt.

Erwin wollte nach Hause. Er wollte sich ins Bett legen und nie wieder aufstehen. Er wollte noch nicht einmal in die Wanne, und an ein Schaumbad dachte er schon gar nicht.

Lothar und Lisbeth waren tot. Verbrannt.

»Herr Düsedieker?«

»Hmmm?«

Der Kommissar musterte Erwin aufmerksam.

»Alles in Ordnung?«

»Hmm-hm.«

Erwins Kopfbewegungen blieben unmerklich. Auch Lina beobachtete ihn, überlegte, ob sie eingreifen sollte.

Da legte der Kommissar in einer Geste, die sehr verständnisvoll wirkte, den Arm über Erwins Schultern, nahm ihn beiseite, sprach leise auf ihn ein. Lina wartete ab. Arno, den Hilde von SM-Geschirr und Fledermausmaske befreit hatte, zitterte irgendwie. Seine Lippen tupften an Worten herum, deren Wirkung er nicht absehen konnte.

Bei Worten ging ihm das oft so. Also hielt er sie zurück, beließ es beim Selbstgespräch. Zum ersten Mal seit Jahren hatte er das Bedürfnis, sich umzuziehen. Und zum ersten Mal seit Jahren wollte er mit Hilde allein sein. Er wollte, wie Erwin, nach Haus, wollte nachdenken über alles. Er benötigte Zeit und Ruhe, um Hilde – und später auch Erwin – zu erklären, dass er nur hatte helfen wollen. Dass Wilfried ihn hereingelegt hatte. Dass er da in diesem Club …

Ach, das war jetzt alles zu kompliziert.

Erwin und der Kommissar hatten gewendet. Noch immer redete der Kommissar, den Arm über Erwins Schulter gelegt, lächelte. Erwin erwiderte etwas. So leise, dass niemand es hörte. Dann hob der Kommissar die Stimme:

»Also versprochen: Ich lasse Sie anschließend sofort nach Haus. Sie und Ihre Freunde können gehn, stehn mir aber jederzeit zur Verfügung. Abgemacht?«

Erwin machte nicht den Eindruck, als würde er begreifen, was der Kommissar von ihm wollte. Doch das täuschte. Er verstand sehr wohl. Allein, da war diese unbändige Trauer, dieses graue Gefühl, das ihn lähmte. Er musste die Antwort wie ein Gewicht aus sich herausheben.

»Is gut«, sagte er.

»Einfach nur diejenigen raussuchen, die zusammen mit Ihnen in diesem ... Etablissement waren.«

Wieder ein Zögern, dann:

»Da im Club?«

»Genau.«

Zögern.

»Und?«

»Is gut.«

»Namen müssen Sie gar nicht nennen. Sie können die Leute ja nicht alle kennen, nehm ich an. Sagen Sie einfach ... sagen Sie einfach: der mit dem ... Na, was is das? ... Der mit dem roten Fleck am Kopf.«

Erwin sah auf. Für einen Moment verließ ihn das graue Gefühl.

»Nee, der war da nich«, sagte er. »Das is Jasper. War ne Sau, also ... n' Huftritt.«

»Was? Ach so, verstehe. Ich meine ja nur. Aber wenn Sie den Namen kennen, natürlich gern mit Namen. Also dieser ... dieser Jasper nicht?«

»Nee, Jasper nich. Der is von hier.«

»Gut.«

Kommissar Bökenbrink winkte einen Beamten als Helfer herbei, der Erwins Aussagen protokollieren sollte.

»Den können Sie schon mal streichen. Den da mit dem Huftritt ... Was? Ja, ist ein Huftritt. Sieht man doch.«

»Na dann los«, sagte er anschließend zu Erwin, machte eine aufmunternde Geste. Und Erwin fügte sich. Jetzt musste er sich noch einmal zusammenreißen. Dann konnte er nach Hause.

Erwin schritt also die Reihe der Festgenommenen ab. Er getraute sich kaum, die Herren anzusehen. Im Grunde schämte er sich. Sein rechter Augenwinkel musste ganze Arbeit leisten. Immer wieder raunte er dem ihn begleitenden, Notizen machenden Beamten Worte zu. Er identifizierte Ernst August Schultefrankenfeld als *den mit wo die ... also ... nich ganz zu is*. Der notierende Beamte, ein kluger Mensch, änderte es zu Silberhaar mit Hornbrille, schwarz, Leberfleck mit Haaren drin am Kinn. Die offene Hose war ja wohl eher vorübergehender Natur.

Ähnlich gewunden und umständlich identifizierte Erwin Graf Ferdinand von Droste-Porkuping und weitere getarnte Helden der Hochfinanz. Freisprechen konnte er neben Jasper Thiesbrummel die bereits genannten Klaus-Dieter Husemann, Siegfried Kinkelbur, Gustav Poggenpohl, die Gebrüder Arnold und Dankwart Flottmann und sogar Enno Gösemeier. Das waren aber noch nicht alle. Die Sichtung der Aufgegriffenen zog sich eine ganze Weile hin. Und irgendwann stand Erwin vor einem Mann mit schief sitzender Pudelmütze, unter der dichtes, strohblondes Haar hervorquoll. Der Mann war nicht sehr groß, trug, wie die Übrigen, Kleidung für Arbeiten mit organischen Substanzen und fiel

Erwin doch aus Gründen, die er nicht gleich verstand, auf. Hatte er den im Vergnügungssaal gesehen? Da war etwas in den ausdruckslosen Augen, das ihm zu denken gab. Diesmal wagte es Erwin sogar, genau hinzuschauen …

Das Smartphone des Kommissars meldete sich. Bökenbrink runzelte die Stirn, zog das Ding aus der Tasche und nahm das Gespräch an. Es dauerte nicht sehr lange. Anschließend winkte er Claudia Roggenkamp zu sich.

»Das Präsidium. Die haben medizinische Daten von Pollpeter gefunden und mit dem Leichenmaterial verglichen. Das Material scheint zu den Daten der Leiche im Gartenteich zu passen. Gibt zumindest ne große Wahrscheinlichkeit, dass es sich bei dem Toten um Pollpeter handelt.«

»Dann stimmt die Theorie. Wilfried Lappenbusch hat Pollpeter umgebracht und anschließend da mit seinem Helfer im Gartenteich versenkt.«

Claudia Roggenkamps Stimme war viel zu laut gewesen. Das Gemurmel unter den Versammelten verstummte. Einer allerdings verlor die Fassung: Wilfried Lappenbusch.

»Was soll das heißen?!«, rief er. »Umgebracht? Wen soll ich umgebracht haben? Pollpeter? Niemanden! Niemanden hab ich umgebracht! Das is … Das is reine Unterstellung!«

»Jetzt halten Sie den Mund!«, herrschte Kommissar Bökenbrink ihn an. Es gefiel ihm nicht, dass Lappenbusch vorzeitig mit der Anklage konfrontiert worden war. Lappenbusch verstummte tatsächlich, doch in seinen Augen flackerte was. Das irritierte den Kommissar. Dieser irre Blick, als sehe sich der Tierarzt mit einer Sache konfrontiert, die sich mit Lügen und Leugnen nicht fassen ließ – einer Sache jedoch, gegen die er sich wehren *musste*.

Ein Psychopath, dachte Bökenbrink.

Und Erwin Düsedieker stand noch immer da, betrachtete den Mann mit Pudelmütze, prüfte ihn. Seine Lippen formten ein Wort. Seine rechte Hand fuhr in die Hosentasche. Der Mann, den Erwin ansah, hatte zunächst gleichmütig reagiert. Nun aber, angestarrt, veränderte sich sein Blick. Seine grünen Augen wollten ausweichen. Erwin ließ das nicht zu.

»Pollpeter«, flüsterte er.

Wieder war es still. Erwins Flüstern ging durch den Raum wie ein Flügelschlag.

»Was?«

»Das is Pollpeter.«

Erwin zog den Plastikausweis aus der Hosentasche. Das Foto. Eines der wenigen, die es von diesem Mann gab. Das Foto eines Steuerfahnders mit ernstem Blick.

Bökenbrink trat neben Erwin.

»Kaspar Pollpeter is das«, sagte Erwin und zeigte auf den Mann. Der stand da wie gefroren.

Kaspar Pollpeter, Wiesenwinkel 17, Dettbarn. Größe: 165 cm.

Die Verkleidung Pollpeters war gut. Für Erwin, den Mann, der Bilder aus Dunkelheiten und Rätseln herauslösen konnte wie ein Schmelzofen Eisen aus Erzen – oder so ähnlich –, für diesen Erwin Düsedieker war sie aber nicht gut genug. Kommissar Bökenbrink sah auf den Personalausweis, dann auf Pollpeter, wieder auf den Ausweis, wieder auf das starre, nun schreckstarre Gesicht unter der Pudelmütze.

»Donnerwetter«, sagte er.

Und dann hielt sich Wilfried Lappenbusch nicht länger zurück.

»Der ist es! Der hat mich erpresst!«, brüllte er. »Ich bin unschuldig! Er ist es! Er! Er!«, und weil Pollpeter, der so ruhige, streng blickende, urplötzlich die Fassung verlor und zu fliehen versuchte – was die zahlreichen Beamten, die Bökenbrink zur Ringfahndung eingesetzt hatte, verhinderten –, sah sich der Kommissar mit dem Problem konfrontiert, dass es sich bei Pollpeter tatsächlich um Pollpeter handeln musste, der als toter Pollpeter bei Erwin im Gartenteich gelegen hatte.

Konnte das sein?

Bökenbrink starrte Erwin an. Wer war der Tote, wenn der Tote hier lebendig vor ihnen stand?

Wilfried Lappenbusch witterte plötzlich seine Chance: »Den soll ich umgebracht haben? Da steht er doch!

Er wies auf den Mann mit der Pudelmütze, den zwei Beamte zwischen sich hielten.

»Ich will sofort freigelassen werden! Hören Sie?! Lassen Sie mich frei!«

Wilfried veranstaltete ein fürchterliches Theater, musste abgeführt werden. Jetzt wirkte Kommissar Bökenbrink überfordert. Hatte die DNA-Prüfung nicht ergeben, dass der Tote Pollpeter war?

Zu allem Überfluss sah nun auch der lebende Pollpeter seine zweite Chance. Sein Fluchtversuch war dumm gewesen. Angesichts der Situation, zu Unrecht festgenommen, aber sicher verständlich. Jetzt hatte er ein neues Argument: Er schlug in die gleiche Kerbe wie Lappenbusch: »He, Sie? Kommissar? Haben Sie nicht grade gesagt, dass Ihr Präsidium rausgefunden hat, dass dieser – wie hieß er noch? Dieser Pohlpetter? Dass der tot ist? Wie kann ich das dann sein?

Wegen einer entfernten Ähnlichkeit? Ich bitte Sie! Ich möchte ebenfalls sofort freigelassen werden. Hören Sie? Das ist doch eine Farce!«

In diesem Moment, als Bökenbrink und Claudia Roggenkamp ratlose Blicke wechselten, machte in Erwins Kopf etwas KLICK.

Der Zettel.

Sein Gedächtnis enthüllte ihm ein Foto des Zettels:

Pollpeter – K? – JUST ..? – CIC Kanada – DNA? – Sperma?- Michelle!!! E.D. – Dr. Salomon: Pökh.

DNA. Das war es! Kanada. Weit weg. Eine verschollene Biographie ... Wenn die DNA-Prüfung Übereinstimmung zwischen dem Erbgut des Toten und dem von Kaspar Pollpeter ergeben hatte, dann war dieser Mann hier der falsche, und Erwin hatte sich geirrt. Es gab aber noch eine zweite Erklärung, und die nahm in Erwins Kopf gerade Gestalt an:

»N' Bruder«, sagte Erwin.

»Äh, was?«

Bökenbrink wirkte überrascht.

»Der hat'n Bruder. N' Zwillingsbruder. Da is die DNA nämlich gleich. Also nich ganz, aber fast«, dozierte Erwin. Er hatte soeben beschlossen, seine Sachbücher *doch* wieder in seine Lektüre aufzunehmen.

Zumindest, wenn es nicht um Liebe ging.

Bökenbrink hatte Schwierigkeiten, das Wort DNA zu verstehen. Erstens erwartete er es nicht aus Erwins Mund, zweitens sprach Erwin es nicht sehr deutlich aus. Aber Lina war ja da und half. Sie vertraute Erwin und seinen Schlussfolgerungen.

»Richtig, die DNA. Bei eineiigen Zwillingen gibt's da nur

minimale Unterschiede, wissen Sie? Könnte also gut sein, dass der Typ da einen Bruder verloren hat. Das müsste doch auch für die Polizei nachprüfbar sein, oder?«

Ein spitzer Ton, der den Kommissar tatsächlich zucken ließ.

»DNA, aha.«

Er seufzte. Der Mann mit der Pudelmütze stand nur da. Eines seiner Augenlider zuckte. Im Hintergrund krakeelte Wilfried Lappenbusch. In dieser Situation entschloss sich Kuno Bökenbrink, die Feinanalyse des Falls in Dettbarn vorzunehmen, in seinem gemütlichen Büro. Lappenbusch, Pollpeter oder Nicht-Pollpeter und diejenigen Figuren, die Erwin als Clubgänger identifiziert hatte, wurden als vorläufig Festgenommene ins Präsidium der Kreisstadt verfrachtet. Dort würde sich alles finden. Ganz sicher.

Alle anderen, die neugierigen Umlandbewohner mit ihrem linkischen Verhalten, diese von Schweinehufen etc. Gezeichneten, ließ er laufen. Und er entließ, wie versprochen, wenn auch nur vorläufig bzw. auf Abruf, Erwin Düsedieker, Lina Fiekens, Arno Wimmelböcker und Hilde Gerkensmeier.

Bökenbrink bot ihnen an, sie in einem Streifenwagen nach Haus bringen zu lassen.

Erwin lehnte ab. Kein Auto. Er wollte zu Fuß gehen. Seine Gummistiefel verlangten danach. Die Sünden der Welt … Die Dunkelheit.

Er wollte im Dunkeln über die Felder nach Haus.

Und zugleich wollte er es nicht. Er fürchtete sich vor der Leere.

Lothar und Lisbeth waren tot. Im Feuer umgekommen.

Nein, sie waren getötet worden. Von Wilfried Lappenbusch.

Erwin wollte sterben. Aber Lina ließ das nicht zu. Sie zogen also im Mantel der frühen Nacht schweigend zwischen Golfplatz und Wullbrinkholzweg dahin, und als sie den Waldstreifen hinter dem Dorfteich passiert hatten, trennten sie sich. Arno und Hilde marschierten zum Hof. Erwin und Lina zur alten Polizeiwache am Grenzweg.

Nirgendwo brannte Licht.

Coda …

Seine Seele war düster wie die Nacht. Erwin streifte ruhelos durchs Haus, bis er sich, kurz vor Mitternacht, in die Bibliothek setzte.

Lina sorgte sich. Sie hatten auf dem Rückweg zum Grenzweg kaum gesprochen. Sie hatten die alte Wache betreten, die Tür geschlossen und Licht gemacht. Die Zimmer zeigten noch die Spuren der vergangenen Verwirrungen. Überall wiesen Federn, Reste von Streu, Strohspiere, nachlässig verabreichte Leckerlis und dergleichen auf die Enten hin, die während der Zeit der Teichsperrung im Haus Asyl gefunden hatten. Bevor man zusammen aufgebrochen war zu Annis, nun Linas Laden …

Grässliche Erinnerungen. Das Licht der Lampen hatte auf Erwin eingestochen. Es zeigte ihm zu viel. Auf seine Wunden wirkte das Licht wie Salz.

Erwin hatte die Lampen gelöscht.

Lina schwieg. Sie zog sich in die Küche zurück, kochte Kaffee. Erwin, der sonst gern auch um Mitternacht noch einen Pott Filterkaffee trank, lehnte ab. Er saß auf dem fragilen Stuhl nah dem Fenster. Von draußen, durch die große, nach vorn kragende Scheibe des Wintergartens, fiel Sternenlicht ein. Die Nacht war dunkel auf sehr eigene Weise. Der Garten zeigte Schemen. Die Bücher im Raum, die Buchrücken bildeten Reliefs aus Dunkelheit. Aus den Büchern traten Geister. Die Dunkelheit begann zu leben. Auch die Gedanken waren Geister.

Mit der Seele suchen: Hieß es nicht irgendwo so? In einem Buch, einem Theaterstück. Eine Verlassene war das gewesen. Eine Frau auf einer fremden Insel. Die hatte gesucht. Und gefunden. Irgendwann.

Das Leuchten.

Erwins Herz, das sich eingemummelt hatte in der Dunkelheit der Brust, schreckte auf. Er blickte durch die Geistergespinste der Dunkelheit hinaus in den Garten, wo der Teich halb hinter Absperrband lag. Die Pfähle ragten dort auf. Die Pfähle, die Arno gesetzt hatte. Und das Gartenhaus, das Entenhaus, dessen Tür nur angelehnt war …

Erwin drehte sich um, rannte los, aus der Bibliothek hinaus. Seine Füße, in groben Socken, rammten aufs Holz des Dielenbodens. Lina bekam einen Schreck.

»Erwin?!«, rief sie, sah ihn durch den Flur stürmen, zur Haustür. »Erwin? Wo willste denn hin?«

»Komm mit!«, rief Erwin. Die Gummistiefel blieben stehen. In Socken stürmte Erwin vor das Haus. Lina folgte. Sie befürchtete Schlimmes. Die verwundete Seele …

Erwin sauste um die Hausecke herum in den Garten. Er achtete nicht auf das Absperrband, das Arno, der das Pfahlwerk nicht vollendet hatte, schon begonnen hatte, um den Teich zu ziehen. Erwin zerriss es wie das Zielband eines Laufs, der ihn um die ganze Welt geführt hatte. In seinem Kopf jubelten …

Engel?

Das Entenhaus mit dieser niedrigen Tür und dem Holzsturz: Erwin musste sich immer bücken, wenn er das Haus betrat. Diesmal stieß er sich den Kopf. Der Schmerz war Nebensache. Unbändige, aus den Tiefen des Lebens hervorströmende Freude überstrahlte alles.

Das Leuchten strahlte.

Das Leuchten der Enten, die da auf ihren Plätzen saßen: Lothar links und Lisbeth rechts. Erwin gab glucksende Laute von sich, führte sich auf wie ein Betrunkener, und die Enten starrten ihn an.

Doch ihr Blick war durchaus wohlwollend.

Sie saßen also da, auf ihren Schlafplätzen, und als Lina beinahe lautlos hinter Erwin erschien – sie verzichtete darauf, sich den Kopf zu stoßen –, als sie Erwins Hand nahm, da wendeten die Enten die Augen auch ihr zu: in der unnachahmlich synchronen Art, wie die Liebe es sie gelehrt hatte.

Die Liebe.

Ja, und dann sah Erwin es – und er konnte es nicht fassen: Lisbeth erhob sich. Sie verließ das Nest, trat zu Lothar, als wollte sie mit ihm tuscheln, und auf dem Platz, den sie verlassen hatte, lag ...

... ein Ei.

Kein Golfball, sondern ein einzelnes, einzigartiges, wunderbares, warmes, reinweißes Ei.

Erwin und Lina betrachteten es. Sie sagten nichts. Sie waren glücklich. Minutenlang standen sie einfach nur da, ganz eng beieinander: so eng wie nie zuvor. Und auch sie verband etwas Einzigartiges, Wunderbares, Reinweißes und Warmes.

... und Epilog

Wilfried Lappenbusch, der Sohn Bernhard Lappenbuschs, wurde des Mordes angeklagt an Justus Pollpeter: Alkoholiker, vor vielen Jahren verurteilter Sexualstraftäter und eineiiger Zwillingsbruder Kaspars. Lange hatte Justus Pollpeter im Ausland gelebt, in Kanada, eine gescheiterte Existenz. Erst kurz vor seiner Ermordung war er in Kaspars Leben wiederaufgetaucht. Kaspar, der Steuerfahnder mit dem Hang zum großen Geld, benutzte seinen Bruder, um Wilfried Lappenbusch unter Druck zu setzen. Man konnte es ihm nicht nachweisen, aber es bestand während des gesamten Prozesses der begründete Verdacht, dass er von Wilfried Lappenbuschs Mordplänen an seiner eigenen Person wusste, sie sogar noch anstachelte, um dann seinen Bruder zu opfern, der ihm mehr und mehr wie ein persönliches Risiko erschien. Vom Moment dieses Mordes an, mit der Sicherheit von in einer Schweizer Bank gelagerten Beweisen gegen Lappenbusch, hatte er diesen in der Hand, konnte mit ihm spielen.

Lappenbuschs Probleme hatten im Grunde begonnen, als er den Golfplatz aus dem Besitz seines einstigen Mentors Paul-Gerhard Bartelweddebüx übernahm und dessen Netzwerk einer trickreichen Maschinerie von Steuerhinterziehung zerfiel. Massiv wurden sie, als Pollpeter ihn erpresste. Lappenbusch wollte ihn schließlich beseitigen und die Tat Erwin in die Schuhe schieben. Ein bisschen Geld, ein paar Nazi-Utensilien, die man bei ihm finden würde. Der Verdacht wäre da. So weit, so einfach.

Dann aber, als er merkte, dass er nicht Kaspar, sondern Justus Pollpeter umgebracht hatte, liefen die Dinge aus dem Ruder. Lappenbusch musste an Geld kommen, um den verschärften Erpressungen Pollpeters nachzukommen. Der Druck auf ihn wurde größer. Erneut schien Erwin Düsedieker der Ausweg – diesmal auf eine komplexere Art, vor dem Hintergrund ihrer gemeinsamen Geschichte.

Seit Jahrzehnten unter der Schmach leidend, dass sein Vater einst von Paul-Gerhard Bartelweddebüx und dessen Gefolgsleuten ermordet worden war, ließ ihn der Glaube an Geld und Gold aus dem Fundus der Nazis beinahe irre werden – zumal er von Beutegeldern der Bande wusste. Als er erpresst wurde und zugleich davon ausgehen musste, dass Erwin mit seinen mutmaßlichen Unterschlagungen davonkommen würde, setzte sich in seinem Kopf etwas in Gang. Hätte er selbst das Lager gefunden, er hätte die Beute an sich genommen. Er empfand das als sein Recht. Keinesfalls durfte sie Erwin zufallen, dessen Haus ihm doch schon gehörte. Er, Wilfried Lappenbusch, der einzige geschäftstüchtige Mensch in Versloh und Umgebung neben dem grausamen Paul-Gerhard Bartelweddebüx, hatte Erwins Vater vor Jahren aus der Patsche geholfen. Weil Friedhelm betrunken einen Unfall gebaut hatte und Schweigegeld brauchte.

Das war nicht wenig gewesen. Lappenbusch hatte geholfen, obwohl Bartelweddebüx den Daumen gesenkt hatte. Der hatte gewusst, dass sie die Polizeidienststelle nach einer

Suspendierung Friedhelms wohl dichtmachen würden. Ein Versloh ohne Polizeiwache war für ihn sogar noch besser als eine mit einem korrupten, ihm ergebenen Beamten.

Doch Bartelweddebüx, der Pate von Versloh, hatte Lappenbusch schließlich gewähren lassen.

Friedhelm Düsedieker und Wilfried Lappenbusch hatten dann den Plan, Erwin abzuschieben, ihm das Erbe zu nehmen. Sie hatten sogar überlegt, ihm den Unfall in die Schuhe zu schieben. Erwin, dem Unberechenbaren.

Dummerweise kam Anni Twassbrake aus dem Laden im Dorf dazwischen, kämpfte Erwin frei. Die Unfallsache wurde zu brisant. Sie war klug gewesen, diese Anni. Vielleicht wäre er mit ihr sogar fertig geworden. Aber ausgerechnet bei dieser Anni kniff Bartelweddebüx.

Das hatte er nie verstanden.

Hätte er es vergessen sollen?

Als die Presse die Gerüchte über Erwin Düsediekers heimliches Vermögen immer weiter hochspielte, war die Lage für ihn klar gewesen. Er musste an dieses Geld kommen. Er brauchte es. Es war seins.

Seins.

Und Anni war tot.

Er ließ sich Tricks einfallen. Er versuchte, Fallen zu stellen. Es war leicht, bei Erwin einzudringen. Er verfasste Erpresserbriefe bzw. ließ sie nach seinen Anweisungen verfassen. Bestechliche gab es genug, insbesondere unter Journalisten. Sein Meisterstück war die Sache mit den Viren und der Leiche. Letztlich war es Diplomatie: Es war gut für ihn, dass es unter den Rechtsmedizinern von Dettbarn noch so viele gab, die einst treu zu seinem Mentor gestanden hatten. Ja, die alten Beziehungen waren durchaus noch tragfähig, manchmal …

Leider führte keine der Maßnahmen zum Erfolg. Als Erwin es schließlich sogar wagte, ihm als angebliches Beutegeld jene Summe zurückzugeben, die er vorher im Keller der alten Wache deponiert hatte – sein Einsatzgeld sozusagen – war das Maß endgültig voll.

Er schwor Rache.

Aber zunächst musste Arno Wimmelböcker sterben.

Es war eine dumme Idee gewesen, Arno zum Geldboten zu machen. Eine dumme, eine plötzliche Idee. Natürlich hielt sich Arno nicht an die Zeitvorgaben, die ihm mitgegeben worden waren. Dafür war er einfach nicht der richtige Mensch. Fast wäre er Erwin und Lina am Moorbruch noch in die Arme gelaufen.

Wilfried Lappenbusch hätte Arno umgebracht. Seine Wut war unermesslich. Und längst wusste Arno zu viel. Arno, der dem Tierarzt einen Teil seines Erbes wegen zweier dummer Enten überlassen hatte: Ein solcher Mensch war ein passendes Opfer für einen Sadisten.

Von einem bösen Geist namens Pollpeter verfolgt und von Erwin ausgetrickst, war Wilfried Lappenbusch wahnsinnig geworden. Pollpeters Forderungen wurden von Woche zu Woche grotesker. Und die ganze Zeit über hielt er sich in seiner Nähe auf, lebte im Club, genoss … das Leben.

Der Prozess gegen Lappenbusch und Pollpeter zog sich hin. Michelle wurde eine wichtige Zeugin, um die beiden zu überführen. Sie hatte viel gesehen, sehr viel. Ihr wirklicher Name war Natasha Sobolewa. Den legte sie ab. Da ihre Aussagen im Prozess weite Kreise des organisierten Menschenhandels betrafen, erhielt sie Zeugenschutz und eine neue Identität – natürlich auch eine unbefristete Aufenthaltsgenehmigung. Michelle hatte es geschafft. Ihr Einsatz allerdings war hoch gewesen.

Claudia Roggenkamp verfolgte den Prozess, recherchierte weiter, nahm sich auch des Geflügelmastbetriebes *Bioheil* an. Skandale lieferte die Gegend genug. Kuno Bökenbrink und sie wurden ein gutes Team.

Und weil die eigenen Kollegen, die Reporter des *Dettbarner Kreisblattes* sowie des *Pökenhagener Landboten*, Erwin Düsedieker so übel mitgespielt hatten, versuchte sie seine Geschichte neu zu erzählen.

Neu und wahrhaftig.

Sie hatte das Gefühl, da etwas wiedergutmachen zu müssen.

Aber ob die Leser ihren Ausführungen glaubten?

Es war ja längst eine alte Geschichte, die von Erwin und *Des Teufels Sieben*. Und es gab so viele neue Geschichten. War Erwin etwa jahrelang heimlich ins Bordell gegangen? So was interessierte Bramschebeck sehr. Man hatte ihn schließlich dort gesehen, den Erwin. Ohne Polizeimütze übrigens.

Erwin war es nicht wichtig. Und die Tatsache, dass Claudia Roggenkamp versuchte, die Vergehen der Lokalreporter gegen ihn aufzuarbeiten, sah er durchaus kritisch.

Erwin war ja nicht doof.

Der Duft, den er im Haus wahrgenommen hatte, dieser … junge Duft. Der hatte ihn später noch einmal umfangen, als Claudia Roggenkamp neben Kommissar Bökenbrink in den Resten des Clubhauses stand. Und auch vorher schon, als er zusammen mit Michelle im Club, nun ja, Konversation betrieben hatte.

Claudia Roggenkamp war im Haus gewesen, in der alten Wache – zusammen mit Jens Buschfranz, begleitet womöglich von einem weiteren Helfer Lappenbuschs. Vielleicht hatte sie das dunkle Auto gefahren. Erwin ging jedoch davon aus, dass nicht sie, sondern Buschfranz den Brief getippt und in dem präparierten Briefumschlag im Haus deponiert hatte. Nicht sie, sondern Buschfranz hatte sich bestechen lassen.

Aber sie hatte eine Zeit lang nicht gewusst, auf welcher Seite sie stand.

Auch ihre Arbeit war nicht immer sauber gewesen.

Jetzt versuchte sie, Erwin reinzuwaschen.

Sie hätte um Entschuldigung bitten können.

Was sie nicht tat.

Erwin hatte einige Male Zeitung gelesen. Das lag nun Wochen zurück. Er hatte genug davon. Es gab sehr viel Wichtigeres in seinem Leben:

Lothar und Lisbeth.

Das Ei.

Lina.

Die Liebe …

Erwin war glücklich.